2023年中国作家协会重点作品扶持项目

大河

下

李亮 —— 著

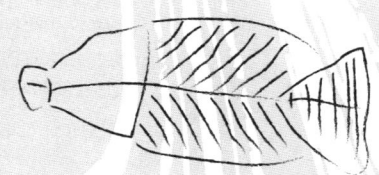

天津出版传媒集团
百花文艺出版社

图书在版编目（CIP）数据

大洛河.下 / 李亮著. -- 天津：百花文艺出版社，2023.8（2023.11 重印）
ISBN 978-7-5306-8472-6

Ⅰ.①大… Ⅱ.①李… Ⅲ.①长篇小说–中国–当代 Ⅳ.①I247.5

中国国家版本馆 CIP 数据核字(2023)第 103226 号

大洛河（上下）
DA LUOHE(SHANG XIA)
李亮 著

出 版 人：薛印胜　　选题策划：汪惠仁
编辑统筹：徐福伟　　责任编辑：李　跃
美术编辑：郭亚红
出版发行：百花文艺出版社
地　址：天津市和平区西康路 35 号　邮编：300051
电话传真：+86-22-23332651（发行部）
　　　　　+86-22-23332656（总编室）
　　　　　+86-22-23332478（邮购部）
网　址：http://www.baihuawenyi.com
印　刷：山东临沂新华印刷物流集团有限责任公司
开　本：900 毫米×1300 毫米　　1/32
字　数：540 千字
印　张：21.75
版　次：2023 年 8 月第 1 版
印　次：2023 年 11 月第 2 次印刷
定　价：98.00 元（全二册）

如有印装质量问题，请与山东临沂新华印刷物流集团有限责任公司联系调换
地址：山东省临沂市高新技术产业开发区新华路 1 号
电话：(0539)2925886　邮编：276017

版权所有　　侵权必究

三十八

问余背着一大堆东西到了法院。

问余身上背着啥？吃饭缸子、一条棉裤、九节鞭，还有一个篮球和一袋子不知道啥的东西。

问余把这些东西都串联在一起搭在肩膀上，走在哪里都是叮咣作响。

法院的人一问他姓名，才知道这就是田九丸起诉离婚的对象。看问余这一副行头，那位同情九丸的女同志更是觉得不可思议，她深深地理解了九丸坚决要离婚的愿望。

法院派人去叫来了九丸，重生一见问余，一把搂住了九丸的脖子，把自己的脸藏在妈妈的头后面，不让问余看到。

"杨问余，据你婆姨说你常打她？"工作人员问道。

"我打她？哦，不是不是，我怕她……她可厉害哩！"问余吐了一下舌头，又缩了缩脖子，显出一副害怕的神色来。说话间，他肩膀上还搭着他的那一串行李。

法院的人不禁觉得又好笑又好气。

"根据田九丸的描述,关于离婚一事,你们并未协商一致,是你不愿意离婚对吗?"

"她要离她离,我不离,我要我的儿子,我有儿子!"问余说着就站起身来要去抱九丸怀中的重生。

重生一见他伸出手,哇的一声就哭开了,一边哭一边蹬着腿,双手把九丸搂得更紧了。

"你不要吓着重生!娃不想让你抱!"九丸皱起眉头,一脸厌恶道。

"田九丸,你确定不想再和杨问余维持婚姻关系了,对吗?"

"对!我坚决不和他在一起过了。"九丸道。

"杨问余,你确定还想和田九丸继续维持婚姻关系并生活下去吗?"

"我……我说过了,我不离婚!"问余难得清醒和坚持。

"田九丸现在坚持以诉讼的方式请求离婚,我院经过研究,如果女方能有足够证据证明男方有一定智力问题或存在严重殴打女方的事实,我院将依法判处你们离婚!田九丸,你是否有足够证据或证人来证明以上问题?"

"证人……我的父母可以吗?可以的话我回去叫我大、我妈来。"九丸问道。

"为了保证证据的有效合理性,我们建议你多找几个见过你伤情的人来做证!"

"九丸,我也要去把我大、我妈寻来……你说我……是憨汉,我还怕受了你们欺负!"

"既然这样,你们可以把双方父母都叫来,帮助我们协调和处理这件事!"法院的人见问余也不是能拿得了主意的人,只能这样说道。

"好,我待会儿就回村里。杨问余,你不要和我一搭里回,我不想和你相跟!"九丸生怕夜间问余又要和她在一起住,不由高声道。

"唉,九丸,这么冻的天,你带着重生……来来……回回的,娃娃受不了!你们就在,就在这里等着,我回去把你大……你妈、我大我妈……都……都请来!"问余望着重生道,他看见孩子的两只小手皲裂着。

"咦?听这话还像个当丈夫的样子嘛,田九丸,他说得有道理,你这件事太特殊,反正总得双方父母来协商,你回去他回去都一样,人请来就行。三十多里路,你带着小孩来回确实不方便!"法院那位女同志又说话了。

"唉,他就一阵精明一阵愣的。他要回去也好,免得娃娃受罪。"九丸低下了头,问余的每一句话都让她要么难堪,要么难过。

"好!那我就走啦……你把……你把娃娃看好!"问余说着就起身出了门,又留下一阵子叮叮咣咣的声响。

九丸抱起重生出了法院的门,她知道事情又往自己希望的方向前进了一步。只是明天两家父母一来,不知问余他妈会不会又耍些心眼儿?如果法院要求的那两样得不到充足的证明,那又该咋办呢?

九丸心烦意乱地带着重生吃了饭,回到了旅社。这时她才发现房里又住进来一位个头不高、利落干净的大婶。

大婶姓高,说自己要去女婿家伺候女儿坐月子,早上就从家里动了身,如今才走到县城,准备在这里过一夜,明天就能走到遂宁镇去。

九丸一听她女儿住在遂宁,心中生出一份亲切来,遂宁镇和象咀村这几年一直被分在一个大队。

夜间,重生睡着了,九丸和高婶子拉了半夜话。

九丸说了自己的烦心事,高大婶听得唏嘘不已,连叹九丸不易,幸亏自己的女子和女婿算是两人自己看下的,现在过得还算如意。

"只要是自己看下的,哪怕嚷仗打架,最起码自己无怨,像你这样的,本来心里就不痛快,加上你男人又带憨劲儿,你不受罪才怪哩!我看你是个好女人……话说难听点儿,像你长得这么俊样的女人,即便不离婚,也早都在外找了相好,这十几年你就硬熬过来,也是少见!唉,我都能想来你大你妈该有多熬煎。"

"高婶子,你说的那些个在外找相好的女人就不怕村里人说三道四吗?"九丸从前也听过象咀村的一些小媳妇传舌,但那些事她不爱听,也就从来没有认真听过,每次她们开始说这些话题,九丸自己就躲开了,因为她知道自己的不幸也是她们经常谈论的话题。

"唉,这些女人也大多没办法,不是男人不成事就是公婆对得不好,说起来都是可怜人。就为这些男男女女的事,闹下人命案的也常有呢!"高大婶叹道。

"还能闹下人命?"九丸好奇地问道。

"是啊,我们邻村前年就有人命案子,一个婆姨和村里另一个男人好着哩,被她丈夫发现了,她丈夫和她外面那个相好的算起来还是亲戚,有一天,这丈夫就把他亲戚叫住,说有个事要商量一下,那亲戚站着的地方正好是个崖畔,这丈夫刚跟他说了几句话就把他从崖畔上推下去摔死了!这丈夫后来就被枪毙了,留下这女人一个。"

"那她现在咋过着哩?"

"附近再也没人敢去说她,也没人敢要她,寡妇现在还一个人!"

"最后相当于最受罪的是这个婆姨?"

"是哩嘛!死了的得了个干脆,活着的还要熬煎——我们村里也有这号事!婆姨和外面男人在一搭睡着哩,让人逮住了,赤身子脚对头、头对脚地把两人绑住放在架子车上,让各自的家人来认领……"

"啊,还有这样的处理方法?那还叫人咋活?"

"就是嘛,两家来人都领走后,男人倒是没什么,这婆姨从此就疯了,她的子女们都在村里抬不起头。"

"唉,当女人为啥这么难呢?男人们不管咋样人都觉得正常,女人一旦有个什么,那风言风语就都来了……我听过老年人唱酸曲,说花狸猫身上落雀雀,有婆姨的人儿不可交,有婆姨的人儿交下了,众人的言语杀人的刀。婶子,不瞒你说,这些年我就是怕这些事,平时也不和人怎么交往,认识的人也就那么几个。"九丸对高婶子吐露着心声,这事她从来没和谁提过,只是心里一直在告诫自己,要求自己做好,有道是身正不怕影子斜。可即便这样,还不时有关于她的流言蜚语传进耳朵,九丸心里没鬼,自然也只是一笑了之。

"明天你们双方家人来,趁着人家法院人在跟前,好好把这事解决好,不然你受罪的日子还在后面!"高婶子嘱咐九丸道。

"我现在就愁我娘家人说话法院肯定觉得是护着我,要是我婆婆公公再不愿给我做证,我都不知道该怎么办了。"

"这事确实不好办。作为老人,你婆婆公公肯定不想让儿子和儿媳妇离婚!听你说的话,你婆婆又是个厉害女人……这事要是有个中间人能为你做证就好啦。"高婶子也不禁为九丸担心起来。

两人絮絮叨叨,直到月儿照窗才睡去。

第二天一早,高婶子就走了,临走时她掏出两块钱给了重生,说让给娃买点儿好吃的,推让了一番,硬是塞进重生的口袋。九丸望着高婶子的背影,心里抚过一阵暖意。

半后晌时,问余带着四个老人到了县城,他肩膀上那些东西不出所料还挂在肩膀上。唯一让九丸感到意外的是梅英也跟来了,说是金川在学校教学走不开,正好顺带着照看鱼祥和鱼壮。

梅英和九丸说话的时候,九丸觉察到了嫂子眼中的一丝躲闪。

现在,当事人都到了法院。法院依照程序还是询问了问余和九丸这些年来的详细情况,还批评了田水荣和杨钦山当年定娃娃亲、交换亲的做法。

杨钦山和田水荣弯着腰,连连点头承认错误。

当问起问余是否天生智力有问题时,杨氏委屈地叫了起来:"我儿子是不够聪明,可你们也不能说他有问题!他要是有问题,咋还能当了工人？咋还知道每次从延安回来都给婆姨、娃娃、丈母娘买东西？咋还能懂得心疼娃娃？这回还不是他怕娃娃在路上挨饿受冻，自己跑回来请我们？"

"唉，这点我们不敢妄说，问余确实多少还有这么点儿心。不过，结婚十几年来，据我所知，九丸没有花过他一分钱，他也没有给过我女子一分钱！"田水荣道。

"哟，我们儿有心要给九丸，九丸会要？何必自找那些羞臊哩？"杨氏嚷道。

"那么，双方家人，杨问余有没有在这十几年中多次殴打田九丸，给田九丸身心造成严重伤害？"法院的人继续问道。

"我女子这几年每次从杨家跑回来不是黑青着眼圈就是瘸着腿，没有一次是脸上干干净净的。"包梅一句话就带下一串眼泪。

"亲家，话可不能这么说！九丸和问余本来就是婆姨汉，问余想和她一搭里睡觉再正常不过了，老天爷造就婆姨汉一个被窝里睡哩！是你女子从来没有愿意过，遇上问余这号脾气，不动手才怪！要是遇上其他男人，我看也保不定要动手！"杨氏算是豁出去了，一番话说得包梅和田水荣无言以对。

"你们作为父母，为自己的儿女辩护是情理之中的事，杨梅英，你既是这个娃娃亲、交换亲的参与者，又是田九丸的亲嫂子，你也有说话的权利和义务，就刚才两个问题，我们希望能听听你的观点！"那位女法官问梅英道。

"我……我好为难呀！一边是我娘家人，一边是我婆家人。"梅英惊慌道，情急之下，她说的倒也是实话。

"双方就孩子抚养权问题是否做过协商？"

"我什么都不要，就要娃娃！"九丸大声道。

"重生可是我杨家的后人，他姓杨，自然由我杨家人来抚养！"杨氏也叫道。

"问余长期在外地工作,怎么带娃？"田水荣不由皱起眉头。

"我带我孙子！我保证把我孙子带好！"杨氏急得直拍桌子。

"这样吧,今天就到这里,我们会根据你们所说的情况酌情考虑！今晚两家人在一起好好协商,明天上午我们做最后的判决！"法院人宣布道。

众人唉声叹气出了法院,九丸默默把公婆、父母、问余、嫂子带到自己住的旅社,又登记了两间房,分头住下。

夜间,包梅和九丸、重生住在一起,杨氏和梅英住在一起,杨钦山和田水荣、问余住在一起。

九丸担心着明天的判决,一夜似睡非睡,包梅心疼女儿却不知如何帮忙,只能尽量多地照看着重生。

杨氏和梅英也是一夜没睡好。

"不管咋样,就问余那样子,有个婆姨总比没有强嘛！你说呢,梅英？"杨氏絮絮叨叨问着女儿。

"妈,你不要问我,我连我自己的主也做不了！"梅英闷闷地把头一蒙假装睡去了。

三个男人的房里,问余早早就扯起了鼾声,两个老头子有一搭没一搭地说些过往,谁也不愿主动提明天的事。

第二天上午,众人早早吃了饭来到法院。

"综合双方当事人讲述的情况,我院认为杨问余和田九丸婚姻问题主要在于田九丸无法接受婚姻事实,也无法接受丈夫杨问余的长相和性格,介于双方陈述和孩子抚养问题,我院决定一审不判决双方离婚。女方如果对判决结果不满意或存在异议,可进行二次诉讼！"法院人拿着判决书大声念道。

"啊,不——"九丸一声惨叫,"我求求你们了！我不懂那么多,来县上一次也不容易！我实在是不想过了！熬了十几年了,你们就给我个痛快吧！"她扑通一声跪在地上,对着法官们磕起了头。

几个法官面面相觑,一时不知该如何劝解。

"等等!"梅英突然高声道。

"要是我能证明我弟弟脑子不大清楚,能证明他把九丸打了一次又一次,你们是不是可以现在就改判他们离婚?!"梅英站了起来,她的声音有些抖。

"死女子!你干甚!"杨氏一把拉住梅英,狠狠把她扭了一把。

梅英甩脱母亲的手,继续高声说道:"我是问余的亲姐姐,也是九丸的亲嫂子,两家大人让问余和九丸结婚本身就不对!这十来年里,我觉得弟弟问余根本算不上一个丈夫,他从来没有真正对九丸好过,九丸生下娃后,他确实也没有给过照顾和钱方面的任何帮助……"

梅英哽咽了,她稳定了一下情绪,继续道:"这十几年以来,每次九丸从我家回来,我都是亲眼所见,她被问余打得鼻青脸肿,身上一片一片都是掐的咬的黑青,你们看,九丸现在脸上身上都还没好利索,这也是过年那天问余给打的!"

此刻,九丸跪在地上簌簌发抖,她默默而畅快地流着泪,心里有什么东西轰隆隆作响,她没想到梅英能为自己站出来说话和申辩。

"法院同志,自他们结婚后,从来没有过一天或任何一阵子高兴的时间,结婚十几年来,两人在一起的日子我算了一下都没超过两个月!这样的光景过下去还有啥意思?"

审判室里一下安静起来,只有梅英的声音继续响着。

"每当看到问余和九丸打架,我的心就像针扎一样,我只能尽可能多地去对九丸好,再在言语上宽劝一通,希望能弥补我弟弟对她的亏欠,可这几年我越想越明白了,九丸和问余都是封建残余观念的受害者!我愿意当证人,也保证我说的话都是真的!我弟弟杨问余确实头脑有问题,不是一个完全正常的人!希望你们能重新考虑一下,今天就判他们离婚!"

梅英说完,捂住脸呜呜地哭了起来。

九丸这时再也忍不住了,她也放声哭了起来,像是要把这十几年来所有的委屈和压抑都倾诉出来。

包梅也抹起了眼泪。

问余也低声哭着。

审判室里响起一片高低不同、各有委屈和痛苦的哭泣声。

三十九

九丸终于和问余离了婚。

因为问余长期在外工作,法院把重生的抚养权判给了九丸。

当九丸抱着重生走出法院的大门时,天又大又蓝,正午的阳光灿烂而热情地照下来,在这样的阳光中,九丸觉得自己从头到脚都是轻柔的,通透的,她心头压了多少年的重石终于被干净利落地彻底撬走了。

九丸在重生脸蛋儿上亲了又亲,她下意识地大大迈着脚步,似乎是想确定一下自己脚上绑着的无形脚链已经消失。

田水荣和包梅看着女儿的样子,突然觉得心里的负担减轻了。

杨钦山和杨氏虽然垂着头,为问余难过着,也为女儿的"胳膊肘向外拐"生着气,但他们内心深处却也感到了一种莫名轻松。

问余跟在最后,他一言不发,脸上看不出喜也看不出忧,只有身上的东西叮咣叮咣地一路响着。

梅英快走了几步,挽住九丸的胳膊,勉强笑道:"九丸!嫂子活了这么些年,第一次觉得自己做了一件大事!"

"嫂子,我真的没想到你愿意为我说话。"九丸感动地望着梅英道。

"事情真正解决了大家都轻松,也都有了自由!我希望你和问余以后都能找到个贴心人,这样才不枉费我今天说的那一排子话。"梅英笑道。

"大,妈,你们也都不要难过和担心了,我觉见这个判决结果好着哩,他们两个后半辈子还能有个盼头!"此时,梅英朗朗地笑着,宽慰着四个老人的心。

"金花对银花,西葫芦配南瓜,弯腰还有个背锅!问余,你可不要灰心。"杨氏对儿子道。

"妈,我要回延安上班。离就离,谁怕谁?"问余嘟囔着,当即就要去车站坐车走。

杨钦山、杨氏和梅英本来还担心他会伤心难过,想让他回村里住上几天,但也不见问余哭鼻流涕,心也就安了,又知道拗不过他的脾气,只能让他走。

问余晃晃荡荡向前走了几步,突然转过身来,此刻,他脸上竟然挂了几道还没淌到下巴去的眼泪。

"九丸,现在婚也离了,你……你能不能去车站送……送一送我?"问余用手抹了一把脸上的眼泪,像是询问,也像是哀求。

几个人都呆住了,他们一起看向九丸,所有人都没有想到问余会这样,也没想到他能提出这样的要求。尤其杨氏,看着儿子难受,瞬时老泪直流。

"行,我去送你!"九丸把怀中的重生递给田水荣。

问余在前面走着,九丸跟在他身后,两人的背上铺满亲人们的目光,这些目光有爱怜,有惊讶,有安慰,有同情。

等到走出了老远,亲人们看不到了,问余故意慢下脚步和九丸并排走着。

"九丸……这下你把婚离成了,你心里高兴不?"他认真地问道。

"高兴!我们两个这下都自由了,你可以重找一个听你话的婆姨,我也可以重找个懂得心疼我的男人!"九丸也认真地答道。

算起来,两人从来都没有像这样心平气和地说过话。

"九丸,我怕你以后找的男人打……打重生……"问余突然间又涕泪交加起来。

"哼!你以为人家都像你一样……你再找一个可是不敢再打了!"九丸故意道。

"我,我担心娃娃。"这句之后,问余再没出声,而车站说话间也就到了。

问余在路边狠狠擤了一把鼻涕,擦干了眼泪。

九丸跟在他身后,看他买了车票,坐上了车。

今天的天格外阳,格外暖,风吹到脸上冷而不冻,九丸站在车边,风把她的短发吹起来,像画报上的女英雄。

车启动了。

"九丸,我走了。"问余又泪眼婆娑地看着九丸。

"你好好生活吧,不要怨我。再几年说不定大家都过好了,你就不会难过了!"九丸追了几步,她看着问余的脸,心里突然对他生出了一种前所未有的怜悯。

"哦!哦——你回去吧!我走了——"问余似懂非懂地冲九丸挥了挥手。

车越行越远,九丸呆呆地站在原地——十几年的婚姻就这样结束了?这个男人从此再也没有任何理由和权力打她、欺负她了?

九丸恍惚间觉得自己做了一个冗长的梦刚刚醒来。或者,九丸觉得自己刚刚看了一场电影,电影的演员就是她自己。

在这个梦或电影里面,爷爷、外婆们的命运,父母们的命运,自己和哥哥嫂子这辈人的命运,自己遇到过的朋友和姐妹们的命运,所有的人和事瞬间交杂着浮现在九丸心里,一张张面孔在情节中交替出现着,隐没着,在隐没的同时又浮现出新的脸孔来。

问余坐的车早已照不见了,九丸还呆呆地站在车站门口,像是在送别,又像是在等待,她感觉电影的上半场带子突然播放完了,她站在车站门口的这个间隙,人生的放映员正在找下半部带子。

接下来,又会遇到哪些人,自己的生活又将是个什么样呢?

据说,当一个人或动物经历了长久的心灵或肉体禁锢之后,猛然间获得自由时,人或动物都会处在一种矛盾和空茫之中,短暂地丧失思考能力。九丸现在的心情就是这样。

九丸顺着大路往旅社走,除了几个寥寥的行人,县城里没一点儿热闹的景象。大路两侧的平房前面是一排白杨树,它们灰白的枝条微微摆动着。平房后面的几棵大槐树上有大而破烂的喜鹊窝,看不到喜鹊的身影,只有一群麻雀在树枝上来回掠飞着,像是猛撒出去的一把把芝麻。偶尔有手扶拖拉机突突突地从九丸身后超到前面去,留下一蓬黑烟。

住在这县城里的人都咋样生活着?

九丸突然想起在娑婆镇修电站时姐妹们给她教过的一首《穷人歌》:

开开个牛圈门

放出来牛一对

架上它我去耕地

倒把个铧打哩

尘世上的那个受苦人多

哪一个就像我

种了一斗麦

打了五升多

簸箕簸来筛子筛

剩下了两升多

尘世上的那个受苦人多

哪一个就像我

盖了个烂草窑
　　鹰雀老鸦多
　　娃娃们拾蛋去
　　倒把我的梁踏折
　　尘世上的苦命人多呀
　　哪一个就像我
　　找下一个歪老汉
　　老汉他就不怕我
　　他睡觉来我拦牛
　　不拦他就来打我
　　尘世上的苦女人多呀
　　哪一个就像我

　　九丸一边走，一边在心里默默唱着这首歌。每当唱到"哪一个就像我"的时候，她的嘴角就泛起一丝苦笑，像是在笑歌里面唱的这个人，也像是在笑自己。

　　回到象咀村后，不几天，杨氏就叫杨钦山把九丸的一对箱子给送了回来，箱子里有九丸结婚时穿的衣裳，也有她在杨家闲时纳的几双布鞋底子。

　　九丸打算暂时还住在爷爷那个窑里，她要与父亲和嫂子好好下苦挣工分，把重生照顾长大。至于还会不会遇上对自己好的男人，还能不能成家，她暂时不想去考虑。

　　重生有外婆照顾，有时还被金川带到学校里去玩儿，九丸很放心。她又加入了大队修梯田的队伍。

　　这两年，洛河畔上的人们四季都要修地打坝，任何一个村子都难找出个胖人。就连孩子们都知道家中的粮食总是不够吃，每个季节都得去"抢山"——春季里抢着掏小蒜、捋榆钱；夏季里去挖苦菜、捋榆树叶子;六月麦熟了,大人们收割完毕,娃娃们跟在后面捡拾麦穗,一点儿也舍不得撂在地里,就连山中的棉蓬籽、榨油剩下的油渣,甚至是玉米芯也要捡拾回家,让大人在磨上推粉和饭吃。

象咀村有几个在兰州当兵的,回来探亲时说军区里的同志们也困难,吃的是以前的冷冻猪肉。

布匹更是短缺,人均一年一丈五尺布、两斤棉花,一些进口的化肥袋子都成了宝贝,用它们做成的衣服,"日本产尿素""含氮量6%"的字样清晰可见。穿这样衣服的人一方面感觉羞于见人,另一方面却又自嘲总比赤身裸体强。

洛河畔两岸多是红石山、沙土山,从前的原始林子还算茂密,这两年却因为家户和人口增多,林子面积越来越少,就这,仅存的树木也总被偷偷砍了卖钱贴补家用。

洛河川的人眼看着山一点点秃了,眼看着一到夏季,山水就呼呼作响,这些山水汇到洛河里,洛河里发的水就更大了。

象咀村的人每到发水时都要去捞河柴,有水性好些的男人直接跳进水里,骑在大水推下来的木材上,把那些木材慢慢摆弄上岸来。

也有水性更好的男人不惧危险,泡在浊稠的洪水中捞上游推下来的各种东西。大水灌得身上什么都穿不住,他们只能赤身裸体,也顾不得岸上男女老少的目光,拼力把抓住的河柴、树木、羊子等各种东西一次次拽上岸,呼喊着家人来接应。

期间,婆婆镇水电站也被冲垮过一次,只得费力重新修补。

在这样的艰苦岁月中,九丸凭着自己之前的人生历练和敢作敢当的性格,真的当上了大队妇女主任。

重生成了她最大的心灵慰藉。只要想到重生,九丸就有了心劲儿,有了动力。每晚回去,重生都偎依在她身边说一会儿话,问她今天干了什么,不时还会给九丸唱几首舅舅教给他的歌,听着重生"妈妈,妈妈"地叫,听着他童声悦耳地唱,九丸心里既平和又满足。

这一年,周总理、朱总司令和毛主席先后逝世,婆婆镇公社各大队和其他地方一样,人们佩戴黑纱,举行了悼念活动。

缓慢而又迅疾的岁月里,洛河畔上的人们一次又一次感受着时代和社会的冲击,这种冲击与大河之水一样,关乎每个人的命运,它总是在带走从前所有陈旧腐坏的同时不停地开辟出新的河道,塑造出新的曲曲弯弯的水岸线,让人惊心动魄。人们的命运无一不在岁月之河里漂浮翻滚。

问余在离婚后的第二年就结婚了。

听梅英说,女方比问余小三岁,是个寡妇,丈夫前几年病死了后再也没有遇到合适的,看到问余有份工作,便也不嫌弃他丑,两个人也没办宴席,结婚证一领就住在了一起。

"唉,前些年本该由你得的,该给你和重生花的钱,问余如今都给了这个新的婆姨,说起来我都生气!"

"嫂子,你不要这么说,只要人家两个能合得来,我也高兴。问余什么都不亏欠我!"

"听我妈说两人还确实相处得不错,说问余比之前细心,也懂得对人家嘘寒问暖了。"

"呵呵,这多好啊,嫂子,我早都想通了,跟合适的人处再咋样两人都舒心,不合适的就算拿糨糊往一块黏都黏不住!"

"他的事我也再不提了,只盼着……盼着他也能过好,不管怎么说,将来好给重生凑一把劲儿嘛。"

"将来的事将来再说,只要他过得好就行。"

"唉,也就你大度!"

起初,问余最多两个月就要回来看一次重生,自从有了新婆姨,足有十来个月没回来过了。象咀村的女人们又给九丸传说着,说杨氏重新得意了起来,还想在这一两年再抱个孙子哩!

九丸只是抿着嘴笑,她觉得问余能再找到婆姨太不容易,她的心也彻底安了,确实,等这个女人再给他生个一男半女,问余往后也算有了个完整的家。

其实这两年打问九丸的人也不是没有,但九丸都觉得不行,有了之前的生活经验,有了重新选择的机会和权利,九丸告诫自己一定不能随便将就。

县城七月会时,生产队给全村放了三天假,田水荣决定带着家人去赶会。

因为九丸学过裁缝,家里人的衣裳相对都能整齐好看些,后晌时,村里又来了两个小媳妇跟九丸借了两件出门衣裳。

这几年大家光景都不好,布又短缺,出门问别人借衣裳早已司空见惯,有的人家甚至婆姨男人一条裤子,轮换着出门,冬日里的棉衣棉裤天一暖就得抽出棉花胎子,当单衣穿。

因为缺布,人们对布鞋格外珍惜,在山里或地里劳动时,一遇到下雨天,男人们基本都是打赤脚,鞋子要么揣在怀里,要么夹在胳肢窝下,生怕踩泥踏水把布鞋糟蹋坏。

第二天,田家全家起了个大早,收拾齐整。又背了十来个煮鸡蛋,田水荣在自留地里摘了一袋豆角装好,吆了驴驮着就起了身。

一路上,鱼祥、鱼壮和重生唱着跳着,似乎丝毫不觉得路途遥远,鱼祥还自编了一个顺口溜:

我给队长打莛莛,队长夸我好娃娃。
我给队长拾穗穗,队长夸我宝贝贝。

有了孩子们的欢声笑语,大人们也觉得走路不再枯燥乏味。

田水荣和金川给驴拔了些夜间要吃的草拧成捆子也驮在驴背上。

一路上不时有驴拉车和二股叉拖拉机驶过,各生产队的人都急着去赶红火。人们提着篮子,背着装过化肥尿素的袋子,穿着打着补丁的衣裳,老老少少个个喜笑颜开,似乎光是坐着驴拉车或拖拉机进城就足以让他们很有颜面并满足。

到了县城,豆角卖了四块钱,田水荣领着一家人去下了顿馆子,五个大人、三个孩子,要了七碗豆腐汤饸饹,鱼壮和重生两个拨开吃了一碗。一家人吃饱喝足,三块五毛钱就使唤掉了。

七月的县城要比冬季时好看一些,白杨树下掩映着一排排瓦房,两条路都已成了柏油路,为了给群众助兴,县上特意请秦腔班子唱戏助兴,每晚还公映电影。

街道两边,农民们席地而坐,面前摆着大大小小的筐子,筐里大多是从自留地里摘的时令蔬菜,也有卖国光苹果的,有卖自家种的甜瓜的。城里人则和了糖精水盛在桶里,另外拿两个缸子舀满糖水,缸子上盖一块玻璃,大大方方地叫喊着:"凉甜,凉甜,一缸糖水二分钱!不凉不甜不要钱!"叫卖声中,喝的人还真不少。

田水荣在街上碰见了他另一个拜把子兄弟冉六,说是已在河滩的牲口市北头搭了帐篷,要是晚上没处去,可以去帐篷里过夜。田水荣喜出望外,把手中驴缰绳一把递给冉六让他拉去照看,冉六也不推托,安顿让晚上早些来,弟兄多久没见了,晚上咋也得喝一口。

本来一家人正愁着晚上要去投奔哪个亲戚,没想到住宿的事这么容易就有了着落,只要晚上有去处,人心就安了。

天将黑时,全家人去戏场看了一阵子戏,偌大的敞滩里戏台最为明亮,戏子匠们的穿戴算是一年当中能见到的人身上最好看和最鲜艳的景致。

戏台子周围,卖瓜子、糖水、西瓜的小贩们各自点了一截蜡烛,团团烛光被来来往往的人衣襟扇撩得忽悠忽悠地动。

戏台上的大喇叭里,京胡、板胡、笛子、云锣行云流水,秦腔吱吱哇哇,台下的人们在半明半暗的光线里流动着、拥挤着。金川和梅英、九丸一人牵一个孩子,手都攥出了汗,生怕和娃娃被挤开。田水荣则一个劲儿招呼着包梅,她是小脚,本来就走不快,挤在人群中更得慢腾腾地挪,田水荣恨不得一把将老婆扛在肩上走。

出了戏场,一家人又去放电影的场地凑了一番热闹,摊子上花了七毛钱买了一颗西瓜吃罢,大人孩子这才尽了兴,鱼壮和重生也困倦了,走着走着就打起了盹儿,金川和九丸只能一人背了一个,加紧步子往河滩那边赶。

河滩里早就挤满了密密麻麻的白洋布帐篷,有的已亮起了烛光,站在车路上远远照去,那些亮着的帐篷看起来像一盏盏白灯笼,也像从天上暂时落下来的星星。

贩卖牲口的人和各自的亲戚们就在帐篷里过夜。帐篷里铺着砂毡,随意备着些旧铺盖,有的人为了省钱连蜡烛也不点,趁着隔边帐篷的一点光摸索着睡下就好。

没有菜,干喝。

干喝也不嫌。

田水荣和冉六、金川说着话抿着酒,娃娃们早都困倦得睡去,包梅半抱着鱼祥,梅英和九丸各自怀中搂着鱼壮和重生,有一搭没一搭地听男人们说些稀奇事。

九丸迷迷糊糊睡了一阵,听到外面不时有起来给牲口喂夜草夜料的人走动。

天还麻矇矇的没大亮,河滩里就又热闹开了。牛叫驴嚎,大人骂娃娃哭,有锅灶的已开始做饭,烧柴枝子的青烟飘得满河滩都是。

不一会儿,帐篷里的人就都出去了,赶会的赶会,做买卖的做买卖,牲口市上的牙子们来回在场地里穿梭,希望能多促成几宗生意。

田水荣在牲口市里转了一圈,看到好皮子还是忍不住要拿在手里捏揣一阵,他已经很久没有做过皮活儿了。

"什么时候政策才能放开来?什么时候才能再让做皮活儿?那时可就好啦。"田水荣自言自语道。

361

四十

今天是七月会的正会,也是一年中县城里人最多的时候。

田水荣把驴暂时寄在牲口市,让大家分开去转,这样谁想吃什么、想买什么都自由。金川和梅英、九丸也正有此意。

包梅担心大家走散,金川不由笑道:"妈,这街就这么长,划根洋火举着都能走到另一边,担心啥?"

"就是的,妈,想吃什么你和我大不要节省,再穷也不在这两天节省这点儿上!"梅英也笑道。她一说完,金川就掏出二十块钱硬塞进包梅手里,看来两口子早商量过了。

九丸带着重生去供销社转了一圈,见人们都围在食品柜台的"伊拉克蜜枣"旁指指点点。那蜜枣被压成板状,整板整板地摞在一起,靠近就闻到一股香甜气息。

重生看着那光亮诱人的橘红色蜜枣直咽口水。九丸问了价,一斤四毛二分钱。看着重生渴望的眼光,她一狠心,让售货员切了一块,上秤一称,九两。

付了钱,售货员拿纸包好递给重生:"给,娃娃,拿好!可不敢让掉地!"

重生稳稳地双手接过,揪下一只先递到九丸嘴边。

"哎呀,真是个孝顺娃!"售货员赞道。

九丸把那只蜜枣含进嘴里,心里也甜丝丝的:"真好吃!等咱以后有钱了,妈给你买点心,买饼干,买可多可多玩具!"

"嗯!我长大了给你挣很多很多钱,咱们把这里的东西都买下!"重生一边吃,一边认真地说,还不忘又揪下一只放进九丸嘴里。

母子俩拿着这包蜜枣,去戏场转了一圈,正看着戏,突然有人一拍九丸的肩膀,"哎"的一声。九丸回头一看,眼前的女人非常面熟,那女人身边也跟着个十来岁的女孩,头发黄黄的。

"你是不是田九丸?我是换子呀,换子!你想不起来了?"那女人开了口。

"哎哟,换子!见罢这么多年了,今咋在这儿碰见你?"九丸又惊又喜,一把捉住换子的手。

她仔细一看,换子比从前更瘦了,脸上干巴巴的,眼角已经有了几道深深的皱纹,鬓角竟然已经花白,手也又黑又瘦像两只鸡爪。

"我也带我女子来赶会!这是你娃?也都这么大了呀!"换子笑道。

九丸赶紧让重生把手里的蜜枣递给换子的女儿,那女孩低下头,不说不吃,但也不敢拿。九丸抓起几只硬塞在她手里,她又攥着不好意思送进嘴里去。

"我这女子,胆儿可小哩,没见过什么世面……哎,你再见过毛心和富娥没?你说她们会不会也来赶会?"换子又笑道。

"我也正这么想着哩!要是咱四个能遇在一起那该多好!"九丸也笑着。

两个曾经的姐妹相互打量着,询问着彼此的生活状况。

换子说丈夫这些年可能因为到了年纪,总算由村里的"二流子"转变了,也懂得了心疼她。她的大儿子已经大了,如今是个好劳力,这个女儿是当年从婆婆镇学裁缝后回去生的,换子说男人尤其对这个女子好,如今节省下一点儿钱也让她们娘儿俩来赶会,自己怕花钱不愿意来。

"多好呀,你可总算是熬出来了,我们如今都不是年轻人了,都知道咋过光景了。说起来,我心里常牵挂着你,为你担心。"九丸由衷地说。她和换子、富娥虽然相处时间只有一年多,心里却觉着比姊妹还亲近。

九丸说起自己和问余的情况,换子也很高兴,她打趣着一定要给九丸介绍一个好人。

九丸就把知道的毛心和富娥的情况告诉了换子。提起富娥和银升,换子叹气说这都是命,不由人。

二人聊了一会儿,换子就带着女儿匆匆走了,说是路远,要早早起身回家。

九丸看着换子的背影,不由想起之前在一起学裁缝时嬉笑的场景,她心里怅然若失。

一家人会合后,梅英突然提起说刚在照相馆看了一会儿红火,一家人难得一起出来,提议让全家人也去拍张相片做个留念。

"说不定九丸哪天再寻下合适的人家,到时候一家人再往一搭聚就难了!"梅英笑道。

"对,对,咱们今天也洋气一回!"金川附和道。

照相馆在一孔窑洞里,可以"坐飞机"照,也可以在"亭台楼阁"前照,在"宝塔山大桥"上照。

"你们一家好好看看,准备在哪个幕上照?"照相员是个精瘦的中年男人,他笑眯眯地打量着这一家人。

"我看宝塔山好!"

"还是这个亭子好,花红柳绿的!"

"坐飞机!坐飞机!"鱼祥、鱼壮和重生嚷嚷着。

"三个娃娃有眼光!今天来的都坐了飞机!"

"好,好!照个飞机相,你们几个长大了都去坐真飞机!到时把爷爷带上就行!"

"这您可不要愁,娃娃们长大那不就真坐呀?!那时的社会肯定比现在还好!"

一家人站好位置,紧张地听着照相师傅的指挥,眼睛睁得大大的,生怕照成"闭眼瞎子"。

这是田家人第一次在一起照相,他们都期待着明天能早点儿来取相片。

吃了饭走在街上,九丸又遇到了曾和她一起住旅社的高婶子。

两人相见,分外亲切,高婶子得知九丸终于离了婚,又知道她现在还没有再找,不由兴冲冲地给她当起了媒人,说是女婿的一个叔辈哥哥婆姨前些年得病殁了,这几年再也没遇到合适的对象。

"九丸,婶子给你说,男方是个公家人,又有文化,还是公社领导,吃着商品粮!你要是跟了他,我看是受不了罪。"高婶子眉飞色舞道。

"听你这么说,倒还真是个好相,就是不知道人家能看上我们九丸不?"包梅一听,也热情地跟高婶子攀谈了起来。

"我们九丸已经三十过半的人了,还拉扯着一个小子,就怕人家条件好,要求高。"田水荣道。

"咳!他也岁数不小了,比你们九丸还大两岁!也就是岁数大,找个大女子吧不合适,一般不识字的他又看不上,这才拖磨到现在。你女子上次和我一起住,我看得出九丸有本事,心善,是个好婆姨,所以我今天才开这个口!"高婶子捉着包梅的手恳切地道。

"那他有几个娃娃?"梅英急道。

"说起这个……他有两个儿子,如今都上学,也都大了,不用咋招呼,就是将来得给娶婆姨。九丸你考虑一下,要是这两个小子不搁事儿,那一切都好办!"

"确实……加上重生,就是三个儿,娶媳妇可是得掉几层皮!"包梅犹豫道。

"只要大人对事,再啥都不是问题!"金川道。

"金川说得在理,最主要是大人。那她婶子你给咱当个媒人,试着牵一下红线?"田水荣道。

"婶子,我们九丸可是个好女人哩,谁娶了她都是福气!她还学过裁缝,手又巧,我们全家大人娃娃的衣裳这些年都是她给做,你看,棱是棱,角是角,比卖的还好看!"梅英一把抓住高婶子另一只手,笑着给她介绍着。

"九丸,那就看你自己的意思了,如果这事你觉见还行,婶子我就试着给你牵线搭桥,将来你享了福也短不了婶子的几件好衣裳!"

"唉,就怕人家看不上我哩。"九丸突然有些害羞。

不可否认,"公家人""有文化""商品粮"这些条件对她的确有吸引力。

"九丸,那男的我见过,看着稳重!我想办法再打问一下他家其他情况,要是有希望,过几天我再想办法给你们捎话!"高婶子对这件事挺有信心。

夜间,听人说公映的电影是今年新出的《连心坝》,九丸一听这名字就非要去看,田水荣、包梅、金川和梅英几个则想去看夜戏。相互嘱咐散场后直接都去帐篷里,大家这才分头各奔所好。

荧幕上的青年人们热情洋溢地唱着,九丸心里却盘算着高婶子今天提的事,晚风中,她竟有些心慌,觉得自己的生活即将又有一场大的变化。女人的直觉往往是准确的,她觉得高婶子说的这个男人和自己可能还真会有些缘分。

九丸一边看着电影,一边胡思乱想着,直到重生抱着她的腿开始打盹儿,她这才回过神来,连忙牵着重生离开了电影场子。

高婶子打问的事很快就有了着落。

八月初九时,田家就来了媒人,这媒人因为常在县域内的三道川上下走动,凡是他撮合的男女成双配对的概率特别高,老百姓都叫他"锁三川"。

锁三川几句就把男方的条件、情况说得清清楚楚,明明白白。

男人叫谷培华,四十岁,家就在县城南边的变电站附近,与父母共住一个院子。他高中一毕业就参加了工作,现在遂宁公社当乡长,婆姨殁了已有五年多,留下两个儿子,一个十八,一个十六。

锁三川说如果田家觉得能行,再过几天他就叫上谷培华,正式再来一回,让双方见个面。

田水荣事先早都和包梅悄悄谈论过好几次,认为这个对象确实还不错,今日媒人能正式上门,说明男方听了九丸的情况也觉得合适。

女儿婚姻的事总算又有了转机,田水荣很高兴,他让包梅和了荞面,用仅有的一点儿腌猪肉做了哨子汤,汤里另外还卧了几个荷包蛋。

看一个家的家风要看男主家。

看一个家里女人的茶饭手艺看当娘的就行。

一碗剁得又细又匀称的荞面配上哨子汤,把锁三川吃得直点头。

田水荣把九丸前前后后的情况全部告诉了锁三川,好让他回去给男方有个详细交代。他们约好,如果再没什么问题,八月十四这天锁三川再带谷培华来看九丸。

"要是这天我们没有来,也不是刮风下雨天,那你们就不要等了,也许是人家觉得哪里不合适、不般配,如果是这样,那我也会专门再上田家的门来给你们交代清楚的……不过,依我多年经验,两人准能成!"临走时,锁三川又嘱咐道。

到了约定的日子,九丸早上起来特意收拾了一下自己,她换了件白地绿花的衬衫,配了条蓝裤子,头发用胰子洗过后又抹了点儿发油别在两耳后,额前还淡淡留了一排刘海。她心里忐忑着,猜测着男方听了她的经历后会怎么想,或者,会不会觉得重生是个负担,毕竟他也有两个儿子,再加上重生,整个家庭负担肯定更重了……

九丸这样想着,给重生也换上了干净衣裳,谁也没有告诉他今天是个什么日子,但孩子心里也有了个约莫,再看看母亲穿得干净整齐,就知道肯定是和她有关。

"重生,一会儿家里如果来人,年老的你叫爷爷,另外一个年轻的叫叔叔,记住了没？一定要有礼貌！"九丸给重生嘱咐着。

"妈妈,他们是来看我们的吗？"

"嗯……重生,你想不想有个男子汉来照顾妈妈？"

"男子汉？什么叫男子汉？"

"就是能让一家人都过得安稳、高兴的男人。嗯,就是什么事都难不倒他。"

"嗯,我长大也要当男子汉！"重生点点头。

九丸刚给重生安顿过,田水荣和包梅就又过来给外孙安顿了半天,他们知道,今天不仅是谷培华和九丸两个人的会面,也是男方评判女方性格修养的重要时刻,童言无忌,他们生怕重生影响了谷培华对九丸的印象和看法。

包梅又去把梅英也喊了过来让帮忙做饭,她担心自己人老手慢,招呼不周,毕竟人家是个领导。

近晌午时,田水荣照见村口进来两个人,其中一人正是锁三川。

他心头一喜,忙进窑里告诉了包梅、梅英和九丸,梅英小跑出去把院中的几个凳子又擦了一遍。

包梅让九丸先去坡下枣林里摘些枣。

九丸自是懂得母亲的意思,她也担心扑猛一见面,双方都别扭。

她提了只篮子,飞快地下了硷畔,闪进了枣树林子。

九丸一边摘着已红过了腰的枣子,一边留神听着那边路上的响动。她故意进了枣林深处,让路上过来的人看不见她。

秋风把枣叶和一串串枣子摇得左右点头。九丸听到自己的心跳得咚咚响——这样的情形对九丸来说是人生中的第一次,她从未有过这样的害羞和激动。

想到这里,她藏在枣树后面,偷偷地望着通向自家的路,想提前看看他长得是什么模样。

很快,脚步声越来越近了……他个头不算太高,头发梳理得很整齐,还留了一道偏缝,灰色中山服,脚上穿着一双崭新的方口黑条呢布鞋,身材看着也端正……九丸觉得他身上有种稳重和干净的气息,这让他看起来和一般的受苦人确实不太一样。

两人很快就上了院子,照不见了。接着,九丸就隐约听到父母和嫂子招呼客人的声音。

九丸转过身背靠着那棵大枣树,觉得自己的脸有些发烫,她定了定神,拽下些枣枝子来,拣又大又红的枣子摘了满满一篮子,又在林子里细细整了整衣衫和头发,这才轻轻走出枣林,上了碥畔。

院子里,谷培华和锁三川正坐着喝水,田水荣在旁陪着,母亲和嫂子正在搂柴准备烧火做饭。重生和鱼壮、鱼祥则手里拿着几颗水果糖,他们正一边吃糖,一边玩糖纸。

"哎呀,九丸摘枣回来啦!我给你介绍一下,这就是谷培华谷乡长!我们一大早就起身了!"锁三川一边笑,一边对谷培华使了个眼色。

"噢,大老远的,辛苦了,这枣子刚摘的,又脆又甜,我去给你们洗些!"九丸抿嘴一笑,快速地闪进了窑里。

重生也跟着进了窑,他把手里的糖给九丸看,悄悄地说:"妈,我叔叔给的糖,我不要,他硬给的。"

"他给你你就吃吧,不要紧。"九丸摸摸重生的头,递给他一个枣子,"看,妈给你摘了一个最大最红的!你去和哥哥玩儿,饭熟了妈妈喊你!"

重生应了一声,他出了门,跑到鱼壮和鱼祥旁边嘀咕几句,三个男孩一溜烟跑到坡底玩去了。

369

"你看,重生这娃娃可乖哩,就是见了生人不太敢说话。"田水荣呵呵笑了几声,对锁三川和谷培华说道。

"没事,没事,平时娃就见的生人少嘛!"锁三川笑道。

"男娃乖些懂事,太匪了大人操心多。"谷培华也笑道。

说罢,他站起身,从上衣口袋里掏出一盒烟,抯出一根递给田水荣。

"叔,你抽支我的?"

"上了年纪,还就抽着这老旱烟好,纸烟没劲儿!你和你叔抽。"田水荣道。

"是哩,抽惯哪种就觉见哪种好,老旱烟有劲儿!"谷培华笑道,他把那支烟递给锁三川,锁三川连忙接住,谷培华划了根火柴帮他点着。

"哎呀,老田,俗话说,媒婆媒汉,靠哄着两家吃饭,今天只要他们两个能相互看起,我这媒人就不用费事啦!"锁三川一口香烟吸进去,眼睛笑成了两条缝儿。

四十一

　　九丸和谷培华的亲事定在了九月二十六,那天正好立冬。

　　九月初十这天,谷培华来象咀接九丸去县城。一来他想带九丸去让自己的父母见一见,二来婚期临近,两人还需在城里置办些东西。

　　谷培华本来准备借上一辆自行车,可此时象咀到县城的路有多半连自行车都走不成。

　　田水荣和金川凑了一百块钱,又问村里人四处借了一百——田家想给九丸陪嫁一台缝纫机,可父子俩全部的家当加起来都不够。

　　九丸安顿好重生就和谷培华动了身。

　　包梅站在碜畔上,照着九丸和谷培华相跟着的身影,她脸上笑微微的,看得出这桩事让她十分可心。象咀村没出去上工的人也纷纷驻足观望,都感叹着九丸找了个吃商品粮的男人,这下可算是享了福。

　　九丸跟在谷培华的身后,二人出了象咀村,沿着洛河畔上的小路走着。

　　九丸今天套了件暗绿色的罩衫,里面穿了件白色的衬衫,这两件衣裳是当年在婆婆镇修水电站时工队统一给她们买的, 九丸十分珍爱,因为她曾穿着这套衣裳和铁姑娘们去县里会演过节目。

谷培华还穿着第一次来田家时的那套中山装,他把衣服洗得很干净,头发也依然梳理得整齐。

路上很安静,只能听到洛河流水的声响,偶尔有一些鸟的叫声啾啾吱吱地回荡在山谷里。今天的太阳也很好,把畔上一丛丛高矮不同的树叶子照得发亮。

"九丸,你当女石匠时受了不少累吧?你太厉害了!"谷培华转头对九丸笑道,他想了半天才终于开了口。

"嗯,娑婆镇修水电站我去干了一年多,因为牵挂重生,后来还有许多事我没参加成。"九丸回答道。

"你嫂子说你还学过裁缝?"

"学过,也是在娑婆镇学的。一般大人娃娃的衣裳我都能做。"

"那像我穿的这身衣裳你能做了不?"

"能嘛,这种中山服就是领子和肩膀要做好,不然看起来没精神!"

"听你这么说就知道确实学下本事了!那……那以后我的衣裳是不是就不用另外找裁缝了?"

"你不嫌弃我手艺就行……要是有个缝纫机就方便了。我从前给家人做,也给村里人做,不过都得去大队借缝纫机才行。"九丸抿嘴一笑道。

"这个你不用愁,缝纫机你父母给陪上了,我和我父母再商量看能不能给咱买一辆自行车。"

"我家从前让做皮活儿时还可以,能有点儿闲钱,现在……唉,不说这个了,不管咋样,我要是自己能有一台缝纫机那就太好了!"

"还有自行车!你到时候想学车子我教你,我给你扶着让你学!"

"嗯。"

谷培华边走边打量着九丸,这是他们第一次单独相处,他这才敢细细地观赏、品味身边的女人。阳光下,他被九丸脸颊上的光彩打动了,也许是因为过去的苦难,也许是因为对新生活的向往,此刻,她正散发着一种羞怯而动人的美。

"话说回来,其实这些东西有没有都无所谓,你说呢?我觉见主要是咱两个脾气能合得来,这比什么都重要。对了,你前面那个脾气好吗?"九丸逐渐放松了下来,她也开始主动问话,谷培华让她有种信赖感。

"咳!她脾气可不好哩,性子太犟,凡事不肯让人,常让我和家里不得安生。也就是吃了这脾气的亏,后来不知咋就得了心脏病殁了。"谷培华道。

"唉,按理来说她过得顺心着哩,不过一人一个脾气,有时由不得她自己。"九丸看谷培华叹气,便宽慰他道。

"你先前男人我知道,他前些年在遂宁镇打坝时我就见过,不过那时还不知道他和你的关系。他那也是特殊情况,像你说的,由不得自己。不过,跟了他,你先前是把苦吃了,这些我都能想来。"谷培华温柔地说道。

空气中突然多了一丝微妙的波动,洛河似乎在二人身边流淌得更欢快了,水声撞着水声,格外悦耳。

九丸突然想到洛河川的一句古话——"话是开心的钥匙"。再紧锁的心门,只要好好说话,总有能打开的时候。

她觉得和谷培华说话时,多少年心里冻结下的冰突然开始慢慢融化。现在跟她走在一起的这个男人,将在后半生与自己同吃同睡……问余跟他简直没法相比。

"你吃的是商品粮,又是公社的乡长,你真不嫌弃我是二婚,而且还带着重生?"九丸低声问道。

"咱都是二婚,谁嫌弃谁?我和她先前争争吵吵的,说实话,也没有过多少家庭温暖!我那天一见你就知道你是个好女人……其他啥都不是关键,就像你说的,婆姨汉能相互关心、体贴,这才是最好的。"谷培华认真地答道。

"你……你说的都是真的?"

谷培华突然站住了,他转过身来把九丸的手一把握住。

九丸没有挣脱,她温顺地让那只略微粗糙却有力的大手攥着自己的手,微微低下了头。

"九丸,我……我是真的看见你好。"

九丸看着他认真严肃的样子,突然扑哧一声笑了,她的笑容如路边土畦上的蓝色野菊花般明净。

"你是不是把我当你公社的干部了?说话这么严肃。"九丸笑道,她的眼神和谷培华的眼神一相遇,又赶紧躲开。

"呵呵,我常开会讲话也不紧张,今天把我紧张的,你看,我手心都出汗了。"谷培华也笑了,他自我解嘲道。

九丸这时抽回了自己的手:"快走吧,小心路上来人被人看见!"

就因为这些话,九丸觉得自己和他的心猛地靠近了许多,她这才感觉到了男人和女人之间美妙的试探和"交锋",这种感觉是她从未体会过的。

到了县城,天已黑,谷培华直接带九丸去了家里。

一进院门,谷培华父母就迎了出来,一边拿笤帚给九丸和谷培华扫身上的土,一边给窑洞外放着的盆里倒好温水,让谷培华和九丸用胰子洗了手。知道九丸今天要来,他们早都等着了。

九丸简单地打量了一番这个小院。院子不大,三孔窑洞,左边靠墙还盖着两间小平房,右边靠墙的地方有一畦菜地,菜地旁还有一架葡萄藤。

九丸被招呼进窑里坐下,窑里收拾得整齐干净,掌炕上被褥崭新,窑中地上还放着一张圆桌,桌上摆着一盘苹果、两串葡萄。一个钟表挂在墙上嗒嗒地走着,桌上还放了台收音机,正小声播放着新闻节目。

老谷叫谷前进,以前也当过公社干部,他看起来精神很好,说起话来不疾不徐,亲切慈祥。

谷氏不识字,矮个儿,半大脚,也是个慈眉善目的老婆儿,她看见九丸干净利落的样子,心里十分高兴,乐颠颠地说盆里的面早都和好了,单等两人一回来就烙饼。

不一会儿,谷氏就端上了香气扑鼻的涮油饼,外加三个菜,肉丝炒洋芋棒、韭菜炒鸡蛋、茴子白①炒粉条。

吃饭间,两位老人不停招呼九丸吃喝,谷氏还问起重生的上学和生活情况,这让九丸体会到了什么才叫人说的"顺气饭""顺心人"。

天快黑时,谷培华的两个儿子谷有成和谷有存回来了,他们都在县城的学校上学,因为家离学校不是特别远,除了星期六、星期天,他们每天都要在家和学校之间跑。见到父亲身边坐着的九丸,他们知道这就是爷爷奶奶说过的人。他们礼貌地给九丸打了声招呼,吃了饭就进了中间的窑去看书写作业。

这夜,谷培华和老谷一起住,谷氏和九丸一起。

与过去的婆婆杨氏一对比,谷氏越显得慈爱暖心,而杨氏从前的刻薄就更突出了。

九丸心里不由又暗暗感激命运,让她在近四十岁时才体会到这些。

第二天早饭间,老谷拿出二百块钱,说让两人去买自行车,算是娶九丸时男方的礼当。九丸知道这是父子俩昨晚商量的结果。

谷培华带着九丸直接去了县城百货公司,他们买了两个牡丹花双喜字的洋瓷洗脸盆、一个脸盆架,还有一只同样是牡丹花双喜字的铁皮暖壶、两个有着毛主席语录的喝水缸子、四只绿点点花纹的洋瓷碗。想到天气马上凉了,谷培华又给九丸买了身绒衣绒裤,还把他和父亲的布票添上,给九丸扯了两身衣裳布料,一种是县城时兴的"树叶花",另一种是"一把抓"的涤纶料。想到重生,谷培华给孩子也扯了几尺蓝色涤卡布。

---

① 茴子白,陕北方言,卷心菜、包菜。

另外,炕上的护单、枕头套、被套这些也都少不了要买新的,谷培华全都大大方方付了钱。

想到父母安顿的事,九丸也给谷培华买了一双胶鞋,给公婆各买了一顶帽子,又给谷培华两个儿子分别买了支钢笔。

这些东西都置办好了,谷培华和九丸回家去送了一次,接着又折返到百货公司开始细心地、慢慢地询问起缝纫机和自行车的价格和不同牌子的特性来。

缝纫机的价格都差不多,一百八十多一台,有标准牌、凤凰牌、洛阳牌,自行车有白山、峨眉、飞鸽、永久、红旗,价格也都在一百七十块左右。

九丸算了一下,不管是缝纫机还是自行车,对于一个挣工资的干部来说都得不吃不喝攒半年才够,谷培华算是国家干部,省吃俭用一两年就能攒下,可对于自己象咀村的父母来说,除了哥哥给的五十块钱,其余一百五十块对他们来说真是个很大的数目了!

"从此你可要好好生活,安安稳稳的,再不能让父母担心了。"九丸心里暗暗对自己说道,想想这么多年父母在她身上操的心,九丸又是阵阵愧疚。

谷培华和九丸小心翼翼把钱点了两遍交给售货员,缝纫机百货公司给送货,自行车两个人当即就能骑走。

谷培华推着自行车,九丸跟在崭新的车子后面,看那亮闪闪的红色尾灯和谷培华推着车子的背影。

一出百货公司的门,谷培华就跃跃欲试,他一扬腿骑在车子上,来回骑了一段,熟悉了感觉后,他把车子骑到九丸身边。

"九丸,来,跳上来坐到后座上,我带你!"谷培华高兴地大声道。

"我没坐过自行车,不会上!有些害怕!"九丸红了脸,窘迫道。

"看我这个粗心!"谷培华把车子刹住,他一条腿扎在地上,让自行车向九丸这边歪过来。

"来,九丸,你这样往座子上坐!"

九丸心里又是一丝异样的跳动,她乖乖走到自行车边,坐到了座位上。

"来,你把我抓紧!小心!"谷培华又安顿道。

"嗯,走吧!"九丸抓住谷培华的布衫后襟。

"九丸,我带你去逛逛,看看秋天的美景!"谷培华高兴得像个年轻小伙子。他把自行车一拐,上了靠近河边的一条路。哒哒哒,自行车链条在蹬动中发出好听而流畅的声音,让人莫名自豪和愉悦。

刚过了重阳节,天气还不算冷,县城的天又像九丸上次来时那样蓝,不,比上次更蓝。大路两旁的水渠边开着一簇簇黄色、紫色的野菊花,此刻显得格外鲜活。路两边远远近近的白杨树呈现着层次不同的金黄色,县河对面的山上也是黄色、金色、橘色层叠交织着,一派清爽明亮的景象。

几个颠簸,九丸的手不由紧紧搂住谷培华的腰。

两人谁也不说话,任凭凉爽的风流淌过各自的头发和脖颈。

缝纫机送来了,自行车也停到了院子里。四个人又忙活了半天,把买回来的东西安置在边窑里。谷氏早把棉花备好了,就这几天准备缝两床新被褥,看着窑里被装点一新,大家脸上都满溢着欢喜和欣慰。

夜深了,九丸身旁的谷氏已发出轻微的鼾声。

九丸望着窗外月亮的微光,回味着白天的一切,回味着谷培华用自行车带着她时,两人身体接触时那种微妙幸福的感受。想到之前到县城赶会时度过的"帐篷之夜",九丸伸手摸了摸身下软软的褥子。她之前想都没想过能在县城安家。她不禁感慨着老天爷为啥能把人和事安排得这么奇妙。

九丸突然想起了爷爷和外婆对她说过的话,想起毛心、换子、富娥对她说过的话,想起嫂子梅英对她的爱护。

想着想着,九丸又悄悄落泪了,但这是她记忆中唯一一次不为愁苦而流泪。

四十二

因为是二婚,谷培华和九丸的婚事没请多少人,田家贾发金川去请了婆婆镇泥塔沟的几个舅舅,舅舅们如今已都是六十多的老人了,这些年虽和包梅家来往得少,但总还相互惦念着。

宗谦怀、宗谦朋、宗谦行提前一天就到了田家,他们知道田水荣没有弟兄,金川又是单传,本来田家人丁就不旺,若是再不来给九丸撑个脸面,田家就显得太单薄了。

宗家三弟兄一到田家,包梅看到他们瘦骨嶙峋、弯腰背锅①的样子就哭开了,这几年来,她再没有回过娘家,母亲殁了,她和田水荣都没去奔丧戴孝,这事一直是她的一块心病。

夜间,金川一家四口吃过饭就回去了,宗谦怀、宗谦朋、宗谦行、田水荣、包梅几人坐在炕上,在油灯下拉话。说到宗家这些年过着比父亲宗大毡刚殁了时更艰苦的日子,说到几个老人死时都不心安,说起宗谦义再没出过泥塔沟,好在后来国家一个季度还给他发一百二

---

① 背锅,陕北方言,驼背的意思。

十块钱的补助。

尤其是说到母亲临殁前病痛缠身,又为了他们弟兄几个挨打受整的情景,三个老汉坐在炕上不由抹起了眼泪。包梅之前所有的担心和想象今日得到证实,她大放悲声。

"唉,人都说钱好钱好,咱们宗家算是吃尽了钱的苦!大和二大他们几个弟兄当时如果没挣下那么大的家业,哪会招惹杀身之祸?咱们后人也不会过成这样。唉,这些话都说不成,说不成呀!"宗谦怀叹息着道,每当想起父亲弟兄几个和奶奶的惨死,以及后来自己所遇的种种,他就觉得这一切都是父辈们当年的"不知足"造成的。

"话不能这么说,谁不想把光景过在人前?啥时候都是时运,不能怨咱那些老人,尤其是女老人们,守寡几十年,到老也没得安稳。"宗谦朋也叹道。

"说起来,她们都太刚强了,九丸外婆、二外婆、三外婆,走时就像商量好了,一个跟一个只差两个月……"宗谦行道。

"老一辈人有老一辈人受的罪,新一辈又有新一辈受的罪,你想,金川、梅英和九丸这一辈人也不好活呀!都是小小年纪就劳动了,饿肚子是常有的事……老天爷就没遗留下让人享福,我看来到世上的人都是遭罪来了!"田水荣觉得自家的光景也不比丈人家和妻哥家好多少,田家的很多苦也让老人田养鲲担了。

"唉,这几年我们多回都想来看看你们,可你们也都知道,有些事很麻烦。"田水荣道。

"包梅、水荣,还有九丸,你们不要难过。这些大概都是国家向前发展的要求吧,国家是新的,这就和碎娃娃学走路一样,哪里能没个磕磕绊绊?我们也从来没有怨过谁,也不知道该去怨谁。"宗谦怀道。

"就是的,不过落下一身病也折磨人哩!"宗谦行苦笑道,他让宗谦怀和宗谦朋把手一起展出去,只见三双手这里一个疙瘩,那里一处伤疤,风湿和过度的劳动已让它们从指关节到手腕全部变形。

除了宗谦义和宗谦润因为条件不便没有来，这算是宗家这一辈人难得的一次相聚。

夜已深了，象咀山弯里只有田水荣家的煤油灯还亮着。

所有过去的经历在讲述时都成了简单的话语或故事，但对当事人来说，只有他们知道每分每秒是怎么熬过来的。宗家几代人的命运就像水头浮着的树叶或落花，浮浮沉沉间有太多挣扎与悲壮。

第二天，包梅和梅英早早就开始操办饭菜，条件有限，只能杀了四只鸡，另外蒸了两锅白面馍，炒了六个菜，温了两壶酒。

九丸和重生在窑里把要拿的东西都收拾好，又带上了爷爷给她做的那件羊羔皮小坎肩和外婆给她的口弦。

晌午时，谷培华带着锁三川和谷家的两个伯伯来到了田家。

谷培华给丈人和两个妻舅舅分别带了一条烟、一瓶酒，还扛了一件羊后腿。谷家准备了二百块钱做九丸的彩礼，由锁三川郑重地交到了田水荣手上。

"九丸，你看，谷家很看重和抬举你哩，过了门要好好孝敬公婆，照顾好培华！"田水荣给九丸安顿道。

"是啊，妹妹，希望你们夫妻和和睦睦过到老！都不是年轻人了，平时有个啥可要相互忍让。"金川也意味深长地对妹妹和妹夫道。

男人们坐在炕上吃菜喝酒，包梅和梅英忙着伺候着，谷培华和九丸两个齐齐站在炕边给炕上的人一一敬酒。

酒饭一过，九丸就要跟着这个简陋的娶亲队伍出发了。送亲的人是金川和宗谦怀。宗谦朋和宗谦行因为牵挂着家里的事，动身回了婆婆镇。

此刻，九丸的心里却又充满着另一种淡淡的酸涩。从前在杨家峁问余家，有个啥她走几步就能到娘家，如今去了县城，真有个啥要回来一次就不容易了。她放心不下父母，也舍不得离开象咀村，舍不得离开田家的这三孔古窑。

包梅又落泪了,锁三川和谷培华连连安慰她,说九丸过去肯定受不了罪,让老人们都不要牵心。

梅英也红了眼圈,她汪起的泪水中既有对过去的释怀,也有对小姑的不舍,这些年,她和九丸如同亲姐妹般,如今猛地要分开,梅英心中也不好受。

鱼祥和鱼壮知道姑姑和重生要去城里生活了,他们觉得既好奇又兴奋,三个孩子也说着悄悄话。

"重生,我们明年七月时会来找你!"

"好!明年你们来了我带你们在县城里玩!"

"到时黑夜里我们不去帐篷里,直接去你家行不?"

"当然了!听妈妈说,新爸爸家有三孔窑洞,炕可大呢!还有收音机,里面常讲好听的故事哩!"重生眼睛睁得大大的,给两个哥哥保证着。

"培华,你工作不忙时常带着九丸回来啊!"田水荣给女婿安顿着,九丸在家这么多年,他早已习惯有她在的日子,现在这个男人又要把女儿领走,田水荣黯然了,他看着九丸和重生,眼一软,连忙背过身去忍住眼泪。

金川和梅英帮忙搬出九丸要拿的东西,几个男人分别提了一件就上了路。

走到村口时,九丸牵着重生再次回头望了一眼象咀山和自家的石窑。

象咀山此刻在阳光的照射下显得格外清亮,山上的每一处旮儿、每一个大小石缝,甚至每一棵树、每一株花草,硷畔下的枣树林子,山那边她曾把爷爷背去的那个烂窑,河畔的每一丛芋子、马莲、白草,此刻九丸都回想了起来。

一只鹰此时正在象咀山上空久久悬浮,把蓝天推得更加高远。

一行人到了县城时,天又黑了。

谷家窑里窑外都亮着灯,红色的双喜字贴在边窑的窗棂子上,七八个最亲的亲戚穿梭在几个窑里,忙碌着准备"下马宴席"。

谷培华和九丸在院中简单地拜了天地,又给父母跪下磕了头,由谷培华的一个姨娘为两人并了头,喝了交杯酒,众人把谷培华两个小子和重生叫到一起,开始"改口"仪式。

锁三川见多识广,这个仪式就由他主持。

"天上鸦雀并排飞,老天爷遗留下一对对,头一婚没享什么福,如今再婚都补齐。为人礼信不能少,娃娃们改口尊大小,今日叫了大和妈,和和睦睦成一家!"

锁三川说毕,让重生先给谷培华看酒。重生端着倒满的酒杯,小心翼翼走到谷培华面前,双手递上。旁边的锁三川戳戳重生的后背道:"重生,快叫爸爸!"周围的人都盯着重生,猜想这孩子会不会哭起来,谁知道重生干干脆脆、清清楚楚地叫了一声:"爸爸——"

谷培华心一热,高声应了一声:"哎!"他脸上带着笑,接过酒一饮而尽,接着从口袋里掏出十块钱递到重生手里。

周围的人不禁松了口气,直夸重生懂事。九丸悬着的心也随即放了下来,她明白,这一声"爸爸"也许是重生发自内心叫的,因为他从前很少有叫爸爸的机会,这个称呼也许长埋在心底。也许他现在还不明白这个称呼的含义,但肯叫出口,至少说明他心里并不排斥谷培华。

"重生,以后要好好听你爸爸的话,听哥哥们的话,好好念书哩!晓得了没?"金川上去摸摸外甥的头笑道。

接着,锁三川又把重生带着来到老谷和谷氏面前,让他分别敬酒和称呼"爷爷""奶奶",重生还是毫不胆怯地叫出了口,老谷和谷氏一边笑着答应,一边各自拿出五块钱也塞进重生手里。

"好娃娃,有教养!"老谷称赞着重生。

"九丸教育得好!"谷氏也附和着。

接下来,到了谷培华两个儿子谷有成、谷有存改口的时间。

谷有成已十八岁了,今年上高二,谷有存小哥哥两岁,读初三。

两个后生被锁三川叫到九丸面前,涨红着脸,如蚊子般低低哼了两声。

"妈。"

"……妈。"

他们很难为情,一方面知道父亲再娶很正常,是生活的需要,另一方面却又觉得要叫一个原本陌生的女人为妈,这着实有些别扭。

但两个大后生还是叫了,他们知道这是礼节,也是对九丸的一种尊重和接纳,今天开不了口就失了礼,在场的所有人也会很难堪,更何况,九丸在他们心里留下的印象也很好,善良、温柔,而且,她的孩子能大大方方叫自己的父亲一声"爸爸",为什么自己就不能回叫一声"妈"呢?

"哎!你们弟兄两个平时有什么事就只管和我说。"九丸也轻轻应道,她理解这两个孩子心里已不再像重生那般简单,但她并没有一丝怪罪,反倒觉得孩子们也不容易。

九丸也掏出来二十块钱,分别给了两弟兄。

"这下好了,往后就都要按照今天改口的叫!"谷氏欢喜道。

"有成、有存、重生,从今天起,你们就是三兄弟了,当哥哥的要爱护弟弟,当弟弟的要尊重哥哥,有什么事不能打闹,要讲道理,大要让小!"老谷笑微微地把三个孩子叫得站成一排嘱咐道。

"重生,你叫一下你两个哥哥,就算正式成弟兄啦!"锁三川撺掇道。

"大哥!二哥!"重生乖乖地叫道,他还冲谷有成和谷有存弯了弯腰,这是在象咀列宁小学时舅舅教给他的。

谷有成和谷有存看重生可爱的样子,不禁笑了,他们拍拍重生的小肩膀:"以后谁敢欺负你,你就给我们说!"

"嗯!"重生点点头,他打量着这两个新哥哥,觉得自己很威风。

夜间,老谷夫妇、谷有成和谷有存住一个窑,金川和宗谦怀、重生住一个窑,谷培华和九丸单独入了"洞房窑"。

窑里被烧得暖烘烘的,牡丹花脸盆、水壶,凤凰绕牡丹的新被子、新褥子,新缝纫机盖着带花边的套子,碗柜、灶台、写字桌上装点着油

383

漆画,窑里算得上花团锦簇。此时,桌上的红烛已经过半,烛光和窑顶灯泡发出的暖光融为一体,在橘色的光团里,一切看起来朦朦胧胧的,像画一样。

夜深了,小院里已响起了男人们的鼾声。

九丸和谷培华静静躺下,他们小心翼翼地尽量不发出声响。

谷培华一粒一粒解开九丸的扣子,帮她把上衣脱下,九丸低着头,她心里几许紧张、几许柔情,同时还有些从未有过的慌乱。她并不知道如何去取悦男人,只能是配合着谷培华,乖乖地任他所为。但是当她的上衣被脱得只剩贴身的碎花背心时,九丸还是害羞地背过身去。

谷培华挨在九丸背后,两手抚摸着她圆圆的肩膀,九丸身上一股温热、馨香的气息让他既爱怜又着迷。

"九丸,不要怕,我会好好对你的。"谷培华的脸挨到九丸的后脖颈上,他的手继而温柔地从九丸腋下环抱过去,他的手带着渴望,带着久久没有触碰女人的一种生疏。

九丸脸上腾起一阵热浪,在谷培华的拥抱和抚摸中,她的身体竟然有了奇特的感应,这种深处的感应继而也转化为一种渴望,她慢慢转过身来,把谷培华的纽扣也一一解开,帮他脱掉了衣服。

两人就这样相互帮助着,似乎是在完成一项神圣的仪式。

两个热腾腾的身躯终于挨在了一起。

谷培华把九丸搂在怀里,抚摸着她的头发、她的背,在男人温柔的抚摸中,九丸原本绷着的身体彻底软了下来,身体传来的阵阵畅快和感受到的爱意让她微微闭起了眼睛。

跟问余的粗暴相比,身边的男人这么细致温存,九丸从未想过你情我愿的男女之事是这样一种滋味。

渐渐地,九丸搂住了谷培华的腰,她这才感觉到了一种由放心和安心而产生的"好",但同时又有一种悲怆从她心里升起,似乎是为了她从前逝去的时光,为了她终于敞开心扉和身体接纳一个男人的勇气。

四十三

也许是听不见那许多鸟雀的叫声,听不到农人们吆喝耕牛"哞儿——号"的悠长呼喝声,县城里的春天似乎总比农村要来得迟许多。

重生这几个月间早和附近的小孩们打成一片,一帮孩子在附近的田野里玩打土仗、扇元宝、打毛猴,重生的性格也由刚到县城时的胆小变得大方开朗了许多。

谷培华每周回县城一次,遇上工作忙,两周回来一次也是常有的事。他告诉九丸,只有认真工作才有可能尽量早调到城里来,那时就好了。

重生在城关小学上了一年级。

到了开学时间,九丸每天早晨五点多就起来给谷有成和谷有存做早饭。从前谷氏做的活儿九丸主动接了过来,她觉得既然已经成了谷家的媳妇,成了有成和有存的妈,自己怎么再好意思睡在炕上,让一个老人起来伺候孩子们的吃喝。

等高中生和初中生吃过饭走了,老谷夫妇和重生起了床,四人一起吃过，九丸就得送重生去学校。谷氏常常在九丸回来前就刷了锅碗，九丸回来再给一家老小洗洗衣裳、缝缝补补，不一会儿，她就又得准备中午饭。中午，三个学生回来把饭一吃又走了，走的时候谷有成和谷有存顺道就把重生送去学校，九丸能稍作休息。下午时，老谷有时去接重生，九丸就安心做饭，婆婆谷氏偶尔也过来搭把手，偶尔忙着做其他活儿。这样，一天就下来了。

九丸身上早就养成了一个洛河川女人所具备的利落和耐力。

和从前上山打坝的那种累相比，如今的家务算不上什么苦差，唯一让她有些憋闷的是几乎每天要重复做饭、洗锅、清扫、洗衣这四件事。从前住在象咀村的娘家时，九丸从来没有这样过，如今彻底离了家才知道，任何一个家，哪怕人口再少，女人或母亲的活儿都是干不完的。她这才体会到了包梅每天的不易，也体会到了为什么女子出嫁的时候，当妈的总会垂泪不舍……

重生聪明，每天回来都要给九丸背一段课文，写几个生字，他的作业本从第一页开始就干干净净、整整齐齐，写的字也不像同龄人歪歪扭扭。

"真是个聪明又爱好的娃！"老谷常常夸赞重生道。

四月的一天，天地间浑黄一片。讨厌的沙尘暴又来了。整个县城罩在淡橘色的沙尘之中，像没拍清楚还褪了色的旧照片。

重生下午从学校回来时看着恹恹的，一副没精打采的样子，九丸只当是天气不好，本身上课又累，就早早安抚孩子睡下。夜间十点多，九丸听他呼吸急促，伸手一摸，又拉亮灯仔细察看，重生的手脚和腋下不知为何出了一片片疹子。

九丸着了忙，连忙叫醒了老谷夫妇，老两口披着衣服过来一看，感觉像是风疹，又不太像。

迷迷糊糊间，重生不停用手在头上摸，嘴里断断续续喊着疼。好容易挨到天亮送到医院，医生一看症状，当即就断定是流行性脑膜炎。

医生说，十年前这是人人谈及色变的传染病，没想到最近又在县城内出现，医院昨天已经收治了一名同样症状的孩子，可惜来了时孩子就已经不行了。现在重生一被送来，院方就认识到有可能是脑膜炎已再次在县城内开始流传，为了确诊，又加急给重生做了化验，化验结果一出来，医院当即就打电话向县上相关部门做了报告，提醒群众注意防范。

看着病床上几近昏迷的重生，九丸心内如焚，她不顾医生的劝阻，坚持守在床边，注意着重生的一举一动。她觉得自己刚好活些了，心里就又明晃晃插进来一把尖刀。

"九丸，孩子突然病成这样，而且又是这么不好的病，你看要不要把他亲爸叫回来？"老谷问道。

"唉，他回来只会添乱，再说，这些年他从来不管重生，也没给过娃一分钱抚养费，叫他干什么？"

巨大的担忧和恐惧折磨着九丸，谷培华当下又不在身边，她觉得心里那把刀子随时会要了她的命。

老谷明白九丸的心思，急忙去邮电局给谷培华打了电话，让他赶快回来照应，又在电话上问该不该叫问余。谷培华想了想，觉得还是应该让九丸给打个电话说一声，毕竟不是小事。

老谷转身又到医院，转述了谷培华的话。九丸转念一想，确实，无论从法律还是人情方面，问余或杨家都应该知道这事，她急匆匆到了邮电局，查到了问余所在的建筑公司电话号码，颤抖着拨打了过去。

好一会儿，电话才从那端又打了过来。

"问余，重生突然有病了，医生说是脑膜炎……我给你说一声，你看你要不要回来看看娃。"九丸声音颤抖着。

"什么……什么病？脑膜炎？咋……咋会得的！是……是你们没照看好！"问余一听，也急得在电话那头喊叫道。

"话我给你说到,医生说娃可能有生命危险,你回不回来是你的事。"

"你说……说我是憨汉,带不了娃,你……该是聪明人,还能把娃带成这样?"问余继续喊叫着。

"这是传染病,难道我这个当娘的希望娃娃得病吗?!"九丸又急又怒,眼泪簌簌而下。

"你……给老子……我看是你一天天和你男人鬼混,顾不得管娃娃吧!"

九丸默默挂上电话,神情木然地付了钱,出了邮电局。

她神情恍惚,有些趔趄地走在街上,像是随时要被刮走,头发也在风中乱舞着,像被谁一把把揪起。比起昨天,天空此时呈现着一种更加奇异的黄色,不时有行人停下来揉眼掏耳。

今天的天黑得也比往常要早,晚上七点多,谷培华才到了医院。这样的天气根本没法骑自行车,好不容易才等了一辆顺车坐到县上来。

"重生咋样了?好些了没?"谷培华满身灰尘,头发也乱成一团。

"你总算回来了。"九丸虽说声音软得打战,但紧绷着的心却舒缓了几许,她说了前后经过,包括给问余打电话的事。

"九丸,当前尽力先把重生的病看好,其他你不用想那么多。你现在是我的婆姨,问余他要是回来找你麻烦,有我在!再说了,凡事都要讲理,实在不讲理还有法律呢!"谷培华揽住九丸的肩膀,九丸不由拉起他的手,把自己的脸埋进他的掌中,似乎想要逃避眼前的现实,又像是获取着男人掌心传来的热量,她的眼泪淌到男人手上。

"好了,好了,你的担心我知道,我这就再去问问医生,让他们尽一切办法给重生好好看病。"

"嗯,我手里现在还有结婚时剩下的几十块钱。"九丸喃喃道。

"先不说这些,我刚发了工资,实在不够再想办法!"谷培华说完就去了医务室,详细询问了重生的病因、病情。

"幸亏你家孩子送来得早,我们现在西药、中药都给孩子用着,希望能控制得住。这个病不好治,又容易有后遗症!十年前,咱们这儿得了这个病的人不是瘫就是瞎了,要不就成了瘸子和傻子……"医生沉重道。

"那这孩子最乐观的结果是什么?"谷培华的心瞬间沉重起来,他对十年前的事也有记忆,知道这个病的厉害。

"目前只能治疗着看了。西药能消炎杀菌,中药清热解毒,希望两种配合起来能达到最好的治疗效果!不过,比起十年前,现在的药物毕竟更先进一些,另外,你们接触过重生的大人也要注意预防和隔离,防止传染!"

谷培华出了医务室,脚步沉沉地回到病房,告诉了九丸医生说的话。二人决定听从医院的安排,让重生住在隔离病房里,谷培华和九丸住在另一间病房,随时听候医院吩咐。

在这期间,又连续送来两个比重生大的孩子,一个男孩,一个女孩,症状和重生一模一样。

患者不断增加,医院立即召开了紧急会议,再次给县上做了汇报,通过广播通知全县各中小学暂时停课,村与村之间注意人员流通,家家户户在水缸中泡上生蒜瓣,且要时刻注意,一有发烧情况就及时就医,不能对类似的感冒发烧症状掉以轻心。

第二天,问余从延安回来了,他本来怒火连天一副兴师问罪的模样,可当他在医院一见到谷培华,一种奇特的自卑感瞬间让他的气势消减了多半。也许是谷培华的稳重和定性震住了问余,也许是谷培华俊朗的长相和整洁的衣着让问余自惭形秽,总之,问余似乎明白了一件事,眼前这个男人才是九丸现在的丈夫,也是重生现在的爸爸!

想到重生和谷培华一家生活在一起,问余突然觉得自己在谷培华面前得客气一些,不然他对重生不好可咋办?

本来准备质问一番的问余"冷静"下来了,他从衣兜里摸出一盒压瘪的烟来,抽出一根递给谷培华。谷培华一推道:"这是医院,不能抽烟! 你快装回去!"

"哦,哦。"问余讪讪地笑着把那根烟戳回了烟盒。

"重生的病是一种传染病,你从车站到医院的路上听见大广播了吧? 全县现在都在防范! 娃娃情况你刚才也看见了,比前几天好了一些,身上的疹子也退了不少,医生说应该恢复得还算可以!"谷培华面无表情地对问余说道,他掩饰不住对眼前这个男人的可怜和厌恶,但日常的工作修养又提醒他注意着自己的言辞。

九丸站在谷培华身边不说话,她能感觉到两个男人之间那种情绪的较量和冲撞。

"那好,娃娃病好了你们给我打……打个电话! 我走得急,钱都……都婆姨管着……身上只有这点儿,娃病好了你给买些好吃的。"问余有些仓皇地安顿道,他掏出十几块钱递给九丸。

"算了,你留着坐车吧!"谷培华一推问余拿钱的手。

这下,问余更仓皇了,他把钱往旁边的凳子上一放,扭身就走了,走到门口,又转身道:"九丸,你记得给我……再……再打个电话!"

"知道了!"九丸冷冷道,她原以为对问余已经释怀,不再抱怨,可今天再次相见,加上他电话中的叫骂,过去的痛苦似乎又重演了一遍。

问余走了的第二天,杨钦山和田水荣也到了医院,原来问余回了象咀村和杨家峁,两家人都知道了重生得病的事情。

两个老汉愁苦地蹲在医院大门口,有一搭没一搭地聊着。安慰了一顿九丸,又拜托了谷培华对重生多加照顾,一人给了重生二十块钱。他们在谷家住了一晚,感觉也帮不上什么忙,又觉得给人添了麻烦,便又相跟着回去了。

第三天夜里,重生的烧总算退了下去,可他还是昏睡着。九丸按医生的嘱咐戴上口罩,几乎日夜守在病床边,吃饭也是谷培华回家去让谷氏做好了再送来。

第四天上午,阳光暖暖地照进病房,重生的手脚突然动了起来,人也渐渐清醒了,看着孩子手脚无碍,大人们心已放下多半。

九丸摸着重生的脸和手,摸着他的脚,轻轻唤着他的名字:"重生,不要怕,妈在这儿。"

"妈……"重生虚弱地叫道,他抬起手不停揉着眼睛。

"哎,妈妈在呢,重生,你有没有哪里不舒服?"九丸急切地想知道孩子的感觉。

"妈,我的眼睛……好难受……"重生形容不出他的感觉,只能这样说道。

"啊?重生!你能看见妈妈吧?"九丸伸手在重生眼前晃了晃,她的心再次揪紧了,手脚都紧张得发冷。

"我能看见,妈妈……可是不一样……"重生奇怪地道。

九丸突然反应过来,连忙去叫了医生。

主治医生过来先让重生屈膝、弓脚背,又让他抬胳膊、动指头,确定了四肢没有受到影响,但当听九丸和重生说"看见的东西不一样时",他面色一变,神情沉重起来。

重生的眼睛出了问题,一只能正常视物,另一只应该是视路受损严重,接近失明。

再次拿到诊断证明,九丸傻傻地盯着儿子那两只乌溜溜的眼睛,它们看起来和从前没什么两样,可几天之间,一只就坏掉了——她不知该哭还是该笑——四个送来的娃娃中,一个直接死掉,另外一个有了癫痫,还有一个现在还昏迷着。

九丸不敢去细想这件事,也不敢去想重生今后会受到什么样的影响,她只知道,重生的命算是捡回来了,比起同期住院的三个孩子,重生的后遗症是最轻的。

"唉!你们这还算是有条件送到医院的,那些路远、家又穷,没条件送来的怕是更为悲惨。"

"是啊,九丸,凡事往好处想,至少娃娃还保住一只眼睛……"

九丸听到医生和谷培华在安慰她,可她觉得自己的心已经被刀子豁开了一个大口子。

四十四

　　两个多月过去,重生已基本适应了"一只眼睛"的生活和学习。不知道的人打眼是看不出问题的,但如果和重生相处得再久一些,就会察觉到一些异样。

　　重生玩不成乒乓球、皮球这些东西,他总是瞅不准。他从前能精准接住和逮住的一切东西都和他玩起了捉迷藏。跑操时他也不敢跑快,跑快了头晕。他再不敢一下课就和其他男孩一样弹丸般射出教室门去,也不敢尽情蹦跳,因为总是会摔倒。就算在平地,他也无法再像之前那样精准地判断清楚路面细微的凸凹。

　　重生写字的速度也慢了下来。

　　为此,九丸好几次专门跟着重生去学校,观察他的上课听讲、写字、课间活动、跑操这些细节,然后总结出怎么调整座位才适合重生,哪些活动适合重生……她耐心地给儿子讲解,也给他的老师和同学们讲解,希望重生能得到大家的照顾和帮助。

　　这两个月间,九丸和谷培华带重生去市医院看过,可惜也无济于事,医院只做了些眼科的检查,药也没开就把他们打发走了:"你们就算走到北京医院也一样,因为孩子这只眼睛的视神经已经坏了,也就是说,像电线一样被烧坏了,除了换电线之外别无他法。可是,这又不是电线,直接和脑子关联着,谁也换不了。一句话,这是不可更换和不可修复的。"医生这样举例道,他希望这个比喻能让患者家属明白,在一些疾病面前,医生也会束手无策。而他的这个比喻,也确实切断了九丸和谷培华的所有希望。

"重生啊,你不要难受,毕竟还有一只眼睛能看。妈给你说,比起和你一起住院的孩子们,你算是最走运的。"

"是啊,重生,你妈妈给我说过,你长大了要做男子汉,可不能因为这一点困难就真的被绊倒!"

九丸和谷培华轮流安慰着重生。

在磕磕绊绊、摇摇晃晃的摸索中,重生终于逐渐适应了一只眼睛的世界,除了不能和其他正常男孩一样疯跑跳弹,除了一些行动时的小心翼翼,重生还不懂得太多烦恼。他依然像从前那般笑、那般哭,性格似乎并未改变。

重生越是这样,九丸心中越是心疼和心酸交割。表面上看去,儿子还和从前那样,可只有最疼爱他的人才知道,这世上很多原本向他开着的门窗已经闭住了。

三个孩子都放暑假时,九丸带重生回象咀住了大半个月。

这时,县城的强迫命令已经被中央纠正,减少了贡献粮,老百姓的吃粮困难得到了缓解,劳动强度也大大降低。从城里到乡间的这段路上,凡是遇见人无不看着浑身轻快。

九丸带重生住在田养鲲住过的那孔窑洞里。

这天夜间,她把从县城拿回来的口弦在灯下捧出来,细细查看着有没有损坏。九丸已很久没有吹奏口弦了,她觉得在谷家不适合吹奏,她也没时间和精力去吹奏,甚至,口弦那独特的声音也不该出现在县城,它和县城不配套。它的声响似乎只有在大河旁、石山里或煤油灯下才能肆意而安妥地响起。

九丸把口弦放在唇间试了几个音,第一个音一出,她不禁微笑了。很快,她又像从前那般,把口弦吹奏得流畅而富有变化起来。

黑夜里,九丸的口弦和轻轻的哼唱声像洛河流水一样持续地响着,这种声音似乎带着一种神奇的魔力,清洗着九丸疲惫、悲伤的心。在这样的声音中,重生依偎在母亲身旁,觉得身子轻轻的,煤油灯的灯焰在他的眼睛里不断变换成圆形、花朵形、多边形的光环……

这年七月,谷有存顺利地考上了高中。不久,谷有成的高考成绩也出来了,他们学校考上大学的只有四个学生,可惜谷有成不在其列。他苦恼着,纠结着是要继续补习还是直接找一份工作。

八月初时,谷培华如愿调回了县城,在城关公社工作,继续担任乡长一职。这下,九丸和他基本能每天见面,家里的事谷培华也能不时分担一些,为此,九丸的心才渐渐又生出些安定来。

谷培华和父亲反复商量,又征求了谷有成的意见,最终决定一有招工招干的机会就让谷有成去试试,毕竟补习一年能不能考上是另一回事。家里现在只有谷培华一人挣钱,又住在县城里,人口不少,花销也大,能早点儿参加工作对家里算是减负和补贴。再说了,趁谷培华如今在公家门里,知道的信息也多,只要有机会,安排儿子的工作也不是没有可能。

九丸全心全意尽着母亲和妻子的责任,虽然不用饿肚子,生活条件比起从前来说也明显提高了,但是九丸手里没有钱。谷培华一家都很节俭,原因自不用说,三个儿子将来娶媳妇的钱都得慢慢攒。想到丈夫的不易和平时在一起时对自己的好,她平时根本不好意思向谷培华开口。

因为没钱,九丸不愿意常带重生去街上转,遇到卖吃的玩的也尽快拉着重生离开。她一边心疼着孩子想给孩子最好的,另一方面却又苦于没有多余的钱来满足儿子那些小小的要求和愿望。

九丸学着用旧书给重生折"盒子枪",折轮船,折飞机,给他用旧布头缝布老虎,缝小牛、小狗。为了让重生感觉自己的玩具能"洋气"一些,九丸就照着重生课本上的那些动物图案,用旧布头做出各种动物。

母亲的手艺成了重生在学校广受欢迎且不受歧视的一个重要原因,重生也愿意把这些玩具与同学们一起分享,哪里破了烂了再小心地拿回来让母亲缝补好。

这期间,学校的女老师对重生也格外照顾,因为她们身上穿的衣裳大部分都是九丸免费做的。

有了老师们的额外照应,重生的功课总算没有落下,他本来就聪明,加之九丸对他要求严格,恩威并施,他便不敢在学习上懈怠。

九月的一天傍晚,邻居高家的院里传来一阵阵沉稳响亮的乐音,这声音像成串的小石子从高家院子里淘气地飞出,逗弄着重生和他的伙伴,他们好奇地挤进人堆里,想看看那好听的声音到底是什么发出来的。

高家院中端坐了一个戴着茶色石头镜的中年男子,瘦长脸,鼻梁高高的,梳个大背头,一身灰色中山服,此时他怀抱一把乐器正在弹奏,弹奏乐器的大拇指上还绑了一穗喳喳作响的奇怪东西,腿上也绑着两块竹板,此时正随着他这条腿的不停点地而甩动着,发出均匀的脆响。

"哎哟,稀罕哩!可是多年没听见这三弦的声音啦!"重生注意听着周围人的议论。

"可不是吗?这声音,啧啧,听着就让人心里舒坦。"

"这不就是当年有名的张秀山吗?他会说的书本子可多着哩!"

"看情形,政策总算是放开了,不然他咋又能出来说书?"

"听说高家先前在县城山神洞许了愿,如今娃娃的工作找下了,这是还口愿哩。"

重生只能听懂这乐器叫三弦,说书的人叫张秀山,其他大人们谈论的他听不明白。

正在这时,张秀山的三弦弹得急骤起来,嘣嘣嘣的三弦声一串又一串铜珠子般从他手里滚出来,落得满场子、满院子都是。等他第一声再一唱起,围观的人心里那个熨帖和舒服劲儿个个都上了脸。

重生也被这之前从未见过的场面和声音深深吸引住了。

"啊嗨——一人一马一杆枪,二郎担山赶太阳。三人哭活一檠紫荆树,四马投唐效秦王。五子登科中状元,幽州盗马数孟良。杨七郎死到一棵花椒树,八仙验赀汉张良。九里山上活埋母,十里乌江别霸王……"

就在张秀山伴着三弦唱出这些句子时,重生注意到身旁的大人们一个个都被这声音定住了般,他们半张着嘴,眼睛紧紧盯着张秀山的脸和嘴,整个院子里除了张秀山那一处发出的声响,竟然再没有半点儿其他声音,从院外闻声进来的人们也个个小心翼翼着,似乎生怕自己打扰到其他呆立着的人。

重生知道张秀山唱的是一些故事,这些故事特别古老,而且每唱出来一句都像他们课本上的唐诗一样好听。

看着身边的大人娃娃被吸引得张口瞠目、忘乎所以的样子,重生突然想起了母亲,连忙挤出人群高一脚低一脚奔回家去。

"妈!妈!快去看,邻家院子里有好看的!"

九丸也早听见了阵阵三弦声响,她准备收拾完碗筷再去。

重生又去叫了老谷夫妇和谷有成,他们也正准备出门去看。

"九丸,快先不要收拾了,听书走!多年没听了,我听这声音像是张秀山!"谷氏过来叫九丸。

"张秀山一来,保准人山人海!"老谷笑道。

九丸应了一声,连忙洗手解下围裙,几人一起到高家院子里。

九丸和谷氏个头儿低,她们趁着人群中的一点儿缝隙,带着重生挤到了张秀山身边。

三弦的声音更响亮了。张秀山一会儿装男,一会儿扮女,一会儿又是大将指挥着千军万马,一会儿又成了幽怨的妇人细数空闺寂寞。

天色渐黑,高家院子被人塞得满满当当。院子中的灯泡亮了起来,一群蛾子围在灯泡周围转圈,昏黄的光中,张秀山说的故事更有味道和年代感了。

这时,三弦声突然缓和下来,继而扑落落三声打住。懂的人知道,张秀山的一个小本算是说完。

人群中这时才响起嗡嗡的议论声、说笑声。

高家主家从窑里闪身出来,他朗声说道:"今天这一台书就说到这儿!前后邻家们,你们想听书明天中午再来!还有一台哩!"

可人们谁也没动,男女老少个个看起来恋恋不舍。

"老张,多年没见你啦!你肚子里的书该都烂完了吧?"人群中一个老汉喊道。

"那能烂完?沤得越有味道了!"张秀山呵呵笑着站起了身,抹下拇指上套的"麻喳喳",慢吞吞解下小腿上绑着的竹板,又把三弦轻轻收入浅绿色的盒子中。

"老张,明天说什么书?"人群中又有人叫道。

"明天晌午,《王巧儿翻身》!你们都来听哦!"张秀山这时从从容容摘下了眼镜,揉了揉眼睛,继而进窑喝水去了。

"你不说也来!盼听书盼了多少年,哪能误过?"人群中有人起哄,其他人纷纷附和。

"哦——好么!谢谢你们!"张秀山端着水缸子在门边露了露脸笑道。

九丸注意到身边的重生突然身体一震,向她靠了靠。

"重生,你咋了?"九丸摸摸重生的头,关切地问道。

"妈,这个叔叔是不是眼睛也不好?我刚才看见他的眼睛有一只是这样的……"重生一边说,一边用手指把自己的眼皮向下斜着抹开。

"是啊,因为他眼睛不好,干不了重活儿,就学了说书!"九丸给重生解释道。

"他的眼睛和我一样也是因为得过病吗?"

"听人说是的……你看多少人都欢迎他,喜欢他!所以啊,重生,你可不要难过,只要肯下功夫,就一定能走到人前,受人尊敬!"九丸蹲下来,两手捧着重生的脸蛋儿,在他额头上亲了一口。

"这个叔叔好威风啊!他肯定练了好长时间吧。"

"是啊,他要说的故事全部记在脑子里和心里,可多可多的故事!故事里谁要做什么,说什么话,他都要记得一清二楚,这才能给别人讲哩!而且还要一边弹三弦一边说,其中要下的功夫可大着呢!"谷氏答道。

"我也要像他一样受人喜欢!我也要像他一样下功夫!"重生用手拍拍自己的胸脯道。

"好!我们重生志气高!"谷氏和九丸附和道,但同时她们心里又泛起一阵酸楚。

四十五

九丸又有了身子。

这让她和谷培华又惊又喜又愁。

惊的是已过了四十岁，再生养恐怕大人娃娃都有危险，喜的是两人终于有了"共同牵心"的孩子，要是个女娃还算圆满，却又愁万一再是个小子，一家人身上的担子就更重了。

九丸心里也想要这个孩子。她总觉得要是和谷培华没有孩子，自己和谷家始终就有隔膜。再想远些，将来老后，谷家也怕是只有这个孩子能真正为她和谷培华说上话——九丸一直有个心病，她害怕将来要和问余按洛河川的老习俗埋在一起。每当想到这件事，九丸就觉得黯然，即便死了，她都不想和问余"共处一室"。她想和谷培华埋在一起，哪怕谷培华身边还得有个先前的原配。

而这些事情谁能决定得了呢？大概也只有肚子里的这个孩子吧。所以，这个孩子一定要生下来，好好养大。

自从九丸有了身子，平时要干的活儿少了一半。瘦小的谷氏再次忙活起来，替儿媳妇分担着家务。

即便这样,九丸的妊娠反应还是很厉害,她觉得比怀重生的时候还严重,刚开始的两个月,九丸再次瘦得不到一百斤,直到三个月头上,她的身体才渐渐又好起来。

可是,随着肚子越来越大,夜里难以睡好的情况又开始折磨九丸,她这才意识到,女人过了四十岁各方面确实都不如年轻时候了,想到自己宁愿冒着危险也要生下这个孩子的决心,九丸深深地可怜自己,同时也给自己不停鼓着劲儿。

谷有成很快有了工作,参加招干后,他被分到了离城不远的向阳乡公社。

时间每日从县城东边的炮楼山上升起,又从夕照沟滑落,除了重生的眼睛始终让九丸揪着心,日子倒也过得安稳踏实。

离九丸分娩的时间算起来只剩半个多月。

这天,谷家来了不速之客。

问余带着杨氏上了门,说是想重生想得不行了,专门来看看。得知谷培华正好不在,问余这才放展了走路姿态和说话语气。

重生正在学校上课,要下午才能回来,他们就在谷家等着。

想孩子是人之常情,老谷和谷氏见杨氏也一把年纪了,感慨着她作为亲奶奶也不容易,就客客气气给她和问余煮了面条。

饭后,杨氏才吞吞吐吐开了口。

"九丸,这几年看你光景是过好了,那我也就放心了……"

"是啊,多亏我公公婆婆照应。"九丸不卑不亢答道。

"九丸!你看你现在肚子里……又……又怀上一个,能不能……把……把重生给我?"不等杨氏再说话,问余已经闷声闷气先开了口。

"你说什么?"九丸以为自己没听清。

"你,你把重生……给,给我!"

"唉,九丸,实话告诉你,问余后面寻的这个婆姨去年得了子宫瘤,在医院把子宫都给切除了,原本指望她能给问余再生个一男半女,现在是没指望了。"杨氏接过儿子的话头,她现在已没有了当初在九丸跟前常有的咄咄逼人,说这些话的时候,她神色可怜得几乎要哭起来。

"你把你肚子里这个往下一养,你不就……不就又有娃娃了?加上谷……谷家的,你现在有四个娃娃,把重生给我多好!"问余斜眼瞅着九丸的大肚子道。

老谷和谷氏一听这话,不由沉下了脸。

"哎,我说她姨,你们两家的事我清楚!九丸辛辛苦苦把重生拉扯到现在,你们说容易吗?去年娃那么重的病,没见你们真心实意地给娃做过啥,现在猛地又来了想要娃,你们这也有点儿太霸道了吧?"老谷皱眉站起道。

"娃不是一直有他妈照看吗?再说了,九丸从来就和我们处交不到一搭!"一听这话,杨氏低了头。

"那是另一回事!我觉见你作为娃娃的亲奶奶,还没我们这后爷爷、后奶奶看娃看得重!"老谷又说道。

"当年离婚的时候,问余一眼看尽不可能带着娃娃去延安,靠你们两个老人,我又怕你们担不起抚养重生的担子。离婚没多久,问余就找到了现在这个婆姨,像你说的,你们又有了打算,盼着她生养,谁知现在她没有生育能力了,你们就又想起了重生!作为亲生父亲,问余你自己问一下自己,这些年你给过娃娃多少钱,给他扯过几尺布?娃上学你过问过吗?娃眼睛有问题后你们谁再来觑过一眼?"九丸一口气说下来。

杨氏的头低得更厉害了,两只干枯的手颤抖着,在膝盖上下来回摸索。

"我儿媳妇说得有道理,话说到这儿了,对重生,我看你们杨家真是没有什么可表的功!"谷氏也开了口,她几步走过来把杨氏和问余面前的饭碗麻利地收了起来,摞碗时的声响咔嚓嚓直响,杨氏更加坐立不安。

"你们来要娃娃,重生他爷爷和我嫂子不知道吧?"九丸又问道。

"他们知道有什么用?有用的话……那……那就带他们一起来了!"问余又是直冲冲来了一句。

几人说话间,谷培华进了门。问余一见谷培华,噌地就从凳子上站了起来,像是突然见到了令他望而生畏的天敌。

"九丸,咋回事?他们来看重生的?"谷培华一边说话,一边把身上的外套脱下来扫了扫,齐齐整整挂了起来。

"她是重生的亲奶奶!"谷氏给谷培华使个眼色。

"他们现在来人是想把重生要走,我们正说这事哩!"老谷道。

"九丸,你快坐下,不要受了劳累。"谷培华过去扶九丸坐好,这才面对杨氏母子开了口。

"杨问余,老姨!要是你们说想重生,专门来看娃,我是双手欢迎,毕竟是亲生骨肉,打断骨头还连着筋!可要想把重生要回去,于情于理,这件事恐怕都说不过去吧?一来当年法院判了抚养权,二来重生如今在我谷家生活得安安稳稳,有他亲妈照顾,又能在县城里上学,你们现在把娃带走的话,是打算让问余带上他去市里念书,还是把他带回杨家峁上农村小学哩?"谷培华一边说,一边给杨氏和问余分别倒了一杯水。

"唉,好我的谷乡长哩!你们娃娃多的人不懂没有娃娃的难处,眼看着问余这辈子也再不会有儿女了,就重生这一根独苗苗,你们发发慈悲,让重生跟我们杨家人生活在一搭,也算是杨家有后哩。"杨氏的眼泪顺着瘦小的脸淌下来。

"唉,还是这些封建思想!老姨,你自己看,自己品,自从重生跟九丸到了谷家,我们让他改姓了没有?没有吧?他就算跟着我们一起生活,不还是姓你们的姓,还是你杨家的儿子、孙子?"

谷培华把九丸的肩膀揽住接着说:"按理来说我毕竟不是亲爸,

孩子跟你们谁我都不介意。问题是我得考虑九丸,重生是她的命根子,尤其现在娃一只眼睛又看不见了,更让九丸这当娘的放心不下,不瞒你们,就算上学走了一阵她都牵挂担心得不行,要是让你们引走,我看我这婆姨怕是要急疯!她现在还怀着我们谷家的血肉,万一有个三长两短,我看你们咋给我交代?"

"那……那我也想娃娃哩嘛……"问余突然嗡嗡地哭开了,他伸手按着眼睛,在凳子上弯下腰去,眼泪从手指缝间落在脚地上。

"想娃娃那你就常来看嘛!我们又不是不让你们看!"老谷和谷氏异口同声道。

"问余,你也听见了,我家包括我父母都是这种开明的态度,从前也是你们不来看娃,不是我们不让见吧?"谷培华笑道。

"唉——算啦,算啦,大概是我老杨家亏了人,活该受这么些罪!问余,咱们走吧,我看重生你是要不来!"杨氏一拍大腿站了起来,她走过去推推问余,叫他起来。

"妈……我想见重生……我不走……"问余抬起脸来,泪眼婆婆地看着面前的谷家老小。

"他姨,你们不要急着走,重生后响也就快放学了。你们再坐一阵子,我一会儿就去学校接他,看问余这也是真心想见娃哩!"老谷起身挽留道。

"是啊,问余,想见重生你们就再等一等,回来和娃拉几句话,关心一下他的身体和学习,你不要说娃小不懂,其实心里什么都明白!"谷培华也起身道。看着问余的样子,他心里生出一丝怜悯来。

"要不一会儿重生放学了我们再来吧?我们出去给娃买点儿东西,农村卖什么的都没有。"杨氏拉起问余道。

"让他们去吧,给娃买点儿东西也是应该的!"九丸冷冷道。

"那你们按时再来,我让我妈把饭给你们做上!"谷培华冲杨氏和问余的背影安顿。

"好,好……"杨氏回头连连应着,一边拉着问余逃一般地走了。

"九丸,你没有气着吧?这些人的脾性你从前就知道,可是再不要为他们伤心了!"谷氏走到九丸跟前,拉住她的手关切道。

"妈,我没事,看你们都给我撑腰,我真是感觉有了靠山——呀!他们该不会是到学校找重生去了吧?"九丸一边答,一边突然想到这点,不由惊道。

"按理来说不会。"老谷也皱起了眉头。

"唉,你们是不知道,这两个人一个脑子不清楚,另一个脑子太精明!我就怕他们耍赖胡来!"九丸急道。

"你不要急,我这就和大一起去学校看看,要是他们没去学校,说明还没起这心思,要是去了,我们就挡住,实在不行就叫派出所的人来!"谷培华安慰九丸道。

说罢,他和老谷匆匆穿了外套,向重生的学校跑去。

九丸追出院外,望着他们的背影,心里又是一阵翻腾。谷家男人的担当让她非常感动,有了这些关键时候的支撑,她觉得自己就算为谷家付出再多也心甘情愿。

可杨氏和问余并不像九丸想的那般去了学校。

来县城之前杨氏早都想好了,谷家和九丸要是不把重生给杨家,那她和问余就直接去找法院的人!这件事为了不让杨钦山和梅英掺和,她甚至佯装要跟着问余到县医院看病,一番磨缠、好说歹说才让丈夫和女儿放了心。

杨氏甚至想过,谷家人会不会巴不得重生走,这样不就能少一个拖累?重生现在一只眼睛瞎了,九丸又怀了孩子,说不定早把重生当成了负担。

她之所以敢带着问余直接找到谷家门上,就是抱着试一试的态度——如果谷家和九丸正好不想要重生了,那不就顺顺地要回来了?如果他们不愿意,那就去法院!杨氏坚信以目前的状况打官司,杨家的胜算很大。

两人到了法院,絮絮叨叨给工作人员说明了情况,又详细咨询了抚养权变更的问题。当杨氏听到工作人员说"因其他原因丧失生育能力的""无其他子女,而另一方有其他子女的"可以优先考虑变更抚养权时,她觉得这件事更有希望了,迫切想让重生成为"杨家人"的心念也更重了。

老谷和谷培华匆匆赶到学校,并没看见杨氏和问余。他们一直等到重生放学接他回了家,也再没见两个人来家里。想到杨氏和问余在谷家的窘态,都想着他们肯定是再不好意思来了,说不定连夜就回了杨家峁。

吃了晚饭,九丸把重生带到院外悄悄地问:"要是杨家峁的奶奶和你那个爸爸想把你要走,你愿意跟他们走吗?"

"我不!妈妈在哪儿我就跟在哪儿!"重生双手搂住九丸的胳膊。

"那如果那个爸爸能带你去大城市呢?那可是比县城还大的城市!有很多好玩的好吃的!"九丸继续逗重生道。

"妈……你是不是现在肚子里有新的孩子了,不想要我了?"重生说着就哭了起来。

九丸这才意识到自己的话语可能伤了孩子,连忙抹去重生的眼泪道:"没有啊,妈就是问一问!你知道吗?今天你杨家奶奶和那个爸爸来这里了,他们想把你要走,我和你谷爸爸、谷奶奶和谷爷爷都没同意,你自己也知道,妈妈从来都没有想过不要你!"她摸着重生的头,又俯身在他额头亲着。

"我就要跟着妈妈!我不去什么市,我也不玩好玩的,不吃那些好吃的,我就要跟着你。"重生的眼泪一粒粒淌出来,把九丸看得心都要碎了。

"好,好,重生和妈妈一直在一起!"

第二天上午,一张法院的传票递到了九丸手里。

"哎呀,咱们浅看了这母子!"老谷惊讶道,他想都没想到这样的两个人竟然期望用法律来达成所愿。

"这可怎么办?"谷氏一下慌了神。

"爸,妈,你们不要急,我相信法院的都是明理人,再说了,杨家之前的所作所为,尤其是从来没有管过孩子的花费和上学这两条,本身就违法!我不告他们倒罢了,如今反告起我来了?我反正是不怕!"九丸安慰公婆道,从昨晚重生哭泣着说只想和妈妈在一起时,她就更加坚定了一个信念,那就是再苦再难也要把重生带在身边养活大,直到他能自食其力!

因为谷培华早早就去了公社,九丸就没去通知他,她由老谷和谷氏陪着,步履蹒跚地挺着大肚子来到了法院。

九丸坐在被告人席上,面色坚定,思维清晰,对法院人员的问话回答得有条不紊,再次像个女战士般沐浴在那从窗户照射进来的神圣的阳光中。

四十六

"呸,这地方……这辈子也再不来才好!来了两回,一回没了媳妇,一回没了孙子!"

从法院大门一出来,杨氏呸地在地上啐了一口道。

可一转眼,她又悲戚地哭开了。

"儿啊,你咋就这么命苦,一辈子都没有个儿女的缘分?我和你大将来眼一闭死了,你说你将来老了谁伺候你呀?"

"哎呀,麻烦死了!又,又说开这个了!老就老,死就死,没人伺候……就没人伺候!"问余不耐烦道。

路旁一棵杨树上正落着一群麻雀叽叽喳喳欢叫着,问余捡起一块石头,冲着那棵树就是一石头,麻雀们惊飞而起,瞬间掠到另一棵树上去了。

"狗日的……让,让你们叫唤!"问余拍拍手上的土,对着那一树金黄的杨树叶笑了。

"唉,愣娃哟。"杨氏瞥了儿子一眼,收住了眼泪,长长一声叹息。

思前想后一番,杨氏当下决定连重生也不看了,直接让问余送她回了杨家峁。

经历了这件事,九丸心里总有个疙瘩,觉得杨氏和问余会把重生抢走。她挺着大肚子到了学校给重生的老师们一一安顿,又给重生反复提醒,让他注意。

眼看肚子里这个就要生,九丸让谷培华去象咀接来了母亲。

包梅也已是六十多岁的人了,金川不放心,吆了驴,与谷培华一起把母亲送到县城。

包梅与九丸、重生一起住在边窑,谷培华同父母住在一起。

包梅总觉得谷家是城里人,自己是农村人,言语行动便十分谨慎,两三天下来才算和谷氏聊这说那的熟悉亲切了些。

包梅来后的第四天,九丸一早就开始肚子疼。考虑到算是高龄产妇,她被送到了医院,重生暂时由老谷负责接送。

"男不怕苦,女不怕生,虽然年龄大了点儿,但毕竟是第二次了,你不要怕。"包梅一边安慰着九丸,一边给阵痛中的女儿揉着腰。她明白女儿的心思,一边心疼着她受的罪和疼,一边又觉得九丸命运如此,也只有给谷家生个娃,才像是有了保障。

"最起码待在医院人心里头不怕嘛!要是你不来伺候九丸,就我和九丸两个,我还真担心照顾不来,毕竟不比年轻时候好生。"谷氏坐在九丸旁边,一边与包梅说着过去女人在家生娃的可怕,一边感慨着现在的医院条件多好。

晚上十点钟,九丸终于生了,让人惊喜的是,这孩子遂了每个人的心愿,是个女娃。

床上的九丸虚弱得抬不起手,她转脸看着躺在身侧的婴儿,心里暗暗感激老天爷的眷顾,她又想起了自己心中的"洛河神灵",想起了那个神秘的图案,她想,只要心里有这个神灵,它就会一直庇佑着自己和孩子们。

孩子的脸粉嘟嘟、圆滚滚的,眉眼像极了九丸,鼻子和嘴巴又像了谷培华,很文气。

谷培华给女儿起名为添娇,大名谷有秀,喜爱之情溢于言表。每次下班回来他都要先看看女儿,抱一抱、亲一亲才算安心。老包和谷氏则喜气洋洋,似乎比谷有成和谷有存出生时更加高兴。

重生自有了妹妹也更明白了事理,处处显现着做哥哥的"担当",很多事也再不需母亲提醒,尤其课业方面自觉完成,让九丸省心不少。

包梅一天三顿地尽量给九丸做些软和的饭食,金川和梅英又带了两只鸡来看九丸,他们还到百货公司去给外甥女买了一顶花边的棉布帽子,算是当舅舅、舅妈的心意和礼节。

九丸的奶水没有生重生时旺了,不得已,谷培华托人买了只奶羊拴在院子里,兼喂些热羊奶与女儿。

日子就在重生上学的脚步丈量中匆匆而过,在添娇稚嫩娇柔的哭声中匆匆而过,在谷培华上下班、上下乡的自行车轱辘中匆匆而过,在老谷收音机里日日播放的新闻联播和曲艺评弹里匆匆而过,它让每个人的生命都向前滚动着,使得老人更老,孩子长大,使得年轻人们逐渐明白了生活的辛劳和艰难。

墙上的日历已翻到一九八二年。这一年,生产队解体,土地承包到户。

"大家只管大力生产,交足国家的,留够集体的,剩余都是自己的!"所有的政府干部都大力给农民们这样宣传、解释着国家的新政策。

谷培华这几年要做的工作也不少,公粮购粮征缴任务、人口普查、自然灾害统计上报、救济贫困户、确定民政优抚对象、发放救济粮款、调解民间纠纷……他一忙,谷家的日常事务便又大部分落回九丸身上,她不仅要照看添娇和重生,还要按时做饭,身上的担子又重一分。

谷有存也和大哥一样没有考上大学,他暂时在谷培华的单位实习,上了单位的大灶,年轻人爱自由,晚上他就住在父亲的办公室里。

眼看着街道上做生意的个体户越来越多,九丸也动了心思。她想开个裁缝铺。她有手艺,这几年学校老师和周围找她做衣裳的人也越来越多,能挣一点儿是一点儿,等自己手里有了钱,一来她给重生和添娇花钱理长,二来也算给谷培华分忧。

起初谷培华不愿让九丸出去做生意,九丸开导他说谷有成和谷有存这几年就快娶媳妇了,长久打算的话还是得做点儿生意拉补拉补,自己当年就学了裁缝这门手艺,这几年也积累了一些顾客,既然是一家人,就心往一处想吧!

谷培华听了既感动又感慨,他觉得九丸说得很有道理,但又不想让她去受那份苦。老谷和谷氏眼见一天比一天老,家里的一切全靠九丸打理,如今若再开上个裁缝铺,她要受多少累可想而知。

听到谷培华说的体己话,九丸也向谷培华交了心:"我还是那句话,婆姨汉只要相能处到一搭,吃糠咽菜我也愿意,更别说现在咱光景还有这么大的奔头,娃娃们也都上进。只要咱两个心里舒畅,再辛苦我也愿意。"

"九丸,有你这些话,我就心安了。"谷培华也动情地说。

"现在除了愁重生以后的出路,我觉见咱一家都好着哩!父母们都没有大病,吃喝也不差……"

"是哩,有了你这个好婆姨,我可算是有了贤内助。"

五月时,九丸在县城的农贸市场里租了一间小小的门面,门面上挂了白色的油漆木牌,让老谷用红漆帮着写了"裁缝铺"三个字,这样就算有了店面。

为了显得洋气,九丸在墙上挨着用报纸和电影明星旧挂历糊了一遍,把娘家当初给她陪嫁的那台缝纫机搬了进去,又买了个二手的旧熨斗,用红砖支起个台子,台子上放了块大杜梨木板,这样,剪裁熨衣就有了地方。

一切准备就绪,九丸让人挑了个吉日,在门口放了一挂鞭炮,裁

411

缝铺这就算正式开张。

有了自己的"工作",九丸每天凌晨五点半就起来了,先是在家里把早饭做好,谷培华要是在,夫妻俩和重生一起把饭一吃,谷培华用自行车带了九丸和重生,路过学校把重生放下,路过农贸市场时再把九丸放下。家里老谷和谷氏只照看添娇和院中的菜园子,再喂喂鸡、猪,也算清闲。

自开了裁缝铺以来,学校的老师和邻居们又介绍自己的亲戚来,九丸整天都没有闲工夫,量体裁衣、改旧衣服、换拉锁、打裤边……店小,账也好算,除过房赁和电费这些零零碎碎,剩下的钱就算是挣到的。只过了半年,九丸每个月挣的钱就渐渐比谷培华的工资还要多了。

为吸引顾客,也满足那些年轻女子和有工作的女人的需求,九丸平时很注意学习,一看到画报或挂历上有什么好的服装款式,她就细细把它们收集起来贴在店里的墙上,每个款式她都要细细品味,再揣摩学习它们的裁剪方式,她还专门让县新华书店的人帮她进了几本最时兴的服装裁剪书。

短短几年间,除了中山装是男人们一直未变的心头好之外,县城里几乎每年都有一种流行,喇叭裤、萝卜裤、巴拿马西裤、尖领衬衫、圆领衬衫、蝙蝠衫、夹克衫……与这些服装一起流行起来的还有录音机、烫发、高跟鞋……

走在街上,能碰见裹过脚、梳着发髻、衣襟上还用管针别着手绢的老婆婆,也能碰见穿裙子、头发烫着小卷的大姑娘;能碰见坐着驴拉车裹着白羊肚子手巾噙着旱烟锅的老汉,也能碰见穿着花衬衫、提着录音机,走路还哼哼唧唧唱着歌的小青年;"永久""飞鸽""红旗"自行车"叮铃铃铃"地驶过,有的车把挂了红皮子剪成的长流苏,就连车轮的辐条也被装饰得花花绿绿……县城成了一口大锅,新新旧旧、花花绿绿、甜酸苦辣都在大锅里翻炒,别有一番小城风味。

这天夜间睡下，谷培华先是对九丸一番温存，接着和她商量，说看能不能把九丸在裁缝铺挣下的钱用来贴补家用，自己的工资则攒下来给谷有成和谷有存娶婆姨，眼看他们两个能成家了，娶一个媳妇咋说也得四五百元，就算是农村姑娘也得三四百——这还不算住所、结婚用品和缝纫机、自行车、手表、录音机，这"三转一响"少说也得一千元！

谷培华边算账边发愁，虽说之前省吃俭用多少有点儿存款，可离娶儿媳妇的钱还差得远，老谷为了让儿子少点儿拖累，他和谷氏的棺材钱都自己备了，如今再拖累父母怎么也说不过去。

谷培华给九丸说着自己的难处，说他常常愁得睡不着。

九丸满口答应。

她想起重生当初在医院看病时谷培华和老谷跑前跑后的辛苦，也想起他作为一个"后爸"，对重生的诸般关心爱护。最重要的是，她和谷培华能相互体贴、相互理解，这样的光景是九丸从前想都不敢想的。

有了九丸的接济和贴补，谷培华的工资果然就攒住了，他也常常给两个儿子嘱咐要学会攒钱，不然真到了娶婆姨时可是要发愁。谷有成和谷有存嘴上答应着，却也没怎么往心里去，年轻人喜好的东西多，加之刚参加工作，手里有了能"自主"的钱，谁也没有攒钱的习惯和本事。

算来算去，给儿子们娶媳妇的担子还得谷培华和九丸来挑。

为此，谷培华觉得心中很愧疚，但九丸觉得自己再劳累也没什么，因为她的心里有了关爱和温存，这份情感弥补了九丸青春年华里所有的空缺，使她真正明白了作为一个女人、一个妻子的滋味。

四十七

也是一九八二年,婆婆镇泥塔沟里的宗家得办一件大事。

宗家又一辈人如今都老了,这件事必须赶在他们死去之前为父母完成。

泥塔沟的坡上,先前埋葬着包梅的祖父安来子、祖母蝉女、父亲宗永志以及伯父宗永华、宗永惠、宗永祥、同辈宗谦文,从一九六六年以来,先后又埋葬了大伯宗永明、大伯母张莲花、母亲赵满盈以及伯母红叶、佩琴、改鹿。

这些年,这个看起来已有些规模的坟院接着又埋进宗永明和张莲花的大儿宗谦礼和他的婆姨张氏,此外,还有三个得病或因祸而死的小口。

这一簇簇的坟堆高高低低,错落分布,尤其祖父和祖母、父辈们的坟已被风吹雨淋得只剩七个小土包。

整个坟院都寂静着,沉睡在地下的人们如同被彻底斩断的草木般逐渐腐朽。风还如他们当年活着时那样阵阵吹过山沟,刮过梁峁,雨雪也还如他们活着时的那样飘飘洒洒,一次次淋湿、覆盖大山河流。

除了亲近的子女们,也许已没有人记得清他们的样貌,更没人记得清这些人活在世上时的细节——例如冬日里这些人如大牲灵们般呵出的腾腾热气,或者行走在大路小路上时伶仃的脚步和身影,以及他们吃饭、坐卧、说笑、哭泣时的所有表情、声音,如今,这些人除了名字,所有的一切都被黄土掩盖了。

自从母亲也去世"上了山",包梅常常想亲人们在那个山坡上算不算团聚,在包梅心里,她相信阳间的人有阳间的活法,阴间的人也有阴间的"活"法,生生死死之间其实只差了一口气而已。

如今,对于包梅和宗谦怀兄弟几个以及家族其他同辈来说,把长辈们夫妻合葬并入宗家老坟是他们对父母能尽的最后一次大孝。这是洛河川的习俗,也是许多传奇和故事相对圆满的结局。

这确实是一件大事,按说宗家的所有子嗣这次都得到场。这将是宗家后人这么多年来聚得最齐全的一次。

宗永明和张莲花一门底下,大儿宗谦礼夫妇已逝,现有人口十三,二儿杨谦玉一家九口,女儿宗谦兰一家十口,三儿宗谦平一家十四口,小女儿宗谦巧一家十一口。所有儿孙、外孙加起来五十多口人。

宗永志和满盈一门,大儿宗谦怀一家老小三辈有十四口,二儿宗谦义与前妻离婚,后又与本乡寡妇王氏结婚,生有一男,算是三口,女儿宗包梅一家十口。

宗永华和红叶一门,儿子宗谦文当初在寨子上被土匪打死,如今只有女儿彩月一家十三口。

宗永惠和佩琴一门,大儿宗谦润一家十一口,女儿来燕一家十口,共二十一口。

宗永祥和改鹿一门,大儿宗谦朋一家九口,二儿宗谦行一家五口。

剩下香果儿一门,自从香果儿病故,已与宗家少有来往,这次十六个子孙只来了香果儿的一个儿子,他也已是个半百老头了。

也就是说,安来子和蝉女当年从延安府回到婆婆镇泥塔沟后,除了养子宗永明一门和女婿汉之外,共繁衍子孙后代近百人。

宗谦怀、宗谦义、宗谦润、宗谦朋、宗谦行和包梅细细算着人口,觉得祖父祖母就像一棵大树,在这偏僻的山沟里扎下根,活泼泼地长出这么多的枝条来。虽然在四季更替中,这棵大树经历了太多的苦痛和挣扎,然而,它还是茂密地长起来了,且今后还会长出更多更新的枝丫来。

宗家的院子沉寂了五十来年,这次终于又红火热闹起来。点点人数,老老少少来了七八十号人。

曾在院子里蹒跚学步的孩子,似乎也只是一转身便已成了弯腰驼背的老人,长期的劳作和苦累使他们的皮肤呈现出一种赭褐色,这样的底色上还生出许多石头和树皮上才能生出的斑斑点点来。

而院子里今天又奔跑着新的孩子。

一切似乎都没有多少改变,却又像变化了很多。

崖柏坡新一代的阴阳先生何为平也到了,虽然这些年来他极少出去给人看风水、择坟地,但宗家的事他早就听父亲交代过,此时政策也宽松了,他想把这件事给宗家办好。

"是这样,咱洛河川讲究凡横死、柱死的人不入老坟,宗家老坟原埋有三辈人,算是已'入老茔',不再搬动……你家实际情况是从你祖父、祖母算起,到你父辈几个都算是横死,所以我的意思是你们不如就以现在山头上这一处作为老坟地,后人们将来就都安葬在这里。"何先生道。

"唉,殁了的都已经殁了,不管咋样,只要这块坟地各方面对宗家现在的人好,对后人好,那一切就都听先生的!这些年来,宗家子孙虽然光景不行,但基本还算平顺。再一个,当年宗家遭了土匪,埋葬父辈们一没有过事情,二没有请先生超度,这些年也一直是我们做子女的心病。如今社会好了,家家都平稳了,只请您按照该有的仪式、讲究来办。我们也都是六七十的人了,这一辈手上的事总要交清。"宗谦怀代表弟兄们说道。

其实这些事,宗家几个弟兄也商量过、为难过,如今听何先生把话当着众人说开,正好也解了心中顾虑。

第二日,唢呐阵阵,请来的庄邻们都来坐了席随了礼,夜祭时五门人分别献了羊,领羊时的五只羊没有一只为难,都蔌觫觫地领了,似乎是这些年来亡魂们终于彻底想明白了,没有了任何怨怒,也再没有了放心不下的事,就这样爽爽快快、高高兴兴地接受了子孙们的祭祀和拜奠。

此日夜间,何先生带着他徒弟为亡魂一一念经超度。叮叮的铜铃声彻夜未息。

第三日就到了按乡俗合葬的日子。

农历三月,黄土高原草木回青,向阳避风处早已贴地盛开一朵朵米粒大小的蓝色点地梅,这小小的点地梅只需一点儿贫瘠的土壤就能扎根开花。它们在春风中簌簌地摇摆着细嫩的枝干,浅蓝色的花瓣,嫩黄色的花心,这两种颜色清淡而娇柔,像是天生带着一种哀思和感伤。

宗家子孙早已按照所能达到的最好条件给先人们箍了新的砖葬墓窑,安来子和蝉女、宗永明和莲花、宗永志和满盈、宗永华和红叶、宗永惠和佩琴、宗永祥和改鹿这六对夫妻将举行合葬,也许,这个日子对他们而言,已等了太久。

因为宗永祥当年的尸骨未找到,只能提前按风俗让银匠打了个一拃长的银人。那银人送到宗谦朋手上时,他端详着那笑微微的眉眼,竟觉得真与记忆中的父亲有几分相似。

旧的坟墓依次被挖开。

宗家的孝子们各自细心捡拾、箩筛起父母的骨殖,把它们小心翼翼搬出旧的墓窑,放在红布上,在阳光中晾晒,在这个过程中生怕遗失任何一块。

这些曾经鲜活的人如今只剩具具白骨。它们白而微黄,除了头颅和颀长的手臂、腿骨,看起来和其他动物的骨殖也没什么区别。

十一个大小不一的骷髅头的空洞的眼眶再次得以望向天空和太阳,似乎是来太阳下做最后一次沐浴和旅行,完成最后一次观景和感受。此后,它们将彻底再次交还于黄土深处。

宗家的几个孝子面色肃穆,在这些骨殖前一一下跪、磕头。面前的枯骨并未让他们感到害怕,他们在这些骷髅的脸上依稀观想着父母的音容笑貌,也知晓了自己终会成为眼前这样的白骨,知晓了自己从前所有遇过的恩人、仇人和子孙后辈也终将如此。

宗家的几个女婿汉和女眷们跪在孝子们身后,随着他们一起跪拜,这两排白发人后面,又跪着几个胆大的儿孙辈男子。

此时,何先生把提前备好的"下老茔地约文"烧化,地约上写着此墓地地界东西起何处,南北至何处,还有中介人、签约人等,地约上的签约人为宗家从前的大掌柜宗永志的名字。何先生说,按照洛河川古来讲究,有了这份地约,亡人们才算真正拥有了这块土地,不然只能算是租住。

烧了地约后,孝子奠酒祭拜一块同样书写了地约的大方砖,大方砖以红布包裹,吊入宗永志和满盈的墓室之中。

之后,孝子们把白骨分装入"匣子",尚能完整摆骨的入了特定的小棺。

代替宗永祥的银人也被裹上红布,写上了他的生辰八字和姓名。

将要封住墓室时,何先生摇动着铜铃,再次念起招魂咒。

十二个人,何先生念了十二遍。

"塞树林中紫府开,谨请亡魂出幽来,前边打上引魂幡,接引亡魂归西天,东宫教主,太乙寻声,救苦天尊,青玄上帝,宝帆接引,已逝亡人×××一位之灵魂已归本土,早得超升——"

…………

安来子和蝉女、宗永明和莲花、宗永志和满盈、宗永华和红叶、宗永惠和佩琴、宗永祥和改鹿,这六对夫妇分开"居住"多年,终于又以这样的形式重新团聚在了一起。

新坟簇簇,彻底埋葬了旧时光中的人物,尘归尘,土归土,众人心愿皆了。

安来子和蝉女新攒起的坟堆下,五个儿子、儿媳的合葬坟一字排开。这些坟前燃起了纸火,纸灰片片在空中卷曲、浮动,最终落定到地上,变成黑灰色的粉末。

对于宗家的子孙们来说,这不仅是一个宏大的仪式,也是一个现场的生死教育和祭祖教育。也许,洛河川人祖辈都是以此获得生死感悟,进而知晓了自己的职责和此生的意义。

重生又成了众人围捧的对象。他的事大家都知道,便也不刻意避嫌。在亲戚们的要求和戏逗下,重生一会儿说,一会儿唱,还带动了几个年岁相仿的男娃一起表演合唱。看他们唱得欢快,又有两三个上学的小女娃也加入了合唱队伍。

《读书郎》《小燕子》《快乐的节日》《卖报歌》《一分钱》……宗家院子里轮番响起了这些歌谣,清澈的童声萦绕在古旧的院墙和门窗上,像是一波波新长出的青草和庄稼,在风中传送着让人舒心的气息。大人们跟着歌声拍着手,说着笑着,心灵已从先前的怀古肃穆中跳跃出来。

"看人九丸把娃娃调教得多好,大大方方的!"

"是哩,重生嗓音好,咬字又真,是个唱歌苗子!"

"唉,可惜说书唱戏,咱这儿人都觉得不入流,一般不想让子女从事这个行业,就是不知道谷家将来能不能给娃安排个工作?"

"哎呀,快悄声,都什么年代了,还是这老古板思想!人家九丸和谷家人也在这儿,不要让听见了……"

众人你一言他一语地议论着,谷培华在人群中多少有些尴尬。

"唉,众亲戚们,借这个机会,我给咱讲两句！重生这娃确实灵动,文艺方面天赋好得很！不管咋样,你们放心,我咋对我的儿,我就会咋对重生,长大后我肯定会给他安排一条合适出路的！"谷培华大声说道。他的话音一落,旁边众亲戚又是一阵嗡嗡声。

"看人家,毕竟是公家门里的人,话说得多好！"

"有人家谷乡长,我看重生将来也受不了罪！"

包梅、田水荣、金川、梅英、九丸对谷培华和众人议论的话听得分明,脸上便都带了笑。

合葬老人的事情算是圆满完成,立碑的事情因为经济条件和时间原因定在了以后。

酬谢了何先生、吹手、纸火匠人和庄邻相帮等人,各门掌柜又坐在一起详细算了这次过事情的花费,尽量做到家家均衡。办事剩下的酒菜也给各家分装了回去,算是物尽其用。

经此一聚,宗家家族关系、各门人员,各家光景瞎好,众人都算有了个系统的了解。因为战乱等原因,几近断裂的家族体系又重新被建设起来,犹如虚弱的根系重新得到了救护和保养,血脉之情得以在这些联通的根系中重新流淌。

包梅和田水荣被邀到县城住了几天,他们年纪大了,九丸和谷培华也想多尽尽孝心。二人与女儿单独相处间,难免又安顿些话,让九丸识大体、顾大局、尽好一个媳妇应尽的职责等。

给女儿安顿了,二人又给女婿也安顿。

"九丸的心你也品见了,就像一刀纸一样,张张白净张张清,对人从不安啥瞎心。人常言,少年夫妻老来伴,你们是中年夫妻老来伴,更要相互理解爱护,身边有个知心人老时才不受可怜呀……"田水荣语重心长地说道。

"大、妈,你们都放心,这些年谷家也多亏九丸照应！她的品性我清楚,她是我的好婆姨,也能当得起娃娃们喊她的这声'妈'！家里如今又要考虑给娃娃们结婚娶婆姨的事,九丸的裁缝铺可是顶上事了,能有她这样的婆姨也算是我和娃娃们的福气!"谷培华也真诚地说道。

"你心里知道这些就好,我女子前半辈子没享过什么福,不是劳动下苦就是挨打受气,如今有你招呼她,吃穿不愁,比起前些年来说苦也轻了,我们也没啥不放心的。"包梅叹息道。

九丸在旁听着这些话,她又一次想起自己从前沙蓬草般被风滚着的生活。

她细细品味着父母刚刚对自己的评价,尤其是"张张白净张张清"这一句……

四十八

一九八三年冬,谷有成要结婚了。

一切都在谷培华预料之中,儿媳妇的彩礼要了四百,三转一响、四季衣裳已是大潮流,必不可少。此外,县城刚刚流行起来做高低柜,儿媳也想要一套。

女子叫何淑梅,在向阳乡卫生院上班,比谷有成迟一年参加工作。娘家离县城不远,算是半个县城人。淑梅父亲是村里的大队会计,见识的事情多,从小对娃娃们的教育就有几分精明和自信。

淑梅个头不高,淡眉杏核眼,清丽秀气,脑子转得快,说话也利索。

谷有成和淑梅算是自由恋爱。谷有成看上了淑梅的长相和利索劲儿,淑梅喜欢谷有成的英俊和沉稳。两人在向阳乡期间,由认识到慢慢相互接触,向阳乡的河边都快被他们踩出一条路来。

考虑到两人都在向阳乡工作,单位都给各自分配着住房,平时也不太回来,谷家决定贺喜时在谷家腾出一口窑洞来,作为临时婚房。

淑梅娘家的陪嫁还是两口木箱子,只是如今时兴的箱子上已不时兴画那些古画了，无论城里乡下的姑娘，都喜欢一种油漆做出的"天然木纹"效果，其实就是木匠做好家具后用接近木头的油漆全部油好，接着给漆面上刷一层比木纹稍深一些的颜色，再用特制的工具在漆面由上到下或从左到右来回拉动，家具面子上就出现了一条条自然的"木纹"来。

谷有成和淑梅成家的所有箱箱柜柜清一色是这种花纹，唯有碗柜门的玻璃上照旧还贴了才子佳人的戏曲油印画。

谷培华和九丸手里所有的钱加起来还不到一千。老谷主动帮了两百块，这是他从前有工作时攒下的养老钱，掏了棺材本儿，也就剩这点儿积蓄了。

幸好谷有成手里有先前攒的三百多，这样算下来，紧紧凑凑刚够彩礼和置办东西，办喜宴需要的钱只能想法儿去借。所幸要借的不算多，喜宴上众亲戚随礼也能"回收"一部分。

"老子欠儿一个媳妇，儿欠老子一口棺材"，多少年的风俗讲究都这么下来了，父子之间默认着这个契约式的习俗，似乎只有做到这两点，彼此才会心安。

腊月十九，谷有成和淑梅贺喜这天，老谷、谷氏、谷培华和九丸齐齐坐在院子里，受谷有成和淑梅的叩拜。

轮到给九丸斟酒时，谷有成和淑梅大大方方、明明朗朗的一声"妈"再次让九丸热泪盈眶，这一声"妈"里包含了太多的东西，谷家每个人都对这个称呼有不同深度的见解，唯有九丸心里最清楚，这是自己心内无私换来的——她开裁缝铺挣的钱全贴补了家用，也贴补了谷有成和淑梅的婚事。这些年来，不论对公婆还是对丈夫，乃至对没有血缘关系的"儿子"们，九丸自认内心无愧。

她常想，如果谷培华是家中的一盏灯，她就愿意当灯油，她和他一起让这个家明亮暖和。还有一点九丸心里也清楚，如今自己拼死拼活扶持谷家，心内还有一个算不得自私的愿望，那就是到了重生将来

423

需要成就和扶持的时候,谷家也能给予同样的重视。虽然这些话她从没和谷培华说过,但她觉得谷培华一定也明白她的心意。作为妻子,作为母亲,她要做得公公正正,要做得让儿女都欢喜敬重……

一年又一年,重生的个头已飞快地长了起来,随着个头噌噌上长,他已从初一时的第二排坐到了教室的最后一排。他如今算得上是个英俊的小伙子。

每次重生照镜子,都会仔细端详着镜子中的自己,他的右眼随着年龄的增长已显现出一种呆滞来,他觉得它就像一口被永久盖上井盖的深井。或者,他觉得它像一颗看起来完好的灯泡,但永远也点燃不了。他心里一直称呼这只眼睛为"它",似乎"它"是个单独的存在,"它"并不接受他的管理,除了能让他的脸打眼看起来五官端正之外,"它"本身死板、冰凉,毫无感情,"它"让重生不愿去细看和面对,却又无数次地让他的注意力集中在"它"这里。

尤其是想到邻班去年转来的一个女生,他更是把"它"骂了一遍又一遍。

这个女生名叫吴梦娜,听说她的爸爸是县城土地局的领导。

梦娜吃得好,穿得好,也懂得打扮自己。与周围的女同学相比起来,梦娜自带一层光芒,像是一只白鸽子飞进了麻雀堆。

在白白的皮肤衬托下,她那一双大眼睛总显出一种更加透明的光,这种光让身材娇小的她显得无辜而弱小,重生知道,很多男生都想去"保护"她。

梦娜在重生眼里和心里恰恰就是书文里那些美丽、善良的大家闺秀和千金小姐,他常常幻想着要是生到古代,要是自己眼睛没有问题,他与她就是郎才女貌,虽然可能也会遇到一些波折,但最终还是会以"大团圆"为结局。

他心里早"娜儿娜儿"地把梦娜呼唤了千百遍。为了用自己本来就不好的眼睛多看她几眼,把她看清楚,重生几乎一到下课就去学校院子里,他呆站在院子中那棵大柳树下,一边装作放松,一边时刻关注着梦娜教室的门,只要梦娜出来,他就会偷偷望着她与女伴们的身影,而且还要装作若无其事的样子。他不想被任何人察觉。

重生自认为隐藏得很好,很深。

他和班上那些男生一起讨论梦娜,一起附和着几个瘦巴巴的男生对梦娜的"鄙视",但他知道,越是说梦娜不行的男生就越喜欢和渴望着梦娜。而且,不光是梦娜自己班里的,外班几个胆大的男生也总是蠢蠢欲动。

每当重生看到他们就像小狗一样夸张地吠叫,一边说着梦娜的坏话,一边却又试图故意找借口围着她转来转去地摇尾巴,重生心里就生出鄙视,觉得他们太过幼稚。但同时,重生又妒忌着这些奔跑如风的正常男同学。

自卑和渴望使他逐渐成了同学们眼中的"怪才"。每当他唱歌和表演才艺时,他都希望教室的窗户外能站着梦娜,他想象着她仔细聆听着自己的歌声,偷看着自己的表演,不时抿着她粉色的嘴唇会心一笑,并在心里为他鼓掌和叫好……

但重生知道这只是幻想,同班同学对他的同情和照顾他能时刻感觉得到。其实,他并不愿让自己是个"例外"。所以,每当同学们给他赞美,他都会觉得有怜悯的成分,他愤怒于这种怜悯,渐渐地,甚至开始讨厌。

"杨重生,你将来能当个好演员!学啥像啥!"

"当演员?就我这样子?最好是演个瞎子!"

"……"

"杨重生,你是咱们班的活宝!要是班里没有你,乐趣就少了太多!"

"哪是什么宝!不给你们添麻烦就已经万岁了!"

"……"

他的言语开始让同学心里不舒服,渐渐地,不太有同学愿意和他来往,从前一下课就喜欢围在他身边的情况也越来越少,这一方面让重生觉得安全,另一方面又让他觉得沮丧。

但杨重生只有在学校里是这样。在谷家,尤其是在母亲面前,他还是从前的重生,听话、温顺,九丸每天都在家和裁缝铺之间忙活,她没有注意到重生的变化,也顾不得注意——成就了谷有成,谷有存的终身大事又迫在眉睫,她得全力和谷培华再去为了谷有存挣钱、攒钱。

重生不甘心远远地看着梦娜。他想像其他男生那样找机会去接近她,最起码让她知道自己对她的心意。他早已想过了,哪怕所有的努力只能换来梦娜和他说几句话,他心里也高兴。再说,自己能说会唱,也在学校的文艺晚会上表演过几次,说不定梦娜也喜欢他的才华呢?

重生没有想过如果表白成功会怎么样,也没有想过被拒绝该咋办,他心里被一个巨大的"爱"字压着,除了这个字什么都没有,他甚至没有想过和她牵手或有什么身体接触,他心里没有任何"不干净"的想法,只是觉得"爱"。

他暗暗观察着梦娜的生活规律,她早晨几点到校,中午和谁一起吃饭,晚上放学怎么回家,常常相跟的是哪几个女生。他在期待着一个机会。

终于,这天又到了梦娜值日的时候,最主要的是她的同桌好像请假了,因为只剩她一人在教室。

重生拿着一本语文书,装作背课文路过梦娜的教室。他来回走了两次,为的是确定教室里确实只有她一个。

终于,在第三个来回时,他走了进去。

这是初夏的傍晚,风暖柔柔的,教室里的光线不是特别明亮,也不是特别昏暗,正好是方便重生眼睛看得清楚的一种柔光。他看到梦娜正从教室后面向前面打扫。她穿了一件白色的圆领衬衣,在此刻的柔光中,她身上也散发着一团光晕。

"吴梦娜,你,你今天值日?"重生站在讲台边,鼓起勇气,装作随便一问。只有他自己知道,这一刻他算计了多长时间,期盼了多少天。

正在扫地的梦娜抬头一看,微微笑道:"呀,是杨重生啊,我同桌请假了,就我一个得把教室都打扫完!哎呀,幸亏这教室不大!不然能把我累死!"

"你……你认识我?"重生心里一阵狂喜,梦娜竟然能随口就叫出自己的名字来。

"咱学校谁不认识你,你可是学校的名人!"梦娜这次没有抬头,她专注地扫着地,灰尘从扫帚下轻轻扬起来。

"呵呵,你不是笑话我吧!"重生摸摸自己的后脑勺,他心里越发紧张起来。

"笑话?没有啊,你嗓子那么好,唱得也好——对了,你有事吗?"梦娜直起身子看了重生一眼,又微笑道。

"我……没事!背课文路过你们教室,随便看看!"重生答道,他听到自己的心在腔子里怦怦跳,这话一说完,他的脸就发起烧来。

"你,你要我帮你打扫吗?"重生突然想起来应该这么说显得更自然。

"哎呀,不用!你的眼睛本来就不方便!"梦娜又没有抬头。

"谁说的?!"重生突然恼怒起来,他把手里的书啪地拍在讲台桌子上,跌跌撞撞冲到前两排过道里,把梦娜还没有摞起来的凳子几把搁到桌子上去,教室里顿时一阵咣咣作响。

梦娜愣了一下,直起身来看着重生。她不明白眼前这个同学是怎么回事,看起来情绪这么激动。

"杨重生同学,你不用帮我,我自己来!"梦娜走到重生旁边,制止他道。

重生停了下来,他喘着气,皱着眉看着梦娜道:"你,你嘲笑我?你

427

知不知道……为了能和你单独说句话,我准备了多长时间!"

"呀,没有呀!我没有嘲笑你!你……你这是什么意思呀?"梦娜歪着头,用她无辜的大眼睛看着面前的重生,脸上似笑非笑。

"我的意思就是我……我……我喜欢你可长时间了。"重生一说完这话,突然觉得自己的个头儿矮了下去。

"我,唉……"重生突然叹了口气,面红耳赤地扶住了身旁的桌子,他不敢再看面前那张他渴望了无数次的脸,他的左眼此时不知该看向何处,窘迫、自卑、恼怒、解脱种种情绪一时交织在一起,让他脑子嗡嗡作响。

像是过了很久一般,重生看到地上原本飞起来的灰尘在光束中缓缓浮动,同时,他还看到他面前那双穿着时兴球鞋的脚……

终于,他听到梦娜哧的一声笑了。

这声笑让他心里一震,不由再次抬头看向梦娜。

此刻,一种讥讽的神色分明地出现在她美丽的脸上,她的嘴角微微向一边斜过去,显出一种冷冷的意味来。

是的,她在笑,却不是温柔的笑。当她的目光与重生的目光相遇时,她很快收起了嘴角的那丝笑意,又是一脸懵懂和无辜。

"杨重生同学,你在说什么呀,万一让其他同学听到可怎么办?我们现在都初三了,一心要用在学习上,你可不要胡思乱想。再说了,喜欢我的人可多着呢,你……你……"

这个"你"字之后,梦娜再什么也没说,她一扭身,回到了她原本打扫的地方继续扫起地来。

"唉,算了吧!"重生自己嘟囔了一声,一拳捣在身旁的桌子上,他不知道自己怎样到了讲台前拿起了书,又是怎么样脚步趔趄地冲出梦娜的教室。

他脑子像蒙上了一块暗灰色的巨大雨布,但他心里又清清楚楚地把梦娜脸上和嘴角的那丝笑一遍遍放大。他知道她是什么意思,也知道那个"你"字后面本来应该跟着什么话。

喜欢我的人可多着呢！你,就你？你算个什么东西？你这个半瞎子！

重生摇摇晃晃地走在熟悉的回家路上——他习惯从学校后面的一条路上走,这条路上人少。

平时熟悉的景物在他的脚步中向后倒退移动,这让重生有些眩晕。他心里多么渴望不受视线的影响,美美地跑上一阵子啊！

你,算个什么东西？你,算个什么东西！

重生心里反复重复着这几句话,终于,他迈开脚步跑了起来,顾不得路人诧异的目光,也顾不得会不会遇到认识的人,他跟跟跄跄地跑着,像是要摆脱什么的追赶,又像是要去追赶前方的什么,他两臂用力摆动着带动着双腿,一脚高、一脚低地努力维持着身体的平衡,这让他的跑步姿势看起来十分奇怪,他高高的身体左右摇晃着,像个被大风吹得即将摔倒的稻草人。

终于,重生脚下一崴扑倒在地,疼痛从他的脚踝、膝盖、手掌处传来。

唉,你这个半残废！

他慢慢爬起来,似乎所有的疼痛都已感受不到,只是心里木然地一拐一拐继续向前走。

四十九

脚踝崴了后,重生只能在家休养。他萌生出再也不去学校的念头。可是看看母亲,想想母亲和自己是怎么一路走过来,是怎么在谷家获得尊重和地位的,他不敢也不想让母亲伤心。

甚至连脚踝崴了的原因他也撒了谎。

中考前剩下的两个月里,重生就像彻底变了个人。

他从前的自信荡然无存,或者说,从前靠才艺所铸造起来的堡垒在梦娜的一声冷笑中轰然倒塌。

重生无法认真投入地读书复习,他陷入一种深深的自卑和绝望当中。他总觉得同学们开始在自己背后指指点点,偶尔碰见梦娜,只要她是和别的同学相跟着,尤其是她那些女伴儿,他都觉得她们是在讨论他,讥讽他。

重生开始躲着所有的同学,甚至觉得梦娜班的老师也已经知道了这件事,而她的老师又告诉了自己的老师,继而,这些平日里对他都很和蔼的老师也一个传一个,等于全校师生都知道了自己"癞蛤蟆想吃天鹅肉"的事。

这些想象让重生无比痛苦。他感觉自己像突然暴露在阳光下的老鼠,除了拼命挖洞来掩藏自己之外,没有什么其他办法来应对自己心里的恐慌。

"重生妈,我觉得娃最近不太对劲,感觉他情绪低落,注意力也不集中,也不知道咋了,你找时间跟他拉拉话,看是不是遇到什么事情了,可别憋出什么问题来。"重生的班主任兼语文老师胡老师这天专门去九丸的裁缝铺安顿了这件事。

九丸连连答应,胡老师走后,她想起这些年重生的不容易和努力,也想到后来自己是不是只顾着裁缝铺,对他关心得太少。其实重生最近的不对劲她也看出来了,只是觉得儿子大了,自尊心又强,好几次她话到嘴边又咽下。

夜间,看重生心不在焉地翻着书,九丸支开添娇,坐到儿子身边,准备和他谈谈心。

"重生,最近学习任务是不是很重?马上就中考了,你复习得咋样?"

"妈,我感觉没复习好,我担心自己考不好。"重生有些拘束,他敏感地觉察到母亲应该是发现了什么问题。

"妈还是那句话,尽力了就行,你也不要太担心。学校里没有同学欺负你吧?"

"没有,我和同学们关系都可好了!"

"那妈咋看见你最近不高兴,你有啥事就给妈说,不要憋在心里,咱母子是最亲近的人么。你是妈一手务养大的,你有啥不痛快了妈心里也急躁,也不好受。"

"妈,我没啥,你不要操心。"

"重生啊,你是我养的,我还能不知道?妈猜一下,是不是同学说什么伤你的话了?"九丸伸手在重生头上摩挲了两下,笑着问道。

"哎呀,妈,你别猜了,真的没事!"重生低下头,玩弄着手里的钢笔。

431

"那就是有女娃觉得我们重生唱得好,说得好,学习也一直不错,就看上我们重生了?"

"妈!你……你真觉得会有女娃看上我吗?"重生突然面对着母亲笑了一下,九丸看到他的眼睛里泪花翻动起来。

九丸一下子知道了症结所在,最起码肯定是和"感情"有关系。

"当然会有了!我们重生个子高高的,模样也长得这么帅!最主要的是心地善良,从小就像个男子汉,有拼劲儿!你忘了咱在婆婆镇你舅舅家时,多少人都夸你?"

"妈,可是我的眼睛……"重生再也忍不住了,他的眼泪啪嗒一声滴到腿上。

"唉,重生,妈给你说,人这一辈子什么事都有可能遇见,每个人都不是平平顺顺的。妈品着你有时心里还是有怨气,可是,我们能怨谁?能怨老天爷吗?和你一起害了病的那几个娃娃,现在连你也不如!老天爷还给咱留了一只眼,这已经算是幸运了。你从小一路坚强过来,以后要面对的事情和人更多更复杂,最起码你自己心里不要一直接受不了这件事,只有这样,你这才能安心、定心,不受其他人的影响!"

"妈,我知道,可是,一只眼睛真的太难受了,你都不知道我这么多年咋过来的……看见人家跑哩,跳哩,我只能站着,坐着!只有在梦里才能回到小时候眼睛好的时候,才能再和别的男娃一样去玩,去跳。妈,我怕你难过,从来也没给你说过这些。"重生第一次对母亲打开了心门。

"妈都知道,都知道!"九丸也哽咽了,她伸手在重生背上轻拍着,除了这样的举动,她也不知该如何安慰已经长大的儿子。现在重生已经高出了她两个头,母子身体上已再也不像小时候那么亲近了。可此刻重生的诉说一下子让九丸的心又揪了起来。

"重生,你不知道,为了亲身体会你是一种什么感觉,从你那年出院以后,妈常常背着人,在家里,在去裁缝铺的路上,拿手捂住一只眼睛尝试走路、拿东西、跑动、看书,就是为了知道你是啥感觉。你以为妈常给你安顿让你怎么走路、怎么注意是平白无故想象出来的吗?都是妈多少次试验过的呀!"九丸的眼泪扑簌簌流了下来。

母亲说的这些话重生从来没想到过,他心里一阵感动,嘴里却说不出话来。

"受在儿身,疼在娘心,其实妈也不盼你一定要出人头地或干一番什么样的大事,妈只希望你能尽量过上一个正常人的生活,往后都平平顺顺的就行!妈也可担心你因为眼睛的问题,万一遇上什么事心里想不开……你不也常看书吗?书里那些缺胳膊少腿的、看不见的人都是咋成就自己的?你要记在心里!"

"妈,你不要担心了,真的没什么事。"关于梦娜,重生决定对母亲只字不提。他知道初中尤其是初三,正是应该好好学习之时,看着母亲每日辛苦操劳,想着自己和母亲的境遇,想到自己的身世,重生觉得惭愧,但青春的萌动和渴望使得他难以自控,自责和自卑又加深了他心里的矛盾。

不过,方才母亲一番话句句说在了他心里,母亲的坚强、勇敢也鼓舞了他,使他感觉到了坚实的心灵依靠。

然而,只要一到学校,重生还是摆脱不了梦娜带来的苦恼,他盼着能看见她,却又怕看见她。他盼着能听到同学们议论的关于她的只言片语,却又不想听到任何关于哪个男孩又在追求她的话题。

在日复一日的矛盾和与自己的斗争中,中考来临了。

重生没考上中专,但他的分数上高中还够。

想到高中三年的学习、生活,想到又得去结识新的同学、老师,重生觉得再没有了那么多自信。

还有梦娜,听说她已经考上了省粮校,也就是说,她已经离开了这个小小的县城,去了更大的城市。

重生突然对上学彻底失去了兴趣。

这些天,他不止一次地想到说书的张秀山,想起他自信地弹奏说唱,想起众人对他的抬举,想起行走四方的自由和外面的天地,想起张秀山口中的那些古今纵横的故事。

张秀山可以成为故事中的任何一个人,可以是皇上,可以是将军,可以是吟诗作赋的状元,也可以是美丽动人的忠贞小姐……在重生心里,张秀山肚子中藏着一个丰富无比的世界,张秀山就是那个世界的主人。

最主要的是,重生对张秀山胸中自有千军万马的那种自信、洒脱羡慕不已。自从一只眼睛失明,他也渴望着这种自信和受人尊重抬举的感觉,所以他在人前唱呀说呀,其实还是在寻找一种认同。

自己也能创造出张秀山心中那样一个世界吗?

如果自己也去学说书,那么眼睛不好就显得顺理成章了。

重生思前想后,有生以来第一次失眠。

第二天,他就和母亲说了想去学说书的事。

"这个,唉,娃呀,说书行业太苦了,你现在光能看到它的红火热闹,看不到背后的辛苦啊!常年在门外,妈咋能放心?还有你爸,他是公家人,他一直觉得说书不是什么好营生。他和我说过,还是想让你继续念高中,拿上个高中毕业证,将来也好帮你找工作。"九丸忧心道。

"妈,我的事我想自己做主,我自己选的路,就算将来再苦,我也不怨任何人!"重生急道。

"唉,妈一方面不想让你受苦,另一方面现在也不好做主。要不你问一下你爸?就算他同意,你拜师学艺也得交学费,家里现在情况你也知道,刚给你大哥娶过婆姨,现在又给你二哥准备着,算来算去,你继续上高中才是最省钱的路子。"九丸为难地解释着,她和谷培华曾商量过等把谷有存婆姨娶过来,再开始给重生攒钱,三个弟兄一模一样对待,她没想到重生的大事突然就提前了。

"妈,我已经想好了,不管我大同不同意,你不要挡我就好。"重生低着头站在母亲面前,像是在请罪。

夜里,谷培华回到家,重生鼓起勇气对他说了自己想去学说书的事。

谷培华没有直接回答,他给自己倒了一缸子水,坐在凳子上好一会儿才开口。

"重生,你的路我和你妈、你爷爷奶奶早都商量过了,你本身一只眼睛不方便,高中毕业能考上大学的话我们肯定砸锅卖铁也供你,如果考不上,有个高中毕业证,我再想办法,看能不能给你在哪里找个工作,这一辈子不就有了保障?"

"爸,我不想上高中,我想直接去拜师学艺。"重生站在谷培华面前,两手在肚子前用力攥着,他不敢看谷培华的脸。

"重生,你觉得坐在写字台前挣钱舒服还是背上三弦挣破喉咙满世界游荡舒服?"

"爸,我就想去学说书!我爱这个,也觉得自己能吃了这口饭。"

"哼,你才吃了多少年饭?我们大人吃的盐比你吃的饭还多!我的话就算你听不进去,你妈的话你总该听吧?一切都是为了你好!"

"爸……"

"好了,重生,你别说了,反正我是不同意。"谷培华端起水喝了两口,把缸子放在桌子上,一揭门帘出去了。

重生呆呆地站在原地,自己把两只手拧攥得生疼。

六月初八时,县城西山又起了庙会。

庙会高音喇叭传来的阵阵三弦声撞击着重生,让他感觉既高兴又难过。他心里跟着那三弦的调子和节奏唱和着,那些由于太远而模糊的说书词忽高忽低地钻进重生的耳朵里,更加神秘诱人。

太阳在半空冒着花子,西边的声响像根绳子般紧紧拽着,十五岁的少年杨重生出了门,从土路下了河道,又小心翼翼过了木桥。他瘦高的身影与其他赶庙会的人混杂在一起,看起来悠闲自在。

  重生一步步向山上走去,他觉得离那声响越来越近,在这样的声响中,他几乎忘记了一切,这声响像清凉的雨水一样滴在他心里,让他觉得自由和畅快!

    我的大名叫美猴王,
    猴子猴孙都刚强。
    取名就叫孙大圣,
    敢跟玉帝来斗阵。
    我悟空本事能,
    我在东海岸上斗老龙。
    所有的武器不称心,
    拔了龙王的定海针。
    金光闪闪天惊动,
    成了我金箍棒一根。
    …………
    玉皇一看吃了惊,
    给我封了一个弼马温。
    天兵天将把我笑,
    说我是一个喂马神。
    我老孙一听把气生,
    再次上天要闹天宫。
    第二次我把天宫闹,
    玉皇爷再次把气生,
    把四大天王都调动。
    我老孙金箍棒一根,

打得天兵天将四处奔。
玉皇再次吃了惊,
凌霄宝殿把我封。
花果山前旗高挂,
齐天大圣他亲口封。
第三次我把天宫闹,
太上老君把我烧。
烧了七七四十九天整,
一根猴毛都没烧了。
…………

西山上的玉皇庙庙院里,三个说书人唱得正酣!

弹着三弦说唱的是个中年汉子,唇上一撇小胡子,身穿一件夹克衫,腿上的甩板和拇指上的麻喳喳①配合着三弦的弹奏,把孙悟空的调皮和猴性说得惟妙惟肖,围观的听众不由跟着他说的情节笑着,相互打趣着。

说书人左右两侧各坐一个年轻人,头发自来卷的吹笛子,另一个瘦瘦的偏缝头拉二胡。铮铮的三弦声伴随着笛子的悠扬和二胡的婉转,一层一层不同的声音交融在一起却又各是各的味儿,让人耳朵格外舒服。

重生坐在说书人旁边的一块石头上,听了两三个小时,美猴王不停在他心里蹦跳着,他的金箍棒也在重生心里抡出一个又一个圆影……直到书匠们停了乐器,收拾行头要去吃饭,重生才像是醒了过来。他急切地走到那个留着胡子的书匠身边,小心翼翼地问道:"叔,打听个事,你们,你们收徒弟不?"

---

① 麻喳喳,陕北方言,三弦上的击节木片。

"收哩嘛！不过实话说,我们三个也才出师不久——是你自己想学还是给旁人打听？"那个书匠看了他一眼道。

"是我自个想学。"重生有些紧张,他觉得手心都出了汗。

"哎呀,看你像个学生娃,长得俊模俊样的,快不要学,上学才是正道！"

"是哩嘛,我们是家里穷得不行,自己又学不进去才走了这条路！"那个自来卷也附和道。

"我,我的一只眼睛不方便,啥也看不见……我打小就爱听书,自学了几句,你们要是不忙,能不能听我唱一唱,看看我是不是这块料儿？"重生急道。

"哦,原来是这么回事。听一下就听一下,我弹,你唱上几句！"一撇胡重新抱起三弦,扑棱棱起了个书帽,重生就把自学的一个小段跟着节奏唱了起来。

  弹起三弦定准音
  把各位来宾一声请
  短为段来长为本
  说上一个笑话等上一阵人……

"哎——这娃娃好嗓音,还像那么回事！"一撇胡手从弦上抬起,不由赞叹。

"确实像模像样。"自来卷和偏缝头也夸道。

"那你们把我收下当徒弟吧！"重生喜出望外道。

"哈哈,你这娃娃。你还小哩,回去和你们大人商量好,有条件还是上学好哇！不过,你真想学就把学费准备好,顺着洛河往下,找张秀山师傅去学！他是宗师,在他那儿你才能真正学成！"一撇胡笑了,他拍拍重生的肩膀安顿道。

"张秀山师傅在哪里住？你们给我说一下详细地方,我去拜师！另外,学说书得多少钱？"

"顺洛河走,一过遂宁镇就到！你打问石门寺村的张秀山,当地无人不知,无人不晓！学费嘛,得个四五百块！"

三个书匠下了坡去吃饭,重生独自站在庙院里,半晌,他进了身边那个庙,看到正中供着一个白脸戴冠的神像,神位上写着"文昌帝君之神位",他拿起供桌上的三支香,恭恭敬敬点燃,心里默默祈祷道:"神仙保佑我能去学说书,神仙保佑我能去学说书……"

五十

因为重生坚持要去学说书的事,九丸愁得几天没睡好。

作为一个母亲,她当然希望重生能够活得轻松一些,按照谷培华安排的方向去发展,但是作为一个也曾因为遵循父辈安排而无比痛苦的过来人,她知道有些事情违背孩子意愿,可能会是一生的错误与不幸。

九丸希望身体已有残缺的重生能追求到心里的完整和安宁。

对于这件事,谷培华的态度很明确,要么一切听从他的安排,乖乖去上高中,要么重生按自己的选择去学书匠,但是他不会去帮重生支付学费,而且将来重生受苦受罪都与他无关。

也就是说,如果九丸也让重生去学说书,所需要的学费就得他们母子自己想办法。

谷培华这样一表态,九丸一阵失落,一阵难过,一阵心酸。虽然她理解他终归是出于一种善意,不愿意重生去受说书人的那些苦,但是她心里还是打了一个疙瘩,绕也绕不过去。

老谷和谷氏也是站在谷培华一边,他们想不通为什么重生放着清闲日子不过,非要去走这条艰辛的路。但因为不是亲生,谷家所有人对九丸和重生又不能有太重的言语。

双方都小心着,揣度着,家里的气氛着实沉重了几天。

重生已管不了那么多了,他每天都要去庙会上听书,他期盼着每天说书完了后,一撇胡他们能与自己多说一会儿话,让他多摸摸三弦。

西山的庙会一完,重生的心也跟着书匠们走了。他没法安心待在家里看书或做任何事情。想到家里那沉重和微妙的氛围,他宁愿一个人在田间地畔游荡。

他在等母亲做出决定,同时,也发愁着要是母亲同意了,那么多学费该去哪里借和凑。

当重生忐忑焦灼着食不知味时,九丸说要带着他和添娇回一次象咀。

见女儿带着外孙和外孙女回来,包梅在缸里挖了两大块腌猪肉炒了一盘,又做了洋芋疙瘩荷包蛋汤,擀了白面,这是九丸从前最爱吃的。

一吃过饭,重生就去找鱼祥和鱼壮了。鱼祥初中毕业后就在象咀村当了村里的会计,鱼壮和重生一样,刚上完初三,好在直接考上了市里的中专,八月就要开学。三个青年顺着小路走到洛河边,他们在河畔上相互谈论着,不时捡起石片在洛河河面上打出串串水漂。

鱼祥和鱼壮都支持重生去学说书,因为重生从小在他们心里就属于"文艺型人才"。

"去吧,重生,能坐在桌子前挣钱的人成千上万,可能弹得了三弦说古道今的人能有几个?这是一种天赋和才华!再说了,说书能四处转,看遍山河,自由来去,想想多自在!"

有了鱼祥和鱼壮的这个观点,重生觉得深受安慰。

已入夜了。

又是个有月亮的夜晚。

田家人围坐在院子里谈天说地。

田水荣弯腰咳嗽着点了两根艾,艾草燃烧的气味一阵浓一阵淡。

晚风从坡底的枣树林里一波一波涌上来,轻轻撩动着人的头发和衣衫,象咀山上到处是虫鸣鸟啼,洛河里的蛙鸣也阵阵传来,让九丸感到久违的轻松和惬意。

九丸和家人说起重生想去学说书的事。

重生的命运再次压在每个亲人的心上,让他们心疼和为难。

"大、妈,哥、嫂子,我是觉得重生现在心思已经根本不在上学这方面了,我品见和同学们一起相处时,他有些躲人。眼睛的事让他不自在。我看也只有唱上说上,他才最高兴畅快。他要好好学说书的话,两三年出了师也算个挣钱人。再说不好一点儿,哪怕说书挣不了多少钱,我也只想让他心里好活一些。"九丸说了自己的想法。

"唉,你们如今在谷家,多多少少也得考虑人家咋想、咋安排,我记得培华在泥塔沟那次不是对众人都表了态吗,说将来也要给重生安排工作。"田水荣愁道。

"是啊,大,培华就想让他上高中,说是高中毕业了再说。唉,到底不是亲生,娃在他跟前没理,也不敢提什么要求。"九丸在灯下搓着自己疼痛的手关节。

"九丸,如果重生打定主意要去学,那你要好好跟他说清楚,说书确实是一件苦差事,比不上在公家上班轻松!提前都给娃说清楚,将来吃苦也无怨!"金川皱眉道。

"你哥说得对,咱都不希望重生受苦。"梅英道。

"拜师学艺肯定也得交学费,我估计你这两年也没攒下钱。"包梅对九丸说道。

"唉,一起过光景,难免相互贴补,人家'妈、妈'地把我叫着,总不能不帮。再说,重生当初看病和这些年上学也花了不少钱,如今算不成谁多谁少了。"九丸叹道。

"就是,只要你们和和睦睦的比什么都强,每个猪娃生来头上都顶着三升糠哩!钱在世上转,现在又都放开了,你好好把裁缝铺经营上,慢慢就都好了。"梅英拉住九丸的手,真切地说道。

"你们相互商量好,真正决定了的话,我和梅英一个是舅舅,一个是姑姑,又知道你的情况,该帮娃的肯定会帮。"金川接话道。

"哥、嫂子,我思前想后,可多盘算了,娃也不是说要歪门邪道去做什么坏事,也就想学个手艺。实在想去就让去吧,本来就是要多走几步的命,一步也少不了。我算了算,手头现在能拿出一百多块钱,你们再帮一点儿,剩下的谷家没说给,我也没准备跟人家要。"九丸平静地道。

"我们帮五十半百的还能行,再多了也没有,鱼祥马上开学也得要钱。"金川道。

"我和你妈也帮不了多少,唉,现在这洛河川做皮活儿的人越来越少,人都不咋需要过去那些东西了!"田水荣也愁道。

"你们都不要愁,实在不行我就借上些高利贷,现在裁缝铺生意还可以,再咋也不能误了正事。"

重生此时躺在窑里的炕上,窑里黑漆漆的,院里亲人们的谈论不时有两三句清晰地响在他的耳畔,尤其是母亲的话语,让他心里生出从未有过的安定感。

第二天早晨,九丸带着添娇去河边玩。走在熟悉的路上,她感觉象咀的一切都还是像从前那般没什么变化,唯一变了的是曾经年轻的人们越来越老,曾经孤单的身影后追随了新的身影。

人就这么一回事,一辈赶着一辈。

"添娇,哥哥小时候常在这个坡上玩,你看,这是马莲花,这是茵陈,这是打爷爷圪堵花……"九丸一边走,一边给添娇指着路边的景致。

"打爷爷圪堵,哈哈哈,妈妈,这名字太好笑了!"添娇在草坡上洒下一阵欢笑。

九丸看着女儿，听着她的声音，恍惚间也回到了自己的童年。添娇扎两条小辫儿的形象分明就是自己当年的样子。那些在象咀和这个草坡上玩耍嬉闹、捉蝴蝶逮蜻蜓的记忆突然间全部从心底翻起，让九丸怅然若失。

"添娇，等你长大了，等妈妈也像外婆那么老了，妈妈就回这里来住着，你到时和你的孩子来看妈妈不？"

"看！我也要给妈妈买好吃的，买新衣裳。"添娇站在水边往河里扔一块小石头。

那石头扑通一声溅起清亮的水花来。

"妈妈，这河里有鱼吗？"

"有，而且是很大的鱼，那鱼呀，长着像人一样的眉毛、眼睛、嘴巴，身子却是鱼的样子！谁要是能看到它，就赶紧对它许个愿，那这个人就会要什么有什么！"

添娇没有说话，她小小的身影站在河边，将信将疑地盯着洛河的水波，似乎在寻找母亲说的鱼的身影。

九丸也直起身子看着河岸边的水波一层层地吞吐。她突然想到自己多年前做过的那个梦，爷爷在梦里给她吃了三根针的梦。针……裁缝……难道那个梦早就预示了自己后来会以当裁缝为生？哦，爷爷，难道我今天能开裁缝店，也是您老在暗中帮衬着吗？还是您知道孙女的心……

九丸想到这里，心中一阵暖意漫过，她仰起头，似乎又看到田养鲲像梦中那般坐在一朵云彩上，笑眯眯地望着她。

但爷爷已经走了多少年了。眼下，父母也即将离去，重生的杨家和谷家爷爷奶奶也即将离去，舅舅们也已年老，就连自己也已从当年的小女孩变得鬓发半白。

九丸突然觉得洛河的水波里有种让她恐慌和无力反抗的东西。

每个出生在河岸边的人生来就和这东西签下了契约。

九丸要送重生去找张秀山了。她和重生带着金川和梅英送来的五十,带着父母给的五十,带着自己攒下的一百多和高利贷的三百起了身。

九丸把钱用线缝在贴身的背心里,这钱一点儿差池都不能有。

重生穿戴得整整齐齐,难掩脸上喜气。九丸很少看到重生如此开心,她不由也微笑起来,她心里像有把扫帚一样,唰唰地扫干净了所有的难过和心酸,扫掉了所有的顾虑和失落,留下的,是真正为儿子的高兴而欢喜的宽慰。

遂宁镇还没有通班车,九丸犹豫再三,最终没有骑自行车。她和重生出了县城,顺洛河而下。走走歇歇,歇歇走走,母子俩路过洛河边的云台山、石楼山,路过一个又一个村子……

九丸不时给重生讲起自己在娑婆镇修水电站的故事,讲起她听过的关于外公宗永志的故事。想到外公当年也曾在这条路上奔走过,九丸心中激起一种奇异的感觉,既感伤又踏实。

半后晌时,母子俩到了遂宁镇,在路边的小食堂吃了顿饭,接着往南走,除了上次带重生去市里看病,这是九丸向南沿洛河走得最远的地方。

洛河两岸的川地逐渐更加宽敞平坦起来,人们珍惜着土地,把它们务弄得整整齐齐,大块田地像巧手婆姨用不同的绿色布片弥起,田边的草地上一群群驴、骡和牛在低头吃草。这些川地边的窑院看起来也更亮堂,远远照见的人们走动间腰总挺得直直的,有种从容和自信。

九丸想到这些人也有着各自的愁恼,有着各自的故事,不由叹了口气。她把这句话说给重生,重生也叹了口气。

晚霞满天时,九丸和重生才到了石门寺村。顺着指点,母子俩蹚过洛河进了村,再向村人打听张秀山住处,却已就在眼前。

重生这时却紧张了起来,他拉拉九丸的胳膊道:"妈,你说张师傅能看得上我不？我心里没底。"

"心放宽！要是实在不收,张师傅肯定也会给咱一个明白话,是咱自己的问题,那就想办法解决和改正,但妈品着你应该差不多！"

母子二人进了院,一看,三孔窑洞齐齐整整,张秀山正坐在院中菜园里的一圈黄花菜边抽烟,还穿着前些年那套灰中山装。

"张秀山师傅！可把您家找见了,我们还担心您不在家！"九丸一边笑道,一边带着重生到了张秀山面前。

张秀山却不起身,淡淡地道:"哦,你们来得巧,要是明天来,我就真的不在家了！"

"张师傅,我们清早从县城起身,不住气走了五十多里路,是来拜师学艺的！您看,这是我儿子,心心念念就爱说书,一门心思想来寻您学艺！我们把学费都凑齐了,今天来就看能不能拜到您老门下。"九丸把重生推到张秀山跟前。

"嗯。"

"我们知道您活多,担心您不在家。我娃眼睛不太方便,路上快不了,这不,这会儿才到。"

"唉！你这个年轻娃娃！你不好好上学,说书有什么好的?"张秀山这才认真打量了一番重生,又指了指院中的凳子,示意九丸和重生坐下歇息。

"张师傅,我不想上学了,我就想跟着您说书！"重生开了口,他被张秀山身上的这种阵势镇住了,他觉得张秀山一瞥间就已把他从里到外看穿了,包括他的委屈、不甘与自卑。

"张师傅,您看看他,适不适合学这本事？我记得他第一次在县城听您说书后,那时他虽然还小,但当时就跟我说,妈,我也想当张师傅这样的人。"

张秀山没有接话,还是自顾自抽烟。这时,门里出来了个老妇人,端出两碗水递给九丸和重生,她也不说什么,又默默进了窑里。

"想吃这碗饭,还确实得有些本钱,想学的人不少,能让我收下的不多! 你这娃虽然一只眼睛不方便,模样还算长得周正,声音嘛……也还行! 就是胆头子不够大!"张秀山在晚霞中眯着他的一只独眼慢悠悠道。

"是,是! 娃才十五岁,没见过什么世面,还得您多调教!"九丸赔笑道。

"这样,你听见那边树上那只雀儿的叫声了没? 你给我学学它的叫声!"张秀山一指远处坡上一棵树。

重生和九丸这才凝神细听,刚才过于急切和紧张,根本没注意到有什么雀儿在叫唤。

果然,那树上传来一阵悠扬的鸣叫,那鸣叫声四声一停,四声一停,突然,更远处也响起了同样的叫唤声。

九丸和重生听出来了,这是洛河边的一种鸟,因为叫声极像"抱柴放火"四个字的发音,又多在早晨、中午和黄昏时鸣叫,每次叫时,正是洛河川人一日三餐做饭的时间,人们便把它叫作"抱柴放火"鸟,重生有次在语文课上问过老师,知道了它的学名叫四声杜鹃。

"就这四声,你试着学一下?"张秀山也不看重生,独目穿透面前树木窑沿,炯炯照向对面的远山。

重生定了定神,噘起嘴唇,像吹口哨一般试了一下,又试了一下,便有四声极为相似的声音从唇边飞了出来。

重生的声音一落,张秀山从远山上收了目光,转过脸看了看重生,突然,几声嘹亮的鸣叫声从他嘴里飞出,把那两只真正的杜鹃惊得一愣,接着便给张秀山的叫声留了一席之地。

抱柴放火 ——

抱柴放火 ——

抱柴放火!

三只"杜鹃"似乎前前后后地一下子把村里所有的空间和缝隙都

填满了。

突然,张秀山唇间声音一转,又飞出一连串各式各样的鸟鸣来,那两只杜鹃再也没作声。

"汪!汪!"重生胆大了起来,他心里从小的那份"野性"一下子被释放和激活了。

"不对!不对!一般人听狗叫都一样,但实际上穷人家的狗和富人家的狗不一样!穷人的狗底气不足,只是瞎咋呼,富人的狗声响不大,真咬人时一口就上来了!猫叫也一样,你听都是喵喵,但公猫和母猫不一样,怀儿子的猫和不怀儿子的又不一样……"张秀山一边说,一边就学了几声。

重生被逗得嘿嘿笑了起来,一边也随着张秀山的口技学了起来。

"呀,这会儿胆子放开了……你这娃嘛还算是块料儿,就是城里娃怕吃不了苦!"

九丸一听张秀山松了口,连忙推了一把重生让他跪在张秀山面前。

"师父,您就收下我吧,我妈为凑学费还借了高利贷……既然选了这条路,我不用功学就对不住她,也对不起您,更对不住我自己!"重生跪着道。

"唉,起来吧!看你们母子大老远的也不容易!你又和我一样,一只眼睛看不见,既然是心里真心爱,那我就留下你,不过我先说清楚,你要先跟着我去四下跑,边走边学,外面没有活儿的时候,你还要帮我家打杂,你也看见了,我婆姨身体不咋好……再一个,每天早上四点半就要起床练功、背书本子……你再想一想,要真能受得了这些苦,我就正式收下你!"

"重生,师父说的你都听清楚了吗?"九丸问道。

"听清楚了,我不怕辛苦!一切都听师父的安排和教导!"重生又给张秀山磕了一个头。

张秀山这才起身伸手扶起重生,先前的淡然转成了一种亲切。

"师父肯收下他,我心里真高兴!有什么不对的您只管教育!"九丸笑着,却又流下两行热泪。

正说间,又有两人从院外推着自行车进来,自行车后座上绑了两个高音大喇叭。

"看来师父又收徒了?咦?这不是庙会上天天撑着咱的那个后生吗?"

重生仔细一看,原来正是之前西山庙会上的一撇胡和自来卷,看到他们,他高兴得几乎要蹦起来。

"你们怎么也来这儿?多亏你们给我说来这里找师父!我终于能正儿八经地学说书了!"重生手舞足蹈地道。

"明天我们和师父要一起去下寺湾说书呢,三天!这不今晚就赶来和他会合。你还真有恒心,好!只要有恒心,没有学不成的!"自来卷道。

"他叫杨重生,以后还得你们多指点他!"九丸笑道。

"那肯定!人和人都讲究个缘分,上次见他对说书那么爱,我就知道他会走这条路!"一撇胡也笑道。

"看你们娘儿俩也累了,赶紧进门,你师娘应该把饭做好了。"张秀山起身道。

"师父""师娘""师哥"这样的称呼一下让重生感觉到了人生的另一重高度,他觉得自己到了古代,到了书文中说的那些故事里。

果然,窑里饭已做好,先前出来端水的老妇人正忙着把饭盘端上炕,她瘦小的身影像纸窗花上的那些人人,脑后盘着一个圆圆的发髻,双腿微带罗圈……九丸见她话极少,不知是什么原因,也不敢贸然多说,便随几人一起吃了饭,又给张秀山交了学费、伙食费等。饭后,九丸要帮老妇人收拾洗锅,她还只是笑笑,推让示意让九丸不用管。

这夜,九丸与重生被安排睡在边上一孔窑里,睡下后,九丸又给

449

重生千安顿万嘱咐,说着说着,却发现重生已经睡着。

九丸心中一边生出千种牵挂,一边却又觉得安然,此刻,她的心就像那些崖壁上和石缝中的干苔藓,被雨水缓缓泡得舒展、变绿。

第二日清晨,九丸与张秀山师徒相跟着过了洛河,在岔路上道别。

九丸要向北,向着她离不开的地方而去,重生则跟着张秀山和师哥向南,向着他们要谋生的地方而去。

重生瘦高的背影紧跟在张秀山身后,他的手里此刻小心地提着师父的三弦匣子,一撇胡和自来卷身上背着各自的乐器,推着车子,两个高音喇叭此时已绑到了车把前。

"妈,你路上慢点儿!我一定会好好学的!你不要担心我。"这几句话一出口,重生就想哭。长这么大他第一次离开母亲。

"好了,你快和师父他们走吧!你师父人好,我没什么不放心的!"九丸笑着看着儿子道。

"回去吧,重生有我们照料!"一撇胡在阳光下笑着,露出白白的两排牙。

"我们一直来回跑,不要担心,县城里也常去!你们母子很快就能再见面!"张秀山也笑道,他又戴上了那副茶色大框眼镜,头发梳得整整齐齐。

"好,你们快起身!"

"妈,那我们走了。"

"去吧,不要怕,好好学!"

一撇胡和自来卷脚一蹬上了自行车,张秀山紧走几步,坐上了自来卷的车子,重生一迟疑,却也很敏捷地轻轻一跳,就坐上了一撇胡的车座。他又转头看向九丸,九丸对他挥挥手。

丁零零零……

丁零零零……

一撇胡和自来卷故意按响了车铃,似乎是向九丸道别。

渐渐地,四个身影越来越远,消失在路的转弯处。

九丸觉得心里有一部分被人切走了。

此刻,洛河水正一如既往地翻滚着向南而去,突然,有两只白鹳从山腰间掠起,一前一后在空中伸开着翅膀,精灵般缓缓飞过。

九丸目光追随着这两只白鹳,直到它们越飞越远,消失在目所能及的洛河南端。呆站许久,她终于一回头,上了向北的那条路。

天地和大山河谷之间,一个孤独的身影慢慢移动着,移动着,再次走向命运深处。

五十一

十月的蓝天一如往年般晶亮严实地扣在大地之上，罩住目所能及的一切。

山头上堆着糜谷的扬场和山脚下北洛河的流水在阳光下有些耀眼。

扬场许多年前就有了,应该和围着它的村子们一样古老。

这样的场在洛河边很常见,几乎村村必有。所有场的地面都像有了包浆,既光滑又坚硬,这包浆硬是靠一辈辈生活在村里的人用脚步踩踏摩挲出来。

此时的洛河汛期已过,秋日里正清澈地泛着淡淡的绿波。它从北方一路而来,在上游孕结出无数个充满苦难和生命张力的村子后,当终于流淌到这个叫无事湾的地方时,总算才成了中游的开端。

除了地形、气候有些变化和起伏,生存在洛河中游和下游的人,一如上游的所有人,呼应着这条古老的长河,命运从未停止曲折迂回与涨落不定。

此刻,秋季的早晨像井水一样冰凉。

铛——铛——铛铛……

一阵牛铃声响起,一老一少正赶着五头牛走向山头处的扬场。

老人头发灰白,衣服也旧得发白,肩膀处的补丁是两块深蓝色的布头。在晨阳中,他的脸和手都统一发出黑釉罐般的色泽来。

孩童七八岁。他跟在老人身边,一手执根柳条,另一手把刚刚在路边摘的马茹子扔进嘴里。孩子嘬住这颗发紫的马茹子,小心地咂咬,贪恋着酸甜的浆瓤。

孩子的脸也被晒得有些黑,但不是老人的那种黑,老人的脸发硬光,孩子的脸却如深色的丝绸一般,细滑,柔和。

"爷爷,今天踩场要踩些啥?"孩子突然明亮地问。

"今天踩糜子!谷子要等明天把穗子铡下来才能踩!"

"爷爷,那我今天要帮你做啥?"

"你呀,你就端着木锨,跟在牛屁股后面等牛粪,看见哪个牛快屙了,你赶紧接住,不然,牛粪就掉在粮食上了!"

"……啊?爷爷!好不容易跟你踩一回场,你就让我接牛粪?我不想接牛粪,那也太臭了吧!"孩子不情愿地甩着柳条,把道路旁边的土畔抽打出黄尘来。

"呵呵,臭小子!你大不在,你不接谁接?你大就是接牛粪长大的!你现在觉得牛粪臭,将来有一天你会闻见牛粪香!"老人在孩子头上旋摸了一把,咧嘴笑着,两排焦黄的牙齿掩藏在口腔两侧。

"牛粪香?爷爷你哄我哩!"孩子咯咯地笑了。

"嗨……算了,接牛粪就接牛粪,总不能让它落在粮食上再被牛蹄子豁开吧。响午妈和奶奶来送饭时,她们就知道我干的活儿有多大的功劳。"孩子小声嘟囔着,接受了自己的任务。

爷孙俩走路间,太阳已经升到扬场的左上方了。

没有风。

老人把一捆捆已晾晒干的糜捆子转圈铺在扬场上,孩子学着他的样子,也抱了穄捆子转圈往场上铺。

五头牛很快熟练地用缰绳链连好,所有的缰绳都攥在了老人手里,他站在要踩的穄场当中,一挥手中的鞭子,"啪——"的一声爆响,五头牛便乖乖转起了圈,二十只小碗口大小的蹄子稳稳踩在穄穗子上,嚓嚓作响。

牛转的是大圈,老人转的是小圈。

孩子先是拉着木锨在圈外跟着牛群走,像一个巡视的小将,可盯了许久,却没有任何一头牛的屁股看起来有异样。

孩子被扬场边攀上来的南瓜花吸引住了。一只肥大的蜂子刚刚降落进了花里,这种又胖又大的蜂叫作"风司婆",平时他和伙伴们可不敢惹,但心里总痒痒着想去逗弄它,征服它。

孩子走近地畔,小心地蹲下身,屏住气息用小手轻巧地一拢一捏,那只"风司婆"就被圈在南瓜花里了,它闷声闷气地在花房里挣扎冲撞,孩子嘿嘿地笑了。

"噢,噢!快!宝童,拿木锨!那只黑犍牛要屙!"老人突然吼道。

孩子应了一声,赶忙把手一松,"风司婆"嗡地冲天而逃。

孩子像只兔子般敏捷地蹦过来,操起木锨就往那只黑犍牛翘起的尾巴下一等,刚放上,热腾腾沉甸甸的牛粪就噗地落在了木锨上,孩子一边啊啊地惊叹着,一边被迎面而来的新鲜湿润的牛粪味呛得哭笑不得。

"好了!好了!算你动作快!赶紧去倒掉!"老人哈哈笑了,又在空中一甩鞭子,鞭子又啪的一声爆响。

孩子端着牛粪,想了想,把牛粪倒在了那棵南瓜的根旁。

孩子不敢再懈怠,他一边注意着场中的牛,一边观察着爷爷的动作和神态。

爷爷甩鞭子用的是左手。他的左手比右手劲儿大。

爷爷给他讲过,年轻时自己的右胳膊受过伤,吃过枪子儿,后来枪子儿挖出来,伤口处涂了豹子油和南瓜瓤才得好。

宝童看过爷爷右胳膊上的疤,那是一朵枯萎收缩的喇叭花一样的图案。一到变天,这个伤疤旁就被爷爷挠抓得通红。

"你的胳膊为什么会吃枪子儿?"宝童问过这个问题。

"土匪打的!"爷爷给他讲过一些土匪和守寨子的故事,故事中死了好多人。

"死了的这些人可都是咱的亲人。"爷爷垂着眉眼说,可宝童有些不太明白,也不在乎。吸引他的是故事里那些惊险的情节。

"哞儿——噢——嗵嗵——"老人突然在场中一声高喊,牛耳纷纷摇动,似在捕捉信息。

"爷爷,你又要唱歌啦?你唱的都是啥意思嘛?"

"没啥意思,爷爷是给牛唱的!不然它们要转晕转瞎睡啦——"

太阳已到了扬场正上空,还是没有风,有些热。

"哞儿咪——踩场咪——噢——踩场咪——哞儿咪——回来踩场咪——哞儿好!

"哞儿——噢——咪咪——噢嗵嗵嗵咪咪——风司婆婆上场咪——大黄牛咪咪噢嗵咪——连成串咪踩得那个快咪——哞儿咪咪!"

一串悠长连绵的歌声从场心飞起来。这声音中没丝毫羞涩,有的只是畅快和惬意!

"驴一群咪咪马一群咪——连成那串来踩得那个快咪——咪——哞儿好好咪咪——噢好噢好咪咪——哞儿咪咪!"

孩子想笑,却又入迷地听着。

爷爷的声音一落,瞬间从扬场下方的坡上送过来一阵微风,轻柔凉爽地洒在人和牛身上。

"宝童,看,风司婆婆听见啦!她给咱们送风啦!"爷爷呵呵笑着,吸一口气,继续重复着这几句踩场歌。牛们在这歌声中似乎更温顺

455

了,它们卖力地转着圈。

人和牛的乏累都随歌声飘走了,被风吹走了。

爷爷的踩场歌和号子久久在扬场中回旋着。宝童听着踩场歌,小小的心里鼓荡着一种他自己说不清的情绪,他突然觉得自己在这歌声中飞快地长成了一个男子汉。

他干起活儿来更认真了,没有一坨牛粪落在糜捆子上。

晌午时,妈和奶奶来送饭。

妈背着妹妹宝玲,手里提着饭罐子。奶奶腰不好,什么也不拿,只牵着妹妹宝女。

宝女手中又抱着那只小皮鹿,自从爸在城里给她买回来,她走在哪儿这只鹿就在哪儿。宝女爱用嘴去咂鹿的耳朵和角,像吃奶一样,那耳朵和角就慢慢都褪了色。

到了场上,妈放下饭罐子,让爷爷和宝童赶紧吃喝。她解开背上的带子,把宝玲放在一块旧毯子上,接着就拿起木叉去场里翻场。

妈弯着腰,胸前的乳房垂下来,沉甸甸的。宝童知道妈妈的乳房里装满了奶。宝玲两岁了还没彻底断奶,妈的胸膛便常湿漉漉的。

奶奶一边照看着妹妹,一边看老汉和孙子吃饭。她的腰不好,脾气也不好。

"唉,看你爷爷孙子俩这点儿本事,一前晌了还没踩完!"

"哼,你说得轻巧!"

老汉不抬头,把碗里的米汤嘬得吱吱响。

"奶奶,女人会唱踩场歌吗?我刚又听爷爷唱了。"宝童一边扒拉饭,一边问。

"会呀,女人咋就不会唱啦?女人会唱的比男人还多哩!"奶奶咧着嘴笑了,她的眼睛眯成了两条线。

"那你也唱个踩场歌,我听听你和爷爷谁唱得好?"

"嗬嗬,她唱的牛能睡着!"爷爷咕哝了一句,继续吸溜着米汤。

"哞儿咪——踩场咪——噢——踩场咪——红糜子打下一场咪——黄米滚下几粧咪——米柜倒得满满价咪——哞儿好！"

奶奶坐在原地，胸腔里拔出几串歌声，像她栽的洋柿子苗，味道有些辛辣和奇特，和爷爷唱的完全不一样。

奶奶唱着的时候，宝童看见妈也微微笑了。

宝女在奶奶的歌声中把自己的鹿塞给宝玲，看她吸吮鹿的一只角。

一旁歇着的牛个个眉眼低垂，耳朵微微地动着，都像受到了母亲安抚的孩子。

"宝童，你奶奶唱得好还是我唱得好？"爷爷问孙子。

"你唱得有劲儿，奶奶唱得软……"宝童虽说不出奶奶唱的好在哪里，但他觉得，就为这几句，奶奶每天的唠叨他都能原谅。

"咦，这孙子会说话哩！"两个老人都笑了。

"这踩场歌是谁教给你们的？"宝童好奇地问道。

"这还用得着教？自己就会了！"爷爷答道。

"我不信！是你们的爸爸教你们的吧？"宝童道。

"哈哈，真不用教，这本事就和种地一样，把人逼在份上，自己就会啦！"

"我也想学，学会了牛就能听懂我的话！"

"那你学嘛！来，你先给爷爷学几声牛叫！"

"哞——哞儿——"

"这小牛犊子。"

爷爷吃了饭，手肘倚在场地上，装起一锅旱烟点着，叭叭地咂了两口，脸上立即升起一种满足。

风微微地时有时无，不冷也不热。

妈继续挑着场里的糜子，让它们全部翻了个身。

"芬！你来时就没给宝玲拿个帽子，这会儿正晒了！娃的嫩肉皮可别晒得黑不溜秋！"沙氏突然抱怨道。

"妈,起身时没想到场上这么晒！你先抱到旁边那点儿树荫里,我马上就翻完了,翻完咱就回。"宝童看到妈的脸也被晒红了。

"秋晒如刀刮呢！走哦,宝玲子,乖女女,奶奶抱你到树底下去哦。要想娃娃大,三冬两夏,明年我们宝玲就大喽！"

沙氏的胳膊撑着地,慢慢站起来,又慢慢弯下腰去把宝玲抱起,一边让宝女把毯子挪到树底下。

宝女胳膊夹着她的皮鹿,把毯子拿起来跟着奶奶走。

爷爷没有动,他的一锅旱烟马上就吸完了。

"宝童,你想你大不？"

"不想！嗯……有时候想。"

"你大赶腊月肯定回来。他给你们挣钱去了,挣下钱好供你和妹妹念书！"奶奶接话道。她的耳朵有时候很灵,有时候却又很背。

奶奶一说完这句,立即把手搭在眼眉上,向远处看着南面的天边,似乎她能知道自己的儿子此刻正在什么地方,也能看到儿子高大健壮的身影。

无事湾这个地名在洛河川只有一个。名为无事,事委实不少。也许就是事情曾出得太多,把人都给怕尿了,这才把最强烈的愿望和祈祷天天念叨着,久而久之就变成了这大河边的又一个地名。

这并不奇怪,从古至今,川道上的村子没几个幽闭和安生的。

洛河水太硬,人吃不成,无事湾人吃水要去另一个沟里驮。为此,村人每户自箍一副木驮桶和特制的水鞍,桶内无水时,只消一妇人便可把驮桶抢于驴背水鞍之上,可驮水归来,须得两个成年人抬着,驴把脖子和头一低,蹄子往后倒几步,连桶带水一百多斤这才从前头缓缓落地。

为躲避洛河水灾,无事湾村民多于高处阳坡居住,取水之路便越发曲折,雨雪之时更是人畜难行,黄土路上种种脚踪蹄印年复一年在泥泞中揪踏变形,继而日复一日化为路上的绵黄土。

宗谦润是无事湾的上门女婿。按说当上门女婿在洛河川算不得光彩,可他从不以此为耻。

当年,婆婆镇西山沟里的宗家寨子出了那么大的事,他的父亲普济秀才宗永惠被土匪活活烧死,擅长说大事、了小事的二伯宗大毡被一刀砍掉脑袋。奶奶蝉女和瘫痪的三伯宗永华一起殒命于寨子之上,五伯宗永祥被土匪绑走,死在深山老林,尸骨都没寻上。而他自己也受了枪伤,靠民团带出去才捡回一条命。

等到宗谦润伤无大碍回到家时,父辈们挣下的所有银钱都被驮去赎了人,窖藏的粮食已被穷人们抢掠一空。

父辈们经历的事变成一个诅咒深深盘桓在剩下的每个人头上,缠缚着宗家子孙的心和手脚。

遭受了枪子儿钻进皮肉里的痛,躲不过院里那孔烧死过父亲的窑洞,宗谦润从此便对泥塔沟有了深深的恐惧和憎恨。他不知该把这恐惧和憎恨发泄给谁,发泄到什么地方去,或者,该怎么发泄……仇人早已无处可寻,死去的人都已入土,活着的人奄奄一息。

最终他选择了出去谋生。

宗谦润先是去城里当账房,后来走乡串户地去揽工。在外,他从未提及自己是婆婆镇普济秀才的儿子,也没有提起过自己曾是宗家的少爷之一,他甚至不敢对别人说起自己还识字。

至于他究竟在害怕什么,他自己也说不清楚。

有一天,他走到了无事湾,认得了现在的老婆沙氏。沙家只有两个女儿,思前想后,他心一横,便留下当了上门女婿。丈人仁慈,并未让他改名换姓,只说自己和老婆死后抬埋时有个男丁举引魂杆就行。

从此,宗谦润在无事湾扎下根,同丈人一起编筐子、缚笤帚、挽笼嘴、打草鞋、捻线子,也跟着无事湾人种地赶集,日子虽清苦,但此处偏僻,反倒让他多了份自在。

但他和宗家活下来的儿子们一样,后来还是经历了无法想象的变革和贫困,最穷的时候,全家吃饭没有碗,饭熟了就倒在锅盖上抓着吃;寒冬腊月出外送风火时,为了护鞋,靠平时在门槛里备的几片石头当"列石",到了门外,一片石头扔出去,踩上,再一片石头扔出去,踩上。

在贫苦的折磨中,宗谦润身上最后一丝"富贵"气也散尽了,与无事湾的生活相比,从前宗家的光景像一个再也回不去的美梦。

每当想起当年父辈们惨死的情景,宗谦润都阵阵心悸。更多的时候他不愿去想,也不愿给儿子和孙子们细讲。心底的惨痛让他有时看起来严肃而沉默,直到陆续有了孙子孙女,熬到了包产到户,他的脸上才渐渐现出几分和蔼温情来。

宗谦润有两个儿子。大儿宗建立先是去当兵,复员后回来成了家,受不了在地里刨挖受苦,又出去揽工挣钱,一年回不了几次家。大儿媳刘兰芬自从出嫁过来受了不少罪,好在她念过书,通情达理,也能吃得了苦,日子就这样不紧不慢地维持下来。

二儿宗建设与二媳郭氏前两年就另家了,离得不远,都在无事湾,相互照应起来也方便。

宝童是宗谦润最疼爱的孙子。

这小子灵动、嘴甜,大脑门光亮,一看就是个聪明孩子。但这家伙也是最让他头疼的一个。

像今天这样肯乖乖配合着干活儿,完全也是因为当爷爷的用一包方便面、两根果丹皮当条件才换来的。

可话又说回来,调皮捣蛋做儿事,哪个男人不是这么过来的?

宗谦润看着宝童在扬场中欢跑的模样,又抿着嘴笑了。

五十二

洛河川人把孩子们做的坏事统统叫"儿事"。

宗宝童可谓是把"儿事"做了个尽。

别看他偶尔听话、懂事,可要是调皮起来也是无事湾最没治的。他和村里四五个半大小子常常惹出事端来,不是要兰芬去了乱子,就是要宗谦润或沙氏出面解决。

说起宝童这些年做的"儿事",估计一整天都说不完。

这小子伙上村里其他三四个小子,要么夹着下蛋下到一半的老母鸡,把刚露出头的鸡蛋再戳进鸡屁股里,要么就是上树掏鸟蛋,下河晒蝌蚪……其他类似偷瓜摘果、捉猫撵狗、赶猪骑羊被驴踢的事简直数不胜数。

更造孽的是,这几个小子也不知和谁学的,时不时就逮十几个蚂蚱,拽了蚂蚱大腿烧着吃,要么就去洛河边抓青蛙,扒了皮,在倒扣着的健力宝罐儿下烧着火,吱吱冒烟地烤着,过程中还不忘撒点儿节省出来的方便面调料。

他们还爱做一件事,就是发大水后去洛河边翻鳖盖,看那本来是全家到岸上晒背的老鳖和小鳖们仰面四爪乱刨,幸亏大人们早给这群猴娃娃安顿不能伤害这些鳖,不然估计它们也难逃一死。

赶红白事情时,大人一不留神,宝童就把人家笸箩里馍馍上的红点点都抠了吃掉;因为挨了同村一个大人的骂,他偷偷溜进人家窑里给锅里拉了一泡……

有几次,宝童和村里的孩子们伙起来放牛,他们用蒜瓣在两头牛角根上转圈抹过,然后等着看它们因为牛角痒痒而不停顶墙,继而误会对方,引发一场河滩里的"顶架",结果一头牛的眼睛被戳瞎,另一头牛一只蹄子被崴坏。

在所有做过的"儿事"里,宝童记忆最深刻的是有一次他掏到两只火镰伴的蛋。

火镰伴爱在洛河边的灌木丛里筑巢,它们的巢特别圆,里面垫着松软的茅草和细麻绳。当看到窝里那两只火镰伴的蛋时,宝童觉得它们不像是能出现在无事湾的东西。

那两只蛋非常精巧,小小的,通身散发着一种幽蓝的光,像蓝色的石头,又像火苗边缘的光,其中一只上还有一条细细的线,更显得精美。

宝童伸手把两只蛋握在手里,他的心跳得厉害,觉得好像不该这么去做。

也许是出于好奇和研究的心态,他最后还是和伙伴们把两只蛋敲碎了,他们想知道这宝贝究竟和一般的蛋有啥不一样,结果他们释然了,火镰伴的蛋里还是蛋清蛋黄。宝童觉得有些失望,但那蛋壳曾散发出的奇妙蓝色一下映进了他心里,之后他常常梦见那两只蛋。

宝童还对一件事感到好奇,每次洛河要发大水时,河滩里就有一种东西发出悠长嘹亮的"哞——哞——"声,当地人把它叫"水抛牛",见过的说它是一种水鸟,身体不大,嘴巴足有十五厘米长,叫唤时嘴巴扎进地里,两只翅膀用力拍打着,喉咙间发出哞哞的声音。也有人说它是一种下大雨时从天上落下的一寸长的虫子,趴在泥里闷叫。

宝童也听到过这种哞哞声,他和伙伴们很多次站在山顶上望着汹涌浑黄的洛河水,期待能看到水抛牛的真实样貌。然而它从未现身。这让宝童和无事湾的小子们都觉得是最大的一桩"悬案"。

宝童和伙伴们玩得最刺激的游戏是"火车挂钩"。趁大人不在,偷偷准备两辆架子车,把一辆架子车的车把紧紧揳进另一辆的车厢里,让它们前后套在一起,然后由最前面坐着的一个小子把握方向,看好坡下的阻挡物,便开始从陡坡上往下放车。一群小子满满当当坐在车厢里,嘻嘻哈哈地笑着,满脸享受,任由两辆套在一起的架子车野驴般往下冲,似乎真的坐上了传说中的长长的火车,车子下坡,越来越快,最后,前面的车把嗵的一声顶在事先看好的墙上,小子们在车厢里被抛起,跌落,一个个"哎哟""妈呀"地喊疼,却没有人愿意放弃再来一次的机会。

有一次,也就是玩这个"火车挂钩",架子车上的铁丝从一个小子的左胯子深深地穿进去,他自己就拔了出来,也没见大人把他送去医院,就那样神奇地好了。

这些一拨拨长起来的小子就像无事湾一直跳动的脉搏,有劲而鲜活。活着似乎很简单,受了伤也无大碍,不去医院也似乎没留下什么后遗症。在制造无数危险的同时,又有无数危险被这些小子神奇地化解掉了。

大人们的生活重心从不在这些半大的孩子身上,而在地里,在锅灶上,在孩子们未来的住所和娶媳妇中,至于眼前的一切,都只是"儿事"而已。

九岁这年,宝童就有了婆姨。

虽说已到了新社会,可洛河川人一些根深蒂固的老观念还是没变。而且,越穷的村子,家里孩子越多的,越是要给小子们早早"脑㨄"[①]个婆

[①] 脑㨄,陕北方言,左寻右找、反复比对之意。

姨,抓紧送去定礼。而谁家的女子要是没去念书,上了十三岁还没人来打问,那她就成了"老姑娘"。即使能出去念书的女娃,父母也多不会尽力去供,只要求"识几个看门字"就行。

宝童的婆姨在无事湾向西走二十里地的长财峁子村,她大叫高占魁。长财峁子不靠近川道,四面都是干旱少水的苦焦山岭,也是个没什么又偏叫个什么的地方。

高家三个女儿,刚又生了个儿子,大女儿已定亲出去了,二女儿和宝童年岁相仿,正好配对。

宝童的这桩"婚事"是由爷爷宗谦润谋下的。宗谦润和高占魁认识多年,今年七月在遂宁镇赶集时定了此事,说好秋忙一结束,就带宝童去长财峁子看婆姨。

为什么宝童这么小就给定了婆姨?

"别说什么新社会旧社会,能娶到婆姨才是硬道理。"宗谦润的理由是自己家穷,穷怕了,早早给宝童找一个家更穷的,现在说成了,彩礼可以在娃们往大长的过程中慢慢给,总之先"占住"一个再说。

小子家打的是"占住"的主意,女子娃家打的则是"生计"的主意。洛河畔上的普通老百姓家若是有几个姐妹,只有一个哥哥或弟弟,那所有吃喝穿戴都得以这个男孩为中心,不存在其他可能。若女儿家被迫从学校辍学,从此就得和大人一样劳动,供哥哥或弟弟上学。

这样的习俗不知从什么年代就开始了,洛河畔的女娃们从来没有人大声质疑过,也没有谁明显地抱怨过。似乎从知道自己是个女子开始,就默默接受了这样的安排。

宝女虽然没有听过父亲怎么偏袒过宝童,但从她记事起,父亲对她说话的言语里就总是带着几个让她感觉奇怪的字眼儿。

"你个死女子还想咋样?死女子,没你说话的份……"

宝女不知道这话到底是什么意思,同样的话她在无事湾其他男人嘴里也不时听到。但每当父亲这样说她,她的心就会像被山上的马茹子刺划到那样微疼,她想躲开却无处可躲。

"为什么爸爸说我和宝玲是死女子？"宝女问妈妈。

"女娃家不金贵嘛,养大就给了人,成了别人家的,要给男家一家老小端汤递水……"

妈叹口气,在她头上摸索一把,算是安慰。

也许因为这些话,宝女变得有些孤僻。

宝女最喜欢的就是独自去自家窑洞后的山坡上玩。那是个生长着许多沙棘和马茹檗子的地方。

坡上,沙棘丛有趣地围成一圈,像专门给宝女准备的一块场地。这块场地上,有宝女照看着的几株"麻奶奶",每年它们开过了花不久,就有一颗颗两头尖中间圆的香甜果实结出来。

宝女每次去这个地方玩都要带上她心爱的小皮鹿,宝女带着它,并不因为是爸给她买的,仅仅是当个伴儿。

她把它放在坡上,让它吃草,和它说话。

"小鹿,你吃饱了吗？吃饱了我们就睡一阵吧。"

宝女仰面躺在草地上,把小鹿放在她的头边。

宝女望着天上高高的云彩,心里有种说不清的忧伤,她有些不太明白为什么会忧伤,但这种感觉经常伴随着她。

入冬前,爷爷吆了驴,驮了半口袋今年新打的麦子,带宝童去长财峁子看婆姨。

宝女知道哥哥的婆姨是个和自己年纪差不多的小女孩,这让她觉得有些好笑,同时又有一个疑问在心里升起——这个女孩是不是也经常被她爸叫作"死女子"呢？

宝童换了件衣裳,跟着爷爷走走歇歇,一路上,爷爷都在给他安顿一会儿到了丈人家要注意的礼节,例如,站有站相,坐有坐相,站着时要并拢双腿,上了炕就盘腿端坐,等等,宝童听得都有些不耐烦了。

约莫半天光景,爷孙俩才到了长财峁子村。这个村一律小窑小院,硷畔上的柴垛也都没有精神,又矮又乱,根本不如无事湾人家的高大整齐。曲曲弯弯经过好几户,又绕过一个山弯,一户人家孤零零地窝在坳里,两孔旧窑,窑口子上箍了柳椽子,院中四五个女孩正蹲在地上玩,女孩们穿得也都很灰旧,放眼望去,只一个玉米楼子中的黄玉米算院落中最鲜亮的。

"宝童,你婆姨家到了,一会儿你注意看看那女娃,记住她的模样,胆大的话就去和她说两句话!"爷爷脸上现出一股喜气来。

"爷爷,我才不想和她说话……咱今天回不回家?是要在这里住?"宝童突然没有了平时的调皮和精神气儿,蔫蔫地问道。

他早从大人们似笑非笑的口吻和村里伙伴们的起哄里知道了"婆姨汉"这个词,而且他感觉这并不是什么光明正大的好事,不然为什么大家说起来语气都那样奇怪?都怪爷爷,这么小就让他担上了"汉"的名声,他心里既害臊又不服气,但同时还总有些好奇,各种滋味交织,让他有些别扭。

"这孙子!住就住嘛,就算睡在一个炕上又能咋样?还害臊嘞?"宗谦润又故意逗他道。

"我不住!我要回!"宝童拗了起来,他拖拖磨磨不愿意再往前走了。

此时,窑中出来一个中年男人,背微弓着,一见是宗谦润,黑瘦的脸上立即堆出笑,远远地,宝童就照见他牙齿很黄,上嘴唇离牙齿有些远,露出红红的牙龈来。

"呀,宗家干大!你们咋来了?"他的声音很细,似乎是气力不足。

"占魁啊,我家里总算忙活完了,这才带宝童来看看。你气短的毛病好些了吧?"宗谦润一边说,一边把驴拴在院中的栅栏上,顺势把驴背上的麦子蹾到地上去。

"唉,老毛病,还就那样,干不了重活!"

院中刚忙着玩耍的女孩们围了过来,留下几个小土堆在原地——

宝童这才知道她们玩的是土。

"绣球,快叫干爷爷!"高占魁对其中穿旧红色布衫的小女娃道。

"干爷爷。"女孩怯怯地低声道。

"这就是我家二女子绣球!这是大女子薯花,这是三女子豆角,再两个是村里的女女,几个常爱一起耍。"高占魁笑微微地介绍道。

只这一句,宝童就知道,眼前的绣球就是爷爷给自己定下的婆姨。

绣球的头发黄黄的,像玉米棒子上的毛须儿。她眉毛也黄黄的,眼睛仁儿也黄黄的……薯花和豆角比绣球看着身体稍微好些,三姐妹都是圆脸。

想到薯花也已经和那么一个男娃定了亲,宝童觉得有些好笑,他听大人们说,那个男娃将来就是他的"连襟",也就是洛河川人说的"挑担",这个名称也让宝童觉得好笑。

绣球一见宝童看她,立即升起一种警觉和躲闪的神色。

"姐姐,我们再去耍。"绣球薄薄的接近橙色的嘴唇又发出弱弱的音气来。她伸手抓住旁边姐姐的手,拽着她要走。

薯花没有吭声,她似乎明白了眼前这一老一少是来干啥的,她一拉绣球和豆角就要走,却被高占魁叫住。

"薯花,快去叫你妈,说家里来人了,赶紧让回来烧火做饭!"

"哦!"薯花应了一声,几个女孩就像雀儿般飞走了。

"呵呵,干大,娃娃们还都憨着呢。赶紧进窑喝水。"高占魁脸上讪笑着。

宗谦润把地上那口袋麦子背起,一边走一边道:"这是今年的新麦,你们磨了好蒸几顿馍吃!"

"哎呀,干大你多心了,你们也人多,再不要拿了。"高占魁感激地笑着,一边拍拍宝童的肩膀。

"宝童,你走这么远的路,累吧?"

"不远。"宝童答道,他不敢去看高占魁的脸,他知道,这个人就是大人口中说的"老丈人"。

吃饭时,宝童被抬举上了炕,他原本打算也像爷爷那样盘腿坐着,却发现自己的裤裆中间不知什么时候拔开了一条缝,他窘迫地把两腿夹紧,斜着坐稳,惹得爷爷狠狠瞅了他几次。

宝童拗不过爷爷,只得和爷爷在高家住了一晚,第二天吃了早饭才起身返回。

"宝童,你觉见绣球咋样?"

"就那样。"

"就那样是咋样?"

"反正就那样。"

"哈哈,你小子害臊了?回家赶紧让你妈把裤裆给你补一下!知道要去看婆姨,还给娃穿个烂裆裤!"

"爷爷,我不想说这些了!裤子也不怨我妈,大概是走的路太多了拔开的缝儿!"

"这孙子,脾气还不小,哼,现在不高兴,将来可有你念爷爷好的一天!"

五十三

爸爸回来了又走的年月一直持续到宝童上小学。

宝童上的呼柳希望小学在离家十八里的遂宁镇上。洛河绕镇而过,镇上稀稀拉拉分布着乡政府、卫生院和一个豆瓣加工厂,住的人不多,过路的人多。

除了这所小学,方圆五十里地再没有像样的小学。

呼柳小学有两排高高的瓦房、一排青砖窑洞、一个大操场,遂宁镇上除了乡政府、卫生院,这所学校算是最亮堂的建筑。

学校的名字是有来历的。

宝童后来才知道,当年北京知青来这里插队下乡时,一个女知青看上了当地民办小学的一位老师,后来知青返城,女知青嘱咐小伙子等着她,两人从此只靠信件来往。不料一年后洛河发大水,小伙子为救一个落水的孩子被淹死了。当女知青再次回到小镇时,看到的只有他的坟茔,只得悲痛欲绝地离开。又过了十年,她做生意成了大老板,给小镇捐助修建了这所小学。

为什么叫呼柳小学?因为当年和她海誓山盟的那个男老师姓柳。

随着时间的流逝,呼柳小学的来历少有人知,老百姓口中往往称其为"胡刘小学",因为镇上两个大姓就是胡和刘。

宝童到呼柳小学念一年级时已十岁了。这也没啥关系,一年级学生除了住在镇上的年龄能小些,其他孩子差不多都在十岁或以上,谁也不会笑话谁年龄大。

遂宁镇上的孩子比其他村子集中来的孩子多上一年育红班,因此显得老练,显得聪明,上课也敢举手回答问题,课后还敢让村里的孩子给他们拿农村的炒面熟米。

镇上的孩子吃住都在自己家,学校老师把他们叫作"跑灶生",像宝童这些家在十里路以外的,叫"住灶生"。

呼柳小学共六个年级,一个年级只有一个班,一个班只有两个宿舍,男生宿舍和女生宿舍。

男生宿舍和女生宿舍没什么两样,都是木架子上撑着床板,床板紧靠床板,各自相连成近十米的大通铺,学生们各自从家中带铺盖和一口小木箱子过来,一眼望去,铺盖全部黑黑瘦瘦的,孩子们也全部黑黑瘦瘦的。

呼柳小学一到六年级几乎没有个子高的孩子。

除了感觉不像在村里那样自由,还有三件事让宝童发愁。

挨着他的同班同学张圆生爱尿床。

张圆生一尿床,迷迷糊糊中肯定就要往宝童这边挤。宝童常被他和另一边的孩子夹在中间。另外,因为张圆生尿床概率太高,他的被褥总有股尿臊味,熏得宝童只能侧着身子背对圆生睡。

宝童给老师反映了情况,老师非但没有给他调整床位,反倒给他安顿了一份差事,那就是自己晚上起来尿尿时一定也要叫圆生起来尿。

尿桶每晚由宿舍的值日生拎回来放在门后,第二天,再由新的值日生提出去倒掉。老师要求值日生每天必须用水冲刷尿桶,防止宿舍气味难闻。所以,呼柳小学所有的学生都掌握了一门刷尿桶的技术,那就是在厕所旁边的坡上随意折一把黄蒿下来,对折着紧紧捏在手里,顺着接了水的尿桶壁来回刷洗。

自从宝童每晚起夜叫圆生后,圆生尿床的次数明显减少了,但也有圆生懒得不想起来的时候。

叫了两个礼拜后,圆生就把宝童当成了最好的朋友,他总把从家里带的干粮分给宝童吃。

另一件让宝童发愁的事就是早上很难找到自己的鞋。

铛铛——铛铛——铛铛——起床!起床!起床!

远远地却又清晰地,吊在两排瓦房中间的生铁筒子被打铃的打响了第一遍起床铃。铃声的含义大家都知道。时间在早上六点二十。这一遍铃声,校长要求打得稍微温柔缓慢些,体现一种"唤醒"的功能。

可这时候,就是所有学生最不想起床的时候。尤其冬天,学生们都贪恋着一遍铃和二遍铃之间的那十分钟。

铛铛铛铛铛铛铛!铛铛铛铛铛铛铛!大家快起床!大家快起床!

似乎仅仅是一迷糊间,又感觉像睡了几十分钟般满足,第二遍起床铃急骤地响起。这遍铃声之后,学生们全部揉着眼屎坐起来,摸到衣服就往身上套,一下地,胡乱找双鞋一穿就出门往操场赶去集合上操。动作稍微慢些的学生常常不是衣服被人穿走就是鞋子被穿走,自己只能趿拉着别人的鞋子跌跌撞撞跑。

其实这也难怪,学生穿的都是黑布鞋,迷迷糊糊中谁能分辨清楚。

宝童穿过两次别人的鞋和上衣,鞋小了,跑操时磨得脚后跟和大拇指生疼,下了操才换过来。上衣两次都大,跑操时呼啦呼啦响。

宝童回到无事湾,把学校的一切都说给妈听。妈觉得又好笑又心疼,就给他安顿晚上脱了衣服压在自己枕头底下,鞋子脱下记得往床底塞一塞。

除了这两件烦心事,宝童觉得宿舍条件不好不要紧,一宿舍小子们嘻嘻哈哈倒也热闹。甚至,学习不太好也不要紧,爷爷说了,考不上的话,初中一毕业就回家和绣球成亲。

说这话的时候,爷爷的表情很知足。

让宝童最烦恼的是饿肚子。

呼柳小学所有的住灶生都长期处于一种饥饿状态。这种状态影响得他们根本没办法全心去学习。

没有人详细分析过饥饿的原因。似乎就连家里的大人们也不当回事,最多是给孩子们拿点儿干粮。

干粮以炒面和熟米最为普遍,谁家要是给带了烙饼或干馍片,孩子拿到宿舍就得偷着吃,不然,宿舍其他同学眼馋,不给吧显得小气,给了吧就那么一点儿,要撑到星期六中午根本就不可能。

圆生和宝童就吃过几次这样的亏,后来,他们和大家一样,再不拿馍和饼了——全宿舍都是炒面、熟米,谁也不爱谁的,谁也不吃谁的,省事。

饥饿的感觉尤其在临睡前更加明显。

学生灶的饭点在早七点、中午十二点和下午五点,早上和中午没什么感觉,但下午饭后因为有充足的课外活动时间,学生们吃过饭都要去欢欢地耍一趟子,接着是晚自习,下了晚自习到上床睡觉时已经是晚上九点多近十点了。

宝童试过,就算下午饭吃得再饱,晚上也非饿不可。更何况,学校灶上的饭一年四季永远就那么两样,菜永远是洋芋糊糊,饭永远是小米干饭,只星期四吃一顿馍,但大多数住灶的孩子也舍不得买。

对于正在拔节长身体的孩子们来说,这样的饭菜除了提供基本活动的能量,实在谈不上有什么营养。可那个年代,"营养"这个词似乎还没出现在遂宁镇人的字典里呢。

对宝童而言,饥饿的感觉一来,肚子里就像塌陷出一个黑窟窿,刚开始让他觉得心慌意乱,接着就觉得五脏六腑都从窟窿里陷了下去,找不到了。

　　宝童觉得肚子"塌了"的时间一般是晚上九点半。这时正是在被窝里准备入睡的时候,他实在饿得难受,身体却又懒懒地不想动弹。每到这个时候,宝童就习惯性地在枕边放着的布袋里抓两把炒面捂进嘴里,慢慢用口水一点点濡湿,用舌头一点点刮着咽下去,往往是吃着吃着就睡过去了,睡着睡着,嘴里剩余的干炒面再把他呛醒。

　　呼柳小学关于安全方面的问题只反复强调两件事,一是三令五申禁止去洛河里耍水,二是冬天打炉子时不许把宿舍窗户全关住。似乎除了这两点,再没什么能困惑到呼柳小学师生。

　　宗宝童五年级时已是个十五岁的少年。他开始清晰地记得所有经历的事情。而张圆生也终于不再尿床,听说是家人把猪尿脬用瓦片焙干,又在铁锅里炒熟磨成粉让他吃了好多——这偏方是宝童三番五次才追问出来的,因为圆生总觉得吃猪尿脬是件丢人的事,但想起每天要把画满地图的褥子搭到外面去晒,圆生豁出去了。虽然猪尿脬这玩意儿不怎么好弄到,但他发誓一定吃够了偏方上讲的六个猪尿脬的量。

　　"我咋觉得你尿床主要是因为懒?"

　　"不要瞎说,这真是病!梦里一尿肯定就真尿了,这个偏方是要进到我梦里去治病哩!"

　　"你肯定吃猪尿脬不是为了让你的尿脬变得更大?大人不说吃啥补啥?"

　　"好像也有道理,你看,我现在一泡尿基本能憋到天亮!"

　　也就是这一年的夏天,洛河发了一场几十年难遇的大洪水。

　　宝童记得很清楚,那天从中午起就开始下暴雨,各班的老师组织孩子们坐在教室正常上课,不一会儿,雨水就漫进了教室和宿舍,接着学校不得已停了课,全体师生统一在教室和宿舍里向外排水。

　　傍晚时,雨稍微小了些,全镇人都听到了洛河轰隆隆的闷响,人

473

们对这种声响并不以为奇,夜间也就各自安睡了。

睡到半夜,有起夜的男人从炕上爬起,隐隐照见自家窑里的地上漂着几个白洋瓷盆子,定睛一看,炕沿下明晃晃的都是水,男人大呼小叫地唤醒了家人,蹚着已到膝盖的水出去狠狠敲起了脸盆,一边大声呼叫,这才算惊醒了镇上的人,一时间,乡政府的大喇叭也开始吼叫,让低处的人赶紧撤离,去高处的呼柳小学。

呼柳小学比镇上的居民区高了二三十米,也就是这个区别使学校逃过了水淹。

呼柳小学全校师生从没有见过这样的事情,孩子们感到既好奇又隐隐害怕,谁也不敢大声言语。宿舍和教室里除了几个娃娃的哭闹,所有的人都出奇的沉默。

所幸洛河水再没有继续上涨,天快亮时,水就从镇子里退回了河槽,但依旧大声咆哮着,让人心惊。

站在呼柳小学的大门口放眼望去,目所能及的遂宁镇都是土黄色的浑泥糊和柴草枝,泥腥味弥漫了整个小镇。人们各自回家开始清理积水淤泥。各种声音也就都传了出来,有叹息的,有骂老天的,有货物被冲走了哭叫的,有牵挂着上游和下游亲戚们的。镇上的大喇叭不时传来通知,要求住户注意检查窑洞,防止坍塌……

与此同时,一个消息也正在传开。镇上住在低洼处的一户人家一家四口都被水冲走了。再说确切些是连人带房都给拔走了。

这家人是外来户,夫妻两个,一儿一女,只在大路边有一间瓦房,靠给过路的司机们卖些零碎货物为生,平时和小镇上的人没什么来往。

镇上人说这大水连房子都给推走了,房子里的四个人肯定是不顶事了。

同时就有几个婆姨说起是非来,说男人一年四季不懂歇山,爱到山上打兔子、套山鸡,常常把肚里还怀着崽的野味拎回来,又说女人爱和过路的司机们如何如何眉来眼去……最后,大家都给了这一家四口被水推走的恰当理由,这才总算是稍减恐惧。

大洪水过后的整整一个礼拜,不断有各种传说,洛河在哪里哪里也推走了人,冲走了牲口,哪里的房子被水推着忽悠悠地漂起身,远远还能照见房子里点着的油灯在闪动……遂宁镇的居民们也渐渐由之前的愤懑变为侥幸,变为知足,变为慨叹。

而被冲走的一家四口终于陆续在下游被找到,大人们神神秘秘地说,人都被泡得捞不起了,一抓一把肉,蛆头攒动。又说遂宁镇和当地派出所取得联系,已就地掩埋。

这件事让宗宝童久久不能平静。尤其是大人们传说的"一抓一把肉"这句话,甚至让他做了几次噩梦。

十五岁的宗宝童由此第一次想到"死"这件事。自从开始盘算这个字,宝童突然觉得自己和从前有些不一样了,但具体有什么不一样,他又说不清。

从这之后,宝童回到家看到爷爷、奶奶和妈,就想到这几个人也会死,看到妹妹,就想到妹妹也会死,看到无事湾的村人乃至牛、驴、骡子、猪、羊、鸡、狗,便想到这些人和牲畜家禽们也会死,继而,他终于想到自己有那么一天也会死。他像猛地打开了一个隐藏已久的盒子,而那盒子里空荡荡的,什么都没有。

那段时间,宝童心情低沉。

"妈,人为什么会死?"他问妈。

"你不要乱问,好好学习就行了!"妈说。

"奶奶,人为什么会死?"他问奶奶沙氏。

"呵,每个人都有阳寿,阳寿到了就得死!"沙氏答道。

"爷爷,人为什么会死?"

"有生就有死嘛!就连皇帝也有一死,更何况咱这些普通百姓!"

"那人死了就什么都没有了?"

"人死了就成了鬼啦！"爷爷叹口气答道。

"成了鬼？那还好。"宝童莫名其妙接了一句,似乎总算找到了答案。人死后变成鬼,那就是说,并不是什么都没有了,最起码,还能成鬼,还能按鬼的生活继续"活"着！

"爷爷,你怕死吗？"

"呵呵,龟孙子！怕也得死,不怕也得死,也就那么回事,迷迷糊糊一辈子就过去啦！"

但也就是从这之后,宝童不再像从前那样怕鬼了。从小到大,孩子们最怕的就是那看不见摸不着的鬼,但他们偏偏又喜欢拿鬼去吓唬别人。

只要还有鬼就好,至少不是死了就什么都没了。不是吗？宝童这样想。

五十四

沙氏一早起来就拿着一把磨得瘦小的笤帚跪在炕上细细地扫,扫炕的这段时间常常被她用来回想昨晚的梦境,这是她多年来的一个习惯。

昨晚上,她梦见满菜园长起油绿油绿的一畦韭菜,而且,她昨天烧火做饭时火苗子笑得呜呜响——娃们都放了寒假在家,只有儿子宗建立在外,肯定是他要回来!

果然,宗建立这天后晌就回来了。

宗建立穿得整齐,头上还戴了一顶条呢鸭舌帽,看起来像从城里来的有钱人。这次回来,最抢眼的是他手里提了一个录音机。

一个人的生活过得怎么样,看手就知道了,看手比看脸更准。

关于一家人的手,宝童和宝女讨论过,一致认为爸的手要比妈的手好一些,而爷爷和奶奶的手最为奇怪,关节处像藏了几颗酸桃核儿,指甲也像旧得发黄的塑料片。

但宝女爱摩挲奶奶的手,她把沙氏手背和胳膊上的皮肤轻轻拽起来又放下,那种又松又绵的感觉让她觉得很好玩,也很享受。

宗建立打开录音机，四十二首民歌大连唱就响了起来，在音乐中，他开始给家里人分发买的东西。

他先是从黄布旅行包里拿出一个盆口大的锅盔，一家人都笑这个锅盔的大和厚。接着，他给宝童一支新钢笔，黑杆，两端圆圆的，中间的金属环亮得能显出人影。

"这支钢笔不便宜，你拿好，一般不要借给同学。"爸给宝童安顿道。他希望宝童好好学习，但他一般不直接点明。

宝女得到的是一件上衣，毛茸茸的，有一圈一圈褐黑色相间的图案，像豹子身上的花纹，宗建立说他见城里的女孩穿这种样式的很多，卖衣裳的老板也说这个样子的衣裳洋气。

"看宝女和宝玲的脸皱成啥了！"

宗建立说着，又从包里摸出一个小圆盒来递给宝女。

"以后早上洗完脸把这个搽脸油抹上，你打开闻闻，看是啥味儿？"

宝女接过宗建立递来的小圆盒，盒盖上有朵花，开得真是好看。她小心翼翼拧开盖子，又揭开一层亮闪闪的纸，闻了闻，又让妈闻一闻，让奶奶闻一闻。

"好香！"

宝玲也凑过来闻闻，学着姐姐的样子说："好香好香好香。"

一家人都笑起来。

宝玲得到的是一只木鸭子，漆着漂亮的颜色，肚子中间嵌颗黄色的圆球，底下安着四个小木轮，脖子上拧着一个圆环，拴了一根浅蓝色的尼龙绳，一拉着它走，肚子里那个圆球就骨碌碌地转动，发出嘎嘎嘎的声响。

爸给爷爷奶奶买了两袋奶粉和两块布料，说是卡其布，做衣裳不容易皱。

爸给妈买了啥？他没当着家人们的面拿出来。

夜里,宝童和宝玲都睡着了,宝女在黑暗中睁着眼睛想事情。

也许是受到爸买的那身毛茸茸的衣裳影响,她脑子里满是一些穿着类似衣服走过来走过去的小女孩,那些小女孩脸白白的,在她脑子里蹦蹦跳跳唱着歌……

就在宝女快要睡着的时候,她听到黑暗中爸和妈有些奇怪的动静,妈似乎把爸推了一下,悄声说:"娃们都在跟前呢!"

"不怕,她们能懂什么?"爸也悄声说。

宝女一动也不敢动,生怕爸和妈听出来旁边的子女中还有一个没有睡着。但她似乎明白爸和妈正在做什么,她心里暗暗笑了:"大人们可真有意思。"

第二天,宝女注意到家里的米柜柜盖上多了个洋气的白瓶子,上面写着"霞飞金牌特白蜜"。宝女好奇,拿着看了半天,想把盖子拧开闻一闻,却发现妈还没有打开过。

还有一夜,宝女听到爸和妈在黑暗中说话。

"等我再熬挣上两年,咱就搬到城里去住。城里条件还是好,学校也好。唉,就是外面的人难打交道,做什么都得多留个心眼儿。"

"我倒觉见这山沟沟也好着呢,城里是条件好,但是花钱的地方肯定也多,我没什么本事,给你也帮不上什么忙。"

"我常年出门在外,家里老老小小不全靠你照应着?"

"日子都这样,先苦后甜才好。"

爸和妈的声音低低的,窑里暖暖的,灶膛里残余的火籽把对面的墙映得红红的。

宝女发现爸和妈白天并不怎么说话,似乎他们没有太多的事情要商量,不像爷爷和奶奶,宝女总听见他们在嘀嘀咕咕,有时还争争吵吵。

爸和妈从来都不吵。但每次爸回来,妈做的饭就更好吃一些,而且她的脸看起来要好看一些,平时,妈的脸总像蒙着一层土,黄黄的,暗暗的,洗不干净。

这天吃饭时,一家人不知怎么又说起了绣球。

"大,你和宝童再去绣球家了没?"

"去了,这些年就没落下,说好的彩礼也都给完了。人家早把宝童当了女婿,你没见,绣球的弟弟撵着宝童直叫姐夫哩。"

"大,说句实在话,我觉见这件事咱是自找麻烦,十五个响洋加八百块钱,真不是个小数目,还不算这些年送去的粮食……就算你帮我出了一半,那你和我妈也受了煎熬。"

"苦点儿累点儿有啥?早早把宝童的将来安排好,你不也少操一份心?"

"我知道,老人安的都是好心,可现在社会发展这么快,以后的事谁能说来?"

"说是说哩,绣球的彩礼论起来确实也不少,你总不要让将来有个什么闪失,万一两人成不了,看你做下这事咋办!"沙氏接过儿子的话,撇撇嘴也数落宗谦润道。

"少操你那份闲心,高家那号光景还能不认这门亲事?再说,咱宗家也不是那号说话不算的人!"

宝童默默吃着饭,每次想起这件事,他心里都既有那么一丝喜悦又带着几分难过。他也不知道自己为啥会是这种心态。对于爷爷在他那么小时就为他定亲这件事,他不知该怎么评价。这样的事在洛河川并不少见,更何况他对绣球也有那么几分喜欢。

腊月二十一过,村里响起此起彼伏的年猪嚎叫声。村人们相互帮忙,今天在张家,明天在李家,赶着把年猪放倒,腌入缸里去。

每到年关杀猪时,村里的男人都爱叫宗建立和宗建设去帮忙,他们觉得宗建立算半个城里人,见识又多,来了能顺带问些外面的热闹和做生意的事。宗建设因为在村里威信好,也不好迈过去。

想着自己常不在,家里有什么事难免要村人照应,宗建立谁叫都去。再说,年前杀猪对每个家户来说都是件喜事,他每次去帮忙,都要和宗建设相跟上,兄弟俩齐齐整整地出去,也算给父母和婆姨娃们撑了腰。

到了宝童家杀猪这天,二伯宗建设和二妈早早就带着三个孩子过来了,村里还有五六个男人主动来帮忙,常杀猪的黑脸老苗也提前到了。

兰芬和沙氏知道哪天要杀猪,从头几天起就给猪吃的特别好。平常日子无外乎泔水谷糠,那几天她们会专门做几顿洋芋糊糊或玉米糁子给猪吃。

很快,猪就被捉住了,男人们拽着它的前腿拉出圈来压倒,老苗攥着那把提前磨得锃亮的杀猪刀,在猪脖子的软肉处摸好"杀口",接着一刀子就递了进去,热腾腾的猪血顺着那叶尖刀和老苗的手腕淌下来,地上早有一个盆接住。

听到猪发出的痛苦嘶叫,宝女和宝玲早都吓得躲进了窑里,兰芬也不敢去看。等到沙氏端回一盆冒着热气的猪血放在地上,宝女又带着妹妹跑到院子里去。她觉得盆里的猪血可真红,看起来像里面藏着一个妖怪一样红。

这时,院里提前架起的大铁锅里滚水也烧好了,宝童提两把黑色的长嘴铁壶,来回运送烫猪毛的滚水。天阴着,男人们围着死猪忙碌着,他们弯着腰,把猪鬃揪下来整理成捆,又用砂石来回在猪身上摩擦褪毛,砂石擦过的地方,露出白花花的猪皮,说笑中,有人不时在褪了毛的地方啪地拍一巴掌,似乎在欣赏那颤巍巍的美。

"给,你们赶紧把肉炖上,再熬上些酸菜!"宗谦润提着一圈槽头肉和猪尾巴进来,吩咐兰芬和沙氏道。他看了看肉,又出去让宗建立在猪前胛子处剜了一块瘦肉拿进来。

"给,把这也做上,好让娃们吃!"

过年前,除了给兰芬娘家人送去的肉,猪头蹄和剩下的坐臀肉、肋条都放进了"猫见愁"笼子里,这些都得留着在大年三十那天才吃,其他的肥膘和五花肉都做成了腌肉。

腌肉也是洛河川人年前必做的活计之一。除了年三十,腌肉这天往往是大人孩子入了腊月后最解馋的日子。

这天,一吃过早饭,宗谦润和宗建立父子就忙着打肉方子,兰芬和沙氏忙着烧火,把部分肉方切成丁以备炼猪油,部分放入大锅里煮熟。

肉一熟,兰芬就会挑几块瘦肉多的肉方切开,浇蒜水,调醋汁,一家人乐呵呵地吃着煮肉,同时又盼着油炸肉和炼猪油剩下的油渣,这两种比起煮肉来说更香。

前锅的油一红,煮肉就一块一块下了锅,噼噼啪啪的爆响中,肉中的水分被彻底炸干,捞出晾凉就能抹盐入缸。

这时,生肉丁也入了空锅,白花花的肥膘吱吱响着,灶膛里火势正旺,锅里逐渐汪起的猪油被舀进盆里,直到再也撇不出猪油时,油渣就算炼好了。洛河川人把这种猪油渣叫"油滋不老儿",刚出锅撒些盐面儿,吃到嘴里能听见声声脆响。

对于宝女来说,"油滋不老儿"只有刚出锅时她能尝尝。但她同时已经开始发愁,因为爷爷爱吃,妈和奶奶也不排斥,所以它们会在今后的一年反复出现在汤里。

"油滋不老儿"一被放在汤里可就糟糕了,它们一个个都会变大、变软,漂在汤上面像一层碎棉花,这让宝女难以接受,她每次不小心吃到就会恶心,所以,即便是天冷的时候,只要家里吃的是面条,她都要端着碗去院子里吃。

宝女在院子里偷偷把汤上漂的"油滋不老儿"都挑出去扔在地上,几只鸡就欢欢地跑过来啄得干干净净。

鸡也吃猪肉?真是太奇怪了。宝女一边这样想,一边对鸡很感激,因为她不敢在大人面前挑三拣四,是这几只鸡帮她清理了现场。

年后一开春,爸就又走了。

宝女有些失落,她其实想让爸一直待在家里。一家人一起劳动干活儿,一起吃饭,一起说话,难道这样不好吗？非得去挣钱？

可爸还是要走。宝女在硷畔上和妈、奶奶、爷爷、哥哥、妹妹一起照着爸下了坡,过了还结着厚冰的洛河。

爸要步走到遂宁镇,然后坐班车去城里。

城在哪儿？宝女不知道。

城里是什么样子？宝女也不知道。

爸走了,可爸说过的话没走。尤其是当他在村里喝几口酒回来后说的话。

"死女子家你还想做啥？死女子家的,你还把人给笑死……"

爸走后,宝女偷偷摸摸去上茅房,她特别留意观察意了一番,妈没有在意自己,奶奶和爷爷在那边的窑里,哥哥出去了,妹妹在睡觉。她这才敢去做一件事。

宝女家的茅房是个用红砂石垒起来的方方正正的场地,场地中深深挖下去一个土坑,坑里积攒的粪便上撒着黄土,坑上搁着几块长长的厚木板,遮挡住了粪坑,也保证了如厕时蹲坑的安全。

宝女进了茅房,她觉得有些紧张。她褪下自己的裤子,站在木板上,想了想,又站在地上彻底脱下棉裤抱在怀里,冷风在她腿上立即激起一层鸡皮疙瘩。

宝女慢慢地重新站在木板上,她没有像平时撒尿那样蹲下去,而是就那样光着屁股和腿郑重地站着,唰啦啦地尿了起来。

宝女低头看那一柱黄色的尿液从自己腿间洒射而出,落进两块木板间的缝隙。

她心里立即充满了一种快乐。

看啊,我也可以像男娃一样站着尿尿！男娃有什么了不起？他们能做到的我不是也做到了吗？

宝女开心地笑了。

正当她担心被大人发现,准备赶紧穿上裤子时,一辆拖拉机突突突地从远处的大路上开过来了。

大路在低处,宝女在高处。

宝女突然举起两条胳膊,向着那台冒着黑烟的拖拉机挥舞着,摇摆着,同时扭动着赤裸的腿。

哎——哎——看呀,我也能像男娃一样!她心里叫喊着。

可是,远远地,开拖拉机的人怎么会注意到这些呢?也许,他只在无意一瞥间照见那高高的院落里,两只小手在一堵红砂石垒起的墙内莫名挥舞着。

拖拉机突突突地开远了。

宝女打着哆嗦穿上棉裤,她像追逐着什么般地跑到了硷畔上。

无事湾静悄悄的,只偶尔有一声牛叫或鸡啼。

洛河蛋青色的冰面上,一群男娃正珍惜着消冰前的时光,他们的冰车快乐地在冰面上来回穿梭。

听着他们的尖叫和欢笑,宝女的心再次充满了忧伤。

五十五

宝童初二时就不想上学了。也许是因为长期的饥饿,也许是因为自己学习成绩一直一般,或是爷爷给他从小传达的"学不好没关系,反正已经有了婆姨"的理念让他没了上进心……总之,宝童对上学的兴趣年年都在减淡。

当他提出不想上学时,宗建立恨不得给儿子几巴掌,但宗谦润觉得男人家的出路并非只有上学,他既不想让孙子受气挨打,又心疼儿子的无奈。

"宝童在学校念不进去书,早些在社会上闯荡,做点儿生意也行,就算连生意也做不成,那大不了回家种地,反正已经有了婆姨,早早开始过光景也没啥不好!"

宗建立低了头,牙关咬得两边的腮帮子来回鼓动。

"大,你不懂外面的社会,宝童现在出去就是半文盲!半文盲知道不?进不了公家单位,只能在社会上揽工当苦力!我这些年尝遭了多少我知道,可不想让他再受苦了。"

"那娃不是学不进去嘛。我看这书念也白念着哩!"

沙氏和兰芬不说话,家里真正的大事从来都由男人们决定。

"宝童,你给句准话,你要是确实念不进去,觉见将来也考不上,那我就不逼你了。"宗建立瞪着宝童问道。

"大,我确实……确实是念不进去了。老师现在讲的我都听不懂,尤其是数学和英语!我将来肯定考不上。"宝童不敢看宗建立的眼睛,低头道。

"行,那你小子就自己去尝遭尝遭不念书的苦,自己不经历不知道,谁说也没用!"宗建立叹了口气,愁闷地吃烟去了,他没想到自己走南闯北,儿子却这么没志气。

宗建立愁是愁,但在无事湾和周边的村子,真正能初中毕业的学生确实很少。有的是因为受不了学习和学校的苦,有的是早早就开始羡慕社会人的自由,有的则是家穷得实在供不起。

和宝童有同样想法的还有张圆生。

张圆生家弟兄多,他比宝童更早有了辍学的想法。圆生有个姑舅在县城开了个食堂,偶然一次见到,圆生被人家的那份潇洒和出手大方镇住了,从此便萌发了也赶快去社会上挣钱的想法。

然而,除了念书识得的几个字,他和宝童什么手艺都没有,该咋去混社会呢?

"我看咱不如去学个厨师!学了厨师,吃的就在自己手里掌握着呢,我就不信还能饿肚子?而且,你想想,等学成了,想吃什么就做什么,还能挣钱!"这是圆生考虑许久后的提议。

"嘿嘿,对,最起码不用受饿,自己给自己做饭我不信还吃不好。"宝童觉得圆生说得句句在理。

中秋节前,爷爷让宝童去长财峁子接绣球来无事湾住两天。这几年,宗家和高家早以亲家相称,过节时接绣球来宗家住一两天,好吃好喝相待也是常事。

宝童和绣球各自在心里也早认定了对方就是自己未来的伴儿。

接了绣球,他们默默走在山路上,宝童偶尔转头看一眼绣球。

比起自己第一次见她时,绣球已不是当年模样,但依稀还有当年的影子。这些年她个子长了不少,但还是瘦,眉毛、瞳仁还像小时候那样棕黄。她把头发编成两根辫子垂在胸前,虽然辫股子细细的,看起来却很顺滑,也很有光泽。虽然这些年一直在家帮大人干活儿,但绣球的脸没被太阳晒黑多少。按沙氏的说法,这种人生来就皮肤白,晒不黑的。

也许正是绣球的脸白,才让她和洛河畔上的一般女子有所区别,比起普通农家女子的健壮和活力,她的美柔弱而细微,甚至有些惹人怜爱的意味。

宝童一直觉得绣球像秋天时山上的那种芦苇,黄茸茸,静悄悄。

绣球的大姐薯花已经出嫁。薯花一离家,绣球和豆角分担的家务就多了起来。这两个女子就像高家园子里随意播种长出来的花果菜蔬一般,默默接受了安排,等待着自己的长大和出嫁。

她们从小就默认了弟弟金瓜的"金贵",处处让着、惯着弟弟。不仅父母让她们这样做,她们自己心里也是这样想的——金瓜是男孩,是高家将来的传后人,一切最好的都要给金瓜。

金瓜这两年也在遂宁镇的呼柳小学上了学,每次都是高占魁吆着驴接送,算是呼柳小学待遇最高的孩子。

此刻,绣球也偶尔偷望一眼宝童,宝童嘴唇上面那层细软的胡须像青色的雾气般薄薄笼罩在那里,既好看又奇怪。

然而,宝童和绣球的心里都是干干净净的,他们似乎从来没有想过拉一下手,不,甚至连直盯着对方看的勇气或是唐突都没有过。

一种安静而满足的心绪填充着宝童和绣球的心房,这种感觉让两人相处起来并不尴尬或难堪。

宝童望望秋天的云彩和秋天的洛河,天地间,那种只到此时才显现出的高、远、净让他心里突然涌起一种巨大的空茫。

"绣球,我给你说件事,我不准备念书了,打算去县城里学厨师。"

"啊？那你去。你咋能想起要学厨师？"

"念书这些年,好像是受饿受怕了,学个厨师,至少不用饿肚子。"

"那你上学时不会从家里多拿点儿干粮？这么大个人还不会招呼自己。"

"不想和家里要。你说奇怪不,不知道女娃们咋样,反正学校的男娃们没有不受饿的,而且大家都不愿意给家里大人说。"

"你们男的本来就比我们女的饭量大……那你去学厨师要给师父交学费不？"

"打问过了,说是不用！去了就是一边学一边给食堂打杂,用打杂干活儿的钱顶学费。"

"这样还好。"

绣球说完就再不言语,她也顺着宝童望着的方向看过去。

山下,一阵清风从洛河河面滚过,两只黑白相间的水鸟正低低贴着波光细碎的河面掠过。

绣球似乎隐约想起了什么事,但她又不知从何说起。

宝童和绣球同时叹了口气,秋天的太阳照在身上,既暖又冷。

过了八月十五,宝童妈给绣球装了十来个自家烙的月饼,里面的馅儿是红糖、白糖、白芝麻、核桃仁、花生仁和红绿糖丝——能吃上这种月饼的家户,在无事湾和长财峁子村不多。这得归功于宗建立这几年在外不住气地掏腾,家里光景才能过到人前。

知道宝童要到县城去学厨师的事,高家人也没什么意见,女婿要学下一门手艺,绣球将来不就更享福？高占魁和绣球妈甚至喜滋滋的,觉得绣球与宝童真是好姻缘。

也就是在这一年,无事湾的人学会了"吃车肉"。

长庆油田在洛河畔的不少地方发现了石油,随即,高高的钻采井架、隆隆作响的机器都开始了运作,把地下几千米深处的石芯管子般一根根嘬上来,这可把洛河川的人看傻了,他们摸着来自地心深处的石芯,既好奇又害怕,好奇的是地底下咋这么多石头,害怕的是钻得这么深,地能受得了?

可也就仅仅新鲜了几天之后,开采出来的石芯就被当地人要去,一段段搬回了自家,有的垒了猪圈,有的用来加固了硷畔,有的垒了茅房。远远看去,一个个圆柱形整齐划一,颇为壮观好看。

夏天时,一辆油队上的大车突然陷进了洛河边的泥滩里。

洛河两天前刚刚发过水,也许是不了解洛河,也许是之前没有过类似的经验,这辆人们叫不出名字和型号的车就那样动不了了。

无事湾的无事人们先是手搭凉棚,蹲在硷畔上看。一来看这辆从前没见过的车长什么样子,二来看它在泥滩里轰着油门,轮子滋起高高的泥点子,像过年放花一样热闹。

"这车看见大,真往出来爬我看不行,没劲儿!"

"这样的车怕是你妈生你来第一次见吧,你咋就知道人家劲儿小? 带个输赢! 一瓶烧酒!"

"带就带! 它自己能出来算你赢!"

无事湾的人们丝毫没有想到眼前发生的事和自己有什么关系。

就在这时,司机下了车,他的红背心在河滩里极为耀眼。

"哎——老乡们,下来帮个忙,推车咪——"

"司机叫我们?"

"好像是!"

"那就走,去帮个忙——这些外地人人生地不熟的不容易!"

"走!"

"走就走!"

硷畔上五六个壮年人操起自家的铁锹就奔下了河滩。

"老乡! 好老乡! 谢谢谢谢! 我不会让你们白干活儿的!"

"唉! 看你说的,随手帮个忙,谁还没一点儿难处?"

说着,无事湾的汉子们就抢起铁锹,挖泥的挖泥,铲石子的铲石子,大车司机钻进驾驶室,轰油门配合。

几个回合下来,汉子们全成了泥人。车还在泥坑里。

眼看北边又蹿上来几疙瘩山峁子一样的云,司机更着急了。

"老乡们,快!你们给咱想想办法!万一再下雨,河里洪水一下来,车就完蛋了,我也完蛋了。"司机的脸上也全是泥浆,此时,他的眼睛瞪得极大,似乎已经看到了洛河河道漫漫汤汤下来的洪水。

"只要你们能赶快把车帮忙弄出来,来的人一人五十块钱!"司机一狠心,大声说道。

无事湾的汉子们愣了愣,怔住了。

五十块钱?

五十块钱哩!

而且是每人五十块!

"哎!师傅!你说的是真的?"一个汉子不相信地问道。

"真的真的,你们就快想办法吧,再叫几个人都行!钱少不了你们的!"

无事湾的汉子们眼睛亮了,他们商量了几句,很快便确定了一个极可能奏效的方案。他们扔下手里的铁锨,小跑着上了坡,很快,有肩扛着短木轱辘的,有抓来平时上山背柴的粗绳的,有抱着自家烧火的大片柴的,同时,他们没忘记多喊叫几个人:"唉,年轻人们,快来雨了!赶紧下河滩去帮忙哦——一个人五十块钱!"

"五十块钱——五十块钱——五十块钱——钱——钱"汉子们高亢的喊声似乎在无事湾有了多重回音,很快,十几号男子就都聚集在了河滩里。

"师傅!你看我们都上手的话,还是一人五十块钱?"

"是,是!只要你们赶紧把车弄出来,绝对说到做到!"那司机的眼睛此刻顾不得数人,眼里只有北边沉沉压过来的黑云。

"好!就这么说定了!"

无事湾的汉子们再次投入了"援救行动"。一时间,往车轱辘底下塞木头的、挖泥的、给车头上绑绳子的,众人忙作一团。

准备工作一做好,车前六七个汉子站成一排,纤夫般伸手紧紧攥住绳子勒到膀子上,车后的三四个汉子弓起了脊背,车轱辘两侧的五六个人则紧盯着即将滚动的车轮,准备找准时机随时用木柴垫底铺路,让车轮借力而上。

轰隆隆隆——北边响起几声闷雷,雷声在大山里把回音拉得老长。

同时,汉子们的号子也响起来了。司机把油门也再次轰了起来。

"一二！一二！"

汉子们个个憋着劲儿,手掌被绳子拉扯得生疼,车后的几个人牙关紧咬,拱起的背像犍牛一样强壮。

几番挣扎,有了那些木柴借力,车轮终于在稀滑中有了抓劲儿,颠簸颤抖着冲出了泥坑。

司机没有食言,他现场掏出一沓钱,分给了无事湾的汉子们。

那场雷雨下没下已经不重要了。

重要的是当无事湾的汉子们拿到属于自己的那份报酬时,他们每个人心里都由衷而整齐地赞叹着一件事:"呀,油队上的人真有钱！"

自从这样赞叹过,无事湾的村民们便似乎突然脑子开了窍。平时就下不了苦的几个小伙子一没事就往开采石油的那几个村子逛。很快,他们在油队上认识了人,开始慢慢倒腾些土鸡蛋和本地的蔬菜粮油往油队的灶上卖。

长庆油队工人们整齐的制服、陌生而有趣的外地口音,还有他们优渥的伙食,逐渐成了洛河畔人熟悉而津津乐道的话题。

而来钱最快的,还是要数无事湾河滩的这片泥地。这是周边油队人和车上上下下的必经之路,夏秋两季,河里陷车的事情隔三岔五就有。

无事湾的几个老人笑着感慨道:"真不知是哪一辈的老先人考虑得这么久远,知道以后有大路要开在无事湾村的脚下,还算见有油队要走这条路,所以才在这儿落脚安了家。"

渐渐地,油队陷车,村民帮忙推车,每人五十,这已成了一个不成文的"君子约定"。

无事湾村民的心情很复杂,一方面,他们希望洛河不要发大水,以免给自己的生活和出行带来困扰,但另一方面他们又期盼油队的车能在泥滩里多陷进去几次,好让男人们挣几个容易钱。

"反正都是公家出钱,咱不挣白不挣,挣了还想挣!咱这是吃车肉!要是私人的车,咱顺手就帮个忙,还说啥钱不钱的?!"

无事湾的人靠这个理由开脱着自己都觉得不太道德的那份期待,同时安慰了自己的良心。

宝童和宝女亲眼见证了村人在夏秋两季多次"吃车肉"的过程。宝童也参与过两次推车,挣到过一百块钱。揣着那两张五十元面值的钱,他觉得有些不太踏实,但想到自己十月份就要去县上当学徒,他就心安了,同时也莫名高兴。

他把五十块钱换开,给了宝女十块、宝玲五块,又给了妈十五块、奶奶十块、爷爷十块。

宝童说这是他挣的第一笔钱,对每个人都应该表示一下心意。等他学好了厨师,不光是要挣大钱,还要给家里人做饭做菜!

宝童看爷爷和奶奶高兴得合不拢嘴,两个妹妹开心地蹦跳着,妈的脸上也浮现出幸福的光彩,他突然感觉到了作为一个男孩的责任和意义。

九月里,宝童叫上了圆生,两个十七八的后生一人背了卷薄薄的铺盖,满怀着对县城生活的想象,满怀着对"好吃喝"的企盼和学手艺的信心,踏出了新时期洛河畔青年走入社会的第一步。

他们不约而同地穿了最好的衣服,那是两件灰色的父亲退下来的中山装,在洛河两岸高大的山体对比下,他们瘦弱的身影像两棵营养不良而又倔强的小白杨。

五十六

深秋的县城处处萧瑟,马路上堆了一层厚厚的落叶,人踩上去嚓嚓响,要是下了雨,刚落下来的叶子冷不丁就让人打个趔趄。

就在从前县城七月会骡马市上面的街头,有个开了两三年的"缘中缘"饭馆,四桌十六椅,后厨和前面靠一块绣着喜鹊登梅的白门帘隔开,因为量大,味道也不差,老板人又热情,过路来往的司机们多爱在这里吃饭。

宝童和圆生就在这个馆子里学厨师。

说是学厨师,其实也就是当个小工。买菜、洗菜、切菜、端饭、洗碗、抹桌子、扫地这些活儿都是他俩的。饭馆包吃包住,还给他们教些切菜、炒菜的技术,刚好两不相欠。

宝童和圆生的铺盖卷就在一个角落的凳子上叠放着,为了美观,老板特意买了块蒙被子布,上面绣着两只小鹿。

白天劳累一天,一到晚上关了门,宝童和圆生就把凳子一拼,每人八张,再把各自的褥子护单往上一铺,被子往身上一裹,很快就在"凳子床"上呼呼大睡了。

县城的人把一个周叫作一个礼拜，星期几叫作礼拜几。

每个礼拜一到礼拜六的早上，宝童和圆生都会被县中学生们的跑操声叫醒。那响亮短促的哨子声伴随扑沓沓的脚步和集体喊的"一二三四"，让宝童和圆生觉得既亲切又遥远。

宝童能听出，这些县城里上学的中学生穿的大部分也是布鞋，因为那些脚步声是松软而小心的——学生们不想鞋底子被过分磨损，也不敢太用劲儿跺脚，不然会脚麻脚疼。作为"过来人"，宝童深知这种又麻又疼的感觉，尤其是冬天的时候。

每次学生列队从食堂门口跑过时，他们并不知道那旧蓝色的木门板后面正有两个年龄相仿的少年默默听着他们的脚步声，各自想着心事。

当最后一个班跑过去，那些哨子声和脚步声渐渐远去的时候，宝童和圆生也该起床了。

"唉，宝童，你看这些学生多受罪，起得可比咱们早多了。"圆生嘀咕道。他在"床"上长长伸个懒腰。

"瞎说，依我看，人家叫吃得苦中苦方为人上人，咱们这叫半途而废！"宝童两手交叠着放在胸前，他盯着顶上那根电棒平静地说。

"咳，咱不也学习着哩？又不是窝在家里享福。"

"我们快起吧，不然老板又害气，嫌咱没把桌椅摆好！"

"嘶——这几天越冷了，感觉被子刚捂暖就又得起！"

圆生抱怨着，叹息着，一边坐起身来穿衣服。

宝童也默默坐起，却没有抱怨。尽管他也觉得冷。

除了住宿条件太凑合，初起他们并不觉得这样的生活有啥苦。每天都能吃得饱饱的，还能多少学些厨师技术，出去买菜时也能捎带着看看县城街上的热闹。

县城到底是县城，可比遂宁镇大多了，红火多了。就拿过来过去的路人来说，从礼拜一到礼拜天，人们表现出来的状态和走路姿势是不一样的,有钱人和穷人的走路姿势也不一样,城里人和农村来的人走路姿势又不一样。从早到晚,一天不同的时段有不同的风景和看头。

宝童和圆生不仅留意着各种人的不同,甚至,他们觉得城里的狗都和农村的狗不一样。城里的狗一般不叫,似乎没什么能让它们上心的事,它们表现出的懒散简直比一个农民还优越。

"你看,人家这城里的狗都会看人下菜,见衣服穿得好的就不咬,还摇尾巴哩!哪像咱无事湾的那些狗,管他是谁,来个生人恨不得把全庄的人都惊动起来。城里这些狗,你看,不管看谁眼神好像都是淡淡的。"圆生总爱发表些独到的见解和看法,惹得老板、老板娘和厨师一阵大笑。

相比之下,宝童沉稳安静些。他喜欢默默地观察,思索和品味来吃饭的每个人背后的故事,喜欢看饭馆门前走过的每一个人,想着他们有怎样的生活和家庭。

第一场小雪后没几天,宗建立来县城办事,顺道来看儿子。他今年在乡镇上跟人合伙做建筑生意,县城里不像之前待得那么多了。

宗建立这天穿了件黑色的皮夹克,去年冬天闲下时,他曾做过估衣生意,贩来的那些货里,好衣服由着他挑。这件皮夹克说是从市里一个老干部家收来的。他一眼就看出这是好衣服,虽然衣襟和袖口已有些磨损,但夹克的皮子还是非常光亮、柔软。市里的人可能觉得穿着出不了门,但放在县城,这可是件亮堂衣裳。

宗建立的头发梳得整整齐齐,脚上的皮鞋虽然也不新,但看起来很干净,尤其是在消了雪后还要保持这份干净就显得更不容易。

"宝童!宝童!"

宗建立站在饭馆门口喊了两声。

老板一照,认出是宗建立,忙拉回来坐下,让圆生倒了杯热水,说宝童买菜去了,马上就回来。

宗建立熟络地与老板和老板娘交谈着，话言话语间体现出见过大世面的沉稳。

他知道和什么人应该说什么话。

"他叔，宝童在这儿不偷懒吧？"宗建立端起水咂了一口问道。

"是个勤快娃！人也爱好，你看，桌椅常被他擦得明光锃亮！"

宗建立眼睛一瞥，看到角落里那两床干瘪的铺盖。

老板赶紧递上一支烟，宗建立接过叼在嘴里，掏出打火机，给老板点了烟，又自己点了烟。

"建立哥，你就放心，在我这儿除了晚上睡觉得拼凳子之外，宝童和圆生吃得饱，学得好，又相互有个同年等岁的伴儿！等今年维持下来，我们考虑给两个娃发点儿工资，到时看再租个地方让住下。"老板道。

"叔，你放心，宝童有我照看哩！"圆生一边说，一边拿暖壶给宗建立添水。

正说间，宝童提着菜进来了，鼻子和脸冻得通红，嘴里呼出着团团白气。他看到宗建立坐在那里，先是怔了怔，继而脸上露出一丝喜色。

"大，你咋来了？"

"你妈和你爷爷安顿让来看看嘛——你腿上不穿毛裤？抖什么？"

"我……我不冷。"

"愣小子！"宗建立站起身来，接过宝童手里的菜递给圆生，又顺手捏了一把儿子的腿。

"唉，愣娃！这么冷的天嘛，你就穿一条线裤？你不怕腿受冻了出毛病？"

"圆生说年轻人火气大，不怕。"宝童实在找不出不穿毛裤的理由来，就信口胡诌道。

"这话我可没说，叔，是宝童舍不得买！"圆生笑着接了话。

"愣儿子们,吃穿上可不要亏了自己,只有这两样实实在在!"

宗建立在饭馆里点了两个菜,一个家常土豆丝,一个麻婆豆腐,且点名让宝童来炒。

宝童知道这是父亲想看看这三四个月他到底学没学到东西,好在这两个菜平时食客们点得最多,他和圆生都能做,味道也还凑合。因此,宝童心里一定,忙忙碌碌炒了出来,恭恭敬敬端上桌,又上了两个热气腾腾的白馍。

宗建立夹一口土豆丝放进嘴里,又接着抄了两片豆腐,说道:"嗯,还像那么回事,看来确实学到东西了!"

老板和老板娘满脸堆笑,感觉宝童争了光。

宗建立临走时,宝童送他到外面。宗建立掏出六十块钱给宝童,安顿让他赶紧去买条厚毛裤穿上。

"大的话你可以不听,但你要理解你妈,她天天担心你在这儿吃不饱穿不暖,看来她担心得对。"

"吃是绝对能吃饱……"宝童低着头咕哝道,他虽不敢和父亲对视,但他知道,那两束严肃却又含着心疼的目光正在他头上和身上来回摩挲。

"我知道了,一会儿我就去买。你回去让我妈和我爷爷放心。妹妹们都好吧?"

"都好,她们念书我看比你还念得好!对了,咱在这儿也有亲戚,你九丸姑姑,你要是有什么就去找她,她平时在农贸市场里开裁缝铺,你衣裳哪里破了烂了要缝补就大大方方地去!"

"知道,知道,我在市场买菜常能路过她的裁缝铺,姑姑每次看见我都让我去她家吃饭,我怕给人家添麻烦,后来就尽量绕着走。"

"你这娃,亲戚们就要常走动,越摆越生,越走动越亲!"宗建立无奈地叹了一声。

宝童摸摸自己的脑袋,羞赧地笑了。

"你这性格,咋和小时候一点儿都不像了?"

"长大了嘛。"

"长大了,我看还小着哩!"

宗建立跺了跺皮鞋底子上的泥,又安顿了几句,这才走了。

宝童目送父亲挺拔帅气的身影消失在前街——他奇怪自己竟对父亲用了"挺拔""帅气"这两个词,但除了这个,脑子一时找不出更合适的词语。

父亲确实是个爱好的男人,不管去哪儿,首先在形象上能拿住人,他总是把自己收拾得干净整洁,这一点,宝童觉得母亲作为一个女人是比不过父亲的。

宝童不懂什么样的毛裤暖,又舍不得把那六十都花掉,加上圆生也想借钱买一条,二人就相跟着用最少的钱买了最厚的一种。自从穿上这条毛裤,饭馆里所有金属的东西就都有了电似的,晚上睡觉脱毛裤时,黑暗中闪出一溜电光火花来。

"看来便宜确实没好货,这么厚的毛裤,咋就是个腈纶的?"

农历十一月底,宝童收到绣球给他捎来的一双棉暖鞋。

宝童没敢给圆生说是绣球做的,虽然圆生知道他和绣球的事。他说是妈做的。

他也不敢把这双暖鞋细细地多看几眼,他不想让圆生看见了笑话自己,也怕自己的心思被圆生戳穿。他只是装作很随意地穿上试了试——棉鞋不大不小,穿着是那么舒服暖和。

"呵,这么合适,绣球是怎么做到的?"宝童惊讶了。

这一年过年放假回家时,村里人俨然已把宝童当作一个真正的厨师看待了。无事湾的人见了宝童都"大厨大厨"地叫他,宝童因此感觉到了学一门本事的重要性。

临年那几天,无事湾村里一户人家娶媳妇,硬是把宝童叫上去帮厨、配菜,虽然宝童没咋干活儿,但还是受到了主家的尊重和酬谢。

也就是这次回来,他才知道妹妹宝玲的一些情况,宝玲最近常说她能看到天上下红点点,那些红点点有些大,有些小,像皮球一样软而弹,如果有红点点沾到了宝玲身上,她肯定就要生病,宝玲只要一病,就看到土窑顶上有黄土色的人影在打架,穿着长袍短褂,像唱大戏似的。

腊月二十七这天,宝玲又说看到天上下红点,没过响午就发起了烧,睡在炕上昏昏沉沉的。

沙氏多次遇到孙女这样,难免把老古辈子人传下来的法子都用了个遍。

这次,沙氏拿了七粒大盐颗子放在她的左鞋壳子里在宝玲身上来回捻,一边念叨着:"冲着的怪着的,人家的自家的,都改过!死鬼魍魉都改过!是神的入了庙宇,是鬼的入了墓堂,改得头又轻,眼又明!脚上有绊的解开绊,手上有诗的解开诗,翻转枕头掉转身,一觉睡到大天明!改得十字路口等旁人!"

接着,沙氏就把鞋壳中的盐颗子拈起往灶膛里扔,灶膛一时噼噼啪啪炸响个不停。

"变!变!变!宗家门上火焰高,把你变得皮又烧来毛又焦,灶火进你烟囱上出,是男人变……是女人变……变!变!变!变!"

沙氏此时的声音低了下去,但窑里人还是能听到她念叨的是什么。

宝童不禁笑出了声。奶奶这样的脏话怕是连鬼也要怕三分!如果妹妹真是像大人们说的"小娃沾了脏",那这样以脏治脏的方法倒也算合理。

宝玲当晚果真就退了烧,沉沉睡了一觉,第二天就和什么也没发生过一样活蹦乱跳。

在洛河畔,几乎家家户户都有这样给娃娃用盐粒"变"、用米"解(改)"的经历,谁也不会对此感到惊奇,尤其是山大沟深、缺医少药的

499

农村,这种原始的"巫术"更是发挥着不可替代的作用,可以说,几乎所有的小娃都被"变"和"解"过。

过了年,正月初二拜丈人。宝童带了一绺半肥半瘦的猪肋条肉,宗谦润又给他背了两瓶酒。他早就开始念叨了,让宝童一定要在这天去长财峁子走动走动,顺便再看看绣球。

沙氏和兰芬很高兴,她们甚至已开始想象宝童和绣球的孩子会长个什么样。婆媳两个嘀嘀咕咕,不时偷偷笑上一气,逗得宗谦润骂沙氏是"疯婆子"。

算起来,宝童和绣球差不多有半年没见了,这半年来,除了绣球给宝童捎来一双暖鞋,两人再没什么联系。

高占魁和婆姨接下了礼,笑着把宝童让上了炕坐着,老两口互相使了眼色,高占魁说一会儿要炖肉,就去院子劈柴,绣球妈说带着豆角和金瓜去洋芋窖里拾洋芋。

窑里一时就剩下宝童和绣球两人。

绣球坐在灶火边添柴烧水,宝童坐在前炕边,偷偷看着绣球的背影。

窑里有些昏暗,外面的光把窗户纸上的红窗花照过来,显出年节的欢庆。

绣球纤巧的身体轮廓在灶膛的火光下显得更柔软了,尤其是她的头发梢,更被火光映照成两团橘色。

绣球瞥见宝童刚脱下的暖鞋正是自己做的,不由嘴角一弯。

"这暖鞋,大小能行?"她低低问道。

"正好。"

"看看,让你穿得鞋帮子都歪了!"绣球抿嘴一笑。

"我每天跑得多,干活儿也多。没办法,这么好的鞋让我穿的……"

"呀!就是说说,大不了……大不了再给你做双新的!"绣球一扭头看着宝童说道。

"做鞋也可不容易了,我知道。"宝童感激地望着绣球的脸,急切地想表达什么,却一下子哽住了。趁着窑里没其他人,他急急地从棉衣的口袋里掏出五十块钱,敏捷地跳下炕塞进绣球手里,又急急地上了炕,坐到原先的位置上去。

"这五十块钱你拿着!我也不知道你爱啥,我现在还挣不来多少,你不要嫌弃!"宝童一口气说完才算安心。

"你……"绣球站起身,正要说什么,金瓜跑进来了,手里抓着两个洋芋蛋子,嚷嚷着让姐姐给他在灶火里烧。

宝童见绣球悄悄把那五十块钱装进了裤兜。

接着,绣球妈就进了窑,把胳膊上挎着的洋芋筐子放下,叫绣球拿笤帚去给她扫身上的土。不一会儿,高占魁也笑呵呵地搂着一抱柴进来了。

"宝童,算起来你在县上学厨师快半年了,手艺学得咋样?我们以后少不了让你炒几盘菜,享享口福!"

"好吃嘴,人家娃自然是学好了!好容易来咱家一趟,你意思就想让人给你露一手?宝童,你乖乖坐着歇一歇,我知道当学徒也不容易,又要学又要做的!"绣球娘接过高占魁的话,嗔怪道。

"你就是我肚子里的蛔虫,我的心思你咋一猜就中?宝童啊,怪叔嘴好吃,让你姨说对了!没事,你就歇着,咱在炕上拉拉话。"高占魁咳了几声笑道,接着也脱鞋上了炕。

宝童有些拘谨地答着高占魁的攀谈问话,饭馆生意咋样、厨师会炒些什么菜、怎么教徒弟等等。

呼——哗——呼——哗——

此时,窑里除了宝童和高占魁的声音,只有绣球缓慢拉风匣的声响和豆角、金瓜偶尔进进出出的几声叫嚷,绣球娘切菜、揭锅盖都轻手轻脚的。

绣球和绣球娘都想仔细听炕上的人说话。

旁边一有其他人在,宝童和绣球便又像从前那样,彼此从不主动说话,但是,有种朦胧而美好的情愫始终在二人间流动,这种情愫干净、清新,近乎神圣。

五十七

宝童在长财峁子村住了一晚，第二天地气稍暖时便又动身回无事湾。

春节刚过，刮的风就不一样了。向阳背风的土墙下甚至已经努出了草芽。路边的枯蒿草轻轻摇摆着，麻雀在长财峁子家户们的柴垛上来回掠飞，一只喜鹊羽毛发着蓝幽幽的光，抖动着尾巴在村口的大杨树上叫唤。

绣球跟在宝童身后送他。两人一前一后走着，路过几户人家的硷畔，引得硷畔上站着的人纷纷瞅住不放。

宝童和绣球都被看得有些不自在，便不约而同加快了脚步。两人的脚步后面又隐约跟来了些低低的议论。

"快看，这就是高占魁的女婿，小伙儿长得倒是一表人才。"

"高家这些年可全凭这二女子了，听说宗家光粮食都不知给接济了多少。"

"一人一个福气嘛！我看人家绣球将来享福呀！"

"唉，拐棍儿要挂个长的，攀伴儿要攀个强的，人家命好。"

好容易出了村，绣球不由长长舒了口气："这些人就爱说长道短。"

"他们愿意说就说去，你不用放在心上。"宝童安慰她道，他知道刚刚听见的一些话语让绣球有些懊恼。

"对了，你给我的钱我不要！"绣球从棉衣里面的口袋掏出那张五十块钱递给宝童。

"为啥不要，是不是嫌少了？"宝童急了，他也不接。

"不是！我知道你现在挣不来钱。这五十你拿着，万一有个急事好用。"绣球也急了，她的脸微微发红，又把手中的钱往宝童眼前递了递，"给！快拿上，不敢让人家照见笑话！"

宝童心中瞬间一股感动涌过，他觉得绣球对他和家人一样，已经能设身处地真正体谅他的难处，也能真正来心疼他。

正当他还在心中盘算着绣球这番情义时，绣球已把钱塞进他的棉衣兜，转身小跑着离去了。

宝童想追上去把钱再给绣球，却又怔怔望着她那灵动的背影呆站着。

"绣球，你等着我吧！我一定会把手艺学成的！"宝童在心里这样说道。

过了正月初七就到了收假的时候。宝童和圆生又到了"缘中缘"继续当学徒，饭馆里的活计他们已经越来越熟悉了。可是随着春天真正的到来，他们的心又开始躁动起来。在铺天盖地的春花烂漫中，这个饭馆显得更小了，甚至有些像笼子一样，让他们觉得束手束脚。

这天，宝童在帮着切冻肉时，不小心把虎口划开长长一条口子，肉里蓝色的青筋都能看得见，按理说必须缝针，但宝童坚持没缝，硬是去门诊止住了血，裹了块纱布，等着肉皮自己长好。

因为不敢着水，在等着伤好的半个月里，很多活儿都得圆生来干，这让两人极为懊恼。

最先提出想走的是圆生。

"东方红,太阳升,全中国都是一家人!要去就去北京,去哪里都不如去北京!宝童,宝童,我们去北京学厨师吧!"

"北京可远呢,我们哪能到得了?再说,去那儿也没个亲戚什么的,想去那儿怕是连路都找不到!"

"我没给你说过吧?我还有个亲戚在北京呢,说学的也是厨师!我最近就给咱打问清楚,看他在哪里学着,打问上了咱就去找他!"

"真的?呀,北京啊,梦都不敢梦的地方,我们这样连初中都没上完的人真敢去?"

听了这句,圆生立马陷入了一种狂热,他一口气列出十几条待在县城不好的理由,每一种理由其实也正是宝童所想的。

两人主意一定,辞掉了"缘中缘"的活计,说是学得差不多了,想自己出去挣点儿钱。老板似乎原本就知道这两个小伙子不会久待,也没有强行挽留。

宝童和圆生在县城里转悠了一天,重新在两家相邻的饭馆找到了活计,饭馆老板看他们精干,又会炒菜又能做活儿,就答应每月给他们一百八十块钱。

也就是为了挣这一百多块钱,为了攒够去北京的路费,宝童和圆生刚刚干满一个月,等到老板把工资给他们一发,两人就辞职启程了,惹得老板一顿臭骂。

在这个过程中,圆生说北京的那个亲戚他已经打听到了,正在一个叫"福盛楼"的大酒店当厨师,每月能挣几千块钱呢。

宝童对圆生的话深信不疑。

此时,宝童身上有二百一十块钱,圆生有两百块,人均二百零五。

从县城坐卧铺汽车到西安,车费每人三十五块。

最先让他们感觉到可怕的是卧铺车的司机和跟班,他们似乎都很残暴,宝童看到他们对乘客呼来喝去,说话时直接用手中的铁扳子

505

指着。宝童和圆生乖乖坐着,一路除了出去小便了一次,他们俩说话的次数都很少。

似乎整整走了一天,卧铺车终于到了西安,两人下了车,在路边狼吞虎咽各吃了一碗五块钱的面。吃面顶饱。一吃过,他们也顾不得看看西安的景致,立即就去了西安火车站。火车站不时有人主动来和他们搭讪,为防止被骗或是出现其他意外,他们一律装作听不懂,不予理会——在"缘中缘"饭馆当学徒的多半年里,听来来往往的司机、食客们讲过不少被骗的经历,所以他们早就彼此提醒并商定了对应措施。从县城出发前,两人还各买了一条有拉链和暗兜的内裤,把一百五十块提前装了进去,只在外面的兜里各装了五十来块钱买票吃饭。

又是一番拥挤和嘈杂,他们冲冲撞撞,靠运气和问人终于买到了西安到太原的火车票,比较起来,这算是最便宜的票,硬座,每人四十块,要坐十一个小时。

宝童和圆生一坐上火车,心情大好,这是他们第一次感受"高科技"的便利,两人探头探脑,在车厢里转了半小时,又感受了火车上的厕所,这才回到各自的座位上。

车窗外的风景一直在变换,一路摇摇晃晃,不知过了多少个站点,停了多少次,困倦开始向他们阵阵袭来。面前的小桌板得与对面坐着的人巧妙"夺取",此时,在这一丁点儿的桌面上趴几分钟都算是一种享受。

迷迷糊糊中,宝童开始盘算一些事情,因为怕大人责骂和阻挡,他和圆生没给家里打招呼,如果最近爸正好又去"缘中缘"找他呢?可是,如果能在北京学到一身过硬的本领,那他肯定会理解,也会对儿子刮目相看吧。

宝童和圆生就这样硬撑着,坐得腰酸屁股疼,为了缓解睡意,他们偶尔透过车窗向外望着。

夜间,除了火车本身哐哐的声响之外,似乎外面的天地一片寂静,大多数时间连一盏灯火都看不到。

天明时,火车终于进了太原站。宝童和圆生没出站,直接又买了去北京最近一趟的火车坐票。从太原坐火车到北京,又是一人四十块钱,要坐十四个小时。

这次他们总算有了经验,胆更大了一些,也知道应该提前买些吃的喝的,火车卖得贵。两人在站里买了面包、火腿肠、健力宝,算下来各自又花了十几块。

坐上这趟火车,下一站就是北京,肯定就是北京。虽说身上的钱越来越少,可随着离北京越来越近,他们的心定了下来,也敢和火车上看着不像坏人的人说话了。

新奇、激动、紧张、高兴……好几种情绪夹杂在一起,混合成一种小青年们身上特有的兴奋劲儿。加上透过车窗所看到的风景越来越"洋气",宝童和圆生心里升起阵阵自豪和满足。

算起来,截至目前,无事湾出门最远的估计就是自己了吧?能到北京的估计也只有自己。宝童想。

别说是洛河畔,就是整个县城,能这么年轻就去北京的恐怕也不多!圆生想。

从黑坐到明,又从明坐到黑,晚上十点多时,总算真正到了北京。

宝童和圆生如释重负地下了火车,一种明显区别于县城的气息立即就把他们裹挟了进去,对于两个从大山里出来的小青年来说,光北京火车站就足够大。

此时,不知从哪儿射出的灯光把夜空照得一片橙红,火车站里几乎每幢楼都镶着一圈金灿灿的灯带,而那座四面都有钟表的大楼高耸在橙红色的夜空里,几点几分看得清清楚楚。火车站面前的广场上,形形色色的人来往着,似乎黑夜并不能阻碍人们的脚步。广场上,有直接铺张报纸睡在地上的,身边的行李鼓鼓囊囊;也有坐成一圈说话等时间的……相比之下,宝童和圆生两手空空,根本不像出门人。

他们的耳边不停响起悦耳的播音声,圆生和宝童四下瞅着,想找到哪里安着喇叭,可也没找到。

宝童想到晚上不知该在哪里落脚,突然有些焦急。

"圆生,你说你那个亲戚在北京的哪里来着?"

"说是离火车站不远,在什么路。"

"那咋去啊?"

"咱们坐出租车,你看,就街上这种黄色的小面包车,上面不写着泰克丝吗?咱们瞎好还学过两天英语,那就是出租车!"

"好吧,听你的!"

宝童和圆生出了站到街上拦了一辆出租车,司机一口普通话,圆生怯怯地也用半普通话给人说了地址。

司机一听就皱了皱眉:"我咋觉着你说的地址太笼统,北京城可大着呢!"

"没事,你就照着我刚说的把我们送到就行啦!"圆生一脸肯定道。

"好吧,只要大方向错不了,我就拉你们到那地儿去!"

"好,好!到了我们就能找见了!"圆生一面给宝童使着眼色,一面装出不是第一次来的架势。

司机也不再多问,拉着两个灰头土脸的小青年向他们说的地方奔去。

约莫走了二十分钟,圆生和宝童都有些心慌,就问快到了没有。

"这不就到了吗?"司机一脚刹车停在路边。

"咋看不见那个'福盛楼'饭店的牌子呢?按说是个大饭店,牌子也应该不小啊?"圆生从车窗探出头去左瞅右探地问道。

"咳,小伙子!我常在这一块跑,就没见过什么'福盛楼',所以那会儿我问你们,让你们一定把地址说对喽,现在找不着了?而且这个点儿了,饭店也早关门了!"司机也有些着急。

"找不见?! 咋可能找不见? 麻烦你再拉着我们在这附近转转,看有没有?"圆生也急了。

司机应了一声,又在四周转了两圈,还是没看到"福盛楼"饭店的牌子。

"这可咋办?"圆生六神无主地问宝童。

"要不就回到火车站再说,我看晚上待在那儿最保险!"宝童稍加思考,立即就做出了决定。

"师傅,麻烦你再把我们送回火车站吧,明天我们再找找!"

司机苦笑一声,又拉着两人回到了火车站。这一圈下来,一算车费,足足坐了六十块钱!宝童和圆生都暗暗叫苦,不到一小时,咋比从太原到北京都贵?

两人有气无力地在火车站广场上徘徊商量了一阵,最后决定就在台阶上睡一晚。幸亏已经是农历三月多,夜间不至于太过寒冷。

"圆生,我问你,你是不是骗我?骗我说你在北京认得人,其实你就是想拉着我一起出来闯荡?"宝童蜷缩着身体问道。

"咋可能骗你。"圆生翻了个身,装作睡着了。

"你不要装了,我知道你没睡着,能睡着才怪!你实话告诉我,我不害气!"宝童坐起身,一把扳住圆生的肩膀把他翻过来继续问道。

"哎呀,我真的没骗你,那个'福盛楼'也是我向亲戚们打问清楚的,确确实实就是那个地方,我也没想到会找不见!"圆生苦恼地把宝童的手抖掉,继续掉过身子,抱头而睡。

"哦,既然你这么说,那我就相信你!"宝童说完这句,也默默抱住自己的头,两人就在石台阶上昏昏睡去。

第二天清晨,他们被车站一个打扫卫生的中年阿姨叫醒,见宝童和圆生的状态像两个流浪儿,她不禁关切地问他们从哪里来。看她不像坏人,宝童和圆生就据实相告,阿姨似乎对陕北有着一种亲切感,临行前连连嘱咐他们再不要在北京久留,赶紧买票回家。

宝童和圆生合计一番,去售票窗口买了车票,乖乖在候车室等了约莫一小时后,又上了火车。

算一算,又是十四个多小时,每人四十块钱。加上买了些必须的吃喝,又花掉近三十块钱。

两人这才发现剩下的钱已经不够买太原到西安的车票了。

"你不要怕,到了太原再说!反正咱也算有点儿手艺,大不了再给人打上几天工,我就不信连个路费也挣不到!"圆生宽慰宝童道。

"唉,你说我们来了一趟北京,连天安门都没有见上,这就要回去,真不甘心!"宝童道。

"不怕,只要咱们好好挣钱,以后再来!一回生,二回熟,下次来了一定去天安门!"

第二天早上六点多,在太原火车站下车后,他们各自兜里只剩了五块钱,连买一碗面的钱都不够。

他们先是盲目地在火车站周围转悠着。不久,两人肚子就饿了,一饿就觉得冷,有心把五块钱一把花掉,又觉得不能身无分文。有心伸出手在小摊上要点儿吃的,又觉得太丢人,也担心会被人当成骗子。

他们决定再在火车站里扛一扛,看有没有什么办法。他们已经打算好了,实在没人帮那就出站去找个地方打工。

正在他们一脸迷茫地徘徊时,一个看着忠厚的老头儿凑近问他们想不想找一份工作,出于警觉,圆生和宝童一口拒绝。那老头儿也不强求,一直在火车站里四下转悠。

不一会儿,老头儿带着一个衣衫褴褛的中年人过来了。

"唉,小伙子,你们到底想不想工作?包吃包住,每个月六百块钱!这个人是河南的,正准备跟我走呢!你们不要错失机会!"

包吃包住还一个月六百块钱?真不愧是大城市!

圆生和宝童对视一眼,又看了看那个中年男人,觉得他也老老实实的,不像坏人。

圆生和宝童当即决定去试试。有吃有喝有住,干上一个月,六百块钱足够回家或再去北京了!

"到底是小伙子,有主见!就你们两个这身板,去了好好干几个月就是好几千块钱呢!叔介绍你们去了再给老板说说好话,平时让多照顾着你们!"老头儿一看他们动了心,更加憨厚地笑道。

圆生和宝童被他的好心感动了,连连道谢,随即跟着老头儿和那个河南中年人坐上了一辆小面包车。

小面包车飞驰在路上,老头儿向他们耐心介绍着工作的地点、内容,河南男人就担心去了吃不饱,说自己饭量大,老头儿一路给他宽着心。

宝童和圆生也想着不管咋样先和老板要顿饭吃饱了再说。

饥饿像两只鹰爪紧紧抠抓着他们的胃,对食物的渴望在此刻已经胜过了一切。

五十八

小面包车终于在一个砖墙大院外停了下来。这砖墙垒得高,足有三米多。

司机按了几声喇叭,院里立即传出狗叫声,很快有四个男人和四条狼狗从铁门里出来。其中一个中年男子径直走过来拍了拍车窗,司机把玻璃摇下,对他展开手。

"我的,一百!三个!"司机笑道。

那中年男子探头向后望了望,宝童看到他梳着流行的偏缝头,头发有点自来卷,额上一缕刘海像小蛇般垂到眉毛那里,单眼皮,鼻子下一溜小胡子,一笑嘴角就向一边挑起来,带着些嘲弄的意味。不知怎么的,宝童和他眼神一相遇,心里就立即升起一种恐惧和不安来。

"一百什么?!给你六十!哪儿的?"自来卷男人冷笑道。

"一个河南,两个小陕北!"坐在后座上的老头儿对自来卷喊道。

"行!"自来卷男人掏出一张五十元,又在裤兜里摸出一张十元的按在司机手心中。

"到了,下车吧!"这时,老头儿在车内点燃一支烟,懒洋洋地深深吸了一口,向宝童和圆生喷过来。

宝童和圆生相互对望了一眼,就这一眼,他们已从彼此眼神中知道发生了什么,他们不由自主把靠在一起的两只手拖在了一起。

"下车!"车外的几个男人拉开了车门,对宝童和圆生喊道。

"下车——吃饭!"车上的河南人高兴地笑着,腰一猫下了车,冲着几个人嘿嘿地笑,"老板,都快把我饿死了!"

"站一边!"河南人一把被推到墙边。

"先给口饭吃嘛。"河南人嘴里很不情愿地嘟囔着,一边把两手笼在袖子里。

车内的老头儿看宝童和圆生没有下车的意思,自己下了车。

他一下车,车外两个男人立即从左右车门钻进车厢。

"下车!"他们对宝童和圆生喊道。

"我们不想在这儿打工了!"圆生用祈求的目光看着喊话的人道。

"哼,这会儿由不得你了!"那人一声冷笑,直接过来抓住圆生的领口把他扯到车外,接着一脚踹在他肚子上,圆生瞬间一声惨叫,仰面向后飞了出去。接着那人走到圆生身边,又一脚踏在他胸前。

"圆生——"宝童的惊叫和圆生的惨叫混在一起。

不等车内剩下的那个人来抓他,宝童就乖乖站起来准备下车,即便这样,身后依旧飞来一脚蹬在宝童腰上,宝童向前一扑,倒在圆生旁边。

随即,一阵拳打脚踢又落在宝童身上,他出于本能紧紧抱着头,觉得血从喉咙里冒上来,又从嘴角腥腥地流出,一阵阵剧痛中,他听到圆生也在一声声惨叫。四五头狼狗也咻咻地在几个打手身边兴奋地跳跃。

"行了!别打坏了!"宝童听到自来卷喝道。

先前落在他和圆生身上的拳打脚踢立即撤走了,宝童和圆生痛苦地躺在地上呻吟。

旁边原本站着的河南人此刻也惊恐地抱着头，蹲在地上浑身打战，生怕拳头腿脚落在自己身上。

"你都看见了，你想不想挨打？"自来卷问河南人。

"不要打我，不要打我，你们说什么都中。"河南人清楚地表达出自己的意思后，嘴里开始嘟囔和重复一些奇怪的含混不清的语句。

"老张，三个给你一百五！我看河南这个脑子有点儿问题！"自来卷道。

"哎呀，老板！最少也得二百！你看看地上这两个！这可是年轻力壮的小伙子，再说了，脑子有问题的不正方便管理吗？你让他跑他都不知道咋跑！"这是老头儿的声音。

"一百五！不行你带人走！"

"算了算了，给钱！"

很快，宝童和圆生就听到汽车远去的声音。

到了这时，他们更加肯定自己被刚才的老头儿和司机卖了。

三个人，加上司机的报酬，他们总共被卖了二百一十块钱。

这是什么地方？进了院子会遇到什么事？会不会被挖心割肾剁手剁脚？类似这样恐怖的传闻，早在"缘中缘"饭馆里他们就听说过。

来不及多想，他们已被四个人架起拖进了院子，河南人也被推搡着进了院子里，宝童听到大铁门缓缓关闭，接着是上锁的声音。

宝童头脑中嗡嗡作响，瞬间，妈和爸的脸浮现在脑中。

"爸……妈……儿子可能再也见不到你们了，我对不起你们。"想到这里，宝童双眼发热，两滴眼泪滚出眼眶，不知滴到了哪里去。他知道，圆生和他一样，此时也一定想到了最亲的人。

他看到院子里还有两三个人在转悠，右面是一排排黑乎乎的窑，窑口旁站着一个监工模样的人。窑往后隐约是一片玉米地。

此时，一个瘦小的工人正吃力地拉着一车砖，那车砖很明显超过了他的气力，很快人和车就摇摇晃晃失去了方向，那工人一下被板车的惯性带得跌倒在地,一车砖哗啦啦地倒下来,幸亏没砸在他身上。

"妈的!你又摔碎了砖!"站在窑口的男人一声高骂,几步冲过来捡起一块砖头就冲倒在地上的工人砸去。那工人乖乖地蜷缩在地上,抱着头呻吟着,却不见反抗。

这是烧砖窑,刚挨打的是干活儿的工人……

看到这里,宝童定了心神,他望向圆生,圆生也正望向他,两人眼神一交换,立即明白了对方的心意。

"宝童,看来咱们是被卖到黑砖窑了,死是暂时死不了。"

"圆生,只要现在死不了,就还有希望逃跑!"

他们被人扭着跟跟跄跄来到一排砖头平房外,不,是一间,之所以看起来像一排,是因为这间砖房实在很长。平房又脏又破,被不知哪里冒出来的烟熏成黑灰色,房檐也烂着许多豁口,四五扇窗户只留出上边的一半,下边全部用木板钉得严严实实。两扇破旧的木门上方,几片同样黑灰色的塑料纸在两个小窗口中颤动,门边堆积着一堆堆砖渣和脏乱的垃圾。

"进去!这是你们睡觉的地方!先待着,一会儿和其他人吃中午饭,下午就开始干活儿!河南人先跟我走!"

扭着宝童和圆生的人松开手,把他们推进了房里。

一股夹杂着潮气的臭味和馊味扑面而来,那味道差点儿让宝童和圆生干呕起来。

"我可告诉你们,不要想跑!第一,你跑不出去还得挨打,第二,你跑了被抓回来必死无疑!"说音一落,砖房的门被从外面锁上。

过了几分钟,宝童和圆生总算适应了房子里的昏暗,借着从窗户射进来的几丝光线,他们看清了周围的情形。

地上用砖横竖相间支了一个"大通铺",没有床板,砖铺上窝着一堆堆已看不出颜色的铺盖,有的被子被套早已烂得化掉了,黑黑的棉花套子一团团黏在一起,像牲畜的内脏。几双烂胶鞋和几个烂铁桶凌乱地堆在墙脚处的一堵矮墙边,矮墙上放着一排黑黄色的洋瓷碗。

"宝童,你看这事,这都怨我。"圆生站在原地,此刻又快要哭出来了。

"不能全怪你。"宝童心中也一片混乱。

疼痛不时从身体各个地方传来,他们再也顾不上思考,也顾不得嫌弃这房里的一切,各自呻吟着躺了下去,挨着彼此,昏昏沉沉地睡着。

感觉刚刚合眼了一两分钟,但也许是过了两三个钟头,一阵喊叫声和开门声把他们惊醒过来。

已经开了的门外拥进来一群人。

这些人一进门就直奔放置碗筷的地方,很快就又出去了,似乎根本没有看见铺上的宝童和圆生。

昏暗中,他们像是一群饿疯了的"讨吃子",那些瘦弱的身影,头上一缕缕拧着的乱发和身上褴褛的衣服,看起来甚至连乞讨的人都不如。

"宝童,我们也去吃饭吧,总不能饿死。"

"嗯,吃点儿饭可能身上就不这么疼了。"

"我们先得顺着他们来,不然免不了挨打,尤其是肚子和腿不能受伤!腿一伤,恐怕没有一点儿逃跑的希望了!"圆生低声嘱咐道。

"对。"

宝童和圆生忍痛慢慢站起了身,宝童觉得背上和大腿处疼得厉害,圆生则还是抱着肚子,弓着腰。

能站起身来就说明身上暂时没有被打坏的……宝童这样想到。

"小陕北,出来吃饭!吃了饭下午上工!"自来卷不知什么时候已站在了门外,宝童觉得他蛇一样的眼神在他和圆生身上来回爬动。

宝童拽拽圆生,他们默默出了门,外面的阳光让他们头脑又是嗡的一声。他们觉得身子即将虚脱般轻飘飘的。

"小兵！带他们去吃饭！"自来卷坐在院里一把椅子上，侧脸叫旁边一个脸长头尖的年轻小伙子。

一到吃饭的"饭堂"，宝童彻底被门口站着和蹲着吃饭的工人们惊呆了，他们大多光着上身，头发和胡子油腻地黏成了穗，且凡是裸露着的地方都有伤痕。有个头发花白的老汉尤其让宝童印象深刻，他的裤子已经破到不能再破了，只能用两根铁丝绕圈固定着破烂的裤腿，裤腰处也用铁丝扭着，这样才能保证裤子不掉下去。

这情景让宝童不由想到历史课本中学到过的"奴隶"，当时他把课本中的插图细细地看过，想象着奴隶们的悲惨生活，他心里曾升起深深的同情，没想到那幅插图今天活生生地出现在眼前，这让宝童又是一阵不寒而栗。

看到宝童和圆生，工人们的眼睛似乎亮了一下，流露出一种友善的目光来，但很快就黯淡了下去，取而代之的是麻木和躲闪。

和宝童他们一起被卖来的河南男子也在其列，此刻，他也蹲在墙角往嘴里疯狂地扒拉着饭，似乎饿得快发疯了，根本顾不上抬眼看谁。

"有饭吃就行，有饭吃就行。"宝童心里默念着，和圆生进到做饭的房子里，每人也得到一只和其他人一样的土黄色洋瓷碗和一双筷子。

做饭的是个矮墩墩的中年女人，她也是一脸麻木，并不看其他地方，就呆呆站在灶台边拿着勺子给工人舀饭倒菜。

宝童辨认了半天，终于认出锅里用稀汤泡着的是茄子。

他和圆生也顾不得那么多了，一领到饭，也是不由自主蹲到墙根处，用筷子大口地往嘴里刨起来。

这饭菜是什么味道？除了咸味和茄子本身的味道之外几乎没有任何香味。米饭还行，至少不夹生。

宝童和圆生狼吞虎咽吃完手里的饭，准备再去要一碗，可这时他们才发现,原本还有半锅的稀菜汤早已只剩锅底一点儿。

原来吃饭也得抢着吃——就这样的饭,水煮茄子也得抢着吃!这是宝童和圆生提醒自己记住的第二点。

吃了午饭,在监视下,去旁边的玉米地方便完,宝童和圆生与工人们又一起回到那个砖房中。所有工人一进房里,锁头立即又在外面锁上了。砖房中的臭味此时更加复杂,脚汗臭、头发臭、口气臭与闷热潮湿混合在一起,宝童感觉自己都快喘不过气了,长这么大,他从来没有闻过这么难闻的气味。

而这些工人似乎对此无知无觉,他们彼此也不交谈,一进房就自动躺在铺上,甚至表现出一副满足的神态来。看得出,这一会儿的午休时光对于他们而言是难得而惬意的。

好在他们主动给宝童、圆生还有老河南腾出些位置来。

老河南嘴里嘟囔着,似乎早就遇到过类似场景,他表现出的一种宠辱不惊、只争饭食的态度让宝童和圆生惊叹。

宝童靠着那个裤子由铁丝串起的老汉坐下,悄悄地问:"唉,叔,你是哪儿的?"

"安康。"老汉木然道,他伸手在胸腔上来回搓,不停把搓成卷的污垢从身上扒拉下去。

"多少岁了?"

"五岁,十五岁。"

"你别跟他说话,他脑子有问题!"临近的一个工人说。

"你呢?你是哪儿的?"宝童又试探地问这个人。

"四川!"

"你咋到这儿的?"

"龟儿子,还不和你们一样被卖来?"

"你没想过跑吗?"宝童压低声音问道。

"咳咳咳——"四川人立即咳嗽起来,宝童的声音被咳嗽声压住了。

"快睡吧,一会儿还做活哩!龟儿子!"四川人翻了个身,背对了宝童。

圆生也同样在问身边的人,但工人们大多不愿开口。

窗户外似乎有监工还在巡视,听到房间里有说话声,立即呵斥起来。这一群工人再没人发出什么声音。

至此,宝童和圆生已基本能判断出来,在这个黑砖窑里做工的有四川、河南、甘肃、山东、陕西等地的,他们要么是不经世事的年轻人,要么是脑子或轻或重有问题的智障人士,通过自己的经历,他们也能想来,这些人也多是从车站被招工、有饭吃的名义骗来。

这个砖窑里有七八个监工和打手,加上老板和做饭的妇人,十来个人维持监禁着近三十号工人。

砖窑里烧砖用的土和烧好的砖由自来卷开车运送,和泥翻泥由两个相对年轻的工人干,制坯由两个健全的中年工人来做,烧火则靠这个裤腿用铁丝穿着的安康老汉和另外三个中年人,他们上身的肋骨两侧全是大大小小的疙瘩,也不知是皮肤病还是被烤伤留下的伤疤。其他看起来傻傻呆呆的工人则多是来回搬运的苦力。

如果逃跑,唯一能跑出去的估计就是烧砖窑后面的玉米地……至于玉米地再往后是哪里,在这个院子里是看不到的。

宝童和圆生都在有山的地方住惯了,突然没有了山作参考,立即觉得失去了方向感,迷糊了东南西北。

好在新来的工人可以自己选择干得了的活儿。下午上工时,宝童干了踩滑板制坯的工作,竹板一踩,一次出十七块湿砖,给砖坯上下各撒一层细沙,再往板车上一滑,这就算一个完整的工序。

圆生则选了来回拉砖的工作,每个来回加起来就是一里路,圆生吭哧吭哧地挣得双眼通红。

他们相互提醒着对方,一定要做出顺从的姿态,干好眼前的活儿,让监工和打手们放松警惕,这样才有一线可能逃跑的希望,不然,这一辈子恐怕都得在这黑砖窑里了。

从前生活的自在,父母亲人对自己的种种关心,从未像如今这样清晰地盘桓在宝童和圆生心中。

每到夜里,他们都在心里把家想了一遍又一遍,把父母呼唤了一声又一声。

然而,无事湾和遂宁镇,乃至那个他们想走出的县城,此刻都是那么遥远了。

五十九

宝童知道圆生日谋夜算想跑。

圆生逐渐由开始鼓动其他工人变得沉默。因为每当他在晚上歇了工后和其他人谈论逃跑的话题，第二天保准就会被监工找碴挨上几三角带抽打。圆生挨了几次打后终于又明白了一件事——即便在这样一群奴隶般的工人里面依然有告密者！当明白了这个情况后，他终于沉默了，不再和任何人说起逃跑的事。

他和宝童靠眼神交流就足够了。他知道宝童明白他的心思。

他们就这样顺从而卖力干着各自的活计，很快由刚进砖厂的两个白净小伙变得又黑又瘦，每天与其他工人搅和在一起，他们渐渐地也不觉得别人脏了。

约莫干了有两个月光景，砖厂又被卖进来一个小伙子。还是同样的套路，一下车先一顿暴打，算是下马威，一般的人此时也就厌了，可这个小伙子脾气犟，即使挨了打，腿都站不直了，他还是从一下车直骂到进门。

远远地，宝童和工人们一边默默干活儿，一边注意着大门这边的动静。他不由得为这个小伙子担心。

这时,自来卷有些不耐烦了,他要过皮带,走到小伙子面前,让那两人松了手。小伙子试了几试没能站起来,只能跪在地上。自来卷先是什么也不说,只用眼睛盯着地上的小伙子。宝童眼见着小伙子的气势像被自来卷的眼神抽走了般,逐渐软了下去。正当宝童以为就这样算了时,自来卷猛地扬起皮带,没头没脸地抽打在小伙子头上、脸上和身上,像是惩罚犯了错的一头驴。小伙子惨叫着趴在地上,被抽打得来回滚动。

这是宝童第一次见自来卷亲自打人。其他打手说是狠,也得照顾着工人们的头脸,手上把握好分寸,免得打到干不了活儿。可今天自来卷一上手,宝童就明显觉得他比所有打手都心狠,他才不管哪是鼻子哪是眼睛哪是耳朵,他扬起的皮带多数命中小伙子的头部。

"唉,你这个笨屄,好汉不吃眼前亏。"宝童不敢停工,只能默默替那个小伙子着急,不知不觉头上就急出一层汗。

终于,小伙子停止了挣扎,自来卷也累了,他扔下皮带,点了一支烟坐在椅子上,其余几个打手过去试探小伙子鼻息,嚷嚷道:"起来!起来!"

小伙子的腿痉挛了几下,闷闷呻吟了两声。

"没事!哪里也没坏,抬到房里去!我看后天就能上工!"那个长脸的打手喊道。

小伙子被四个人抬到那间砖房里去了。

这两天,自来卷把照顾和劝说小伙子的任务交给了宝童,说是看他手脚灵活,任务完成得好,将来工资多加,要是照顾不好那就等着吃砖头。

宝童自然不敢懈怠,也就是这两天,他慢慢问清了小伙是东北人,也是出来打工,在火车站被"招"到这里来的。

"我们还能出去吗?"好不容易清醒过来的小伙子不止一次拉住

宝童的胳膊低声问道。

宝童没有回答他,他不知道该怎样回答。

"你进来多久了?"小伙子又问。

"两个月。"宝童低低说道。

"你好好听老板的话,好好干活儿,这样就不用挨打!你看我,活儿干得好,老板高兴,我身上就没什么伤!"宝童说这几句时声音很大。

小伙子松开抓着宝童胳膊的手,像是失望至极,脸别过去再不愿理睬宝童。

宝童和圆生刚进来时穿的衣裳早已经磨破了。随着天气一天天变热,他们索性和其他工人一样光了上身干活儿。宝童嘴巧,活儿又干得干净齐整,在所有工人里最得老板喜爱,这中间,他还说服一个打手拿来推子给工人们推过一次头——工人们的头发和胡子连剪带推,用扫帚扫起来足足像个坟堆那么大。

推了头的那天晚上,工人们都觉得轻松,知道宝童和圆生是从陕北来的,就怂恿他们给大家唱个民歌开心开心。

圆生听着就脸一沉,躺着谁叫也不动。

"唱就唱吧!"宝童想起爸曾在录音机上放过的那些歌,也想起了从小就听无事湾大人们唱过的那些酸曲。

"我唱个《烛光里的妈妈》吧……妈妈,我想对你说,话到嘴边又咽下。妈妈,我想对你笑,眼里却点点泪花……"唱着唱着,宝童自己唱不下去了。他的喉咙被悲伤堵住了。

"小陕北!来个带劲儿一点的!"

"我家住在黄土高坡,大风从坡上刮过,不管是西北风还是东南风,都是我的歌,我的歌……"

"好——"工人们不管听没听懂都嘿嘿地笑着,有几个痴痴傻傻的拍着手半天停不下来。

那夜,宝童突然梦见了绣球。他和她还是在无事湾到长财舅子的路上走,洛河似乎刚发过大水,两边尽是匍匐在泥滩里的蒿草。

这么久了,家里人晓不晓得他和圆生早就离开了县城?不知道还好,要是知道了,那妈和爷爷、奶奶、爸爸该多担心啊……还有绣球,她要是知道了,也该有多担心……要是自己和圆生再也出不去了,那家人们该咋办?

宝童再次伤心和痛苦起来,他为自己和圆生的鲁莽而深深懊悔,很多次,他也看到旁边的圆生在默默流泪。

宝童和圆生进来的四个月头上,安康的老汉病了,头几天还被逼着去上工,后几天就软得爬不起来,且身上明显又多了几处烧伤和打伤的痕迹。

约莫在第八天,早上工人们都各自去上工,安康老汉也还是被逼着进了烧砖窑,下午吃饭时却没见他,晚上睡觉时也没见。从这天之后,安康老汉彻底消失了。其他工人谁也没问什么,似乎这个老头儿的存在与消失没什么区别。

宝童和圆生猜到了老汉的结局,但谁也不愿意说出来。

苦日子依旧在继续。水煮茄子依旧在继续。监工和打手们的皮带和铁锨把依然在不停抡起,旧的伤还没好,新的伤就又上了身。

东北小伙子还是那么倔,为了惩罚他,每次他拉的砖都在三四百斤,每当看到他被打的情景,宝童就想到牲畜和主人之间的较量。打手们对这个小伙子似乎格外狠,有几次,宝童看到他们直接往他下身踢。

这样被不停打了一个来月,小伙子竟然也变得痴痴傻傻了起来,重活儿纯粹干不了了,一到工地就站着发呆或傻笑,即便是砖头抡在头上,鲜血扑面,他也置若罔闻。

终于有一天,他也突然不见了。工人们悄悄议论着,有的说被放出去了,有的说被打死了,有的说他被转卖了。

而这些议论立即转化为更大的恐惧笼罩在每个人头上。他们除了更加卖力地干活儿之外,别无选择,如果非要做出选择,那么似乎只有两条路,要么挨打,要么去死。

远远地,宝童照见烧砖窑后的玉米已长到人肩膀那么高了。

又一次,他照见玉米一人多高了,秋收已近。

就在玉米一人多高时,圆生跑了。

这是个有大雾的早晨,圆生看起来和往常没什么两样。他默默地拉着板车走向烧砖窑子。每个人都去了自己干活儿的位置。

突然间监工就喊了起来,说有人跑进了玉米地。

"谁跑了?!"有人吼叫。

"小陕北!"

宝童心里一阵狂跳。容不得他多想,四五个打手就拉着狼狗冲进了玉米地。有两三个在院子里发动了摩托车出了大门,看来是想去哪条路上堵截。

一种紧张和兴奋的气氛立即在院子里和工人们心里激荡开来。

宝童手里不停出汗,心里出于本能地祈祷和呼唤着。

老天爷呀!保佑圆生跑出去吧!可不敢被逮回来!老天爷爷,老天爷爷,老天爷爷,求求您了……他想象着圆生谋划了多少个日日夜夜,默默观察了多少天,今天该是鼓起了多大的勇气才敢向那片玉米林深处飞奔而去!

那一行行玉米从他们来时的一拃高长到如今,长了多少个日夜!

呵!那片玉米林此刻长得多么好,茂密得多么好啊!

圆生你加劲儿跑吧!跑吧!为了你也为了我加劲儿跑吧!

宝童觉得自己牙关都在打战,耳朵也不由自主地支棱了起来,分辨着每一个远处的响动。

同时,他也意识到,不管圆生会不会被逮回来,自己今天的一顿打在所难免。

525

约莫过了两个小时,又像是漫长的一百年,追圆生的人纷纷回来了。

而打手们的脸上也写了答案——圆生成功地跑了!

但很快,宝童就遭受了意料之中的上刑逼供。他被扭着胳膊跪在地上交代怎么和圆生谋划逃跑,其间由几个打手轮流扇耳光。

"我不知道,我真的不知道他要跑!"宝童只能这样回答。

再打,还是这个回答。

不知哪个打手突然飞起一脚,他的塑料底子鞋啪地踢到宝童的左脸上,宝童甚至都还没有反应过来,就看到一股鲜血从自己的嘴里喷了出去,飞溅到自己的右胳膊上。他感觉自己嘴里裂开了很长一条口子,左脸又疼又胀,烘烘地烧。

再打,还是不知道。

"那你跑不跑?!"

"我,我不跑,我会像……从前一样好好干活儿。"他说出的每个字都和着血沫子。

"那好,今天就便宜了你小子。"

宝童的脸肿着,足有六七天连饭都吃不成,每一颗饭粒和每一滴带咸味的菜汤对他来说都是一种折磨。

但必须吃,必须活着!宝童在心里给自己鼓劲儿。

他在心里默默计算着时日。

第一天,圆生跑出去了,如果命好不被其他黑砖窑的人逮住,应该这一天就能跑到太原火车站。

第二天和第三天,圆生如果能想到办法要到钱买票,这一天他就应该能到西安。

第四天,只要圆生能搞到从太原到西安的钱,就一定能想法再从西安回到县城!

第五天,圆生从县城起身,回他家。

第六天,圆生从他家起身,去无事湾向自己家人报信。

然而,这一切都是在圆生有能力搞定的前提下,是在非常幸运的前提下才可能完成,一旦中间哪个环节再出点儿差错,那简直不能想象!

每当念及圆生那瘦弱的身影,宝童都在心里默默对着老天爷祷告,他不知把老天爷念了多少遍。

就在第六天夜里,宝童梦见自己提着爸爸那个军绿色的帆布旅行包,包里装着一个小皮本,把皮本拿出来翻开,见皮本里夹着一张女明星的贺年片,她笑得非常美,这时,又从皮本里掉出一封信来,打开一看,是爸写给他的,意思是你这么不听话,我再也不管你了……宝童拿着信,想到自己的经历,不由悲从中来,抽泣着从梦中醒来。

醒来后,他心里却开始高兴了,他记得自己曾看过的周公解梦,梦见收到书信,亲人至,梦见哭,是要笑……不管灵不灵验,他已经预感到自己有希望出去了!

第八天中午时,砖厂的大门被摇动得哗啦哗啦响,两个男人在门外叫着要找人。

自来卷不在。他的侄子小福在。

看门口两人穿着类似公安的衣服,小福把门打开。

远远地,只一眼,宝童就认出了这两个人,一个正是自己的父亲宗建立,另一个,是也常出门在外的姨夫,他和父亲一样都当过兵。

宝童心里一阵狂喜,泪水几乎要夺眶而出。

"我们是陕北那边的警察,有个娃在那边犯了事,我们好不容易打听到他可能在你们这儿!"他听到爸给小福说。

"这样啊……"小福迟疑着,他摸不准这两个人的来历,但看宗建立的身板和气质,他觉得宗建立就是公安局的。

"小陕北,你过来!是不是你犯过事?"他把宝童叫了过来,有几个工人也凑近看热闹。

527

宗建立装作辨认的样子,在他眼里,此刻看不到任何情绪。

宝童根本不敢和他对视,他的躲躲闪闪正好"印证"了小福的怀疑。

"就是他!就是他!"他听到姨夫一本正经地对小福说道。

"可算把你逮到了,我们在省内已经发了通缉令!"宗建立严肃道。

"那,那你们就带走吧……"小福迟疑道,他似乎从未遇到过这种情况,只能依照本能来处理。

"你们这是砖厂对吧?你们把这娃的工钱给了没?"姨夫问小福。

"人你们要带带走,要工钱,老板不在,没得!"

"那他在你们这儿不是白干了?你们这不是违反劳动法吗?"

"要钱没得!"

"别管这些了!我们得赶紧带人回去交差!"宗建立一拉姨夫。

"你乖乖跟我们走,别想着跑!争取宽大处理!"他向宝童一招手,示意跟着他们走。

"我去穿上衣裳!"宝童飞奔回房里把自己来时里面穿的背心套在身上,临出大门时,他回头望了望围观的那几个工人,此刻,在他们的眼睛里,宝童看到了羡慕、渴望,但更多的还是木然。

终于,宗建立带着宝童坐上了去临汾的依维柯客车。三人一坐稳,宗建立伸手就给了宝童两个耳光。

"咦,你这人怎么打人啊?"车上的乘客质问道。

"他,他是我父亲!"宝童泪光闪闪道。

"哦,父亲教训儿子啊,那也不该打!"

"该打,该打!"宝童自己连声说道。他讨好地瞥了一眼父亲,就在这一刻,他看到父亲眼角也有泪光闪动。

"好娃,你知不知道你这是九死一生!我们来之前给部队上的几个战友打了电话,如果今天把你要不出去,我和你爸也被关进去,那就得他们出动来找我们了！"姨夫说道。

"幸亏他们没问证件！"宗建立直到此刻才放松了神经，刚刚扇过宝童耳光的手微微颤抖着。

"是啊，幸亏圆生跑了出去，幸亏爸当过兵，幸亏自来卷今天不在……可这一切都不重要了！我自由了，自由了！"宝童心里一遍遍重复着这几句话，同时，砖窑中那些工人的脸一个个从脑海里闪过。

六个月，整整六个月奴隶一样的生活，曾经对自由的渴望和对死亡的恐惧此刻又一次冲撞着他的心，宝童不由一阵阵后怕。

而宗建立一路沉默着，虽然他根本再没说什么，但他那两巴掌让宝童体会到一种远比爱更深沉的情感。

自从被卖进黑砖窑，宝童再没有照过镜子，直到现在坐在车上，透过车窗的反光他才隐约看到自己的模样，黑瘦，一边脸还肿着，泛着紫蓝色的瘀青。他又看看自己身上的褴褛的衣裳和脚上露着好几个脚趾的鞋，他知道自己身上正散发出一阵阵臭味。

但此刻，重获自由的激动和愉快让他无暇去考虑那么多，他心里充满飞出牢笼的畅快！

他明显地觉得父亲一直在躲着他的目光，也不愿意仔细看他。他是不忍看到儿子现在这个样吧？唉，原谅儿子吧，竟然用自己的自由和生命作为代价出来"闯"了这么一回！

宝童一路上也再没有说话，他早就放松而安心地在座位上睡着了。

到了临汾，宗建立先在路边给宝童买了短袖、裤子和凉鞋让他换上，接着，又带宝童吃了一顿小炒肉盖面，因为嘴里的伤口还没好，宝童疼得直吸凉气。宗建立掰过宝童的脸，让他张开口看了看，还是没有说话。

三人找了一个能洗澡的旅馆住下。

只有姨夫偶尔问起砖窑里的情况，为了不让父亲听到伤心，宝童就拣轻松的事情给姨夫讲。有几次,宝童和宗建立的目光相撞,他在父亲眼里再次看到一种痛惜乃至自责的神情。

"还哪里疼不?要不要去医院给你检查一下?"终于,父亲再次开了口。

"不了,爸,别处不疼!"

"你身上的伤都是新添的?"

"嗯,圆生跑了后打的。没事,爸,我把要紧的部位都护着哩。"

"你这娃娃,可是把家里人急躁坏了。"姨夫说道。

"我也没想到会这样……我妈和爷爷、奶奶、妹妹们都好吧?"

"他们都好,就是为你担心!这不,圆生一来报信,你大就叫上我起身了,生怕你有个三长两短。幸亏你大有见识,让我们把这种衣裳穿上,又连夜包了个车到山西!看今天那架势,幸亏老板不在,不然把你要出来我看不那么容易!"

"行了,再什么也别问了,你好好盘算盘算你以后的路该咋走!你这也算是经受了生死考验。对了,你现在是出来了,可那里面还有那么多人,你看要不要报警?"宗建立突然道。

"怕是没用。我们干活儿的时候也来过检查的,不知是什么人,有几个工人喊着是被骗来的,想往人家车上爬,可都被赶了下来。"宝童忧心道。

宗建立和姨夫久久没有说话。

"爸,姨夫,我错了,不该轻易往外面跑。"宝童低着头主动道。

"我已经想好了,我要回去重新念书考学!"宝童接着又郑重地说道。

六十

　　宝童重新回到学校上初三时,宝女已经上了初一。

　　宝女上了初中就自己改了个名字,不叫宗宝女了,叫宗曼妮。

　　改名的原因是她在中学遇到一位刚从师范毕业回来的音乐老师。老师叫贺丽娜,贺老师穿什么衣裳都好看,走起路来身坯端端的,脖子长长的,身上也总是香香的。贺老师要是出去赶集,遂宁镇的人都盯着她看。

　　全校学生没有一个不喜欢上贺老师的音乐课。她给学生们唱歌,提着录音机教最近流行的歌曲,由此,遂宁镇中学的学生们知道了"港台流行歌曲",知道了"玉女",知道了"天王"……这些原本遥远的词汇和概念因为贺丽娜老师而触手可及,也因为贺丽娜老师,学生们知道了外面世界正在流行什么样的歌,这些歌和平时听到的酸曲民歌差别太大了,由此,酸曲的歌词和调调也显得那么老土。

　　宗曼妮的名字就是贺老师起的。

　　班上四五个比较活跃的女生都觉得自己的名字太土气,就去贺老师办公室让她重起名字。她们也都想要"贺丽娜"这样的名字。于是,除了"曼妮",那几个女生也得到了"迪莎""倩婷""茹楠""晓璐"这样的洋气名字。继而,一股改名字的风潮席卷了遂宁镇中学的女生群,类似"彗""姗""静""雨""思""婷"这样的字眼开始大量组合,这种组合,不仅让这些从前叫"花""芳""兰""梅""娟""英"之类的女孩有了自信,还让她们听到一种从未来隐约传来的美好召唤。甚至于,通过自己的新名字,女孩们终于觉得自己脱离了出生地和大山的限制,由从前的毛毛虫化成了翩翩彩蝶。

宝童依然叫宗宝童。

宗宝童和宗曼妮现在都在遂宁镇中学上学。

宝童能再回学校念书,宗建立没少费工夫找人说情。

"这娃在社会上经历了一些事,我想他再有机会进入学校学习的话肯定会非常用功!"宗建立央求校长和老师们的时候,几乎点头哈腰。这样的情况宝童极少见到。

为了表明态度,宗建立让宝童写了"保证书",校长和班主任处各压了一份,保证书上不仅有学习目标,还有安全责任方面的协议。

宗宝童又见到了从前的老师,他从前的同学都已毕业了。有了近两年的社会经历,他这才真正体验到了做生意和出外闯荡的难处,也明白了自己目前的状况,只有知识和考学才能改变命运,否则,自己在社会上只能当个揽工人。

"宝童,那你不当厨师啦?"他记得再次离开无事湾时,爷爷宗谦润这样问他。

"不了,我要正正规规考学,将来找份正式工作!"

"这下好了,你有这份决心,爷爷高兴!"

"宝童,你可要考虑好,开弓没有回头箭,你不要上几天学又感觉吃不了那个苦。就你上学这件事,你大求爷爷告奶奶可费了周折!"妈甚至抹开了眼泪。从儿子被救回来后,她常常没来由地悲戚,一方面心疼儿子曾受的那些苦,后怕着差点儿再也见不到他,另一方面又担心他的将来不知会怎样。

"芬啊,你不要哭了,我看娃是下了决心。人常说大难不死必有后福,我还等着享宝童的福哩!"沙氏说着,又给宝童挎包里塞了三四个酥香的"烙坨坨",这是无事湾学生娃上学拿的最好的干粮。

宝童喉咙处堵着,此刻,他理解了从前语文课本上学过的那些"关爱""慈祥""亲情"的词语是什么意思,也体会到了"临行密密缝,意恐迟迟归"的诗句含义,体会到了"父爱如山""血浓于水"到底指的是什么。

然而,要想真正把从前和现在的课程衔接上哪有那么容易?宝童之前的学习不算好,又撂了两年,很多知识早都忘了。即使上课时再提醒自己专注用功,但依然有些让他似懂非懂的知识点,因为这两年辍学后的独特经历,他知道自己看起来和其他学生不太一样,为此,他有些自卑,觉得格格不入,有难题也不敢在课后去问老师,只能借来学习第一名的同学的作业本苦苦思索揣摩。

宝童重新陷入一种痛苦和矛盾之中。

开学两个星期后,贺丽娜老师突然拿着一份招生简章挨个给初三的学生们读,说是市里有个职业中学,专门针对有特长的学生开设,唱歌好的、画画好的都可以报名。上这样的学校,文化课也学了,专业也学了,初三和毕业生一起参加中考就行。

"同学们都结合自己的特长和家庭情况想一想啊,谁想报名参加考试,就到我办公室来,我详细告诉你们该怎么做!"学生们都喜欢贺丽娜老师清丽的声音。

这对遂宁镇中学的师生们来说是件新鲜事,贺丽娜宣读了招生简章的那个周,都在议论这件事。

宝童陪班里的刘小宏和张占斌去贺丽娜老师那里详细咨询,刘小宏是去问音乐班招生,张占斌是去问美术班,他们一个爱唱,一个爱画,年龄比同班人大两三岁,想得也多一些、远一些。

"我先看看你的感觉。来,你随便唱几句!"贺丽娜老师背挺得笔直,坐在办公桌前,让刘小宏唱歌。

"我,我不敢。"刘小宏一下子脸涨得紫红,扭扭捏捏道。

"你在我跟前都不敢唱,那怎么敢去考试?来,没事,你要克服自己心里的紧张和害怕,这样才能张得了口。"贺老师温柔地开导着他。

直到宝童和张占斌都替他着急时,刘小宏总算开了口。

"北京的金三(山)上光芒照四方,毛主席就四(是)那金色的太阳……"他声音还算好听,可明显带着一股本地口音,逗得贺丽娜老师笑了起来。

"没事没事,口音可以改正,这样吧,刘小宏,你会唱咱本地的民歌不?"贺老师进一步引导着。

"那些歌我村里人会唱,我,我记不住词。"刘小宏摸了摸后脑勺,又恢复了刚开始的扭捏。

"贺老师,民歌我会唱,我给你唱一个!"看到刘小宏的别扭劲儿,宝童一激动,高声道。

"好,好,你唱!老师听听!"

"上一道那坡坡唉——下一道道梁——想起了我的小妹妹哎呀呀——哎,好心慌——"宝童张口就来,只要是宗建立在录音机上反复放过的磁带,不管是民歌还是流行歌曲,可以说没有宝童不会唱的,而且歌词也错不了。

在黑砖窑那六个月里,为排遣苦累与寂寞,宝童心里唱,嘴上哼,加上又有了切切实实的人生体验,他感觉自己总算明白了些歌词的意思。

宝童这一开口,贺老师的眼睛明显一亮。

"来,你再唱个老师给你们教过的,军港的夜啊,静悄悄——"贺老师低低地起了个头,宝童顺势就接上了。

"海浪把战舰,轻轻地摇,年轻的水兵,头枕着波涛……"宝童按自己平时唱歌的声调唱着,贺老师轻轻为他打着节拍,还用眼神鼓励着他。

"海风你轻轻地吹,海浪你轻轻地摇……"到了最高音部分,宝童毫不费力就唱了上去。

"呀,我还没有发现你这样的苗子,先天条件这么好!"贺老师听罢,高兴地赞叹道。

"宗宝童,你报上吧?你不报可惜了。"在贺老师对宝童的赞美声中,刘小宏更不好意思了,推推宝童。

"刘小宏,宗宝童,你们各有优势,不要自卑!这样吧,你们这周回家和家里大人商量一下,要是想上这个职业学校,下周就得去市里参加考试!"

旁边的张占斌急了,忙问贺丽娜老师想考美术班怎么办,学校也没有个正规的美术老师,他就是想学也不知道该去找谁。平时的美术课是历史老师在代课,上课总是让学生们照着历史书中的插图画,要么就是上自习。

"这样吧,你也回去跟大人们商量,要是平时就喜欢画,你就不要失去这次机会,到了市里,找个专业老师指导指导,先被录取进校再说,反正离中考还有一年,来得及!"贺老师鼓励张占斌道。

"老师,你确定我们学几天就能考上人家市里的学校?"

"只要努力,肯定能!这只是一个跳板,最主要的是明年的中考!"

"老师,张占斌画得可好哩,我们平时都拓着画,就他照着画,画的岳飞跟书上的一模一样!"刘小宏这时突然活泼了起来。

"多好啊,太难得了,有这方面天赋可不要浪费!"贺老师的鼓励如和煦的风,吹得三个学生心里荡漾过一圈圈的波纹。

"老师,那上完这个学校之后呢?"

"之后能考上中专院校的话就等于包分配了,中专一毕业就有了正式工作,你们想想看美不?而且,从事的工作很有可能就是你们最喜欢的唱歌画画！"

"这也太好了。"三个学生相互感叹着,憧憬着。

尤其是宝童,他也说不清楚自己是被贺丽娜老师打动了还是真的喜欢唱歌,他似乎一下子找到了明确的人生方向。

好不容易等到星期六中午,宝童和宝女从遂宁镇学校起身,天快黑了才回到无事湾。

宗建立这天刚好在无事湾,他正和宝童他姨夫开着拖拉机上下川跑着收豆子,准备往外地贩卖。

宝童一到家就给宗建立和宗谦润说了想去考职业学校这件事。

"爷爷也不晓得,听起来好像是个出路,你问你大,他见的世面广！"宗谦润很激动,先去市里上学,再考中专,考上中专,国家包分配——听起来咋这么容易？在他的印象里,要进公家门可是太难了！

"宝童,只要你好好学,正正派派,不管咋样,爸都供你！"宗建立表了态,对于儿子从山西黑砖窑回来后的转变,他觉得很是欣慰。

"哥,你去吧,你去吧,你看人家贺丽娜老师唱得多好,你去了学成了也能唱得那么好听！再说,你去了要是觉得这个学校好,那我也要去上！"宝女激动得快要跳起来了,她几把翻出自己书包里的画画本子拿到宗建立眼前。

"爸,你看看,我哥唱歌唱得好,我画得好呀！你看,我美术本子上的得分!90,95,97,93,92,98！"宝女一边念着每页的得分,一边噌噌地把画画本子翻了一遍。

"看见了吧,每次都是 90 分以上！虽然是历史老师打的分,可班上每次都数我最高！我听哥说他们班也有想报美术班的,我也想报！我也想报！爸,你供我不？"宝女激动得似乎忘记了当下是给哥哥做决定的时候。

"只要你们都好好学,你爸挣钱都有心劲儿！"妈似乎永远都蹲在灶火边做饭,难得听见她主动高声说话。

"你妈说得对,现在社会发展快,我以前想着宝女和宝玲女娃娃家识几个照门字就行,迟早是人家的人!可现在我的想法变了,小子女子都一样,只要能供出去,将来不一样孝顺老人?"宗建立笑道。

听爸这么一说,宝女心里掠过一丝失落,原来爸确实有过男尊女卑的想法。

"宝童啊,你说你去市上念书的话,绣球咋办呀?"奶奶突然想起了宝童的婚事。

"念就念嘛,宝童还是宝童,绣球还是绣球,呵呵,你看,宝童学一上成,工作也有了,婆姨也有了,这不是两全其美?"宗谦润瞅了一眼沙氏,靠炕墙坐下,强忍着笑意,胡子抖抖的,似乎已经沉浸在未来的喜悦当中去了。

"爷爷!先不要说这件事了,我现在只想好好考学。"宝童皱起眉头道。自从山西回来,他没去看过绣球,他不想让绣球知道这多半年来发生的事,也不想让绣球看到他。

"那个慢什么你,你也好好学,你几个要是将来都能进公家门,那就等于都有了铁饭碗啊!"宗谦润逗宝女道。

"爷爷!是曼妮,曼妮是漂亮美丽的意思!一叫人家就是慢什么你,这么好的名字都被你叫成土包子啦!"宝女故意噘起嘴逗爷爷道。

"这是什么名字嘛,还有你们那个贺哩啦老师,哩哩啦啦的,我是不会叫。"

"哎呀,爷爷!好名字都被你糟蹋啦……"

"咱就是农村娃嘛,宝女多好听。"

"你是老古板,不和你说了!"宝女又急又觉得好笑,头一扭,装作生气的样子。

"别理你爷爷那个土老帽,奶奶觉得好听,曼妮,曼妮,就这名字听着将来都不会在黄土圪崂里过一辈子。"沙氏把宝女揽进怀里,疼爱道。

537

有了之前和圆生的出门经验,别说是到市里,就算到省城,宝童现在也觉得自己不怕了。

想起圆生,宝童一阵黯然。自从上次从山西逃回来之后,圆生似乎就躲着宝童,他们只在遂宁镇赶集时见过一面,知道宝童打算重回学校,圆生只是怅然地拍拍他的肩膀就转身走了,至于他是如何从山西逃回来的,今后准备去哪里、做什么,圆生只字未提,宝童也没有问,他们似乎心照不宣却又隔了些陌生的什么。

说起来他们也算是一起出生入死的兄弟,如果知道自己要去考市里的学校,圆生会不会感到高兴呢?而他如今又在哪里,在干什么呢?

宝童他们要考的学校是市里唯一一所职中,除了音乐和美术,还有体育专业。学校不大,在市区南边一个半山腰上,旁边就是火车道,拉煤的火车哐哧哐哧从眼前走过,明明近,却又不知道去向遥远的哪里。这个火车道宝童莫名喜欢。

张占斌提前一周就到了市里,他在校门口找了一家培训班,考前已经练了几天,总算知道了"素描""色彩""速写"这样的专业名词。

考试这天,学校院子里聚集了各县的考生,他们操着各自的方言,有不少方言让宝童觉得奇怪而好笑,他第一次知道了周围原来还有那么多个县,而每个县的口音区别竟那么大。

学生们第一天下午报名,第二天上午参加专业考试,下午成绩就出来了。

也许是招生条件相对宽松,宝童、刘小宏、张占斌竟然全被录取,三人高兴得直跳。但也有没考上的。看着落榜的考生那唉声叹气的样子,三人都有种自豪,原来每向上攀登一步都这么困难,且充满竞争。

宝童、刘小宏、张占斌急着赶回各家报喜。

从市里坐车回到县城时,去遂宁镇的班车已没有了,刘小宏和张占斌各自去了亲戚家过夜,宝童身上的钱其实也够去旅店住一晚,但他没去,盘算了好一会儿,最终他决定在县城工商银行门口的台阶上过夜。

　　自从山西回来,他喜欢上了一种流浪者般的自由感,且觉得再多的苦自己都能吃得下。更何况,此刻他的心饱含着一种全新的希望,单就这份希望就足以支撑他度过这个夜晚!他兴奋地想象着明天回去后家人得知消息的高兴和欣慰。

　　这个台阶白天被一群无所事事的老年人占领着,他们喜欢晒着太阳,在这里闲聊、打扑克,县城里的人戏谑地把这个台阶称为"等死台"。

　　这晚,除了宗宝童,台阶的角落里还蜷缩着一个乞丐,他一声不吭,像只黑灰色的蜘蛛。这个乞丐并不陌生,当初宝童在"缘中缘"当学徒的时候就见过他。他似乎一直在街道上流浪。

　　半夜里,宝童又想起和圆生在北京火车站台阶上的夜晚,想起那又脏又臭的黑砖窑的"职工宿舍",想起了曾经的迷茫和苦闷,他觉得身下的台阶是那么干净整洁,甚至旁边的乞丐也是那么可亲。

　　第二天一大早,他给乞丐也买了几个包子,二人就那么坐在台阶上吃着,偶尔看着彼此嘿嘿傻笑几声。

　　回到无事湾后,父亲很快带着他去遂宁镇正式办理了转学手续,他和刘小宏、张占斌一起相跟着去市里报了名,三人被安排到不同的宿舍。也就在报名这天,他们才明确了一件事,那就是要想考上中专院校,必须专业课和文化课双过线才可以。

　　第二天,学校召开了新生动员大会,老师再次帮新生们明确了学习任务。从周一到周六,每天上午专业课培训,下午文化课学习,两样都不能落下,否则专业再好也是白搭。

　　想到自己的文化课,宝童认真对自己进行了一次评估,这才明白自己才刚刚来到了山下,还有长长一道坡等着自己攀爬。想到自己之前的种种经历,想到那些"不出意外"现在依然在黑砖窑里奴隶般活着的工友们,宝童觉得身上似乎多了一份职责和动力。他告诉自己一

539

定要珍惜再次得来的求学机会,这样才能彻底改变命运,走向正轨。

他下了狠心。

专业课的练耳、视唱、声乐、脚踏琴,宝童从不缺课。

文化课的语文、数学、英语、物理、政治、历史、地理,宝童也从不缺课。

为了彻底掌握知识点,他一边跟着学校的进度学习初三的内容,一边借来了初一和初二的所有课本自学。

宝童每天早晨一醒就悄悄起来去外面背诵,宿舍里谁也没有表,他也不知道自己几点起的床,只知道在操场上一边走一边背诵的话,大约转上十五个圈,学校的起床铃才响。每天晚上,学校集体熄灯后,他还要点着蜡烛或在被窝里打着手电看书。

宝童还有个习惯,每早必去学校的冷水龙头下冲头,冰冷的头发贴在额上,阵阵寒意顺着脊椎骨往下渗,趁着这份清醒,宝童背诵着语文课文、数学公式、英语单词和历史、地理、生物等学科笔记。

有了宝童的带动,刘小宏和张占斌也发了疯似的学,因为他们三个都清楚,如果考不上中专,等待他们的就是老家父辈们那样的生活,或是社会上最辛苦的工作。

很快,在每日每夜固定的火车声响中,一年又入冬了——入冬就入冬,宝童凉水冲头的习惯依旧不改,哪怕头发冻成冰碴子,他的心里还是腾腾地冒着热气。

宝童觉得自己的努力程度丝毫不亚于在黑砖窑干活儿时的那六个月。

不同的是,那六个月他看到的全是黑暗,如今,他正一步步攀登着顶上已洒了阳光的山峰。

六十一

  自从上了初一,十三岁的宝女察觉到自己身体有了明显变化。
  她悄悄地和贺丽娜老师的身体做着对比。正是因为有了她作参照,宝女对自己的变化才没觉得恐慌或惧怕,她知道终有一天自己也会像贺老师一样,变成一个漂亮的女人。
  每当想起自己小时候曾站着尿尿的事,宝女就偷着笑,那到底是咋回事?难道就为了爸常说的那句贬低女孩子的话吗?
  她从前觉得当男娃好,但自从上了初中,尤其是遇到贺丽娜老师后,她觉得做女子才有意思——男娃家嘛,身上总是臭臭的,灰不溜秋就穿那几个样式的衣服,头发样式也那么单调,不是平头就是寸头,最多再梳个缝……再想想女孩子,只要家里不穷或有个爱好的母亲,她们就总把自己收拾得干干净净,即使没有绚丽多变的衣裳也没关系,只要女孩们愿意,每天都能轮换不同的头发样式,还有,她们说话也文气,不像男孩们那样粗野。
  再说了,再好的男娃最终还不得被女娃的美折服?
  说到样貌,宝女继承了宗建立顾长的身形和棱角分明的脸,她漆黑的眼珠和端直的鼻子也像了宗建立，只有浓密的黑发和薄薄的嘴唇像了母亲。这样一张脸庞放在大城市看起来会颇有异域感，但像宝女这样的样貌在遂宁镇中学并不让人觉得奇特，因为洛河川的男子女人，长相都天生有着几分异族特色。

尽管只是初一，而且还是在遂宁镇这样一个封闭落后的地方，但该发的芽会发，该开的花还是会开，这群十三四岁的少男少女在贫瘠中一样如草芽拱出地皮，迎来了自己的勃发。

宝女不属于内向型女孩，她每次看到班上那几个腼腆的女生就觉得好笑。她们因为胸部发育而自卑着，个个都像偷藏了什么东西怕别人发现的驼背老妇人。越是这样，那些调皮捣蛋的男孩子就越喜欢捉弄她们。

宝女并不害怕，她走路也像贺老师那样端端的，胸前像揣着两颗小青梨。即使听到男生的议论她也不屑一顾。谁要敢拿这件事来嘲笑她为难她，她就会狠狠地回击他们——你看啥？说啥？你姐姐没有吗？你妹妹没有吗？你妈没有吗？你奶奶没有吗？宝女莫名觉得这几连问很有力度。

遂宁镇中学的男生女生那时都流行人手一个抄歌本子，所有的本子都装扮得花里胡哨。谁要是手里没个歌本，歌本里没有彩贴做装饰，那肯定是班里最穷最土的了。

尤其女孩子们，每一页都认认真真抄着一首歌，再用小卖部买来的彩贴点缀。

这几年，随着电视机逐渐在城乡普及，许多洛河川人原本没见过的东西忽然就到了眼前，大到宇宙自然、国内外大事，小到中国古代四大名著改编的电视剧和港台武侠剧，无事湾的小子们唱的童谣也已经加入了"郭靖来到桃花岛，看到黄蓉在洗澡，抱着黄蓉满街跑"的内容……

学校门口神奇的小卖部也紧跟潮流，总能进回时下流行的电视剧彩贴,现代的、古装的,武侠的、言情的,俊男靓女、影星歌星一应俱全,这些彩贴最受学生们欢迎。

宝女的歌本在班上被女生们借得最多。后来,外班女生们也要问她借。宝女的歌本有两大特色,一是因为和贺丽娜老师比较"熟",她爱给贺老师提水扫地,爱与她套近乎,宝女的付出也总能得到额外的回报——她能在贺老师那里的磁带外壳上抄到所有的流行歌曲歌词。

从贺老师那里抄来的歌词是课本里从来没有讲过的,什么"夏天夏天悄悄过去留下小秘密""我们一起来摇呀摇太阳""看似个鸳鸯蝴蝶,不应该的年代""我的思念是不可触摸的网"……这些句子是怎么想出来的呀,美妙得像那些明星的服装和样貌!它们对于整天背课文的中学生们有着非同一般的吸引力。谁的歌本上要是有这些句子,那就等于是这个男生或女生已懂得了那个神秘的叫作"爱情"的东西,尽管大家都不明说,但似乎都在渴望触碰这些歌词中的美妙感觉。所以,宝女的歌本传播最广。

宝女歌本的第二大特色是好看,不光是贴纸多,明星多,同时还有她自己画上去的人物、花鸟和景色。宝女画的人物大多都是古装女子,她们梳着高高的发髻,发髻上插着各种各样的簪子,有凤凰样的、云朵样的、花朵样的,发簪一端往往还垂下一串串圆圆的珠子,珠串的最后都会点缀一个水滴样式的红宝石或绿宝石。这些古装美女个个都是大眼睛、双眼皮,眼睫毛很长,小小的鼻子樱桃嘴,她们身上的衣裳也装饰着弯曲的花纹,宽大的袖子里露出纤巧的一只手来,手里往往还拿着团扇呢。

很多同学都问宝女为什么会画这些古代美女,宝女也不知道该怎么回答。她想了想,应该是自己爱看古装电视剧和炕围画的缘故吧。

在宝女的记忆中,无事湾的人一直爱买那些才子佳人的炕围画,每家的炕围子上有不同的故事。长相俊俏的古装或戏装男女在农家窑洞里演绎着一个个不离不弃或是忠肝义胆的故事。

相比之下，宗建立这些年买的炕围子画总是村里最新潮的。宝女最喜欢的是去年他买回来的《红楼梦》炕围子画。画纸下方全是深绿和浅紫交织的花纹，最精彩的花纹上方约十厘米处的那一段，一个个精美的画框儿挨个排列过去，第一个框里是在云中飞翔的一个仙女，旁边写着四个字"警幻仙姑"。宝女看这幅画看得最多，她喜欢仙姑在云里舒卷的衣裙和飘带。剩下的是"黛玉葬花""宝钗扑蝶""晴雯撕扇"之类，虽然没有看过《红楼梦》，这些人物的故事宝女根本就不知道，但通过不同的画面，她能感觉出每幅画都在讲述一种心情。

另外，奶奶和爷爷的窑里那些立柜上总贴着薄薄的才子佳人油印画，画上两人明明都是女子，有一个却总扮着男装，这让宝女感到很奇怪，但隐约又觉得女人扮男人是比较好看一些，至少脸上干干净净，不会因为粗眉胡楂而显得愚笨。

此外，挂历也逐渐时兴了起来，宝女最开心的事情就是能得到一本旧挂历纸。遂宁镇上卖的道林纸最大的要两块钱一张，很贵，而且也没有挂历纸那么厚，那么光滑。每张挂历纸都被宝女视若珍宝，它们又大又白的背面刚好可以用来画一个全身的人像。

这些都是宝女能在歌本上画出那么多古装美女的原因吧。

宗建立知道宝女爱画画。女儿小时候就经常拿着柴棍儿在院子里画，在她逐渐长大的过程中，他给女儿提供过电池芯子，那是他费力从电池里捣鼓出来的，他也给女儿买过粉连纸，再用心把纸张裁开，用纳鞋的线绳子整整齐齐帮她订成画画本子。

虽然宗建立表面看起来对女儿们不大上心，也总是轻看，但他心里其实还是很疼爱女儿们的。

就因为父亲一直支持自己画画这件事，宝女觉得他再说什么都没关系了。在父亲的对比下，母亲兰芬从她记事起就只做着两件事，做饭和在地里劳动。

说实话，她从没觉得母亲好看过。她节俭、老实，不懂得打扮自己,最多只是抹抹父亲给她买回的搽脸油。如果要像画古代美女那样给母亲画一张像,宝女觉得真是太难了,母亲几乎和她身边的腌菜缸、水缸、灶台、灶火、揞布、油灯、毛毡这些东西是一体的,要好看的外形没有,要颜色也没什么颜色,该怎么画呢?

母亲和奶奶有类似的颜色,灰暗、粗糙,但宝女觉得母亲还没有奶奶讲究,她的头发常松散地编成一条辫子随意地垂在脑后或胸前,奶奶不一样,她爱把头发梳成整整齐齐的一个圆鬏,还要别上一个有着牡丹蝙蝠花纹的银簪子。

先前的社会不是更落后吗?为什么母亲还没有奶奶看起来那么精致?宝女想不明白。

但除了形象不"洋气",母亲总有过人之处。

在宝女的歌本里,她曾画过一种土名叫"野老麻子"的花,这种花夏秋两季在洛河畔随处可见,她曾好奇地问过爷爷奶奶,可老人们除了说它有毒,牲灵们都不敢吃之外,再说不出什么让她感兴趣的。倒是母亲出乎她的意料,她说这花有个好听的名字,叫"曼陀罗",是种药草。

其实母亲知道很多花的名字,也知道很多草药的名字,像益母草、车前子、茵陈、白头翁、苍耳子、柴胡、地黄、甘草,这些她都认识。

"妈,你是怎么知道这些草药的?"

"当赤脚医生时要求学李时珍的《本草纲目》,上面就有啊。曼陀罗有麻醉作用,用上它给病人做小手术就没那么疼了。"

"妈,你知道得真多,那你为什么不早给我说?"宝女好奇地问。

"你又没问过我,再说,知道了有什么用?你又不当医生。"母亲淡淡地说,仍旧在忙着做饭。她的眼角已随着孩子们的长大逐渐下垂了,远远看上去,她的眼睛像两条对游的尾巴窄长的鱼。

母亲还告诉她,书上说曼陀罗原产印度,印度在很远很远的地方,也就是电视剧《西游记》中唐僧取经的那个地方。

从宝女记事以来，她每个夏天都会见到盛开的曼陀罗，它们的花朵和洛河两岸其他野花明显不一样，或纯白，或淡紫，或微微发绿，又大又美，像旋转的星星。那它既然是印度的花，是谁把它的种子带过来的呢？是唐僧吗？是鸦雀吗？是风吗？

宝女默默地想着，但她得不到答案。洛河两岸有很多类似的谜题是没有答案的。

对宝女来说，与曼陀罗花一样神秘的还有洛河两岸石山上的那些崖窑。每次宝女从遂宁镇徒步走回家时，都会路过许多这样的地方，她听爷爷奶奶说过那是过去战乱时藏人的地方，但那种地方怎么住人？那时的小女孩们也被带到这些峭壁上的崖窑里住过吧？她们的心情又曾是怎样的呢？她们那时也看到过曼陀罗花吗？

河畔的崖窑里总住着很多野鸽子，听爷爷和奶奶说，这些野鸽子的粪挖回来种荞麦最好。宝女才不管种地的事，她喜欢和同村的孩子们在经过崖窑时嗷嗷地喊叫，故意让那些野鸽子一群群地飞出来。宝女很喜欢鸽子们穿梭飞动时翅膀鼓动的声响，那是奇妙而神秘的声音，超越日常生活中她听到过的所有凡俗之声。

其实，洛河两岸每到春夏，山崖上的黄色大马茹花也很漂亮，阳光下最亮眼的就是它。说起大马茹花，宝女和住在村子里的女娃们没少用它的果实穿项链戴，大马茹"珠子"又红又亮，穿串时能闻到它腥甜的气味。可遗憾的是这种大马茹除了漂亮之外似乎一无是处，除了开花结果，它不能像小马茹那样卖钱——可小马茹的花小小的，白白的，又比不上大马茹的花好看。

宝女和同行的伙伴们经常这样讨论着。

可以说，宝女的整个童年和小学时代都是在一年四季反复轮转的野花野草旁走过的，是在来来回回的上学路途中走过的。

宝女走着走着，洛河两岸就出现了新的事物，例如油队的钻塔、油队的车、油队修的路、油队建的桥等等，从她上五年级以来，老百姓口里说得最多的话题就是油队。

关于油队,别的不说,单提他们后来在无事湾下边的洛河上修了漫水桥这件事。这座桥不高,但坚实,发大水时水从桥面流过,水一落,又降到桥墩子底下。听说能在这里修桥,主要是因为这一段的洛河太能陷车了。虽然自从修了桥,无事湾的人再没能吃得上"车肉",但这座漫水桥为村人提供的方便很快就代替了失落感。自从有了这座桥,无事湾的男女老少再也不用踏泥踩水地蹚河,每次过河,人们故意走得慢吞吞的,似乎就为感受一种惬意和自得。

油队的人从哪里来?宝女不是很清楚。似乎先前都是外地的,后来渐渐也有了本地的。但有一件事宝女能说清楚,那就是自从油队的人来洛河畔开始抽油,河湾里的水就不能浇地了,有的吃水井里也漂着油花。

"从前咱附近的小河,一到夏天癞呱子唱红了一条沟,如今你听,都悄悄的没了声息。"

"是哩,洛河石湾子里那些虾和鳖,这几年也见不上了。"

"唉,这地里埋的东西究竟是福还是祸,现在还真不好说!"

无事湾几个上了年纪的老汉一到晌午就聚在向阳处的矮墙边闲聊。

但这几件事其实倒是说得少,他们唯对一件事提得最多,那就是油队的到来还给各个村里的人修了条来钱路——偷油。

别的村不说,无事湾宝女是清楚的。无事湾这几年光景猛然过好了的几家全靠着偷油。

——我们老祖先就住在这片地上,这些山里,油队抽出来的油不有我们的一份?既然油队的人能拿这些油去卖钱,我们当地人为什么就不能跟着沾光?本来就是自己地里的东西,庄子地里的东西,弄点儿卖钱咋了?这些年,哪个庄子里的人不穷?如今眼看着眼皮子底下的好东西让人抽走,再不趁着机会弄点儿钱,等过几年油一抽完不就

547

更穷了吗?说不定油一抽完,地里的养分也没了,庄稼也不好好长了,水也不好了,油队的人屁股一拍走了人,老百姓不还得在这地上过活?

这样一想,每个人更觉得理直气壮。我们是没有那技术和工具嘛,有的话早都自己挖去了,轮得上油队?油说是国家的,可国家挖油抽油还不是为了让老百姓过上好日子?再说,这些孤山野岭的地方,国家连照都照不见!

说过来说过去,那还怕啥?

老百姓这样想着想着,就真的胆大了起来。只要他们和照井的工人一"说好",双方就都有好处。

无事湾村人不知从什么时候起有了个偷油队,应该是学会"吃车肉"之后吧。

刚开始时偷油条件非常艰苦,毕竟是不光彩和犯法的事,所以只能在晚上进行。

宝女听村里人拉话说因为是提前"说好"的,照井工人会从罐里"放",偷油的人只要把装油口袋放在管子下面等就行。

从前的无事湾特别安静,人们最常听到的声音是鸡狗牛驴的叫声、鸟叫虫鸣和洛河淌水的声响。自从油队来了后,夜好像就再也没有安宁过,三更半夜还经常响起偷油的三轮蹦子和摩托的声音。

宝女听说后来所有井场的油罐都进行了防盗改装,但偷油队很快从外面买回了手摇泵,直接放进大油罐里,手摇着几分钟就能装满一袋原油。

"好是好,来钱是快!可再好也是偷人!我看这油是把庄里的人都带坏呀!"宗谦润和庄里的老年人们一拉话就这样说。

"是哩嘛,你看看,现在村里谁还愿意黑水汗脸在庄稼地里受苦?但凡能跑动的人都去背油了!"像宗谦润这样上了年纪的、腿脚不灵便的老人们一边担心着某种祖先传下来的生活方式的崩坏,一边又暗暗为自家里去偷油的那几个人操着心。

"你说为了钱,黑天夜半的崖里上洼里下,哪家没有这么几个?不是张村人摔断了腿就是李村人摔折了胳膊,要么就被派出所人追时栽了圪垯跌了水渠。"沙氏在村人面前常故意这样说。因为自家两个儿子都靠正经行当挣钱,孙子们也都正在上学,所以,沙氏一方面有些嫉妒家里能有去偷油的人,另一方面似乎又因为自家的光明正大而语气中包含了一种得意。

每当听见沙氏这么说,那些自家有偷油人的老头儿老婆子就顺着沙氏的意思给她戴戴高帽子。

"唉,我们那小子该是光景过不了嘛,哪像你们家,两个儿子都争气,有本事,孙子们也都念书往公家门里扎挣着哩。"这些话一说,沙氏就更高兴了,立即同情起这些人家来,对前去偷油的人表示着理解和担心。

村人都在偷的原油究竟是什么东西?正当宝女疑惑时,在一个周末,她看到二伯宗建设神神秘秘地在院里隐僻的角落打了两个坑,坑里铺了塑料纸。问二伯要干什么,他神秘地笑了笑说,下周回来就知道了。

再一个周回来时,宝女一上硷畔就闻见院子里有股奇特的臭味。她去二伯上周挖的那两个坑边看了看,搬开几捆"掩护"的干草,只见坑里已倒满了黑乎乎、黏腻腻的东西,她明白这就是"原油",就是从自己脚下的土地深处抽上来的东西,神奇的、能让村里人疯狂的东西。

"妈,咱要这原油有啥用?"宝女不解地问。

"烧火做饭,烧得可利索呢!还得感谢你伯,人家比咱用上的还早。你帮妈去挖两勺子回来,直接倒灶火里,正赶上我要蒸馍!"妈笑微微地说。

"我奶奶不是逢人就夸咱家没有偷油的人吗?"宝女道。

"咱这是用来烧,又不是用来卖,不是一回事!"

"好吧,好吧,反正我觉得不是什么好事。"宝女不情愿地到院子里,用挖油勺在坑里舀出一勺,照妈说的倒进灶火里,灶膛里瞬时噼噼啪啪响了起来,黑烟直冒。这种情形突然让宝女想起喝健力宝的感觉,满嘴泡泡炸开也似乎就是这种声音,对于灶火而言,原油是不是也像健力宝?

"这烟也太大了,弄不好做出来的饭都是油味儿!"宝女摇摇头对妈说道。

"就你讲究!"妈瞅了一眼宝女,再没说话,她的脸上带着一种微微的满足感,似乎用上了原油,终于和"现代化"这样的词沾上了边。

"奶奶,二伯是不是也加入偷油队了?"宝女跑到爷爷奶奶窑里去问。

"你小声点儿,咱们不偷人!这是你二伯花钱从村人手上买的几袋,就为了烧火利索!"奶奶悄声道,她和爷爷窑里的灶火口子也被熏得乌漆墨黑。

"唉,世道快坏了,你们这些婆姨女子嘴就不牢靠!可不敢对外说,让人查住,咱们也脱不了干系!"

宗谦润叹了口气,一口老旱烟喷出来,他的脸在烟雾中若隐若现。

六十二

当宗宝童接到师范录取通知书,而且是公费录取时,他没有狂喜,只是平静。

人下了多少苦功自己是知道的。录取通知书对于他来说就像是自己曾养过的一只信鸽又飞回来般自然。

奶奶、爷爷、妈三个人喜滋滋地轮流传看着通知书,这张通知书又厚又硬,有别于无事湾人所见过的任何一张纸。对于家人而言,这张通知书的意义已不只是荣幸的"请帖",更是一份可靠工作的预定书。

"我孙子这算是爬进公家门里了,宝童啊,过去爷爷可是梦都不敢梦这件事,你这小子,来回折腾,这次总算给爷爷争了光,上了正路!"宗谦润激动得泪水渗出眼角,他感慨良多,想到了父亲那辈人的经历,想到了自己年轻时的经历,瞬间各种滋味交织于心,以至于手都开始抖。

"爷爷,你快坐下,看你高兴的。哥这一年可把功夫下狠了,考不上才怪!"宝女细心,瞅见爷爷激动的样子,赶紧扶他坐下。

沙氏抿着嘴,拉着宝童的手,干瘪的嘴唇喃喃道:"宝童啊,从你小时候起奶奶就知道你是个有福气的娃娃,你看,你看,这不一步步都来了吗?"

宝女注意到,虽然爸和妈没有表现出像爷爷这样的激动,但他们的脸上分明也洋溢着亮光,尤其是妈,此刻,她从前眼里的忧霾一扫而空,取而代之的是一种舒心和笑意。

宗建立正用鞋刷子给自己的皮鞋上油,鞋刷子来回飞舞着,看得出他也十分愉悦。

宝女又注意观察了一会儿宝童。

哥哥在市里的这一年,改变太大了,个子看着高了许多,身体虽然还是瘦,但不弱。也许是因为有了专业和正规的训练,虽然穿着普通,但他身上混合着青年男子独有的一种朝气、活力,比从前多了一种说不清的耐看劲儿。

反正哥哥已不是从前的哥哥了,再去师范上三年学的话,应该会变化更大,而且,他将来毕业了也会成为一名音乐老师,就像贺丽娜老师那样!哥哥的课肯定也很受学生欢迎吧?

宝女突然想到了绣球。

绣球嫂子最近一次来家是去年中秋节前,哥哥那时已去市里上了学。那个中秋节全家人都以为哥哥会回来,没想到竟然没等到他。宝女想,哥哥也许是为了节省路费盘缠,也许是全心全意扑在了学习上,他不回来,家人倒没什么,可绣球心里肯定不好过。她知道绣球喜欢哥哥,早已把自己当作哥哥的婆姨看。

那次,她陪绣球在边窑里住,她们睡下拉了许多话。

"宝女,你知道不?我羡慕你们在学校里念书识字、唱歌玩耍,有说不尽的快乐和自在……我呢,你也能想到,做饭、喂猪、喂鸡、扫院、下地、拦牛放羊、背柴担水……"说到这里,绣球的手伸过来攥住宝女的手。

"宝女,你的手好软呀,你摸我的,像不像枯树皮?这里,还有这里,全都是硬茧子!"

"嫂子,看你瘦的。"宝女压着绣球手心的那些茧子,安慰她道。

"我给你说,有次我做梦,梦见和你哥在一个学校上学!我梦见他唱歌,我在旁边跳舞,可脚上还穿着下地干活儿那双烂布鞋……我跳得可难看哩,你哥看着我直笑。呵呵,你说这个梦有意思不?"绣球笑了,沉浸在梦里的欢愉当中。可紧接着,宝女就听见绣球长长叹了口气。

"宝女,你说,你哥要是能考上中专,将来毕业后能分配到哪里工作?"

"谁知道呢!我听贺老师说过,好像户口是哪个乡镇的就回哪个乡镇。"

"按这样说,那就是遂宁镇?"

"哈哈,那你到时就跟哥住在遂宁镇,你给他做饭,将来娃娃上学也方便!"

"啊……宝女!你咋想得比我还远,我们还都小!"绣球使劲儿捏了捏宝女的手,表示惩罚,但宝女能听得出,她没有真的生气。

那晚,宝女临睡着时,迷迷糊糊感觉到绣球在无声地哭,又觉得自己听错了。

"宝女,你痴呆呆的想什么呢!"宝童察觉到妹妹一直在看他,又看到她若有所思的神态,不由叫了一声。

"哥,我……我正想绣球嫂子呢!她要是知道你考上了,肯定也很高兴。"

"是啊,绣球也是个有福女子,跟了咱们宝童!宝童考上,这不等于她也飞出那个穷窝了?"沙氏接话道。

"宝童啊,你考是考上了,爷爷可给你说,你不敢在外面见人家女子就爱,你和绣球已经订了婚的!外面俊女子可多得很,不敢进了花

553

丛迷了眼！"宗谦润给孙子安顿道。

"大,说起这事,我到现在都觉得不妥当,就担心娃们都长大了,心不由咱们。不过,绣球也是个好女子,本分老实,对宝童也一心一意,结了婚肯定是个好婆姨。不管咋样,宝童,你可把你爷说的话记在心里,不要当了耳旁风,老辈人说下的话没一句虚的！"此时,宗建立发表了自己的看法。

"我记住了,爷爷。"宝童应道。在他听来,这是父亲第一次说这些话,这么多年来,关于他和绣球的事,父亲常以沉默为主。

宝童九月份去学校报名,宝女和宝玲八月二十就开了学。

宝女开学上初二,宝玲上小学五年级,姊妹俩这几年正好相跟。

宝玲看到红点点的"特异功能"随着年龄的增长越来越少了,但她经常给家人们说,她后来能看到人身上有"光",这些光有的亮,有的暗,有的是黄色,有的是灰色……宝玲说,奶奶和爷爷身上的光没有爸爸和妈妈的亮,哥哥姐姐身上的光没有学校老师的亮……诸如此类,因为谁也看不到她说的"光",对宝玲的话也就慢慢不在意了。只有沙氏担心宝玲长了"鬼眼",但问宝玲除了红点点和光还能看到什么吓人的东西不,宝玲摇摇头。沙氏也留意观察过一段时间,看宝玲行为举动再没什么异样的,这才放下了心。

无事湾到遂宁镇一路二十里,对学生娃们而言,既是负担和苦力,同时又是无可替代的乐趣。

每个周日晌午,学生娃就呼朋唤友地出发了,孩子们先是背着干粮从各家硷畔上下来,聚在村子下面的大路上,你等他,他盼你,等到队伍齐了才相跟着起身。路上,大娃娃给小娃娃们教唱歌、教古诗、讲故事,小娃娃们给大娃娃们背课文、唱儿歌,大家说说笑笑,唱唱跳跳,晚自习之前准能到校。

一到学校宿舍,学生娃们首先还是要相互看看各自拿的是什么干粮。洛河川的人前几年备的都是炒面、熟米,如今,已经全部升级成了月饼一样的烙坨坨。和月饼不同的是,这种坨坨饼里没有丰富的馅儿,顶多就是一些白糖或黑糖,家穷些的放点儿椒盐,和面时加两勺猪油,在铁锅里小火烙熟后也足够香酥。

尽管比起从前拿的干粮好了很多,但学生娃们还是饿。

学校门口的小卖部有的是赚钱的点子,只要手里有足够的饭票,学生们就可以拿饭票当钱用,一张四角钱的米票可以"换"两毛钱的零食,小卖部再把票三毛钱卖回学校去……这种"换"让所有上灶的学生乐此不疲,他们从来不觉得自己吃亏,反倒对小卖部的人心怀感激——零花钱多少没关系,只要在家长跟前把自己的饭量算大些就可以了!但这是遂宁镇学生不约而同的"秘密",谁也不愿让家长知道。

这个小伎俩宝女也一直在用,自从出现这种交换形式,类似方便面、杏肉、果丹皮、泡泡糖这些零嘴儿,她在这三四年里没有缺过。

遂宁镇学生娃们的青春似乎是从小卖部里滋养出来的,是从洛河的水波里涌出来的,是从镇东的鸡冠山上吹下来的,是从遂宁镇南北走向的大车路上漫步而来的……反正,整个遂宁镇中学都充满着一种向里加热和向外膨胀的力量。

宝女宿舍的女生们陆陆续续都"倒霉"了,班上也有越来越多的女生"倒了霉",偶尔有女生在上体育课的时候"倒霉",裤子渗出一团暗红色——"倒霉"是遂宁镇中学女生们之间表述例假的暗语,为什么这么叫,谁也没想过。

女生们在教室里私密地传递交换着信息,在宿舍则公开交流卫生纸该怎么折叠。在她们心里,初潮或例假既让人莫名懊恼又让人愉悦欢乐,女孩们似乎感觉自己接近了某种目标或使命,又似乎拿到了某种证明。对于多数女生而言,这五六天内必须"自怜"地把自己当宝,然而,除了不能动凉水、喝冷水,女孩们并不知道更多相关事项。

宝女也秘密地关注着自己的身体。她有意无意地等待和期待着属于自己的那一刻。她想象着那神秘的第一股鲜血会怎样流淌出来,又会在何时流淌……她偶尔在被窝中偷着摸摸自己的胸部,感受着它们的变化,有时又会想那些已有月信的女孩和自己目前的区别。

宝女想,女孩原来都有三朵花。两朵开在胸前,一朵开在腹下。上面两朵是纯净的白,下面一朵则是鲜艳夺目的红。

等待那朵红色之花的盛开,是一个女孩成为少女之前最难启齿却又最美妙的历程。

与女娃一样,洛河畔的男娃们也有属于自己的身体和心灵的秘密。

宝童记得第一次出现"意外"是在六年级的夏天。那时他已十六岁。那个夜里,他梦见自己不知因为什么事开心地笑着,在洛河边跑着,继而跳进河里耍水,突然身边游过来几条青色的水蛇,醒来后,他的手摸到一片黏腻,短暂惊慌过后,他猜测自己的身体一定又发生了变化。这天,宝童偷偷和圆生探讨过这件事,问圆生有没有同样的情况发生,圆生却轻描淡写地回了一句:"没有这个,男人和女人咋生娃?"宝童惊讶地问圆生怎么知道,圆生又回了一句:"我不信你没见过《赤脚医生手册》那本书?深红色皮那个!我给你说,我在村里老刘医生那里偷偷看过,你要是看了就知道了,里面不仅讲得详细,还有图。"

说到这里,圆生凑在宝童耳边,神秘地说:"我可给你说,男人女人那里的图都有……"

圆生这样一说,宝童突然想到当过赤脚医生的妈曾把一本书锁在箱子里,此刻,他似乎猜测到了原因。

自从听了圆生的话,宝童就像中了一个魔咒。他多次寻找独自在家的机会,而且,妈的钥匙还得在家。这两个条件缺一不可。

终于,在那年秋天放忙假的时候,宝童找机会打开了箱子。

箱子里充满一种奇怪的味道。除了大大小小的布包和新旧衣裳,甚至还有一堆核桃和枣。他不明白妈把核桃锁在箱子里干啥。

宝童慌乱地翻找着,终于在妈结婚时穿过的一件红绸子棉袄下面找到了那本《赤脚医生手册》。他的心狂跳着,目光飞快地扫过目录,终于看到了想象中的图。可是,那是怎样的两张图啊,不仅不好看,甚至是那么丑陋让人恐惧。

宝童一目十行地看了那几页文字,赶紧把书小心翼翼合起来,重新放回原位,其余东西都尽量整理整齐。

那天,他在院里呆坐了好久。

原来,这就是无事湾人嚷仗时常骂的,也是每个孩子出生的地方。它多像一扇神秘的门啊,那扇门后面有着神奇的世界,每个孩子来世之前都住在那扇门里。他自己、妹妹们,都从母亲的门里面出来。包括母亲、父亲、爷爷、奶奶……包括整个无事湾的人,包括全遂宁镇小学的学生和老师,包括外面世界那些人,也全从各自母亲的门里出来。

宝童突然间放松了,他消解掉了从孩提时起就无人解答的困惑。他为自己突然想清楚了这件事而感到解脱。

后来,每当想起偷看《赤脚医生手册》的事,宝童就觉得自己很幼稚。最近这几年,尤其是在饭馆当学徒和在黑砖窑干活儿的那段时间,关于男人女人的事他已听了太多,从前的好奇心早已没有了。

知道了这些,宝童就不由想起绣球,想起他和她在一起时那种奇异的云里雾里的感受。但是想起绣球时,他从未想过绣球的身体怎样怎样,即便他已经看了《赤脚医生手册》,依然从未把那幅插图和绣球联系起来。在他心中,绣球像鸽子飞过头顶时突然降落下来的一朵绒毛,那么弱小、干净、轻柔。他甚至从来没有想过将来要和绣球睡觉,绣球会给他生孩子。

不管怎样,懵懂无知的年岁总算过去了,如今的宝童已是一支弦上待发的箭,是一只待飞的鹰,是一棵已经挺拔的树,一切都向着高处。

宝童考上的这一年,算一算,无事湾周边共考出去五个中专生,除过宗宝童和张占斌一个公费生、一个自费生,还有三个小伙分别考上了卫校、林校。刘小宏文化课成绩未过线没能被录取,他决定再在职中补习一年。

到了宝童去师范报到的这一天,宗建立打问了一辆吉普车,这种车在洛河川上下被叫作"二蛋",平时,开这种车的人多为了偷油。

这辆二蛋车载着宗谦润、宗建立和宗宝童从无事湾出发了。为什么带上宗谦润?为了让他高兴高兴。宗谦润已经是近七十的人了,在他有生之年,共去过市里一次,那还是小时跟着父亲宗永惠和二伯宗永志跑生意时的事儿,那时是"古代的事",车马劳顿,哪有现在坐着车快?一眨眼,一个甲子就过去了,中间隔了多少年多少事啊。

——能坐车去市里送孙儿上学,而且孙儿又是公费生,相比自费生要交的九千多,宝童只要两千就能报名,孙儿等于是靠自己下的苦和用的功给家里攒了钱。

人活在世上谁容易?

都不容易哩。

六十三

正当宝女以为自己会在遂宁镇中学读到初三毕业时,宗建立在县城里靠外甥谷有存的关系揽了个建筑方面的工程,他雇了十几号工人,成立了建筑队,把兰芬也接到城里给工人们做饭去了。

宗建立早想过了,这些年两个老人都跟自己家人一起住,兰芬平日里对公婆也没的说,如今自己的生意越做越大,少不了婆姨跟着照看帮忙,现在把父母留在无事湾让宗建设和他婆姨照看,相信他们也不会有什么怨言。再说,一个好汉十个帮,如果这几年自己能在县城站住脚,以后家人们肯定也跟着沾光,这点宗建立很有信心。

唯一让他头疼的是两个女儿的转学问题,少不了又是求爷爷告奶奶地找关系,但不管多难,他还是得去操办。他一直认为,因为宝童没机会和条件在城里上学,因而见识方面欠缺了许多,这才导致他后来走了那么多弯路,还差点儿把命搭上。如今,能把婆姨娃娃都带到县城,算是家庭的一大进步。

宗建立前前后后在县中学和县城关小学跑了四五趟,总算和校长说好了转学的事。

听说宝女和宝玲就要转学去县城，遂宁镇中学和小学的同学都很羡慕，尤其宝女，平日里关系好的几个小姐妹更是依依不舍，宝女和她们买了小皮本子相互赠送，还在开头一页写满祝福的话。

宝女的抄歌本正好还有二十几页空白，她就拿到班里让同学们挨个给自己写几句留言作为纪念。

"宗曼妮，我们从小学起就是同学，临别之际，心中千言万语都化作一句：可别忘了我！"

"曼妮，多么好听的名字，你的一举一动都给我留下难以磨灭的印象，明天是美好的，但要一步步去争取，祝你笑口常开，在新的学校一帆风顺！"这是一个男生写的，似乎有些言外之意……

"曼妮，洛河畔上留下我们多少欢声笑语，遂宁镇里传遍了我们朗朗书声，你的画、你的笑声都给同学们带来了许多欢乐！祝愿你将来金榜题名，展翅高飞！"

"宗宝女，我还是习惯这样叫你，因为我们从小就是同学，现在还是同桌……时光匆匆流过，还记得我们从前在小学时代的欢声笑语吗？真令人难忘。今天怎么就要分别？这真是分别容易见面难，好比十冬腊月坐水船。分别之际，我只能默默告诉你，别忘了我这个同桌！愿你成为著名画家，梦想成真！"

…………

宝女把同学们的每一句留言仔细看过去，她觉得这个本子更加宝贵了。

宝女又拿着歌本去找贺丽娜老师，本来她想让所有的老师都给她写几句，可想来想去又没敢，因为歌本前面抄的很多歌词都是"爱你""爱我"之类。

贺老师对宝女的歌本叹为观止，看到她满脸赞赏，宝女心里很激动，她专门给贺老师留了一页纸，还提前画上了一道彩虹，在宝女心里，贺老师就像彩虹一样多彩美丽。

"宗曼妮,在我的印象里,你是一个活泼开朗、大方热情、多才多艺的女孩,你的眼睛和头发也是那么漂亮和可爱! 从认识你到现在,你经常帮我做这做那,这让老师非常感动。现在你要转学去县城了,这是件非常好的事,祝贺你! 愿你在新的天地里尽情飞翔,在风雨中锻炼自己的翅膀,终有一天,你会实现自己心中的梦想,老师永远祝福你!"

宝女拿回歌本,把贺丽娜老师写的这段话看了好几遍,默默记住了最后几句。她告诉自己,以后遇到困难,就要想一想这些话,她相信这是贺老师的肺腑之言。

去县城中学的第一天宝女穿了自己最好的衣服。上晚自习时,班主任把她带进班级安排了座位。宝女个子不低,眼睛也不近视,倒数第一排有张空桌子,她就被安排到了那里。

直到坐稳后,她才小心翼翼长长吐出一口气,她拿出一本书摊在桌子上装作看书,却在偷偷打量眼前的同学们,尤其是女生们。她庆幸自己被安排在了最后一排,这样,全教室的"风景"都在她的眼底。

毕竟是城里的学生,装束打扮比遂宁镇的学生要洋气多了。和她们比,宝女觉得自己身上的衣服挺土气。而眼前的男生们也明显比遂宁镇中学的男生白了几分,这让他们显得很干净——难道县城里的太阳没有遂宁镇的太阳大吗? 还是这些男生不用走山路,是有钱人家的孩子?

宝女胡思乱想着度过了县城里的第一节课。

为了减轻兰芬的负担,宗建立给宝女报灶住了校。而宝玲所在的小学不是寄宿制,只能暂时和父母住在一起。宗建立就近在工地旁租了个小独院,兰芬每天给工人做三顿饭,照顾女儿反倒成了次要的活计。

县城中学的宿舍能比镇上好一些,但也是瓦房,好在有架子床,虽然十个人一间,但谁也不用和谁挤在一起。因为住灶生少,都是不同年级的学生混住。

宝女注意到,上了初三的女生们床铺明显更整洁一些,她们大都把被子叠得方方正正,枕头旁基本一人一块镜子,而初一、初二女生的床铺则显得杂乱随意。

一种崭新的生活就这样逐渐由陌生转为熟悉,继而又转为习惯与常态。

宝女知道了自己所在的年级一共六个班,知道了老师们的讲课方式和遂宁镇中学老师的区别,知道了班主任有个女儿叫"小欢",知道了住灶生要几点去水房接开水,知道了原来县城学校灶上的米饭里也有虫子,知道了同宿舍的女生们来自不同的乡镇,知道了学校门口的小卖部都卖些什么,知道了学校对面有个能租课外书的"蓝浪书屋"。

宝女在绘画方面的天赋很快就展现出来,每次上美术课时,老师第一个表扬的就是她。县中学的美术老师和贺丽娜老师一样,是从专业的学校毕业回来的,他随便就能在黑板上画出各种各样的图形,有次甚至拿粉笔画了幅《黛玉葬花》。在学生看来,没有他不会画的。

宝女总算是得到了"专业"的指导,她的心劲儿也就更大了。因为常受美术老师的表扬,班里每周一换的黑板报不论分到哪个组里,宝女必定会受到邀请,而她也十分乐意接受这样的差事,红、黄、蓝、白四色粉笔经过她的手就会变得更加多彩,只要是宝女帮忙的板报,几乎每次都能在全年级板报评选中获得第一。

如果说她在遂宁镇时是一棵葱葱郁郁的盆栽,在众多青草样鲜嫩却普通的学生中显得耀眼,那么,现在的她被移植到了一个更大的苗圃之中,这个空间可以让她尽情伸展根系吸收营养,宝女每天都充满愉悦,很快,她的学习成绩也挤进了班上的前五名。

就在宝女发奋学习时,与她同在一排的几个男生却更颓废了,他们把圆规尖扎进胳膊,然后在新鲜的伤口里渗入黑蓝色的钢笔水,他们卷着袖子,让那些歪歪扭扭的"爱""恨""忘""忍"之类的字暴露在大家的眼光里,可就是没有一个"学"或"早"字……

不到两个月,宝女已经交到了最好的朋友冉芸。冉芸坐在她的前排,不仅长得好看,嗓子也好,从小就住在县城,见的世面广,性格大大咧咧的像个男孩。两人一个爱画,一个爱唱,脾气相投,除了下晚自习后冉芸回家的时间,只要是在学校,两人连上厕所都相跟着。

然而,也就是这一年的深秋季节,宝女遭遇了人生中的第一次"暴风雪"。

同班的两个男生都喜欢上了宝女。

一个叫屈延博,一个叫刘保军。

他们都和宝女一样坐在教室的后几排。

在任何一个班级里,坐在教室最后面无非两个原因:一是个子本来高的,坐在前头会挡别人的视线;二是学习和纪律都不怎么好的。为了方便管理这些后排的学生,老师一般都会给个"一官半职",一方面靠着个头震慑其他学生,另一方面好让他们有自我约束的"责任感"。

中秋节后的一个夜晚,冉芸在教学楼下竟然同时把班里屈延博和刘保军的"情书"送到了宝女手里。

屈延博是班上的"公子哥",身形瘦,学习中等,注重穿衣打扮,港台明星似的偏缝头从来不乱,见谁都是一副笑嘻嘻的样子,听说他爸是个包工头,算是班里家庭条件最好的一个。刘保军则是班长,又瘦又高,平时不爱说话。他家也在县城,父亲有份工作,从衣着方面观看,应该算是中等家庭。

"你可要想好,屈延博这两年追过的女生可不少,刘保军倒是没听说。你好好考虑考虑该怎么给他们回信。"冉芸严肃道。

"这……你有没有收到过?你都怎么处理?"宝女紧张地低声道,她生怕别人听见。

"当然收到过啦,不是自己喜欢的就直接告诉对方啊,免得来来回回浪费时间！"

"哇,冉芸,你真厉害！"

"咳,现在的感情算什么感情啊,都是玩！"

那晚,天上零星飘着小雨,冉芸担心路滑,跨上自行车走了,留下宝女紧攥着那两封折叠成心形的书信,像捏着两颗刚从树上摘下的毛桃,有些香气,却又扎得慌。

宝女的心里被一种奇异的紧张和期待充满。她把攥着书信的那只手插进衣兜,听到自己的心咚咚咚响,她对自己说:"宗曼妮,你可真没出息,男生给女生写情书在城里不很正常吗？冉芸都收到过好多了,你这才是第一次,不要紧张,一定要装作若无其事……这些男生也真是胆大,在老师眼皮子底下明目张胆让人送信……话说回来,平时怎么没感觉到他们喜欢我呀……"

她觉得这两封信不仅仅是信那么简单,它们似乎预示着什么的来临,又象征着什么的结束,这让宝女又有些迷茫和混乱。

雨不知什么时候密集起来,把宝女的头发、肩膀和胸前濡湿,宝女定了定神,连忙回到宿舍。宿舍里潮乎乎的,只有两个女生在各自床上翻书。宝女和她们打了招呼,偷偷从衣兜里摸出那两个"心",快速塞到枕头底下,这才上了床。

为了避免别人发现,宝女趴在被窝里,摸出其中一封,小心地拆开,折叠得很精致——一看就是请女生折的,那么也就是,说不定有另外的女生也知道这件事。

她把信摊在枕头上。

宗曼妮：

　　你好,自从你转学来到这个班级里,我就被你吸引住了,你的美丽、你的笑容、你的一举一动我经常偷偷观察着,你和别的女生是那么的不同,你的画又画得那么好……我不知道该怎么赞美你,总之一句话,我爱你!

希望我的表白能得到你的接受!

爱你的刘保军

宝女看完后不由笑了,她奇怪着,除了好笑和一丁点儿被男生赞美的快乐,自己竟没有什么别的感觉。这些话甚至让她有些失落,也可以说,和她期待看到的语言不同,然而自己究竟期待看到些什么呢?宝女也不知道。

她慢慢把这封打开的信按原样子折叠好,塞进了枕头底下。

她打开另外一封。

曼妮:

这是世界上最好听的名字,也是一个温柔而美丽的名字,就像你一样,真是名如其人。你就像一缕阳光,像一只翩翩起舞的蝴蝶飞进了我的心……从此,我就忘却了我自己。

…………

相比之下,屈延博的情书写得很"精彩",像一篇精心准备过的作文,宝女怀疑他是从什么书上抄来的,因为屈延博的语文并不好,怎么可能给女生写情书就水平大增呢?

唉,这些无聊的男生啊。

宝女把两个"心"压到褥子底下,想了想,又往更中间移了移,她不想让宿舍里的其他女生发现这个秘密。

宝女躺在被窝里,想着这件事应该怎么去应对。从内心来讲,她曾经渴望过自己也能像其他漂亮女孩一样收到男生的情书,越多越好,然后兴奋地告诉其他女生,享受她们的羡慕或妒忌。但是,当她真的收到而且是两个男生的同时表白后,她发现自己并没有想象中的那么开心,她对这两个男生从没有过任何特殊的感觉。

也就是说,她不会答应他们之中的任何一个,更不会做他或他的女朋友——女朋友!多么陌生遥远的字眼……该怎么拒绝呢?直接让冉芸转告?就说现在还小,应该把精力全部放在学习上!对,就这么办。而且,这件事绝不能让爸妈知道,不然,一定以为她平时不好好学习,或者是太过活泼,这才招引男生的注意。

宝女迷迷糊糊地睡过去了,被窝似乎比平时要暖和一些。

第二天正好是周六,宝女照例去了爸妈租住的地方。

自从包了这宗修建工程,爸看着比之前更讲究了,每天都要搽大宝油,头发和皮鞋总是收拾得光亮可鉴,裤子上的中缝也烫得笔挺,身姿也比从前更加挺拔,一看就是个事业有成的大老板。

而妈呢?进城以来,虽然穿戴和气色还比不上真正的城里人,但明显要比在无事湾时好了,她也学会了把头发在脑后紧紧拧成一个发髻,发髻上还扎了个深红平绒发圈。

看到妈在逐渐变得"洋气",宝女很高兴,但她觉得妈的生活本质还没有改变,她还和从前一样围着锅台转,不同的是这个锅台更大。能让和自己有关的人吃饱、吃好,这似乎就是妈生活的全部意义。

这天,宝女从早到晚心神不定,觉得自己从前的天真无虑被打破了。不管是吃饭、帮妈干活儿还是陪宝玲写作业,屈延博和刘保军的表白始终挥之不去。她一会儿想笑,一会儿又觉得无趣。她想象着他们此刻的心情,他们一定在期待着自己的回复吧?或者根本无所谓,说不定这样的表白他们已经给过很多女生了。

她突然想起宝玲能看到人身上的"光"的事,就问妹妹现在还能否看到。她想让宝玲看看自己身上还有没有光,是什么颜色,她觉得说不定从光里能判断出什么事来。

"姐姐,你身上还有光,是橙色的。"

"橙色?亮吗?"

"就像高橙饮料一样。"

"你还能看到什么?"

"再看不到了。"

宝女思前想后也没明白这橙色的光能说明什么,或和心里这件事有什么关系,就安慰自己说橙色的光代表一切都很好。

"宝女,那妈身上有光吗?"

"有,是绿色。"

"爸呢?"

"爸是红色!"

"那来吃饭的工人叔叔们呢?"

"他们都是绿色!"

宝女对妹妹的回答深信不疑,但她不明白为什么人会"发光",也不明白为什么会有不同的颜色。

宝女和妈说起这件事。妈笑了笑,摸摸宝玲的头,道:"碎娃做梦,虼蚤放屁,不要当真。"

周一再去教室时,宝女提醒自己目不斜视,尽量不要去看屈延博和刘保军。中午午休后,冉芸按宝女交代的回复了屈延博和刘保军,答案都是一样的:宗曼妮说了,现在年龄都还小,应该把精力放在学习上,其他的事,等长大以后再说吧——冉芸很赞同宝女这样回复,虽然没有说喜欢或不喜欢,但等于间接给了答案。

冉芸也转述了他们得到答案时的情景——屈延博听了,无奈地挠挠头说:"哎呀,没想到宗曼妮这么难追,我得再练练写信的本事……"刘保军则没有说话,默默走开了。

很快,宝女得到两个男生同时追求的事不知怎么就在班里传开了。随着同学们的议论,屈延博和刘保军自然成了两军对垒的"情敌"。他们开始在一些小事上较起了劲,不时就在教室里剑拔弩张起来,似乎觉得要是没有对方掺和,自己的表白就一定能成功。

终于,这天晚自习时两人吵了几句就打了起来,后几排的桌凳被撞得轰隆作响,宝女缩在自己的位置上脸色煞白,她不明白这两个男生到底是怎么了,即使有怨气,也应该是冲着她来呀,为什么反倒他们成了仇人?

　　当两人被闻讯赶来的班主任拉开后,屈延博的脸上已挨了好几拳,鼻血长流,刘保军的上衣则被扯开很长一条口子,脸上也划出几道血痕。两人扭打的地方刚好是班上放扫帚的地方,他们的头发里乱糟糟地扎着一些扫帚穗子。

　　班主任把两人叫去了办公室谈话。此时,班里出奇的安静,宝女低着头,不敢抬头与同学的目光相碰,因为有几个女生的议论已经像针一样扎进了她心里:这下知道红颜祸水的意思了吧……如果不是她,他们咋会打架呀……没看出来,宗曼妮还有这样的本事……

　　泪水几次在眼眶里打转,宝女硬忍着没让它们掉出来,因为就算是眼泪,也立即又会引起不同的讨论。

　　屈延博很快回来了,他已整理好了发型,像没事人似的回到了自己的座位上。

　　正当大家以为此事就这样平息时,教室的一扇玻璃窗突然被人砸碎,紧接着,刘保军举着血淋淋的拳头走进了教室,他再次向屈延博走去,临近的几个女生不由一阵尖叫,屈延博也紧张地站了起来,做好了再战的准备,宝女则两手冰冷,她死死抠住课桌腿,指尖一阵麻木。

　　幸亏班主任刘老师也接着跟了进来,看得出他也有些措手不及,没想到刘保军的脾气这么暴。

　　刘老师叫几个男生把刘保军连拉带推地送去了校医务室包扎,又把屈延博叫了出去,安顿了几句。当刘老师的身影再次出现在教室里时,宝女已经预感到接下来叫的该是自己了。果然,刘老师在门口轻轻喊她的名字。

"宗曼妮,来,你出来一下。"

声音虽轻,在宝女听来却犹如重石一击。

当她从过道往出走时,她觉得全班同学的眼光都射在自己身上,有鄙夷,有同情,有耻笑,也有担心。

"宗曼妮,你知不知道屈延博和刘保军是为了什么打架?"

办公室里,宝女虽低着头,但仍能感觉到刘老师严厉的眼神。

"我,我不知道。"

"不知道?不知道才怪!我说了多少次,中学期间不允许谈恋爱,你们就是不听!"

"刘老师,我没有……"

"没有?!两个男生都为你打得头破血流了,还说没有?"

"是他们要给我写信,我自己没有招惹过他们!"宝女鼓起勇气抬头说道。

"你的意思是你并没有责任?你说他们给你写了信,信现在在哪里?"

"在宿舍。"

"你现在就去拿来!"

"刘老师,请您相信我,我真的没有答应他们任何一个,我给他们的回复是一样的,都是说我们现在还小,要好好学习。"

"你不要说了,把他们的信拿来!"

宝女心里觉得不应该给老师看信,但她又无法对老师撒谎,只能跑去宿舍把那两个"心"拿来。

她看到刘老师拆开那两封信读的时候,脸上明显泛起一阵阵笑意。宝女心里万般忐忑,却只能手足无措地站在一边,等着发落。

"唉,你们这些小崽子,不说让家长和老师们省心!这么小,懂个屁,什么爱来爱去!真那么爱,现在就不要上学了,回家结婚,早点儿抱娃!"

刘老师说罢,把那两页纸胡乱折在一起递给宝女:"算了,也不能怪你,你把这拿回去吧。情况我都搞清楚了,你表现得很好,知道现在不该谈这些事。你好好学吧,依你的特长,将来肯定能考个好的专业学校!"

宝女团着那两页纸,出了办公室门就把它们塞进衣兜,此刻,那两页纸完全没有了最初的美好和奇异,宝女觉得它们已经成了耻辱,成了负担,她甚至当下就想把它们撕成碎片扔进垃圾斗,但又担心有人会把碎片拼起来。

她已经决定了,一下晚自习就把它们烧掉!

六十四

屈延博和刘保军为女生打架的事终于平息了,刘保军被停课一天,叫了家长,班长一职也被免去。屈延博因为认错态度好,没有受到什么处罚,但他在班主任跟前做了保证,从此不再纠缠宗曼妮。

大家都说刘保军叫家长主要是因为那一拳,这个举动太暴力了。这样的学生若不深刻教育,将来还指不定做出什么事来呢!

冉芸也检讨了自己,说此后再也不会帮任何人传递情书。

教室的玻璃很快就换了新的,只是这块玻璃看起来发蓝一些,明显与其他玻璃不一样,没办法,好多年的教学楼了,上哪儿去找和之前一模一样的玻璃?

这块玻璃从此成了宝女不愿去看的东西,她总觉得心里有什么和玻璃一起碎掉了,即使换了新的,可不一样就是不一样。

一周,两周。

正当宝女和冉芸以为这件事就这样过去了时,这天,宝女的语文书中被谁夹了张折住的纸,一种奇怪的朱红色透过纸背,同时有股淡淡的腥味钻进宝女的鼻子。宝女知道,这是一封"血书",是学校里男生对女生最极致的表达,她之前听说过。

宝女环顾四周,幸好没有其他同学注意,但她明显看到,坐在左侧不远处的刘保军正在看她,当她与他的眼神相撞时,他的脸上露出一丝古怪的笑。她又偷偷看了看屈延博,奇怪的是,屈延博似乎也能感觉到她的眼神,一下转过头来,与她对视了一眼,那眼神中带着一丝玩世不恭。

难道那件事还没完?

宝女紧紧合上语文书,她面前淡淡的血腥味却挥之不去,让她眩晕和恶心。

除了把它拿回宿舍,她找不到第二个更好的处理办法。

宗曼妮,你这个贱货,你为什么要把我的信拿给班主任看?我对你的一片真心就那么不值钱吗?那么没有尊严吗?

你给老子等着,要么你就乖乖接受我,做我的女朋友,要么,你就等着身败名裂!

还有,你要是再敢去向班主任告状,我就是被开除,也不会让你好过!

宝女一口气读完这封血淋淋的笔画时粗时细的信,脑子里金星乱迸。

她所能做的就是赶紧把它揉成一团。她想立刻烧了它,又觉得应该去外面,以免引起舍友的怀疑。

宝女把它压到褥子下,用被子蒙了头,呆呆地一动不动。她觉得心脏一下下发紧。

这就是书上、电视上演的爱情吗?为什么那些女主角的爱情都那么纯真、美好、浪漫,而自己第一次遇到的男孩却这样残忍,让她害怕?

宝女旋即心里升起一股反抗的劲儿来,在这件事上,她并没有主动去伤害别人,再说,大家都是学生,在学校这样的环境里,有老师照管着,她不信自己能受到什么样的报复。

第二天下晚自习,她一人去操场的树下烧掉了血书,蓝色的火苗伴随着一缕黑烟,更增添了宝女的忐忑。

这件事她并不打算告诉冉芸,她觉得之前发生的纠缠还值得原谅,但这份血书一出现,她就像站在一个泥潭边,泥潭中正有个张着大嘴的怪兽,它对自己喷着气,喉咙深处传来低沉的嘶吼。

忐忑中,又一周过去了,宝女装作若无其事,决定以不变应万变。可一到课间,她的眼神一次次痛苦地偷偷滑过那两个男孩的背影,他们让她觉得不安和混乱。

正当她安慰自己不会有什么事时,这天早晨一进教室,她分明觉察到同学们都在以奇怪的眼神望着她,尤其是女同学们的窃窃私语,更让她如坐针毡。

好容易挨到中午,冉芸气冲冲地坐在了宝女对面。

"曼妮,昨天下午不知哪个坏蛋写了很多很多纸条,从楼上扔下去,故意让学生们捡到,纸条上都写的是骂你的话!太可恨,太过分了!我今早上才知道!"

冉芸把手里几张纸条展开,一股脑儿摊开在宝女面前。

"宗曼妮是个烂货!"

"你们知道宗曼妮吧?她跟我睡觉了,哈哈。"

"宗曼妮是全校学生都知道的烂货。"

宝女觉得每一个字都像一把榔头狠狠敲她的头和心。

宝女一把抓起这些纸条撕碎,她的眼泪再也忍不住了,淌了出来。冉芸一时也不知道怎么劝她,只能气呼呼地坐在她对面。

教室里剩下的几个学生不言不语地走了,隔壁教室里也渐渐没了声音,只剩下宝女把脸捂在臂弯里的抽泣声。但她终于渐渐平息下来。

"好了,曼妮,你哭也没用,这事对你影响这么大,要不你去给班主任说一下？"

"不能告诉老师。"宝女抬起头,被泪水濡湿了一半的头发黏在额头上,显得凌乱而悲痛。

"上周我的书里夹了一封血书,上面写着如果告诉老师,他要加倍报复。"

"放他娘的狗屁,还有这种人？"冉芸破口大骂。

"我刚才想过了,我要忍……事情总有过去的时候吧？"

"唉,曼妮,你咋能遇到这样的事？你感觉是谁干的？"

"我也不知道,但肯定是他们之一。"

"学校里男生追女生的很多,这种追法我还是第一次见！不管是他们中的哪一个,幸亏你没答应和他们交往。都是什么人嘛,他们根本不配谈感情！不管咋样,你不要怕,也许慢慢的事情就平息了。"

"冉芸,有你真好,这种事我只能和你说。不敢让知道老师,家人更不用说……现在, 不知道情况的同学们肯定都认为我就是纸条上写的那种人。"

"你没在书上看过吗？为人不做亏心事,不怕半夜鬼敲门,只要我们没有不对的地方,不怕别人胡说！"

冉芸的话让宝女感觉到了一丝宽慰，她现在也只能用这句看似离她们很远的"大道理"来安慰自己。

正当宝女以为纸条事件已经到了最高峰的时候,下午时学校厕所里的墙上却又赫然出现用粉笔写的类似纸条上的话, 外班的几个男生还大大咧咧地故意把过道堵住,不让宝女通过。宝女走在哪里似乎都不得安宁,不是有人在背后指点,就是受到种种挑衅和刁难。

厕所的粉笔字很快被老师找人擦掉了，纸条偶尔还会散落在校园的地上。

"宗曼妮"这个名字成了学生们神秘的话题,出现了许多种"传说"。

屈延博和刘保军却看起来还像从前那样,一个活泼,一个沉默。屈延博和同学们说笑打闹依然如前,遇到有人刁难宝女时会故意开开玩笑,在起哄声中帮她解解围。刘保军则还是那副深沉的模样,宝女偶尔听到其他女生议论说他划破了自己的胳膊,还在手腕上用刀片刻了一个"恨"字。

渐渐地,宝女习惯了所有的议论和排挤,除了冉芸,她躲着班里所有同学,也躲着学校里所有的男生。这段时间,她觉得男生都是不可思议的魔鬼。

这天,宝女一人在教室里做值日,她把一排排凳子搁到桌子上,方便清扫每个过道,扫到中间一排时,看见一个同学的桌兜里压着一本课外书,露出的半张书皮看起来古色古香,还画着图画。宝女一时好奇,就在桌边立了扫帚抽出那本书。封皮上,远远近近的树木掩映着一座小楼,小楼中隐约有古代女子坐在窗前。书名是《蜃楼奇话》,作者叫"兰陵尘客"。

这书名和作者好奇怪,听都没听过!宝女想着,随手翻了起来,半古文半白话,讲述的应该是古代爱情故事,她不由苦笑一声,这个男同学平时语文学得不咋样,回答问题一次都没对过,想不到他还能读懂这种书。

正当宝女准备把书原样放回时,几行字映入她的眼帘。

"你且看,今晚秋月兴动,柳腰身子摇摆不定……只见一头鼓动,一头双手勾住头颈……丫头翠儿欲来送食,至门前,见二人赤着身子……翠儿正值十四岁,见此哪能不春心萌发,不觉口干舌燥,粉面红晕阵阵……"

读至此处,宝女突然明白自己读到的是什么,一下子面红耳赤,慌乱合上书,一把塞进原来的位置。趁着胸中的羞恼,她狠狠抡着扫帚,把教室扫得灰尘飞扬。

她想起从小到大大人们对于男女之事的遮遮掩掩,想起自己见过的无事湾那些牲口交配的场景,想起村里婆姨们嚷仗骂人的那些话。

《蜃楼奇话》的这段文字与这些记忆交织在一处,她这才彻底明白了那些纸条上写的话究竟是什么意思。她恨不得扇自己两耳光,她觉得自己就像一个白痴,什么都不懂,而其他同学都比自己成熟,比自己知道的多。

宝女气恼着自己为什么要看这本书,也气恼着已经发生了的一切。

也就是在看了这段文字之后的某个夜晚,宝女梦到自己一人在无事湾的山坡上撒开脚跑着,山坡上开着星星点点的小野花,黄色、淡紫色、白色、幽蓝色……她在梦中闻到了甜甜的花香,感受到了脚心传上来的柔软和潮湿,微风扑面而来,吹起了她的头发,柔柔软软地让她感到惬意和放松……

醒来的早晨,宝女觉得身下有些异样,她坐起一看,淡蓝色格子的床单上醒目地印着几瓣红色——她怔住了,继而明白过来,这是自己的初潮。

一瞬间,宝女又惊喜又怅惘,惊喜的是,这几瓣红代表着她是一个正常的女子,从前她羡慕过同宿舍那些大大方方折叠卫生纸的女孩,甚至对自己有过怀疑,担心自己是不是"石女";怅惘的是,初潮究竟代表着什么,有什么作用,为什么会来,这些问题她觉得没法去问任何人,她也还来不及去细细思考。

自从来月事后,宝女对比从前更多地关注自己的身体。当然,这一切依然是隐秘的。她开始在图书馆里借书,每次都不由自主地在"言情"那一栏的书目抽屉里查找书名。她心里有种渴望,渴望知道男女之间更多的秘密,渴望知道真正的爱情是什么样子,渴望知道男孩如果真的爱一个女孩会怎样对她。

管理图书馆的是个头发花白的退休老教师,每次宝女战战兢兢把借书卡递过去登记时,老头儿都要善意地叮嘱一句:"哎呀,娃,可不敢看这些书耽误了学习!"每次听到他的叮嘱,宝女都会羞赧一笑,继而接过新借到的书装进书包,小跑离开图书馆。宝女知道,这个老师并不看书里写的内容,只是看到封面上有男女相依偎的画面。

可以这样说,宝女自认为"成熟"的爱情观渐渐在这些言情小说中七拼八凑地形成了,她看了很多故事,总结出这些故事无非分分合合,离散重聚,不是一女有两男喜欢,就是一男共两女爱慕,不是受到父母阻拦,就是双方因地位身份悬殊而"鸳鸯离散",但不管怎样,男女主角一定是"痴情"的。

痴情——这个词在当时的歌曲里经常出现,很多人觉得这是个非常美好和伟大的词,痴情了才能叫真爱,痴情了才是伟大的,痴情才是值得被赞誉的。哦,爱情不就应该是这样吗?生死相许,天涯相依。

这个时期,宝女常常梦见自己一人在从未去过的野地里走。

似乎是个没有山的地方,风很大,周遭大片干枯的野草在风里沙沙作响,抬头能看见一团白色的太阳。梦里的宝女身上很冷,眼前始终有团光斑忽远忽近地飘浮,她走着,心里恍恍惚惚,不知道自己要去哪里,但梦中,她不能停,只是踩着脚下的荒草不停地走。

六十五

宝童在市里的宏育师范已有大半年。因为有职中上学的经历,他进入师范后比那些刚从县城到市里的学生老练,加上本身年龄比同班学生大,所以显得更加沉稳。

这一级音乐班有四十多个学生,其中只有五个是公费生。以公费生的身份被录取,让宝童感受到了努力所获得的回报。当其他委培生舍不得在灶上吃好菜时,他却享受着公费生每月四十几块的饭票补助,虽然钱并不够,但至少每个月的第一个礼拜能尽情吃好。白馍、油饼、榨菜、火腿肠、鸡蛋、麻花、排骨……每当饭票发下来,这些东西宝童就能美美享受几顿。

学校的生活规律而简单,相比之下,音乐班、美术班、幼师班和体育班能有趣些,基本都是半天专业课半天文化课。因为将来毕业后要当老师,晚自习时,全校学生统一练"三字",毛笔字、钢笔字、粉笔字。写一笔好字是当老师的"门面",校领导在会上多次说过。

其实,许多刚进校的学生也只不过是十六七岁的少男少女,因为缺失了高中时代的过渡,他们把青春期所有的期许都放在这三年去放飞和实现。

没有家人近距离监视和管教,也没有哪个老师会死盯着学生不放,可以说,学生们一周多半时间都在做自己喜欢的事,上自己喜欢的课,周五周六则是尽情睡懒觉和谈恋爱的好时光。

据宝童了解,违反校规偷着抽烟喝酒大有人在,更高一级或两级的男女生也有在外租房同居的,他们与突袭检查的校领导捉迷藏,虽然学校大会上不时宣布背了处分或被开除的学生,但谁又能阻挡青春期的躁动,该发生的、不该发生的依旧每天在上演。

宝童没有沾染烟酒,每当他摸到身上在黑煤窑时留下的伤疤,就提醒自己,一定要走"正路",要对得起父母的操劳,对得起爷爷,要能站到太阳底下,成为一个光明磊落的人。

宝童的专业成绩是全班最好的。

他写的钢笔字也是全班最好的。

他参加了学校的合唱团和文学社,只要是能学到东西的社团,他都乐于勤快地往返。他也是去图书馆最多的人,他并不知道该看哪些书,就遇到什么看什么,通过这些"杂书",他了解了世界上的许多事,也终于明白了除了无事湾、遂宁镇和县城,中国还有更多的乡镇和县城;除了他去过的西安、太原和北京,还有更多的大城市;除了中国,还有英国、美国、法国、俄罗斯、意大利……而所有这些,国家也罢,不同人种也罢,都被地球承载着,飘浮于浩渺的宇宙之中。

而这一切都是谁制造的呢?又是谁在控制?自己在这巨大无边的宇宙之中,终究要做些什么呢?宝童突然开始思索这些问题,他一会儿觉得自己可笑,一会儿觉得自己伟大,一会儿又觉得无比孤独。

但更多时间,宝童还是在奋力学习,他告诉自己,这是对从前辍学的一种补偿,也是对自己今后人生土地的"耕种"。

也正是因为宝童的钢笔字写得好,他很快就成了宿舍里的"代笔王"。代笔什么呢?当然是替人写情书。写一封的报酬是校门口川味小食堂里的两素一荤。

写情书对宝童并不算难事,虽然他并没有给任何一个女孩写过,但他知道如何在图书馆里查找那些漂亮的诗句,诸如"有时候哭泣不是因为难过,有些东西错过了就是一辈子,所以,请珍惜我""我的世界,请你在乎,你的世界,不要把我驱逐""无论何时,我们的年华总会盛开,无论何地,一路风景中最美的是你"……

而这些句子往往还真能奏效,把那些女生打动。

算了一下,光前半学期,靠他代写情书追到女孩子的男生已有两个,全宿舍除了这两个表白成功的,一个初中时就有女朋友,两人同时考上了市里不同的学校,每周周末约会一次;另一个刚刚看上幼师班的一个女孩。再就是宝童。自己的情况,宝童可不敢向舍友们提起。

"娃娃亲",光这三个字就听着落后、土气、滑稽!绣球、长财崽子、薯花、豆角、金瓜……还有丈人高占魁,这些名字都带足了黄土味和山沟圪捞里的小气。在市里,这些名字简直让人叫不出口。更何况,从去年上了职中,他心里不知不觉就觉得自己和绣球的差距越来越大,越来越不是一个"层次"的人。

偶尔,宝童会想,如果给绣球改个名字,该叫什么好呢?高梦洁?高柔羽?高艺娜?高茹静?可是,这些名字似乎和绣球没一点关系,她就适合叫绣球,就像薯花最适合叫薯花,豆角也最适合叫豆角一样。

宝童觉得自己心灵最深处有了一扇活动门,轻轻一推,门后是排山倒海般的黄土,是羊叫驴嚎,是爷爷呛人的旱烟味儿,是绣球怯怯的张望着的眼神,是母亲和奶奶被烟熏得发黑的脸……但这门只要轻轻一合,这边就是高楼大厦、车水马龙,是霓虹,是书香,是钢琴、手风琴和萨克斯,是同班女们舞动的婀娜身姿,是不同而有趣的方言,是通向远方的火车道……

每当舍友们问起,他就故作神秘地一笑,说自己喜欢的类型还没出现,再说,上学时谈的对象,将来工作后能成的有几个?与其分别时伤心,不如现在就不造这个缘。

宝童的学习和爱情观更加稳固了他在宿舍中"老大"的地位。

这年秋天,绣球来宏育师范找过他一次。

再说准确一些,是来校门口见他一次。

那天中午,宝童正和几个同学出了校门准备去吃饭,他们统一穿着红白相间的校服,个个头发洗得黑亮,步步生风。

突然,宝童的目光定住了,他迟迟疑疑地跟着同学继续走了几步,又转头瞅了两眼,这才给同学打了招呼,自己一人走到校门边的一棵树下。

这是一棵白杨树,树下铺着一圈落叶,剩下的黄叶在阳光照耀下特别显眼。

这棵树下,绣球正畏畏缩缩地站在那里。

此刻的绣球看起来比从前个子高了些,却还是瘦,她穿着一件红色的毛衣和深蓝色的牛仔裤,背着一个旧书包,因为瘦,腿上的牛仔裤看起来有些松垮。

宝童还注意到,绣球脚上穿了一双时下女生们流行的松糕鞋,一看就是新买的,因为鞋面上一个褶子都没有。

和校门口来来往往的女学生们相比,绣球明显"来路不明",就像一堆亮闪闪的红宝石中突然放了一颗用毛粪奶大的洋柿子。尽管这颗洋柿子掰开后,心里可能也是亮闪闪的颗粒,但它的外表还是让宝童觉得有些难堪,有些说不出的想要逃避。

这个让自己第一眼觉得眼熟,第二眼觉得心惊,第三眼才确定的女子,她怎么来到了市里,又是怎么寻到了自己的学校?

但很快,他在心里开始骂自己的无耻和无情,骂自己的虚伪和好面子。

"绣球,你……你咋在这儿?"他快步走到绣球面前,看着她问道。

绣球两手紧紧攥在一起,两片薄薄的嘴唇紧咬着,唯有眼神里熠熠的光彩显示出心中的惊喜和激动。

听宝童这样一问,绣球立即低下了头,眼睛也垂了下去,看向地上的落叶。

"我,我出来串一串。我想起……想起你就在市里上学,顺便过来看能见上你不。"

"你咋能寻上这里?"

"只要知道地方,鼻子下面不是长着嘴吗?"

"你……你都还好吧,家里都好吧?"

"都好,就是我大的病一变天就犯。你家里,爷爷奶奶都很好。金瓜总是念叨你……"绣球有些语无伦次。

"哦,你一个人来的市里?"

"薯花姐想跟我一起来,我没让来,我盘算着我应该出来锻炼锻炼,见见世面,不然就真成土老帽了。"

"哦,外面能学到的确实多。"

宝童再不知该说什么了,这时,一个舍友路过,好奇地问道:"哎!宗宝童,这是你老家妹妹?"

"啊?哦……嗯,嗯!我妹妹!"

"你可真幸福,我家里人谁也不来看我!"

绣球这时抬起头飞快地看了宝童一眼,她的眼中,刚才的喜悦和激动不见了,取而代之的是惊讶,这种目光和她此刻的衣着、表情合而为一,瞬间让宝童无地自容。

宝童尴尬地低下了头。

"唉……"他听见她轻轻叹了口气。接着,一阵窸窸窣窣的声响后,一个用洁白的纸张包着的东西递到他面前。

"我知道你脚汗大,这两双鞋垫你拿着。我做的。"

宝童慌乱地抬头,只和绣球对视了一下又躲开。他觉得太阳发出的光更强烈了,照得他头脑一片空白,出于本能,他伸手接过那个长长的纸包。

"宝童,我走呀,你忙吧,村里考出来一个人不容易,你好好学,为咱那个地方的人争光。"

"哦……啊?那你怎么回?"

"咋来就咋回,你不用担心。晌午了,你快去吃饭吧,我走呀。"绣球说着就转身迈出了步子。

"绣球!"宝童心里一急,一把上前扯住她的胳膊。

"你,你吃完饭再走吧。"

绣球转头笑了笑,露出白而细密的牙齿,她的笑还和从前一样,像一朵毛茸茸的蒲公英。

"不了,我已经吃过了,你别担心,你快去。"

她轻轻向前一挣,尽管脚上的松糕鞋有些笨拙和不灵便,但她还是加快了步子。

宝童心中还停留着她刚才的笑容,一瞬间,他似乎回到了她家的窑里,回到了和绣球一起走在路上的时光和场景中。当下,绣球快速离去的背影明明是红色的,宝童却觉得那是一朵白,被风吹着,轻盈地飘走了。

宝童想追上去送她到坐车的地方,或是拉住她至少让她吃过饭再走,可他的两脚定定地站着。他心里堵着一股自责和悲怆,堵着一句"你这个负心汉"。

他没心情吃饭了,一手紧紧抓着那个纸包回了宿舍,闷闷地坐在床上。

整整齐齐的纸包一打开,一股熟悉的面糊子味和淡淡的棉布香就浮了上来。

纸包里对扣着两双鞋垫,一双鞋垫上用十字绣绣了两个红灯笼和"万事如意"四个红字,另一双也是十字绣,绣的是一只只展翅的粉

583

色蝴蝶。宝童把它们打开,展在手掌里细细看。这鞋垫上每一个针脚都是绣球美好的心愿啊……他开始牵挂担心起绣球不知道能不能找到车站,有没有坐上车……要是一切顺利,她回到家该怎么说起自己……宝童越想心越乱,不由往床铺上的被子和枕头上一倒,抱住了自己的头。

好不容易挨到第二天下午,他在学校门房给宗建立打了个电话,说起绣球昨天来学校的事,还撒谎说因为当时不方便请假,就没去送她,她家没有电话联系不上,让爸看咋能打问到她回去了没有。

听儿子这样说,电话那头的宗建立语气颇为欣慰,还夸奖了宝童几句,说有这份责任心很好。宝童再次升起一腔惭愧。

挂电话后约莫半小时,宗建立才给宝童回了过来,说他给长财崾子村村部打了电话,村支书正好在家,为这事专门撵到高占魁家看了一次,说是绣球在家。

宝童这才放下了心,负罪感稍减。绣球肯定知道是谁在打电话问她,可她今后会怎么想,怎么看待他这个"负心汉"呢?

说来也巧,就在绣球来过的这周周日,又一个女孩出现在了宝童的生命中。

这个女孩,宝童其实并不认识,只知道她叫周小睿,是普通班的学生,因为刚好符合舍友王明飞的"口味",让宝童代写过几封情书。

这女孩也胆大,看过这几封情书,竟点名让写情书的小子来见她,并摆明了要"倒追"这个幕后高手。

一番嘻嘻哈哈的起哄之后,宝童真被舍友们推搡着到了这个女孩面前,见面时,她和她的两个舍友站在一起。比起绣球,她显得圆润、健康,可要说漂亮吧也算不上多漂亮,要是在平时,宝童可能并不会注意到她。

"周小睿,你好,见到你的真容很高兴!哈哈,算起来,给你写了好几封信了!"不知出于一种什么样的心态,宝童没有紧张,也没有胆怯,大方地笑着向她伸出手。

"宗宝童,果然字如其人!你没有让我失望!"周小睿也大大方方伸出手和宝童握了一下。她的口音里带着一丝"秦腔味儿",也似乎带着一种强大的自信。

见他们握手,舍友们吹口哨的吹口哨,起哄的起哄,宝童的心里有了些异样的感觉。周小睿的大方和自信让他想起绣球的拘谨和"小气"来——一转念,他又在心里狠狠骂自己。

"你这个浑蛋,你怎么能这么想呢?绣球要是也念书,肯定不比她们任何一个女子差!喜新厌旧、忘恩负义说的不就是你这样的人吗?!"

"周小睿,今天我是被舍友们绑架来的,其实你应该好好了解一下王明飞,他对你可是死心塌地!每次求我帮他给你写信,都是毕恭毕敬的!"

宝童也不知道自己为什么突然口才这么好,他觉得应该感谢在图书馆读过的那些书,关键时候,他大脑里闪现的词语都恰如其分又不失幽默。

"宗宝童,我还确实得感谢王明飞,要不是他,我也认识不了你。"周小睿一边笑,一边用眼睛盯住宝童,没有丝毫扭捏和不好意思的神态。

"唉,老夫愧不敢当!"宝童冲周小睿抱了抱拳,笑着说道。他心里一飘,一丝异样的情愫再次划过。他定了定神,礼貌性地笑了笑,大步流星离开了众人的包围圈。身后又是一阵笑声。

这天夜里,宝童睡得很不安稳,梦中,他一会儿在无事湾过洛河,水清凌凌的,可岸边泥泞一片;一会儿他又在土路上走,走着走着,迎面过来一支乐队,有吹号的、敲鼓的,更可笑的是四个人抬着一架钢琴让他弹。他问乐队这是要去干什么。其中一人笑着对他说:"你还不知道?今天你结婚呀!"宝童问:"我和谁结婚?我咋不知道?""你自己都不知道,我们咋清楚?"几个人说着就把抬着的钢琴往地上一蹾,钢琴的琴键突然自己开始跳动,演奏着一首很悲壮的乐曲,宝童站在那钢琴前,拼命伸出双手想去操控琴键,却总是够不着……

　　宝童从梦中急醒,双手冰凉。他侧身把手夹进大腿中,觉得自己一定是想家了,又觉得这个梦一定有什么难解的意思藏在里头。

六十六

宝童和周小睿开始交往了。

周小睿对宗宝童很上心,自从上次正式见了面握了手,这个带着"秦腔口音"的姑娘就算正式开始了倒追。她给他送吃的,给他洗衣服,甚至每天下午都早早在食堂把饭打好,站在男生宿舍楼外等他。

宝童惊异于这女子的胆大和热烈,虽然从内心深处讲他并不怎么喜欢周小睿,但他从来没有被谁这样厚待过,也没有遇到过这样热情的女子,周小睿对他表现出的崇拜,更是满足了他的虚荣心。

渐渐地,他便从开始的逃避、拒绝变为面对和接受。

周小睿家所在的怀辕县对宝童而言有些陌生,听周小睿说,那里与陕北隔着一条名叫"刘巨河"的小河,河北边的人说着陕北方言,河南边的人说着关中方言,这也是她口音和他不一样的缘故。

周小睿说自己的父亲是个县里的小领导,从小她就是个不愁吃穿的"千金小姐",加上她开朗的性格,从中学到上师范,看上她的男生有好几个。

虽然他对周小睿的家乡并不真正了解,但周小睿所说的这些让他既好奇又新鲜,而且,自从知道了这些,宝童越发觉得周小睿放着优越的条件却肯"屈膝"于自己,这更让他产生一种自豪和成就感。他觉得自从和周小睿开始交往,他远离了那扇门背后的一切,他甚至开始想象自己将来"逃"出无事湾或长财崈子,逃出他曾认为很大的遂宁镇或县城时的自由和快乐。

然而,在他逐渐和周小睿越来越靠近时,那个怯怯的身影总是冷不丁就浮现在他的心里——周小睿并不知道这件事,他也不打算将绣球的存在告诉她。可是,很明显,自己正一步步远离着绣球和她周遭的一切,这让他一边受着良心的谴责,一边却又更渴望周小睿带来的新鲜感和刺激感。

终于,在初冬到来时的一个周六,宗宝童独自坐在教室里开始构思退婚书。在这之前,他甚至偷偷查过《婚姻法》。

宝童坐在课桌前,心和手都在发颤。

他能想象这封信被读给绣球时,她会承受多大的打击,她的家人会因此蒙羞,而自己的爷爷、奶奶和父母、妹妹们,也将因此在无事湾和长财崈子村被议论甚至唾骂、诅咒……可是,宝童觉得这封信非写不可,这些天来,他实在受不了内心的折磨——不,这种折磨和矛盾或许更早就有,只是自己当时没有选择也不太明白。从开始他就是被动地顺从和接受……

如今,周小睿的出现也不过是太阳出来雾散去,让他更看清了自己的心而已。

没错,他就是和绣球完全没有共同语言,也完全没有交流的可能!在未来,总不能让他弹琴唱着《喀秋莎》或《北国之春》,而作为他妻子的绣球在一边拽动着针线,于一只似乎永远纳不完的布鞋底子上给他伴奏吧?又或者,劳累了一天的他睡在床上,想和妻子谈谈工作或艺术方面的事,她却絮叨着父亲的病又犯了,薯花和她男人又打架了,弟弟金瓜准备娶婆姨了……

宝童一边痛苦地想象这些情景,一边更坚定了写退婚书的念头。他憧憬着未来的伴侣有文化,能与自己夫唱妇随。很明显,于绣球,一个老老实实的庄稼汉最适合她,能交流给地里的庄稼上什么肥好,能交流谁和谁因为偷油发了财,交流"小舅子""小姨子""伢伯子"那些乡村俚语中蕴含的趣味,交流哪棵树上的杜梨好吃……不过,就她的家境而言,如果她的丈夫是个生意人也不错,至少能让她的生活不那么贫穷……

想到这里,他提起了笔。

绣球:

你好。我知道你不识字,这封信只能由别人念给你听,不管是谁念,不管这封信写的内容让你多么伤心,请一定要接受这个事实。

我们的亲事在现在看来非常幼稚,也不符合婚姻自由,那时,主要是因为我爷爷的决定,才有了我们这宗"娃娃亲"。不管是过去还是上次你来找我,我们之间都不再像年龄还小时那么简单了。相信这几年来,你也能感受到我们两个越来越远,尤其是我,思想发生了很大的变化,认为我们将来的婚姻一定不会幸福,所以,我决定退掉这门亲事,从此我们各有各的自由,可以去选择真正适合自己的人。

你和家人们好好骂我吧,甚至可以叫人来狠狠打我一顿,这样我才能心安一些,毕竟这么多年来,你已经把我当作你的丈夫,等待我,关心我,为我默默付出着你的时间。

我希望这封信不至于给你带来太大的痛苦和伤心,因为我一方面是自私,另一方面也是为你考虑,想让你尽早脱离我给你身上捆绑的绳子,好好找一个和你能说到一起的男人,安安稳稳地过日子。

在此，我对你和你的家人们表示深深的歉意，一千句、一万句都不足以说明我的愧疚，再次请你原谅我这个负心人！

宗宝童
1997年11月2日于宏育师范

宝童并没有把这封信直接寄到长财崾子，因为他知道村里收不到，他只能先寄到遂宁镇政府办公室，并写上了"转交无事湾村宗谦润收"的字样，为防止丢失，他特意多贴了几张邮票作为挂号信。

如果不出意外，这封信会被来遂宁镇赶集的村人稳妥地捎到爷爷手上——村里有几家人的子女在外地打工，不时会写信或寄钱回来，每个集市上这几家人都会去乡政府查看，他们正好能帮宝童捎信。

之所以选择寄给爷爷，是因为"解铃还需系铃人"，爷爷识字，又会处理事，相信他会站在自己孙儿这边，好好为他着想的。

退婚书寄出去的那几天，宝童在琴房发狠地练琴，他刻意避开周小睿，想求得一份冷静和解脱。宝童若即若离的冷漠却更激起了周小睿的热情和痴情，她感觉宝童不可捉摸，充满了男人的神秘魅力。为了能感受到他的气息，她偷偷站在琴房外的玻璃下，听宝童一曲一曲地弹奏，一句一句地歌唱，哪怕双脚冻得发麻，她心里也充满了奉献的快乐和别样的甜蜜。

一切似乎在宝童的计算当中，却又不可预料。

信件寄出后的第六天，宗谦润竟然来了宏育师范。当门房人员到教室通知宝童，说他爷爷在校门口等着见他时，宝童的心紧紧缩在了一起。他向老师请了假，一路小跑，看到拄着拐棍儿的爷爷站在大门口时，他眼眶不由一热。

"爷爷！天寒地冻的，您咋来了？您这么大年纪了，咋敢一个人出门来着？"

"好你个龟孙子王八蛋，忘恩负义的小子！"宗谦润也不回答宝童,直接抡起拐棍儿就往宝童身上招呼。宝童见状也不躲,任由那拐棍儿狠狠敲在他的腿上。

见宝童不躲,宗谦润再次抡起拐棍儿,却又长叹一声放了下来。

"唉,其实也不能怨你,都是我这个老糊涂给你们弄下的麻烦!你不要怕,爷爷再不打你,咱们找个地方坐下来,好好商议一下看咋处理这事!"

"爷爷……"

"先不说了,找个地方坐下来再说!"

爷孙俩进了校门口的一家面馆,要了两碗面,一边吃,一边相互交了心。

"爷爷,我没想到您会来,您这也太让人担心了!"

"怕啥?我身体还硬朗着哩,脑子也不糊涂!绣球能找见你,我也能找见!再说,歪好送你时我还来过一次!"

"您来……我爸知道不?"

"我没给他说!这件事是我一手操办下的,跟你大没关系!"

"爷爷,您真的不怪我写了退婚书?"

"唉,爷爷还能不了解你?你和绣球都是好娃娃,可惜不在一条路上走着!尤其是你考出去以后,我也在心里不知盘算过多少次,你们的事确实不好办。每次想到这些,我就愁得睡不着。"

"爷爷,那您觉得绣球和她家里人能接受退婚这件事吗?"

"接受了接受不了都得接受……爷爷今天来就是想再问问你,靠靠你,要个准话。你是不是确实不要绣球当婆姨啦?"

"爷爷,绣球是个好女子,可我们真的已经不在一个文化层次上了。上次她来找我,我们都觉得没啥说的,如果以后真在一起生活,您也能想来会是一种什么状况。"

"你这小子,能有什么状况?她肯定对你百依百顺,绣球多温柔体贴!依我看,你要真娶了她也幸福着哩!生活是生活,工作是工作,遂

591

宁镇也有很多干部娶了没有念过书的婆姨,我看人家不都过得那么顺畅?"

"爷爷,这是您的想法!婚姻毕竟是我自己的事。"宝童一口气憋在腔子里,不由皱起眉头,筷子也放下了。

"唉,你说得对……说得对!毕竟是你自己的事,得由你和她过一辈子!唉!你实话说,是不是在学校新谈了对象?"

"没有,爷爷,处理不了和绣球的事,我根本不可能心安。"

"那就好,总算还明白事理!行,你的心意我现在也算清楚了,明天我就坐班车回去,到了长财崽子,把退婚书送到,要杀要剐随便人家!"

"爷爷,您不要怪我,我心里也可不好受哩。"宝童心里一酸,想起这件事给自己带来的苦恼和心里的挣扎,不由滚出一行眼泪。

"呵呵,臭小子,快把眼泪擦了,不怕人笑话!"

"为了这件事,我爸肯定又会骂我。那么多彩礼和粮食,算被我糟蹋了。"

"好娃哩,什么彩礼和粮食,这两件事你往后可再不敢在绣球和她家人面前提起!咱拖了人家女子这么多年,这次能和平解决就算是烧了高香!"

"爷爷,也真是难为您了。"宝童想到爷爷一人步行到镇上,又坐近四小时的班车才来到市里,回去后还得给自己了却这桩麻烦事,一阵感激和内疚涌上来,他眼里又汪了泪水。

这天,宝童彻底请了假,陪爷爷去市里逛了一圈,给他买了顶棉帽子,下午回来,又带他去琴房,给爷爷表演弹琴唱歌。宗谦润笑呵呵,似乎也忘记了退婚的事。当晚,他就住在宝童的宿舍里,宝童和舍友挤在一起,让爷爷睡在他的铺上。尽管一晚上舍友都因为爷爷的鼾声没有睡好,但宝童依然很高兴,他觉得让爷爷体验一把自己的生活,也有助于坚定爷爷帮他退婚的信念。

第二天,宝童又请了一上午假送爷爷到了汽车站,在汽车站,他再次想到绣球。那天她在这里一个人坐上回去的汽车时心里该是多么难受。他又一次陷入自责当中,但也只能在心里一遍又一遍说道:绣球,原谅我吧,我不想再给你希望,那等于是害你……

宗谦润回去后的第四天头上,先是宗建立打来电话,教训了一顿宝童,责问他早干吗去了,拖了这么多年才想到退婚,临挂电话时,却又唉声叹气地安慰了几句。

又过了两日,宗谦润终于在遂宁镇打来了电话,说是已去过了长财崽子,绣球全家人都已知道了退婚的事。

"绣球她……她没有哭吧?"

"当着我的面儿是没有。"

"她没有说啥?"

"说了,说让你好好念书,她知道自己配不上你,让你心里也不要有负担,将来找个有文化的婆姨好好过。"

"啊?她真这么说的?"

"嗯,就这么说的。"

"那她大她妈没有给您难堪?"

"唉,其实大家对你们的事都心知肚明,加上这些年咱家也没有亏待过他们,人家也没咋难为,也就说了几句不好听的话,爷爷这张老脸总算还能挂得住。"

"我大给我打电话,把我骂了一顿。"

"骂就骂了,还不是心疼你?!父子还能有仇?"

"爷爷,我懂。"

"懂就好!你人生路还可长着哩,我也盼绣球找个好婆家、好男人,将来我才有脸见她。"

"我也一样,希望她过得好,比跟了我过得好。"

"唉,不由人,不由人!老天爷保佑吧。"宗谦润喃喃着挂了电话。

宝童想象着绣球说那几句话时的神态,心里再次一阵痛楚。他觉得,这个电话挂了之后,自己的男孩时代就彻底过去了,这件事也彻底过去了,所有的愧疚和不安都将被他深深掩埋在那扇门之后,他用意念给这扇门加了门闩,让它不再轻易打开。接下来,他要做一个血气方刚的青年,要放开胆子、迈开步子去追求真正属于自己的生活,配得上自己的生活!

周六这天,宝童主动去找周小睿,看得出,周小睿在这段时间里因为他的疏远很痛苦,隐隐有了黑眼圈。

"小睿,从今天起,你正式做我女朋友吧!"宝童把在精品店买的一只玩具兔子塞进周小睿怀里。她的眼睛一下子就明朗起来。

"说!最近为什么对我那么冷淡?害我睡都睡不好,你该当何罪?"

"小睿,是我家里有些事情,不过已经处理好了,你别担心,你愿意在接下来的日子里,开开心心地和我在一起吗?"

说这话的时候,宝童心里掠过一丝不安,他很清楚,不管周小睿怎么对他,他都没法像她对自己那样热情和全心全意。至于为什么会这样,宝童也曾细细分析过,可能是她并不是他期待的女孩,或者,她并不像他一样爱学习爱读书,此外,她言语里随时表露着的优越感也让宝童不舒服……但是,换个角度来看,周小睿不矫情,不做作,大方磊落,也算个不错的女孩。

自此以后,宏育师范的校园里,宝童和周小睿出双入对,相互照顾,尽管时常有说不到一起的地方,但两人的善良和幽默抵消了一切,让他们感觉到了恋爱的甜美滋味。

周小睿总会在宝童手头紧张的时候把自己的零花钱攒下来给他,这让宝童十分感动,毕竟自己的老根扎在农村,不像周小睿这样出身干部家庭。每当受了接济,他又觉得有些羞耻,但他不愿意去放大这种感觉,他觉得凭着自己的努力,只要保持优异的成绩和专业功底,毕业后一定也会跻身于干部行列,那时,他一定会好好回报周小睿,证明她没有看错人、选错人。

关于绣球的想象和记忆被宝童刻意淡化了,如果偶尔闪现,宝童也会很快转移注意力,提醒自己要对周小睿绝对忠诚。

这一年寒假时,宝童早早回了家,父母带着两个妹妹和他一起回到无事湾。回老家陪老人一起过年是宗建立对父母的"补偿"。

也就是在那个大年夜,宝童第一次陪爷爷和父亲喝了几两白酒,醉得一塌糊涂。

大年初一醒来时,宝童记得一抬眼就看到天光从崭新的白麻纸和红窗花间透过来,那么温柔美好,宝童当时什么也没想,只在心里无来由地念叨了一句——"唉,老天爷保佑。"

六十七

  几乎每个县城的早晨都是在无数种声响的混合中开始。
  这些声响中包含建筑工地塔吊转动、工人施工的声响,包含清洁工扫大街的声响,包含母亲呼唤子女起床上学及锅碗瓢盆碰撞的交响,也是鼓风机、县城早广播和汽车奔跑声的总和。在冬季,这些声响中还要加入每个单位冬季锅炉房烧暖气的轰鸣声,这让县城像一架巨大的不停运转的机器。
  尤其是县城经济靠石油大力带动起来的这几年,它更像个已经发动起来的大货轮,满满地码上了希望,即将驶出囚困了它多年的山沟沟,但这个大货轮总是在发动,没有真正起航的时刻,也没有人知道要去的港口是哪儿。
  兰芬照例早起,自从搬到县城里来住,她过日子就更有心劲儿了——儿子在市里上学,两个女儿都乖,学习也不错,丈夫承建的楼房即将验收。无事湾的公婆暂时都还能动,能招呼得了自己。至于自己的父母,兰芬已很久没有想起来过了,确实忙,还有一个原因是他们走得实在太早,没能像公婆这样享子孙的福。

兰芬每天的日程是这样的。早上六点起床,简单洗把脸、抹点搽脸油、梳梳头发就奔向了灶台,基本连镜子也不照。工人们每早八点准时吃饭,十四五个大男人的伙食全靠她操办,工人们在工地上苦重,吃得就多,饭都是一大锅一大锅地做,一天三顿,有时真比在地里下苦还累。

宗建立如果在,一般也是六点起床。起了床,先吸一支烟,然后再像往常一样照镜子、刮胡子、刷牙、洗脸、抹搽脸油、梳头,再给皮鞋上油,最后穿西服裤和外套。

每当瞥见丈夫这样,兰芬总是偷偷抿嘴笑,她爱宗建立干干净净的样子,她觉得男人周正了也是婆姨的功劳。

兰芬只认一个理,自己吃苦耐劳为这个家付出,为宗建立付出,家里所有人都能看得见,自己的男人也明白。有哪个男人不想跟一个无怨无悔付出的婆姨过日子?又有哪个男人能无视婆姨的付出,不认为"军功章里有你的一半,也有我的一半"?这首歌唱得多好啊。

虽然有时她也会在丈夫外出或夜不归宿时心里划过几许不安,但她不愿去深想,加上宗建立平时做事稳重,她不忍心也不愿意把他往不好的方面想。

兰芬觉得婆姨汉之间有些话说得太明了就没意思了。

这年腊月十一,宗建立的叔伯姐姐九丸家里过事情,要给儿子重生娶媳妇。宗建立通知兰芬时很高兴,说自己这个侄儿能结婚也算是给九丸姐抹了一顶大愁帽。

宗建立还给兰芬说,亲戚们都知道重生的事情,算起来,他今年已有二十八九岁。陕北男人普遍结婚早,像他这样的岁数,本该娃都满院跑了。不过,重生不能按正常人去想,毕竟他身体有不方便之处。前些年电视不普及的时候,说书人收入还不错,但这五六年以来,城里几乎家家户户都装了闭路电视,农村人也自己买了"锅碗子"安在脑畔上,看的频道比县城还多,人们的心思早都不在前些年的赶会、唱戏和说书上了。

　　说起来,重生活得的确不易,亲爹问余从来没给过他什么依靠,后爹谷培华虽说对他不错,但娃自己觉得理短。九丸算得上是个女中丈夫,这些年来靠裁缝铺挣了些钱,谷家两个儿子能顺利成家,离不了她全心全意拉补。但这次真正等到自己的亲生儿子结婚时,她竟偷偷向宗建立开口借钱。虽没多说什么,但他从九丸的眼神里读出了无奈,也读出了刚强。

　　不管咋样,宗建立这些年来敬重九丸,也敬重谷培华,很多事情外人说不清也不便随意下定论。

　　听九丸说,重生脾气倔,这些年每年都奔波在外,不光本地,就连榆林、内蒙古一带都走村串户说书跑遍了,一般女子看不上他,他也看不上一般女子。但总算是天不亏人,重生在定边县说书时,不知怎么就有个叫红彩的女子迷上了他,一般人可能还没戏,但这个女子偏偏也爱说爱唱,胆子又大,一路硬是撵着重生和师兄弟们走了一百多里,终于拜成了师,也学成了女书匠。这下,张秀山团队里多了个女娇娘,再也不用男装女了。红彩边走边学,声音娇脆,加上"女书匠"的噱头本身也有吸引力,竟给说书队带来了不少观众。

　　重生和红彩是自由恋爱,也算是真正的夫唱妇随。每当重生三弦扑落落弹起时,红彩就在旁手腕轻摇,竹板黏在她白白的手指间,和着三弦啪啪啪脆响。一说到正本,二人似乎都穿越到了情义浓重的古代,成了男女主角,每次书场子都成了他和她心神交汇、合二为一的舞台。

　　九丸说,这次把重生和红彩的喜事一办,她这辈子的任务就算又完成了一项,外人咋说咋看她不管,人只要对得起自己的良心就行。

　　腊月初八这天,兰芬特地等宝女补完课后陪她去买了件新棉衣,宝女还给她参谋了一块大花丝巾,说围上显得脸白。兰芬知道重生的喜事很多亲戚都会来参加,无事湾的公婆也会来。过事情就是过"人",

也是大家暗地里相互攀比的时候。如今自己也算个城里人,可不能在穿戴方面给自个儿男人丢脸。

初九,兰芬和宗建立一早就去了九丸家,想帮忙做些什么,可真去了,发现也没什么活儿可做。如今很多东西都现成,豆腐、粉条、豆芽、蒸馍根本不需要像农村那样自己去做。只要有钱,农贸市场里有的是。

九丸一家还住在之前的院子里,只是在周围新建的一圈平板房和几栋二层小楼的对比下,院子显得有些老旧。和县城这些年的发展相对应,似乎九丸这一代人也都老旧起来——毕竟,九丸熬着熬着,如今也是近六十岁的人了。

眼见帮不上什么忙,兰芬有些失落,只能向九丸姐问这问那,又夸赞了一番重生的妹妹谷有秀。谷有秀在人堆里很出众,脸白白的,头发顺长地垂在腰间,文文气气,亲戚们问起来,她细声细语说是刚在县粮食局找了份工作,明年春季就去上班。

因为定边太远,娶亲的当天去了回不来,加上重生眼睛不便,红彩和父母、兄妹们加起来七个人已提前一天到了县城。九丸在最好的宾馆把他们安顿下,两家大人商定一切以方便为主。

初十这天傍晚,重生就把红彩从宾馆"娶"到了自家,当晚圆了房,算是简化完成了娶亲的步骤。

九丸和谷培华双方的老人皆已仙去,重生在杨家峁的亲爷爷、亲奶奶也已不在人世,象咀村和杨家峁来了金川和梅英一家,算是代表。梅英告诉重生,问余身体不好,来了又怕影响亲戚们,不过他多少有个心意,捎来了两百块钱。

重生听了只是淡淡一笑,回道:"您转告我大,让他不要记挂我,虽然他没有抚养过我,也没尽到什么责任,但他将来走了,我和红彩会去料理后事。将来我和红彩有了娃,也会姓杨,我身上的事我这辈子会处理好。"

599

梅英和九丸听到这话都没作声,心里百味交集中又有一丝欣慰,重生能这么说、这么做,也算解了田家和杨家的一个死结。

重生在谷家院子里显得个子很高。

如果不细看眼睛的毛病和走路的姿势,重生算得上是个俊朗的男人,虽来回奔忙经了不少风霜,但说书一行毕竟苦轻,也看不出有什么沧桑,反倒因为长期浸泡在今古传奇之中,重生身上多了一种文气。

红彩圆脸盘子,圆眼睛,唇红齿白,性子泼辣中带一丝文雅,两个人往一起一站,真是说不出的般配。

"都说三岁看老,重生这娃可算成了才,人说好姻缘天配就,你看这婆姨汉,走到哪儿相跟着唱到哪儿,比咱们自在!"

"可不?九丸总算熬出头了。"

"就是书匠这营生这两年不太景气……"

"再的不要说,就算人家有一天不说书了,随便做点儿啥小生意,这婆姨汉两个我看凭口才也够吃了!"

亲戚们都这么议论着。

说着说着,众人就撺掇重生和红彩现场来一段,让大家高兴高兴。新郎新娘也不推托,三弦一抱,竹板一打,两个人就崭新新、明亮亮地在院中现编现唱地开了嗓。

(重生)手弹三弦把板打,欢迎亲朋好友到我家

(红彩)身在江湖不由己,今天聚在一搭不容易

(重生)师兄师弟到三边,风雨无阻走场欢,说起我这婆姨你们不要笑,她就爱说书撵着我们到处跑

(红彩)谁让你们说书说到电影院,电影院端端就在我门前,你的声音好听人又帅,惹得一群定边女子胡盘算

(重生)一回生来二回熟,观众里数她最显眼

(红彩)看他人稳重来艺又高,知书达理说得好

（重生）听她嗓子清亮性格爽，一看就是我的好搭档
………

宗建立忙着往礼簿上记名字，收礼钱，九丸和谷培华招呼着亲戚们吃喝，金川和梅英陪着红彩家的亲戚们坐了上席。宝女和宝玲挤在人群中听新郎和新娘说书。

正在帮忙洗碗的兰芬看着眼前的红火，心中恍然一动，想到宝童和绣球的事，不由亦喜亦悲。

宝童今年放了寒假到现在还没回来，说是要自己打工挣钱买手风琴，在市里临时找了个食堂帮忙做活，要到腊月二十五后才能回来。

这孩子的婚姻将来不知会咋样？兰芬有点儿不太敢往深里想。

离过年还有几天，宝女约了冉芸一起玩。青春期的小姐妹到了一起总是有说不完的话，逛不完的街。

冉芸家人一放寒假就给她报了音乐班，每天起来学声乐、练舞蹈，她中考的方向已经明了，她早和宝女说过自己的梦想是当一名歌唱家或舞蹈家。宝女完全理解她，因为哥哥宝童学的就是音乐。这一点也让她和冉芸之间更多了一份亲密。

腊月十四这天，是冉芸十七岁的生日，她叫了宝女和三个平时相处得来的同学，向家人要了点儿"特批经费"。五个女孩买了个小蛋糕，在食堂点了几个菜，吃完饭时钱还剩下一些，冉芸就提议一起去县城的"流星雨"歌舞厅看看，听说里面载歌载舞，县城年轻人们爱去，趁放假正好去开开眼界。

几个女孩平时都是家长眼中的"乖乖女"，这个提议一下子激起了自由和叛逆的快乐。宝女因为屈延博和刘保军事件影响的黯淡心情也一下被点燃了，她也好奇着小说里写的什么"舞步摇曳""婀娜多姿""莺歌燕舞"到底是什么样。冉芸这一鼓动，她立刻同意。

"流星雨"歌舞厅在县城后街的一栋楼上，整个二楼都是它的地

盘,白天不开门营业,晚上六点才准时亮起玻璃外围的那圈五彩霓虹。一楼的入口处,几盏荧光灯从角落射下来,其中一个光圈正好落到入口处,进出的人在这灯光里显得格外明亮,熠熠生辉。通往二楼的墙上,布置着几幅男女共舞的广告画,朦朦胧胧传达出一种神秘而欢快的气氛。

几个女孩梦游般上了二楼,在门口买了票,一张票一块钱,还是冉芸"请客"。进了这扇门,女孩们一下就像到了另一个世界,昏暗中,圆形、点状、带状的灯光旋转变幻着、闪动着,让她们激动,胆怯。宝女一把拉住冉芸的手,示意大家先在旁边观察一会儿。

"你说我俩长相依,为何又把我抛弃,你可知道我的心,心里早就有个你……"平时宝女也能听到的这首歌被额外配上了许多鼓点和节奏,大舞池用黑白格子的瓷砖拼起,一对对男女正搂抱在一起随着音乐的节拍起舞,舞池一侧有五六个雅座,桌子上摆着啤酒和瓜子,也围坐着一群男男女女。酒味、瓜子皮味、男人们头上的摩斯味、女人身上的脂粉味,多种气味混合在一起,形成一种独特的烘热躁动的气息。

宝女注意到似乎还有一些门在更暗处,却是紧关着的。

几个女中学生贴着墙站成一排,像一串傻傻甜甜的冰糖葫芦,舞池斑驳的光点变幻着在她们身上扫来扫去,挑衅一般。

这时,《长相依》一曲终了,灯光突然一亮,舞池中刚才还翻动咕咚着如粥般的男男女女嗡嗡着散开,像被一把无形的勺子舀到了周边的雅座上去。但似乎也只是短短半分钟,又一支更欢快的乐曲响起,舞池中再次热闹起来,几个穿着时髦的女子不知从什么地方走出来,热带鱼一样游动在舞池中,她们似乎没有固定的舞伴,一会儿在这儿,一会儿在那儿。

几个女孩总算搞清楚了"流星雨"是怎么回事,刚才亮灯的瞬间,她们已经看清来这儿的人虽然年龄不等,但都是县城里最洋气时尚的人,其中不乏学生模样的男女,眼尖的冉芸甚至看到了一位学姐,此刻的她一点也不像学生,扭腰摆胯间充满成熟女人的风情。

宝女用肩膀挤了挤冉芸,意思是看也看了就走吧。可冉芸没回应她,宝女仔细瞅了瞅,这才发现冉芸定定看着舞池中的人们,双腿也跟着舞曲的节拍晃动,根本没顾上自己。其他几个同学也似乎被催眠了。

宝女突然莫名有些生气,正当她准备离开这里出去时,一曲又终,整个大厅一片黑暗。黑暗中,突然呼哨声尖锐地响起,也就是十秒左右,灯光忽然又亮了起来。宝女不知道是什么状况,只能继续站在原地。

就在灯光的闪动中,她突然瞥见从舞池一角出来两个人,宝女心里一动,使劲儿盯着那两人。

宝女有些不敢相信自己的眼睛——那男人的个子、头发、身材和潇洒的长风衣她再熟悉不过,但此刻,他手里紧搂着的是一个腰肢极细、披着头发的女人,那女人一副气呼呼的模样,似乎要从男人手里挣脱出去,男人则更用力地箍着她的腰。

"不可能,不可能……"宝女趁着墙边昏暗小跑了出去,同时,她心中有种极为沉重的灰色碾压过去。

那个男人正是自己的父亲宗建立。

宝女小跑着下了楼,一边跑,一边回头张望,她害怕父亲和那个女人也刚好出来。她觉得自己得逃到一个安全的地方去,以保全些什么。

好在她一到街上,冉芸和其他几个同学也出来了。

"曼妮,你咋跑了?让我们还担心了一下!咦,你咋了?"看到宝女脸色不对,还眼泪汪汪的样子,冉芸忙问。

"唉,没事,里面的灯晃来晃去,我头都晕了,刚不知怎么有点儿想吐。"宝女撒谎道。

"哎呀,你看你,太落伍了吧,多来几次就好了,我倒觉得里面很好玩！"

"哦,今天是你生日,你高兴就比什么都重要。我,我还是不舒服,想回家。"宝女应付道。她拉着冉芸的手,把她拖离了"流星雨"的灯光范围。

"好吧,我们以后再来,我找人学学交谊舞,我看他们跳得可美了！"冉芸还是恋恋不舍。

回到住处,母亲又在灯下做着鞋垫。她穿着一件臃肿的驼色厚毛衣,灯泡光打在她的头发上,让她看上去像一片发黄发皱的菜叶。宝女只看了一眼鞋垫的大小就知道,这又是给父亲做的,父亲的皮鞋里从没少过这样的鞋垫。

"妈,光线这么暗,你快别做了！"宝女一把夺过扔在床上。

"死女子,你咋了？不做这个你让我做啥？"兰芬笑着把鞋垫捡了回来,离远看了看,觉得花样很满意。

"妈,你就不能出去打打麻将,逛逛街？就不能出去花花钱,买些衣裳和化妆品？"

"咦,你今天是吃了炸药了？妈还顾上去干那些事？一天正事都干不完！再说,你说的这些哪一样不是糟蹋钱？咱家钱又不多余！"兰芬笑了笑,她把女儿说的话当成了对自己的心疼。

"唉,你说你住进了县城,过的咋还是无事湾的光景？"

"城里的光景要拿钱过哩,钱都我花了,浪了,看你们姊妹几个花啥！"

"唉……"

这时,宝玲过来缠姐姐一起玩,宝女没好气地凶了宝玲几句,去了隔壁窑里睡下。她躺在床上,耳朵却在听着门外的响动,她盼着父亲的脚步能早点响起。

十点,十点半,十一点……父亲终究没有回来。宝女爬起来,到母亲窑里看了一次,宝玲已睡着了,母亲还在做鞋垫。

"妈,我爸今天不回来?"

"哦,不回来吧,今早说是要去哪个乡镇看望领导。"

"那早点儿睡吧。"

宝女轻轻拉上母亲的门,重新回去把自己蒙在被子里,眼泪无声地滑到枕头上。

"流星雨"中的那两个身影此时像水中两棵树的倒影,暗暗地摇曳着、晃动着,树影旁,不时有五彩斑斓的光点聚起来又散开,光点一下聚在宝女的眉心,一下又似乎打在她身体的每一处,让她心烦意乱。而那两个身影渐渐合二为一,融进一片昏黄之中……宝女把被子一角攥得紧紧的,第一次体味到了什么叫心碎。

这种心碎和她之前感知过的所有痛苦都不一样。

宝女懊悔自己去了不该去的地方,她像是犯了什么罪,且这种罪不可饶恕。但是,这不是自己的错,是他的错!很有可能他长期欺骗着母亲,表面上在外谈生意,请吃饭,实则花天酒地在和别的女人鬼混!鬼混,这个词让她多么难堪和痛苦,她实在不愿意用在自己父亲身上。

然而,母亲庸常而老实巴交的性格又怎能让他死心塌地守着呢?他伪装得多好啊,表面是好父亲、好丈夫、好儿子,背地里却做着这些见不得人的事……可这样的事在生活中不也常常听说吗?只是恰巧也发生在了自己家里。如果母亲知道了,她会咋样,会和父亲大吵大闹吗?会去找那个女人吗?

哥哥和绣球退婚,父亲对母亲不忠,自己在学校遭遇的"追求",这些事一下都涌到了心头,让宝女对"爱"这个字再次迷茫起来。

思前想后,宝女决定对母亲保守这个秘密。

也就是这个夜里,宝女暗下决心一定也要考出去,她想到哥哥靠着发狠学习改变了命运,想到自己对画画的热爱,想到舞池中那些时髦的女人,想到灯下憔悴暗淡的母亲,不管怎样,自己一定不能成为母亲这样的女人,一生都依靠在丈夫身上,无怨无悔当着保姆和做饭的"大师傅"!

过大年前的两三天,宗谦润和沙氏在无事湾早早就烧好了热炕,等着大儿子一家回来过年,也唯有一家人团聚在无事湾,所有的忙碌才能真正停下来。也只有这几天,日子又像从前那样变长了,天也变辽阔了,就连柴火炖的猪骨头味道也还像从前那样香,大年夜里的篝火也还像从前那般鲜艳旺盛。

宝童和宝女带着宝玲去洛河里滑冰,她抱着宝玲坐在冰车上,哥哥拉着她们在冰上走,在冰上旋转——还和小时候一样。

只是,在过去的一年里,宝女感觉心里有一部分快乐被永远地粉碎了,吹走了,再也难以找回。

六十八

没有人知道宝女从初二后半学期到初三毕业这一年半是怎么过来的。

包括冉芸也不能全部想象。

宝女觉得自己就是荒野地里的一根草,什么天气都经历过了,好在冰雹没把她打死,暴雨没把她冲走,霜雪也没能伤及最深处的根。她惊讶于自己内心的坚韧,也没有想过要报复屈延博或刘保军,她只是默默地学习、画画、读书,并期待着中考赶快来临。

也许是县城的人们整体认知水平还欠缺,也许是因为宝女这一代人普遍兄弟姊妹多,家里经济压力大,想让孩子尽早参加工作端上"铁饭碗",几乎每个班学习最好的和中上等的学生都报考了中专类学校。而选择上高中的都是中专院校落榜的学生,为了避免太早进入社会,除了上高中,家长和学生们再没其他选择和出路。

宝女和冉芸都报考了师范类学校,她学美术,冉芸学音乐。

两人并未意识到巨大的竞争,因为在绘画和音乐方面的天赋和自信,她们觉得预选和复选都很轻松,但后来才想明白,与她们一起参加了预选考试的原来都是自己的对手,六七十个考生,通过预选的只有一半,复选结束,每个专业的录取名额每个县只有三个。也就是说,每个专业都有许多学生失望而归,要么选择补习,要么选择上高中。

冉芸和宝女在这方面一直很懵懂,也并未想过最后的录取结果给落榜的学生们带去的影响,她们只知道一个劲儿往前冲,根本无心也无暇去顾及周围发生的一切。

而差不多相同的时间里,宝童即将从师范音乐班正式毕业。

从师范毕业意味着什么?意味着从哪里来回哪里去,意味着这一回去就要参加工作,正式成为一名老师。

这让大部分学生有些发蒙——毕竟,这帮马上要当老师的人也才不过二十二三的年纪。变戏法一样,呼啦一下,中专时代就这样结束了,幕布拉开,这些朝气蓬勃浑身上下尚且翻涌着不安分和躁动鲜血的青年男女,有人得重新回到户籍所在地,不少人直接得回到偏僻的乡镇去。

但他们没有选择,各自的家庭条件和对未来有限的认知都成了障蔽,成了无法跨越的围城。

周小睿在毕业前已经哭了好几回,她无法面对即将到来的与宗宝童的分离。在这种痛苦的基调上,她觉得一定要完成某个仪式,才有可能把握住未来。

在周小睿有心的安排下,某个夜里,宗宝童终于在市里的一家宾馆结束了自己的男孩生涯。

第二天清晨醒来后的那一刻钟里,宗宝童被一种沮丧、失落和感伤的情绪彻底淹没。他悄悄坐起身,看外面的天光透过没有拉严实的窗帘泻进来。他不敢看旁边周小睿的样子。

但是,两个品尝了奥妙的年轻人在这夜之后,随即受到了诱惑亦是诅咒,一到周六两人便偷偷在宾馆里过夜,彼此感知解读着对方身体的密码。

也就是在即将毕业的前几周,周小睿终于大胆地做了构想——靠自己的父亲给宝童在自家那边找一份工作!宝童如果服从分配,等于又回到了穷窝子,她要带他脱离从前的落后,她要带他奔向"先进"和高质量的生活,奔向属于她和他的未来!

周小睿兴冲冲地把自己的设想说给宝童,期盼着宝童像平时一样绽放出幽默而夸张的笑容以示同意。可是,意料之外,宝童听了这些话,一下子沉默起来,迟迟没有接她的话。

该怎么回答呢?有些话他根本无法对周小睿说出口。他该怎么说家里就自己一个儿子,按照老家的习俗,自己要是跟周小睿去怀辕县工作,就成了赤裸裸的倒插门女婿,想都不用想,家人肯定不会同意。而且,在陌生的地方找一份正式工作谈何容易,自己是个男人,怎么能靠着女朋友家人"吃软饭"?

但如果回到自己的县上,就能名正言顺地参加工作,不用求人不用花钱,父母亲人都在身边,有什么事也方便照应。他如今算是无事湾村考出去的仅有的"公家人"之一,让他舍下这一切顺顺当当的事去外地,他不舍得。

"小睿,还是你跟我回陕北吧,虽然那边相对穷些,但也不至于像你想的那样,我保证不会让你受苦,我爸妈和妹妹们也都会对你特别好的!"

"你说啥?让我跟你去你们那里?我图啥?人人知道一句话,宁向南十步,不向北一步!你想想,我跟了你,那等于是向北了一千步,一万步!我可是从小没受过什么苦的女孩,你这个想法,不要说我父母不同意,我自己都不会同意!"

"有些事你不懂,在我们陕北,要是我跟你去了你家,这叫做了上门女婿,是很不光彩的事!"

"哎哟,亲爱的,瞧瞧你,都什么年代了,谁还拿这说事?说你们那里落后你还常不服气!谁不想往好处走?谁不想往城里走?你可想清楚了,我家条件要比你家好得多!就算是上门女婿,你还觉得亏了你吗?!"

"小睿,我知道你都是为我着想,可这件事我真的还没想好,再说了,这么大的事情,我们都得向父母请示不是吗?"

"那好!你父母我不管——能有个有正式工作的、长得又这么好看的儿媳妇,他们就算在梦中也会偷着笑吧?我父母这边由我来说!亲爱的,你就先跟我去趟我家,等见过了我父母再——"

"你给我时间,让我好好考虑一下行吗?"宝童听了这话,不由皱起眉头打断。周小睿什么都好,就是这股子远超于一般女孩的优越感时常让他心里别扭和排斥。

"亲爱的,难道你不想和我像电视剧里唱的那样比翼双飞吗?我们一起去实践'山无棱,天地合,乃敢与君绝'好不好嘛……"周小睿拉起宝童的手开始撒娇,她轻轻摇晃着宝童的手,摇着摇着,似乎被自己说的话感动了,眼里竟泛起了泪光。

虽然这几句词让宝童觉得有些好笑,但看着周小睿快哭的样子他还是心里一软。不管怎样,她与他恋爱了两年,还把一切都给了他,他不想让她伤心。

"好吧,好吧,一离校我就和你先去你家,不管咋样,女士优先!这下你总该高兴了吧?"宝童拍拍周小睿的脸颊,安慰她道。

周小睿这才破涕为笑,她眼前似乎已经出现了自己与宝童双宿双飞的画面。

一边交接毕业手续,一边在学校后山租房,宗宝童和周小睿已经按照未婚夫妇的程序来规划和安排了。租房主要是为在双方工作分配之前有个短暂的立足之地,宿舍里的铺盖和杂物正好也有个地方安置。

一切就绪,宗宝童与周小睿就坐上了去怀辕县的班车。

汽车一路向南,车上尽是些和自己女友口音一致的人,这让宝童很快就有了"异乡人"的不适,但这丝不适很快就被周小睿兴奋的话语打断了。看着女友开心的笑颜,宝童告诫自己不要想太多,毕竟离县教育局正式分配工作还有两个多月呢,暂时先这样走着看,说不定能有折中的办法。

一远离市区的繁杂,宝童就注意到道路右边有条河跟着车路蜿蜒向南。

"这不是延河吧?"宝童随口问道。

"这是洛河,延河在市里向东流了……这你都不知道,还常说自己看书多!"周小睿戏谑道。

"洛河?!哪个洛?"宝童一下坐直了身子。

"就是三点水加各啊,怎么啦?"

"呀,这河咋到了这儿?你知道吗?我老家村子下边也是洛河,应该就是这条河!滑冰、耍水、滚泥滩,我从小就洛河里玩大的!"

"一条河而已,值得你这么大惊小怪吗?真是没见过世面……我也告诉你个秘密,洛河也从我家下边流过!我也从小就在洛河里玩!我们玩的可比你们高级,我们常在洛河里捞刀币、捡麻钱哩!你们无事湾有吗?刀币你见过吗?那东西听说现在可值钱了,可惜我们小的时候都不懂,在装兜里玩几天就不知丢哪儿去了!"

"呵呵,是,是,我见识少,以前还坐在家门口想着洛河往哪儿流去了,今天才知道它竟然流到了怀辕县,这也太神奇了吧。"宝童暗笑自己怎么从没记起查查洛河的资料。

"君住洛河头,我住洛河尾,日日思君不见君,共饮洛河水!哈哈,宝童,你觉得我这诗怎么样?看来咱们就是天造地设的一对儿,好奇妙的缘分啊!"

"有才,有才。"宝童敷衍了一句,他的心思突然因为一条河而扯得很远。

"小睿,那你知道洛河最终流向哪里了吗?"

611

"我咋知道？"

"你不是城里人吗？这个都不知道？"

"反正怀辕县又不是终点,它继续往南流呢,听大人说应该是流到关中一带了……不管咋样，最后肯定是汇到哪个海里去了呗……海纳百川,这词你不会没听过吧？我爸书房里就挂这四个字！"

"哦。"

宝童自顾自地沉浸在对洛河的想象里,他看着车窗外一路相随的河水,想着这条河有可能流向的平原和它汇入大河或大海的情景……光靠想象怎么够呢？宝童突然觉得自己对世界懂得的太少了,之前的一切似乎都只是生活经历,谈不上眼界更谈不上胸怀,有的只是作为渺小个体的一种挣扎和奋进。

如果以后能有机会，能沿着洛河走一遍该多好……宝童脑中突然出现了这样一个想法,但为什么要走,他无暇也给不了自己什么理由。也许仅仅是好奇吧。他最终这样想。

周小睿的家在县城繁华地段的一栋家属楼上，院里有修剪整齐的小花园,就连上楼的楼梯台阶都是漂亮的白色大理石。

看得出,这个院子比周围的楼房都高档,院里进进出出的人都穿戴整齐,脸上带着富足生活滋养出的从容和平静。此时,宝童才觉得周小睿平时的自信不是没理由的。想到自己即将见到她的父母,尤其是她的父亲周应泉,宝童就更紧张了,毕竟他现任县城某单位的一把手,像周小睿说的,是"有头有脸"的人物,自己今天登门,虽说也买了些水果,可让这个院子一比,自己手里提溜的东西立即显得无比小气和寒酸。

"是不是应该买两条烟或是两瓶酒才好看？"宝童脑子里盘算着,可立即又想到一般的烟酒拿不出手,再贵的自己又没那么多钱买。

"想啥呢？一会儿见了面你可别害怕,一定要给我父母留个大大方方的好印象！亲爱的,我相信你！"周小睿冲宝童做了个鬼脸,就带着他噔噔噔地上了三楼,优雅地在敲了三声门,又听了听门里的动静,这才拿出钥匙开了门。

进门,挂包、换拖鞋,宝童学着周小睿的一举一动,尽量让自己显得是进过家属楼的人。这时,最里面一扇门一响,走出个矮胖的女人,她穿了一件宽松的米色针织短袖,一见客厅里的周小睿和宝童就立即满脸堆笑。

"呀,小睿,你咋回来了!我正睡着,以为是你爸哩——这是宝童吧?"

"还是我妈聪明,一看就知道是谁!咋样,我男朋友帅吧?"

"帅,帅!小睿的眼光能不好?"

两人都笑了起来,宝童连忙对她弯了弯腰,叫了声阿姨。想到自己的汗脚此刻肯定散发着臭味,想到即将到来的攀谈和自己该有的礼貌、客气,他又是一阵紧张。

宝童小心翼翼应对着周母的每一句话、每个眼神,生怕说出什么或做出什么暴露出自己是个"陕北农村人"的话语或举动来。但同时,他心里又在咒骂自己:你明明就是陕北农村来的穷小子,装什么装,为啥你连自己都不敢面对?

周小睿看出了宝童的拘谨,她尽量和母亲说些轻松的话以缓解气氛,但看来收效不明显,宝童平时唱歌弹琴的潇洒劲儿此刻全不见了,取而代之的恰恰是她最不喜欢的一面。

"宝童,你和小睿的事其实我和她爸都知道,你也不要有啥顾虑,你们都大了,又不是碎娃……小睿说你家在陕北,是陕北哪里的?你家里都有些什么人啊?"周母泡了茶,又端来一盘苹果,坐在女儿旁边笑眯眯地问道。

"阿姨,我老家在宁安县遂宁镇无事湾村,但其实现在只有爷爷奶奶住在老家。这两年我爸在县上包些小工程,我妈和妹妹都在县城。"闪眼之间,宝童不敢仔细打量她,也不敢正视周母,只觉得眼前是一个白胖堆笑的软面团，散发出一种松软而甜腻的味道……比起她,自己的母亲像个干巴巴的荞面团……

"哦,也就是说,你姊妹三个,就你一个男孩?"

"嗯。"

"妈,你现在问这些干啥？又不是警察查户口!"周小睿抱住她妈肩膀撒娇道。

"看你说的,人家娃到咱家,又是你男朋友,该了解的肯定要了解清楚。"周母笑道。

"我听小睿电话里说,你为了小睿愿意来我们这边工作?"

"阿姨,这件事——"

"妈,这件事不是说好要和我爸商量吗?你和我都没有决定权!我和宝童都饿了,想吃你做的饭想了好久了,妈你赶快做饭去嘛……"周小睿打断了宝童的话,又对她妈撒娇道。

"好吧,好吧,看看咱家这馋猫,我这就出去买些你爱吃的菜!"

见周母拎包出去,宝童总算松了口气。

"小睿,真对不起,我也不知该咋表现,可能让你失望了。"

"一会儿见了我爸,你能不能潇洒些？看你现在,一副受了委屈的样子,其实是我跟了你委屈了自己好不好?!"周小睿一脸讥讽的神色。

"我就这么个人,你真觉得不行就别跟着了!"宝童听她这么说,回了一句。

"哎呀,你真是不明白女孩子的心!来,别生气,国王大人,我伺候你吃个苹果!"周小睿见宝童脸色不好,立即换了一副笑容坐到他身边,拿起苹果削了起来。

"我们农村人吃苹果不削皮!"宝童一把夺过周小睿手中的苹果,大大咬了一口。

气氛一下尴尬和沉闷了起来,周小睿一脸委屈,她觉得宝童一点儿包容心都没有。

正当两人觉得无话可说时,周应泉下班回来了,一进门,看到坐在沙发上的宝童,先是一愣,继而点点头道:"是宝童吧?小睿早就说要带你来,今天终于来啦!"

周应泉换了鞋,走到早已站起身的宝童对面,伸手跟他浅浅握了一下,继而拉了小椅子坐在宝童和小睿对面。宝童连忙给他倒了一杯茶,周应泉一边接过,一边又点了一下头,似乎有种威严隐约藏在他的脖颈里。

那浅浅的蜻蜓点水似的一握和这两下点头,一下加重了宝童的惴惴不安,同时,周应泉脸上两条浓黑的眉毛更让他感觉到一种沉沉的压力。在周父面前,他觉得自己的一切都暴露了,家庭出身、曾经的辍学、身上的伤疤以及和周小睿的身体关系……

周小睿忙不迭地给父亲沏茶、削苹果,她一边做着这些,一边偷偷瞄着宝童,不时用眼神或肢体语言示意宝童主动开口说话。

周母这时买菜回来了,进了厨房就开始忙。

"叔,不好意思,早该来拜见你们的。"宝童总算硬着头皮开了口。

"没事,在学校一切以学业为主。听小睿说你专业很不错!"

"不行不行……唉,凑合吧,还需要努力。"

"年轻人要有自信,尤其是男人!"

"对,对。"

"英雄不问出处,最重要的是今后的计划和安排,小睿既然都带你上了我家的门,也表明她铁了心要跟你,我们对她从小宠爱,希望你也能好好爱护她!"

"是,是,叔,这是自然,小睿能看上我是我的福气。"

"说这些其实都没用,一切都看实际行动。一会儿咱先吃饭,吃完饭再聊,我先去书房看个文件!"周应泉话音一落就起了身,进了另一间房。

这夜,宝童睡在安排给他的单间卧室里,周小睿给他端来洗脚水看着他洗完，又说了几句安慰话就回了自己的卧室，平时她喜欢腻腻歪歪黏着宝童，今天不得不矜持和小心。

好不容易有了单独的空间，宝童一头扎在床上再不想动。压抑、沉闷、疲惫等情绪交织在一起，玻璃窗外的路灯照进来，让他更觉得烦躁。

宝童彻底闭上眼睛，想象着自己此刻躺在宿舍的床上，或者，躺在无事湾洛河边的草地上。

"不管怎么说，让小睿嫁到你们那边我是不会同意的，我咋能眼睁睁看着女儿去受苦。你要是愿意来我们这儿工作，我可以帮你联系工作，虽说暂时可能不是正式工，但只要你肯上进，最多两年肯定转正！"

"对，陕北是出了名的落后和贫穷，小睿过去人生地不熟，就算你对她再好我们也难放心，你可要好好考虑考虑，毕竟怀辕县比你们那里好太多，再的不说，单就过去遭了年馑的时候也没听说饿死过人！现在发展建设得更好咧，你来这儿也不用受罪……"

周小睿父母的话轮流在脑子里播放，这些话更加剧了他的疲惫，他愤慨地想，原来所有一切都在周小睿和她父母的设计之中，而且没有一点儿余地。他们像是焊了一个大笼子，等着他乖乖地往里钻……但他能说什么呢？最爱周小睿的肯定是她的父母，切身为女儿着想，他们做得天经地义，没有任何人敢说不对。再说，和周小睿的家庭相比，自己的父母立即显得捉襟见肘，父亲虽然算个生意人，但没什么文化，母亲更不用说，虽然高中毕业，却是个地地道道的农村妇女……如果周父周母知道自己辍学和被卖到黑砖窑的经历，或者知道他们的女儿已经和他有了肌肤之亲，又会怎么对待他，对待这件事？

宝童不敢往深处想，一阵倦意袭上来，他本能地想把被子拉过来盖上，却又没有盖。

六十九

  为缓解宝童的忧虑,同时也证明怀辕县确实好,之后的两天,周小睿带宝童在县城四处游览。想到两人暂时分开后联系不便,周小睿主动给宝童买了个传呼机,她开心地道:"有了这个,不怕找不到你!"

  洛河从怀辕县东侧流过,当宗宝童站在洛河边,立即就有了一份乡愁,他觉得河水莫名亲切,和遂宁镇、无事湾的洛河相比,这一段流水似乎更清,气息却还是宝童所熟悉的,他觉得这条河在大地上曲曲弯弯地绕着,从童年一直绕到他长大,又在此地与他再次相逢。

  这里的洛河两岸显然比无事湾两岸的风景要好,两侧山上绿树成荫,宝塔巍巍,听周小睿说,向南向北的很多地名也不一般,再往东有黄帝陵,西有"监军台",南有"南校场",北有"开元寺"和"北校场",这些地名迥然于自己家乡的所有地名,显出浓厚的文化气息和历史底蕴来。更让宝童惊讶的是,来到怀辕县,他才算知道"人文初祖"的黄帝原来就葬在陕北,且离洛河这么近。而无事湾过年时贴的门神"尉迟敬德"竟然就在这一带屯兵驻守、操练演习过。

  而和自己有关的无事湾、遂宁镇、宁安县,包括爷爷多次讲过的娑婆镇、宝鼎镇,这些地方肯定也有历史故事吧,看来,自己以后要好好了解学习一下了,否则,在周小睿扬扬得意炫耀着怀辕县时,自己只能哑口无言。

　　宝童一面跟着周小睿欣赏感受着怀辕县的景致,品尝着当地特色小吃"煎豆腐"和"铡辣子",一面却又为两人的未来而忧心,他知道,这件事有很多不可能调和的元素,要么得他做出牺牲,要么是周小睿和她家人做出让步,否则……他也能看出来,身边的周小睿虽然在快乐地引导他游玩,却也在不经意间透露出忧虑来。

　　两人谁也不愿先开口再谈这件事。

　　直到宝童在车站上车前,两人才定下十五天后在市里再见。

　　班车很快启动了,周小睿恋恋不舍地紧追着车跑了几步,车站人很多,她不好意思再喊出什么话,只能用眼睛追随着宝童。

　　宝童心里突然也有些伤感,他心里清楚,自己肯定无法来这个陌生的县城工作,如果做不到,依周小睿的性格也不可能妥协,这就意味着他和她没有了接下来的路。

　　"伤离别,离别虽然在眼前,说再见,再见不会太遥远,若有缘,有缘就能期待明天,你和我重逢在灿烂的季节……"宝童突然想到几句歌词,他冲周小睿挥挥手,用手指比画了个十,又比画了一个五,然后又用两个食指在空中画了个圆。周小睿先是一呆,继而也冲他做了同样的一个手势。

　　十五天后再团圆。在一种甜蜜而痛楚的感觉中,两人第一次心照不宣地明白了对方的心意。

　　宝童回到市里住了一晚,接着就踏上了回家的路。他知道,这次回去不仅要面对工作分配的问题,最主要的是向家人说明这件事,听听爷爷和父亲的意见,这是他应该做的努力,也是对周小睿该负的责任。

　　一到宁安县,宝童先是给父亲汇报了毕业的相关事情,接着就小心翼翼提起了他和周小睿的情况,说自己已去怀辕县见过了她的父母,人家坚决不让女儿往穷处走,要想成了这桩事,只能自己去怀辕县工作。

"这不是明摆着的嫌弃吗?跟你开始谈的时候她咋没想过这些?自古嫁鸡随鸡、嫁狗随狗,咱家又不是缺吃少穿,还要给她家当上门女婿去?我今天也表个态,要想走在一起,你给这女子说清楚,真心看下你,就到咱们这里来,咱家就你一个小子,过几年爸就给你攒钱在城里买一套单元房,想想,她来了能受什么罪?!"果然,宗建立一听就火了。

"人家女娃看上你是你的福气,但凡事都要商商量量着来,她家里人首先就这么强硬,明显是逼咱哩嘛!她不情不愿地嫁过来,我怕是伺候不了人家……人家爸爸还是个官,哪里不周不到了,以后也不得好!依我看,你就在咱本乡田地找一个条件相当、踏踏实实和你过日子的最好!"兰芬也表了态。

家人的态度完全在宝童预料之中,他没有生气或反驳,只是换了个角度,试图说明周小睿是个好女孩,心地善良,除了有点儿娇气,对自己几乎百依百顺,再说了,两人文化程度相当,志趣也算相投,这也很难遇。

听儿子这样说,宗建立夫妇不吭气了。这事难解决。但不论如何,眼下最重要的是先服从县教育局的分配,至于分配后去不去、去了后有没有可能调动、两个人今后再怎么走下去这些,只能走着看了。

自从宝童回到县上,周小睿每天一个传呼是肯定的,除了日常的问候和想呀念呀之类的话,有一件事让周小睿特别着急,那就是她的月事晚好几天了,自从有了亲密关系,两人经常担心。

周小睿说着就要哭,宝童安慰了她几句,让她先不要着急,想办法测试一下再说——对于如何避孕,他们查过资料,但也许还是不小心"中了招"。

挂了电话,宝童心里沉沉的,看来,这些天,爱情带来的不仅仅是重大的决定和选择,还有对两人的考验和磨难。

怕什么来什么。

第二天,周小睿说试条上两条杠,对照说明一看,确实怀孕了,她六神无主地只能哭。宝童这边心里也不好受,但面对这样的现实,他迅速做出了决定,首先,周小睿肯定不能告诉父母,其次,找个借口,明天两人就在市里见面,商议如何处理怀孕的事。

第二天下午在租的房子里一见面,周小睿就又开始哭,宝童只能百般劝慰。

两人最终达成统一,这孩子现在肯定不能要,两人刚刚毕业,工作什么都没稳定下来,怎么要?

不敢去医院,宝童只能带着周小睿找了家私人诊所,诊所医生说只要不超出四十天,吃药就能解决,如果吃药后一切顺利,休养三四天应该就没事了。

这夜,宝童几乎没有合眼,从晚上八点钟周小睿按说明把药吃下,他就一直在身边守护着,生怕出什么问题。一个小时后,周小睿开始腹痛,她蹲在事先买的盆上,流下一个极小的血块。两人看着水中泡着的那一点殷红,都觉得心里闷闷地难受。

宝童扶周小睿躺在床上,细心地递吃递喝,一直到第二天,周小睿才觉得小腹中疼痛消失,两人这才松了口气。

"宝童,你别难受,为了你,为了我们的爱,吃苦我愿意。"周小睿凄凉地道。

"小睿,你对我太好了,以后我一定会好好对你的。"

"我们不要分开好不好?我不想离开你。"

"你别愁,我会为咱们的事努力。"

也许是为了补偿这次流产周小睿所受的苦,宝童心里的天平一下就向她倾斜了,他觉得无论如何都得去怀辕县尝试一番,不然对不起周小睿承受的这一切。

然而,想到周小睿家里的气氛,想到自己在那里的不自在,宝童又陷入了纠结之中。

一切似乎都缥缈而动荡,唯有城市的建筑物们看起来坚固,伸手就可触摸。这城市虽小,却永恒地吸引着年轻人,它如蛛网般铺就了许多条路,诱惑着他们从四面八方赶来,然而,一进入中心,心灵立即就会被一些东西黏住,让人自己都不忍放手。

这年七月份,宝女收到了宏育师范美术班的录取通知书,虽然她的文化课差一些,没有过公费线,但这个结果仍然让家人很高兴。

这年八月初,宝女由哥哥送到宏育师范,开始了她的新阶段生活。

因为各乡镇音乐教师紧缺,在宗建立的"活动"下,宝童被分配到了娑婆镇中学。这几年,娑婆镇在石油的带动下早已是县城内条件最好的乡镇,甚至被直呼"小香港"。能到娑婆工作可以说条件仅次于县城,这已经是宗建立能为儿子提供的最大"保障"和帮助了。

周小睿则如愿被分配到了怀辕县城内的城南小学代课,当然,能留在城里和周应泉有很大关系。

起先,周小睿天天催着让宝童做决定,可在刚参加工作时就请假,教育局没有这样的先例,宝童自己也觉得无法开口。好在新鲜的工作环境和生活方式让周小睿暂时放下了焦灼和急切,但两人还是每天一个电话,周小睿说她带了两个班的数学,还当上了班主任,每天被一帮孩子围绕着,要多忙有多忙,因为这个原因,她煲电话粥的时间明显短了。

宝童带的是初一和初二年级的音乐课,加起来每周十六节,此外,还要组织训练开学后的大合唱比赛。宝童背着自己的手风琴,穿梭于各个教室之间,享受着孩子们敬仰的眼光,同时享受着音乐和生活交织一处的感觉,他觉得自己的能量终于得到了充分发挥,生活一下就成了梦想的样子。

几乎能天天起来唱歌弹琴，又有独立的宿办合一住所，上课之外，他还能读书，能在娑婆镇的街上自在地溜达，能在每个早晨或傍晚去洛河边散步，感受早晚的新鲜空气——虽然流经娑婆镇的洛河水看起来已不太干净，但它对宝童而言依然有种安静庞大的吸引力。

娑婆镇几乎卖什么的都有。一个员工近千的采油厂激活了镇上和周边所有人的生意头脑。

源源不断的油被陆续从宁安县的地下开采出来，原油产量日日上升，且天然气也逐渐探明储量惊人。据说宁安县县长在对外交流时曾调侃道："我们宁安县的女人们不敢穿高跟鞋，生怕一不小心在自家地里踩出石油！"此言一出，四座皆惊。宁安县因此得到陕北的"科威特"之称。

自实施封山禁牧、退耕还林政策以来，本来靠天吃饭的农民们体力劳动量大减，有人借着政策开始尝试"舍饲养羊""舍饲养牛"、种植苹果和五谷杂粮来致富发家，但也有很多人看到了石油里隐含着的天然暴利，想方设法参与到了一同"收割"原油的队伍中来，这地下源源不断涌出的"黑金"，变本加厉地诱惑着每个油井附近的村民，他们昼伏夜出、铤而走险，宁安县只要有油井的地方，无不充斥着惊心动魄的盗油活动。

尽管不时有人因此坐牢，或在躲避追查时摔下悬崖或残或死，在侥幸心理的作用下，谁也不觉得这样的"不幸"会被自己遇上。

曾经矜持的农村女人们变成了泼辣的"孙二娘"，她们也像男人一样肩挑背扛，装着原油的特制编织袋如巨大的羊肚，伴着偷油人紧张的脚步发出阵阵声响。在月光下，在崎岖不平的山路上，这样的声响摇碎了每个村子的夜晚，让从前的星光安谧、月色撩人变成了一个又一个"游击战"中的场景。

农民们把偷出的原油送到流动接应点，"油耗子"们集中收购后拉到邻县一个"三不管"的偏僻地方卖掉，这期间，不少"黑炼油厂"悄悄建起,俨然一个完整的产业链。

祖辈们从前留下的种种教诲基本全被颠覆。

然而,在这样的挣扎、冒险和颠覆中,人们的日子显而易见好了起来。他们盖了新房,从前最为发愁的给儿子们"娶媳妇"也变得简单了起来,就连村里从前最穷的放羊娃也抽上了"红塔山"。

人们感慨着原来祖辈们居住的地下埋着这样的好东西,而且这东西好到直接能与国际接轨,能让这个在历史中一穷二白的小县城焕发一浪高过一浪的生机和繁华。

宝童刚到娑婆镇时,听说娑婆镇农贸市场的肉摊一天能卖二三十头整猪,这让他难以置信,但一个多月下来,通过与小贩和商铺的老板们攀谈,他才相信这个数据并非传言——所有的传言在娑婆镇都是真的。

更让宝童觉得匪夷所思的是,娑婆镇本不宽敞的街道每天来回穿梭着上百辆私家车,这些车没有载人的运营执照,却辐射了方圆五六十里所有的交通干线——除了去山上的油井送人、接人,就算最偏僻的村子,老百姓每次来镇上购物都要叫这些司机专车去接,专车坐到娑婆镇,再坐专车回家。

农村人从前不敢买的现在不仅要买,还要一次买个够,从前不敢吃的现在要吃,还要吃好吃饱,从前不敢进的商店门市要进,且多是挑挑拣拣的一副"能在你家买算给你面子"的神态。

上百人的驻守采油队和外地各种生意人,人来人往之间,娑婆镇成了一个完整的集餐饮、住宿、休闲、娱乐为一体的超级小镇,消费档次直超宁安县城。

娑婆镇来来往往的女子们也是一景。她们穿着打扮新潮,大波浪、黑丝袜、超短裙、高跟鞋、过膝靴,这些原本似乎和陕北婆姨女子们没什么关联的东西在娑婆镇一点儿不显得突兀,镇上的女子们由内而外散发着一种自信,放在市里都是最时髦的。

有需求就有服务,与之相应的各种美发美容店、服装鞋包店在娑婆街道上随处可见,里面的陈设和装修也十分豪华精美,这些店老板两周去省城进一回货,拿的都是上海、广州最流行的款式。

夜间,娑婆镇大大小小的食堂和宾馆彻夜不息,歌厅里隐隐传来各种乐曲和唱歌声、吼叫声,街道上不时走过一群群青年男女,女子们娇笑阵阵,腰肢款款,所有的声响和颜色似乎都与河对岸耸峙的寨子毫无关联,也与周边的红石山毫无关联。一切都像五彩斑斓的梦或五光十色的泡泡,男人女人们被泡泡包裹着,飞舞着,相互碰撞着,这些泡泡带给他们飞离黄土地和原定命运的快感,带给他们前所未有的刺激和享受。

不时就有开宾馆的主家和从外地雇来的服务员产生感情而导致离婚的新闻,也有本地某某家的女儿被哪个油队老板包养的传言。

娑婆镇的居民成分越来越复杂,天南海北的人撵到这个被大山包围的小镇来做生意,有靠走关系要地打井的,有给油队供洗衣粉、卫生纸的,有和本地人合作开宾馆的……故事每天更新,传奇时时铸就,娑婆镇上几乎天天都有新鲜事,日日都有小段子。

过去,宝童也曾不止一次听爷爷讲起过娑婆镇和泥塔沟,但爷爷口中描述的娑婆镇似乎并不是这个地方。但不管怎样,宝童感知到自己的家族与娑婆镇有着很深的因缘,不然,为什么一代又一代人总在这个小镇或周边继续着不同的生活?

宝童始终没忘周小睿曾经给他花过的钱。他把上班后发的第一个月工资一半给了妈,一半留作生活费,第二个月的多一半给周小睿汇了过去。

就在汇款这天,宝童突然听到街上有人叫自己的名字,一回头,一辆猎豹车停住,车窗下降,一张油胖的脸上堆满惊喜。与此同时,这人咧着嘴,露出被烟草熏得发黄的牙齿。

"哈哈,宗宝童?宗宝童!是你吧?你这家伙咋在这儿?"

"——你是？你是圆生！你……你咋胖成这样了？几年没见，看来你小子发财了呀！"

"来！上车！"圆生打开车门，示意宝童上车细聊。宝童刚一坐稳，圆生一脚油门轰着猎豹气势昂扬向前冲去。

"宝童，想吃什么，我请！咱弟兄俩多长时间没见了，今天可得好好喝一顿！"

"听你这口气，完全是大老板啊！这些年你在干啥？快给我说说咋发的财。"

"哈哈，等坐下了慢慢给你讲！"

圆生也不征求宝童的意见，直接把车开到镇上的"飞飞驴排店"，让服务员找了雅座，点了双人份驴排，又要了一瓶西凤酒和三个下酒菜，这才眉飞色舞地拉开了话匣子。

得知宝童这几年都在学校上学，今年才在婆婆镇中学当了音乐老师，整天就是弹弹琴、教学生们唱唱歌，圆生乐得合不拢嘴。

"你小子有本事，成了公家人了！我记得你爷爷那时总是羡慕公家人，现在，你也进了公家门，就像咱老家人爱说的那句话，工资像割韭菜一样，割了一茬又出来一茬！"

"这些话你都还记着！"宝童不由感叹道，端起酒杯就和圆生碰了一杯。

"那你这几年干啥着？我几次打问你，都说你在外面做生意，现在开好车，抽好烟，吃好肉，喝好酒的——咋发起来的？"

"我这挣钱法说了你可别笑话！你记得咱从山西黑煤窑回来之后吧？我之所以再没找过你，是因为当时确实觉得丢人败兴，钱也没挣下，苦也没少受，还挨了那么多打，命都差点儿搭进去！现在想起来我都觉得窝囊！"

圆生说到这儿，戴上服务员递来的一次性手套，示意宝童也赶紧戴上，抓起一块驴排递给宝童。

"先吃,吃着说！算是对当年受罪的补偿！"

猪排骨宝童这些年吃过不少,这样大的驴排还真没见过,更别说吃过。想到这是一头驴的骨头,他觉得有些瘆得慌,下不了嘴。

"吃嘛,愣着干啥？天上龙肉,地下驴肉！这可不是种地下苦的驴！你不知道吧？娑婆镇现在有专门养肉驴的,就为了给街上这些卖驴肉的供货！"

圆生一边大口咀嚼一边说,肉汁顺着他的手套滴在桌子上。

宝童想起当年的尿床小子、从黑煤窑逃出的苦难小子如今正大嚼着驴排,突然觉得生活充满荒诞。他心一横,也像圆生一样吃了起来。

"圆生,你还没说你这几年的经历呢,快点儿,等不及了！"宝童也故意带了江湖气。

"我给你说,你上学去了,走了正路,哥哥我和你不能比,走的都是歪门邪道！正路能赚几个钱？这年头,饿死胆小的,撑死胆大的！"圆生豪气万丈地又端起酒杯与宝童一碰。

"你不会也加入了偷油大队吧？"

"偷油？那营生我才不干！黑天半夜的受罪死了！说起我干的事啊,反正你小子肯定没经历过！"圆生故意卖个关子,笑嘻嘻地盯着宝童道。

"不是偷油的话我可猜不到！"

"去去去,偷听什么？你这女子,操心被我看上！"圆生眼睛滴溜溜一转,和站在旁边的女服务员开玩笑道。那女子听他这么一说,害羞地一笑,扭着腰一揭门帘出去了。

"我告诉你,我赚的可是外地油鬼子们的钱！"圆生压低声音道。

宝童知道,"外地油鬼子"是本地人对外来石油工人们的戏称。

"这些油鬼子,结了婚的把婆姨丢在家里,为挣两毛工资来到咱这儿,你想想……都是经过那事儿的男人了,能不想女人？还有,没结婚的小伙子们更不用说了,有条件的挂个本地女女,没条件也没胆量的,有需求了怎么解决?在山上看井可不比在镇上、在城里,干山孤岭的,见个母猪都觉得是双眼皮的花眼眼!"

圆生几句话说得宝童瞠目结舌。

"你小子,几年不见,我看你纯粹学坏了!"他戏谑道。

"学坏?我告诉你,那些贪官污吏才是真正的坏,你根本想象不到他们做的那些事!哥哥我和这些官比起来,那可真是菩萨心肠,干的是解渴救急的差事!这几年县上到处石油大开发,我找见些渠道,摸着了门路以后,先是和婆婆镇街上这些暗里带着'小姐'的卡厅和宾馆合作,在她们生意不好的时候,就用车拉'小姐'们去山上……"

"天爷爷,你这脑子,咋能想到这出来着?"

"这有啥想不到的?忘记告诉你了,我这几年也上过学,而且是在广州!听起来不错吧?我要学以致用!"

"广州?什么学校?"

"憨人!什么学校?传销大学!山西回来后,我和几个社会上的无业游民又被骗到广州去创业。"

"又让骗了?你还没被骗够?"

"你听哥哥说完嘛!说起来我还得感谢人家,也就是在广州,我们天天上课、背书,还给管饭!告诉你,《厚黑学》《营销学》这些书里的很多句子我都能背出来!不怕你笑话,我感觉现在这些知识我都用上了!"

"那你又是逃跑出来的?"

"逃就逃嘛,有了之前逃跑的经验,后来的都是小儿科!"

"你不要告诉我你把学到的都用在了这生意上。"

"我还就是用在这上面了,不只用上了,后来生意越来越好,为此我又专门买了一辆面包车,啧啧,你根本不知道,山上看井的那些工人有多受罪……那面包车里我装潢得就跟小宾馆一样!软床软被的,要咋享受就咋享受。"

宝童放下手中的肉,突然觉得没了胃口。

"圆生,你不觉得做这些事有些亏人吗?"

"亏人?宝童,你想多了,也太幼稚了,一看就是刚出社会!在我看来,我这是在帮人。你想想,这些'小姐',许多都是有丈夫和孩子的,我让她们生意好些,早点儿挣够钱回家不好吗?凡是做这行业的,也都是有苦衷的人!"

"那你现在还做这营生着?"

"当然了,不过随着业务扩大,我已经不亲自开车来回跑了,我手下有两三个弟兄,能靠上!"

圆生还在滔滔不绝讲着,宝童的思维却短暂地抽离了,他觉得自从参加工作或进入社会以来,他所感知到的都是无尽的欲望,这些欲望像黑暗中藏在山间的鼓风机,不停吹起的只有三样东西,一样是钱,一样是权,还有一样是性。

与这些东西比起来,只有学校里的学生娃朝气蓬勃的样子和歌声让宝童觉得干净、纯洁。他庆幸自己当初报考了师范,庆幸自己当了中学老师,庆幸自己能长期和孩子们打交道。

他无法定论再次出现在眼前的圆生是对是错,他只知道,他和圆生如今都是大人了,再也不是当年啃着干馒头,吃着熟米和炒面的穷小子。吹到娑婆镇、遂宁镇、无事湾和更多乡镇的风也不再是儿时那种风了。每个人的路都不一样,这才是书里写的"命运"和"安排",过去他对这两个词不甚理解,出了校门,他对此有了深切感触。

这天,圆生和宝童都喝飘了,圆生坚持要去歌厅听宝童唱歌,说是借此检查宝童的专业水平。到了歌厅,圆生又叫人助兴,宝童缩在沙发上唱,圆生一边嘲笑他,一边与女孩们唱唱跳跳,把她们逗得花枝乱颤。

要说娑婆镇里还有人保持着过去的风骨,算起来只有镇上的一名风水先生和一个老中医,另外就是学校里的老叶了。

老叶个子很高,身材挺拔,一点儿委顿的感觉也没有,更难得的是他爱好也广,自己攒钱买了相机,一有空就去周边乡村给老人们照相,平时则爱在学校里给学生娃们照。

宝童之所以喜欢老叶,赞许老叶,一是因为他不仅形象气质好,会照相,二是因为他还会一门和宝童相应的手艺,拉手风琴。

老叶的窑洞与宝童的窑洞相隔不远,宝童经常听到老叶拉手风琴的声音。刚来学校时他曾为此激动过一阵子,后来熟悉了,知道这部风琴原来是学校的财产,老叶年轻时兼带过几节音乐课,所以这琴后来就一直没交进库房。

"这些东西一放下就老了,得常让它们活动活动!"老叶这样说。

但有件事宝童理解不了,那就是老叶的老婆与他极不般配,女人代初三数学,说一口外地方言,且一说起话来两个嘴角就积起白色的分泌物,听说是靠南边县份的人。除了丑,她平素极喜谩骂猜忌,和学校所有老师都有矛盾和过节。

这样的两个人在一起咋生活?尤其是老叶,咋能忍受得了这样一个女人?

据宝童观察,一早一晚,老叶喜欢一人沉默着去操场上或洛河边踱步、打太极拳,他练太极拳后总留下环形的脚印,一片一片。

有一次,透过他家窑洞的玻璃窗,宝童看见老叶微低着头,长长的手指很有力度地按压着风琴键,曲子缓和,老叶陶醉地跟着琴声低低唱着,颇似美声唱法,沉着中又带有微微的颤抖。

宝童听着听着,也在门外跟着唱了起来。

"看晚霞多明亮,闪耀着金光,海面上微风吹,碧波在荡漾……在这黑暗之前,请来我小船上,桑塔露琪亚……桑塔露琪亚……"

七十

　　干旱了许久,初冬的永安市终于迎来一场小雪。城市的地表温度总要比乡下高出几摄氏度,空中飘的是雪花,落在街道、河道上却积不起来,很快就消融了,像雨一样湿润了地皮和空气。

　　街道上行人很少打伞,他们任由雪花扑在头发上、身上,中小学的学生们一下课都纷纷跑到校园里,在雪中相互追逐嬉闹着,过节般欢快。

　　宏育师范九六级美术班正在学习风景写生,看到外面开始飘雪,专业老师索性带着学生们直奔学校后山,登山赏雪也算积累素材,感受大自然的变化和魅力才是风景写生的灵魂。

　　宝女走在同学中间,她今天穿了件黑棉衣,里面搭配了一件白色的翻领毛衣,双颊微微泛红,脸上和其他同学一样带着兴奋的神情。雪花簌簌地落在她的棉衣上,有几朵相互簇拥在一起,竟在袖口处停留了片刻。她不由屏住呼吸,仔细欣赏起这几朵雪花的形状。

　　登上山后,雪还未停,山上裸露的土壤湿漉漉的,发出好闻的泥土气息。目所能及之处,无数雪花从灰色的天幕中扑下来,覆向地面,远远的市中心,高高低低的楼房静默着,笼罩在一种蒙蒙雪气当中。

宝女微笑了,她抬起头,几朵雪花又落在她的睫毛上,转瞬化成几滴小水珠。

"这一切真好!"她从心底赞叹着,喜欢着学校的生活。

算起来,宝女来市里上学已有半年多了。

这半年里,哥哥曾带着女友周小睿来学校看过她一回。周小睿给宝女买了零食和一条围巾,见了面就夸宝女长得漂亮。宝女对周小睿却没什么特别的感觉,说不上好也说不上坏。她觉得周小睿和绣球完全是两个类型的人,她还是喜欢绣球多一些。绣球又纯又真。至于哥哥究竟喜欢的是谁,绣球和周小睿谁对哥哥更好,这类问题她懒得再去想,一句话,自由万岁。

宝女如今已不相信什么爱不爱的了,能远离那个带给她太多痛苦的中学,远离让她心碎的父母,这对她已经是种解脱。她不想再轻易陷入男女的情感纠纷,也不想去思考相关的事。

这一切都不重要了,宝女把考上师范当作一个崭新的起点,她没忘记自己的誓言,绝不能成为母亲那样的女人!她只想往前走,往上走,最好远离从前见到的所有女人的活法。

宝女把大多时间投入绘画和学习中,一有空闲,她总是约上音乐班的冉芸去市里唯一一所大学去看画展,也就是在那里,她对高中和大学有了清晰的概念。看着大学里的学生们昂着头进进出出,宝女想一定是高中三年学到的知识给了他们更大的自信,而自己和冉芸,对于初三毕业生来讲或许是佼佼者,可真到了大学校园里,一种自惭形秽的感觉还是油然而生。

也就是在看画展时,她认识了一个美术系大二的学生,他叫魏延峰。这个名字在中学时宝女就有耳闻,因为宁安县中学就那么大,爱画画的学生也就那么几个,偶尔有绘画展览和比赛什么的,去送作品时也就相互都见面了。这期间,宝女曾见过魏延峰两三次,那时宝女就曾有意无意地注意过他。只是,魏延峰是高中部的学生,因为这个,两人谁也没和谁说过话。至于他怎么考上的大学,听说也颇为"传奇",这两年上高中的学生本来就少,而上了高中学美术的更少,在魏延峰这一届高考时,竟然出现了三个老师为一名艺术类考生监考的趣事,市里的大学对县招生按名额走,魏延峰无论如何都能考得上大学。

不过,这样说稍有些过分,也许人家本身也学得不错呢!陕北每个县城的人似乎都对艺术类考生有偏见,记得冉芸说过,和她一起学音乐的一个男生天赋特别好,可当家长得知他想报考音乐类专业时,直接骂了回来,责问为什么要去做"戏子",就这样,男生最后报考了丝毫不感兴趣的金融学校。

再见魏延峰,他的个子又长了许多。高大的男生本来就吸引人,他又是美术系,穿着方面也自与其他学生不同。总是一身浅蓝色的牛仔服,显出一股潇洒不羁,头发在太阳穴两侧蓬松地卷着弧度,加上两道剑眉和略带忧郁的眼睛,看起来很像那些言情小说中的男主角。

当魏延峰得知宝女和他曾在同一个学校上学后,就小师妹小师妹地叫个不停,一直嘱咐她有什么需要随时说。他懂的知识、画的画都比师范同班男生强太多了,他给宝女指导画画,教她一些绘画技法……渐渐地,魏延峰对宝女的关怀让她感觉到了一种"救赎"和"补偿"。

宝女觉得自己终于真正开始了初恋。或者叫单恋更合适。

她曾告诫过自己不要随便"动心",也不要再轻易和任何一个男子走得太近,但魏延峰的出现让她放下了防备。他和自己从前看过的那些小说中的男主人公重叠在一起,让她有了憧憬和渴望。

几乎每个周末她都要去大学找他。偶尔他也会在周六中午放学后来宏育师范的校门口接她,两人顺着长长的马路一直走到他的学校,在他班级的画室里一起画画,谈天说地——周六周日,没几个学生愿意留在画室用功,宝女感觉这个画室像专门给他和她准备的。

宝女觉得能认识魏延峰何其幸运,甚至觉得这是老天爷为她从前所受伤害的弥补。为了让自己看上去成熟些,宝女开始学习化妆和打扮,尽管并没有多少钱来买衣服,但她对服装搭配有种天生的敏感,加之身材又好,即便普通的衣裳在她身上也有了别样的美感。

宝女开始格外注重外表的原因还有一个,她知道,魏延峰吸引自己的同时肯定也吸引其他女孩,她不想让她们捷足先登。

宝女告诉自己,一定要尽可能地提升自己,以便和他站在一个高度。中专生和大学生听起来差别很大,这不仅是一个文凭或名号的问题,背后似乎还包含着个人经历、学习成果、家庭教育理念的高低等等……宝女虽然还不能完全明白,但她清楚一件事,那就是不能让魏延峰小瞧了自己!

好在一切都如她所愿,魏延峰总是贴心地嘘寒问暖,让宝女觉得他比宝童对自己都好。而且,两个多月里,除了偶尔出于必要拉一下宝女的胳膊,没有任何越格之举。

通过与他的相处,宝女才知道原来小说中描写的那些浪漫和心动会真实地发生,小说中的男主角也是真实存在的,只是自己从前没遇到过……渐渐地,她越来越渴望能一直拥有这份情感和关爱。

这一年宝女过生日时,魏延峰送了她一条特别的项链,项链的吊坠是一枚银扣子,他说银扣子是他太奶奶留下的,他自己改造,加了一条细细的银链子,这才做成了这条项链。

这枚银扣子显然有些年头,一看就是古董,岁月的痕迹恰如素描的明暗关系,让扣子上层层堆砌的花纹更加立体。这是宝女收到的第一份来自异性的礼物。在她看来,这礼物不仅独一无二,代表了魏延峰的审美和创造力,更包含一份来自魏延峰家庭的信赖和问候。

宝女陶醉在漫天雪花和这份礼物的美好之中, 她与魏延峰相约去爬山,在雪地上孩子般奔跑,一起倒在雪地里打滚。宝女觉得自己心里出现了一头小鹿,长得就像她从小玩的那只,它在她心里自由自在奔跑着,不时低头嗅嗅地上丰美的青草和野花香,但同时,它又是机敏的,两只耳朵总动来动去,似乎稍微有一点额外的响动它都能听得到。

与此同时,冉芸也开始恋爱了。

自从到了市里,她出落得更美丽了,音乐的熏陶加上舞蹈课的专业训练,脖颈修长如天鹅,这样的脖颈配上大眼睛和小巧的鼻子,让她看起来像画中的美人。

冉芸的男朋友徐尔东是她在市里的"青乐宫"舞厅认识的,听说他上完高中就入了社会,家庭条件不错,出手大方,有很多小兄弟都愿意跟着他混。冉芸爱跳舞,又觉得"青乐宫"舞厅的灯光和音乐各方面都不错,平时的零花钱基本都买了舞厅的票。

像冉芸这么漂亮的女孩自然有很多人想跟她跳舞,有一次,她被几个小混混缠住,幸亏徐尔东"解救"了她,一来二往,两人就好上了。

徐尔东来学校找冉芸,宝女见过他两次,但对他的印象不好,因为他每次来嘴里都叼着烟,一副松松垮垮玩世不恭的样子。冉芸却说这样才有男人味,社会经验丰富,她找到了小鸟依人的感觉。不仅如此,她还不许宝女说徐尔东的不好,这让宝女又好笑又好气,索性也不再评判。

宝女和冉芸沉浸在各自的初恋之中。周末没有约会时,她们毫无目的地去市中心闲逛,两人兜里的钱加起来不超五十块,冉芸却几乎试遍商场里所有中意的衣服。回来的路上,两旁卖磁带的小店放的歌都是她们喜欢的。

宝女和冉芸大大咧咧地跟着唱。

而宝童和周小睿在这期间又流产了一个孩子。

参加工作后,宝童和周小睿在市里见过四五次,每次挖空心思带给周小睿的礼物都会被她嘲笑一番——在宝童看来时尚漂亮的东西,周小睿却嗤之以鼻,不是说早见过了就是说不值钱。她还批评宝童,说这是回陕北后见识落后导致的。

十二月时,宝童再次去了周小睿家。他希望能诚恳地与周应泉谈谈,说明自己刚参加工作确实无法请长假,同时也希望他们能让周小睿的工作能与自己的工作调动到一起。

但一到周小睿家,从前感觉到的那种压抑和自卑立刻重新漫漶在宝童心上。

这一次,周应泉依然丝毫不肯松口。他告诉宝童,要想与自己的女儿结婚,只有一条路,就是到怀辕县来。跨县调动难度太大,但只要宝童舍得放弃学校的工作,他有把握让宝童到怀辕县文化馆上班,只要好好干上几年,凭他的关系,由临时工转正也不是什么难事——文化馆,这可是多少艺术人才梦寐以求的单位!

然而,周家越是这样,宝童觉得自己身上绑的绳索越紧,周小睿的爱也让他越来越烦躁。除了整天问爱不爱、想不想她的问题,这个女子关心的永远是自己能为她付出多少,而她又为他牺牲了什么……他渴望挣脱,渴望像童年时那般在山上跑,河里游,甚至怀恋起和圆生去北京那一路的自由和兴奋。

宝童在周家住的时候从来不脱衣服,他担心给被子上留下什么"农村"气味。吃饭时他总是最迟端碗,最早放筷。他总想表现出最好的一面,每时每刻都拿捏着分寸,挺直着腰板,像个被迫上台表演别人曲目的演员。

周应泉原计划自己开车带妻女去西安临潼游玩,因为宝童来了,就顺便带上了他。

出门总比待在单元楼里好,在外哪怕尿一泡尿也不用在意发出的声响大不大吧?

宝童犹豫了一番,最终决定跟着一起去。他已经想好了,路上所有的吃住费用都由他来支付,虽然囊中羞涩,但只要不是高档酒店,支撑三五天应该没问题。

一路上,也许是窗外陌生的风景让他有了些自由感,宝童总算回归了一些本色,展示出了自己幽默开朗的一面。路上每次吃饭都是周应泉做主,从来没让宝童掏过饭钱,即使宝童再坚持,也总会被周应泉强硬地"劝"回来。如此几次,宝童就失去了冲劲儿,索性一路彻底听从安排。

在临潼,宝童第一次对秦始皇有了全面的了解,他想起无事湾后山上有名叫"圣人条"的地方,远远望去,隐隐一条大路从远处的崾崄接过来,又延伸向更远处的另一个崾崄。他曾问老人们"圣人条"名字的来源,一位爱听说书的老汉告诉过他,这可是秦始皇当年修的路——过去的记忆与展厅的文字介绍接通了,宝童这才想到,无事湾的"圣人条"就是秦始皇文字介绍里的"秦直道"。这么说来,无事湾也不是没有历史和文化呀。想到这里,宝童心中一阵兴奋,他赶紧把这件事告诉了周小睿。周小睿听了,只淡淡笑道:"一条路能说明啥?有了秦直道你家那里还不是穷?"

听了这句话,宝童一下低落起来,他呆呆地望着兵马俑坑里那些神秘的"黄土色"的人,感觉他们一个个也充满悲情。

临潼一夜,周应泉开了房间。宝童和周应泉住一间,周小睿和周母住一间。宝童一晚上都没睡好,担心自己会不会打呼噜、会不会吵到周应泉。

第二天,去骊山、华清池转了一圈,晚上到了西安市里,想起自己和圆生从前在西安的短暂经历,宝童觉得恍如一梦。

出来的三天里,周小睿一直很平静,这让宝童暗暗担心,他知道,这份平静很有可能酝酿着更大的风雨。

果然,一回到怀辕县,周小睿马上就和他"算起了账",她观察到宝童一路上好吃懒做,像个驸马爷一样,一点活泛劲儿都没有,也不懂人情世故,从不主动给她爸开车门、倒茶水。这样的人能有什么出息?而且一路上得意扬扬,认为自己很有才,说的却是没见过世面的话,根本没把调动工作这样的大事放在心里……关于宝童此行的不足和"罪行",周小睿说了半个多小时。

宝童一言不发,出行给他带来的一点儿愉悦和开阔感一扫而空,取而代之的是沮丧、失落和愁闷。

终于,当宝童再次回到娑婆镇时,给周小睿写了一封信,他觉得男女之间,有的话不能用嘴来说,写信、读信不失为一种方法。

小睿:
　　这次从怀辕县回来,我想了很多,从我们恋爱开始到现在,一个个场景就像电影一样在我脑海里放映了一遍,我们曾经的幸福甜蜜和如今的分别两地,也许都是最好的安排。为什么这么说?因为距离才能使人冷静思考自己是谁,自己想要的是什么……

　　回想起我们在一起的这三年,你对我确实很好,不仅是生活方面,在经济方面也帮助过我很多次,这些我都一直铭记于心。这次随信寄的两千元是我攒下的,希望这些钱能回报你曾对我的付出。当然,这些钱远远不够。

　　随着时间的流逝,说句心里话,我越来越觉得我们不适合走在一起。你常说你跟了我是属于"下嫁",从前我不喜欢听你这样说,但现在我觉得的确如此,你过惯了养尊处优的生活,而我从一开始就是扎根在农村的穷小子,包括现在,我又回到了乡镇上。想到在不远的未来,父母、妹妹们都需要照顾,我就觉得自己像一棵树一样拔不出脚,要是真的把根拔起来,不顾一切跟你去怀辕县工作和生活,我家恐怕会引起"大地震"。

　　从小,我就让家人操了太多心,父母一路辛辛苦苦把我供出来，为的就是能让儿子有一份稳定的收入，并且能为这个家出一份力，平时有个什么事也能有个照应。宝女和宝玲还在上学，我这个当哥哥的理应帮父亲一起承担家庭责任。

说这么多只是希望你能明白，在社会背景方面，我没有像你父亲一样当官的亲戚，在工作的取舍上，我不能放弃工作、抛下父母长期生活在外，更何况，如果真到怀辕县，我还得从头开始奋斗。未来的事谁也说不准，如果工作转不了正呢？那我和你的差距就更大了。

请你相信，我真的很痛苦，我不愿意辜负你对我的爱，却又无法成全这份爱！

也许你也有感觉，我们之间始终有什么东西是跨不过去的，即使两个人身体融为一体的时候，这种隔膜依然存在。我曾用很长时间去思考这隔膜究竟是什么，最终得不到答案。但在去了你家两次后，我才有所感悟，真正的隔膜就是我们从小成长在不同环境当中，价值观念不同！

你想要的是繁华、富足而又充满浪漫的生活，你从小就具备这样的条件。而我呢？曾经挨过饿受过冻，经历过太多你无法想象的事情，每一步我都付出过远超常人的毅力，这也让我明白了一切只能靠自己。

越是这样想，我越觉得我们之间的爱有种"条件交换"的感觉……也许我的感觉不对，但是，和你家人相处时，那种极度的压抑让我数次想要逃走……我从小在偏僻的环境中长大，父母都顾不上管教，是自由惯了的一类人，为此，我也要向之前相处时给你带去的不痛快不高兴而道歉，很多时候我并不是故意惹你生气，只是天性。

说了这么多，你也应该明白了我的意思，我们分手吧！你按照你的梦想去找一个与你条件相配的人，让他与你厮守，与你共同享受生活。我相信,从此你的父母就不会再担心,我也不会再为了这件事而犹豫不决,辗转难眠!

至于我,我把一切都交给命运,因为我是一棵离不开这片土地的树。

收到这封分手信后,你也许会十分痛苦,但请你相信,时间会让你慢慢放下。如果你想骂我就尽情骂吧!毕竟从本质上来说,是我辜负了你,对不起你。

再次说声"对不起",我会把你珍藏在心里……而你,尽快地忘了我吧!我不值得你再去等待和付出!

注:我会尽力去在经济方面弥补你身体受过的"创伤"……

宝童

周小睿很快就回了信。

宗宝童:

告诉你,一切都在我的预料之中!我算是看对了你,我早就感觉你不会为了我离开陕北的!你所表现出的种种迹象,我早就该清醒过来!为了你这样一个人,我付出了这几年的青春、金钱和身体。你知道你写这封分手信有多么不负责吗?你真是垃圾,浑蛋!你对得起我吗?对得起我父母对你的好吗?对得起流产了的那两个孩子吗?幸亏孩子没有活在这个世上,否则,他们看到自己的爸爸这样对自己的妈妈,该有多伤心!

你彻底打碎了我对未来的期待和梦想,也让我看清了你究竟有多么懦弱和无能!不过我能理解,贫穷环境中走出来的人,一辈子都脱离不了那种思维模式!你知道吗?我已经失望过太多次了,眼看着你再次陷入穷乡僻壤之中,拼命想把你往上拽却总也拽不上来!我觉得一切到此为止确实对我们都有好处,因为再拽下去,我自己也要陷入泥坑中了!

  本来提出分手的应该是我,没想到你先提了出来……你记住,你给我的伤害是你这辈子都弥补不了的,你让我流过的眼泪也是你这辈子都偿还不清的!你给的这点钱算什么,远远不能与我给你的画等号!

  看在曾经真心爱过的分上,我接受你的祝福!我找的丈夫一定比你要强一百倍!

  希望这辈子再不相见!

宝童看着空白落款一阵苦笑。

这就算是分了?

这份爱情是因什么而落幕?是两个人本来就有的差异还是因为生活本身?

宝童说不清楚,他也再不想去深究。

参加工作以来,他深深觉得只有学生们能让他放下一切戒备,与孩子们在一起唱唱跳跳的时光让他对快乐有了重新定义,也对自己的职业有了新的认识。为此,他在教学方面格外用心,总是变着花样提升教学效果。校领导看他能把"副课"上得这么好,已经上报了材料,让他去参加明年县里的"教学能手"比赛。

因为自己曾经历过的事情,他对有音乐天赋而又正处于迷茫时期的学生格外关注,他像朋友一样引导他们,激励他们。因为这份不求回报的付出,宝童体会到一种由纯粹的奉献而带来的幸福和满足。

与周小睿分手后的每个傍晚,宝童都一人沿着洛河向南走。哪怕河边的风再冷,他也能感受到一种自由,哪怕这种自由带着无尽的荒凉和萧瑟,但他觉得自己身上从前绑的很多绳子解开了、脱落了。

夕阳下,婆婆镇北边的寨子模模糊糊倒映在洛河的冰面上,有那么一刻,阳光是金色的,它把周围的山头都涂成了金色,这抹金色让一切都看起来是那么干净和神圣,似乎人世间的喜怒哀乐都能被这金色包裹和安慰。

"看晚霞多明亮,闪耀着金光……桑塔露琪亚,桑塔露琪亚,桑塔露琪亚……"宝童心里莫名地唱起了这首歌,同时,他突然想起年幼时见过的火镰伴的蛋,那种灯一样亮着的幽蓝色和打碎后蛋清蛋黄混合一处的样子再次浮现心头,像是一个寓言。

七十一

魏延峰过二十四岁生日时,宝女买了两条红金鱼送给他。

为什么要买红金鱼呢?宝女觉得它们的颜色和样貌很华丽,尤其金鱼的尾巴,摇曳漂动间充满童话般的气息,像爱情到来时的样子。

她对魏延峰说:"金鱼象征着美好和富足,你要好好照顾它们。"

其实,宝女心里真正想说的是,这就是咱们两个,一起在水中游来游去,爱情就是我们的氧气。虽然她和魏延峰之间从来没有表白或被表白过,还不能算作是正式的男女朋友,但在宝女心里,她早已把魏延峰当男友了,她享受两人之间的干净纯洁,幻想着一定要把自己的初吻在他真正向她表白的那一天献给他。

这种期待一直持续到第二年初冬。

这天,天又阴又冷,感觉要下雪。魏延峰的朋友张朝国突然来学校找宝女。

宝女对张朝国并不陌生,张朝国既是魏延峰的舍友,又是他的朋友,和魏延峰交往的这一年期间,三人曾一起吃过好几次饭。

张朝国是外地人,个子不高,长相也很普通,家庭条件也不怎么好,因为没有"资本",学习格外用功,无论画画还是文化课,都是全班最好的,他还很善于走"上层路线",人勤嘴甜,进校两个月就当了学生会主席,听说他与年级主任乃至校长的关系都不错。

他单独找我干什么?而且是一个人过来,神神秘秘的。宝女有些意外,但还是在校门口与他见了面。

"宗曼妮,我是想告诉你一件事,在我心里,你不仅美丽,还是个特别单纯善良的女孩子,我不忍心让你继续蒙在鼓里,你被魏延峰欺骗了!"

"你在说什么?他咋欺骗我了?"

"其实魏延峰在我们学校的女生中很受欢迎,他有好几个女朋友,你只是其中一个!这些你都不知道吧?"

"我知道呀,我觉得没有什么,优秀的男孩子被众多女生喜欢,不是很正常吗?"宝女嘴上这么说,但心里还是一阵酸楚。张朝国的话某种程度上印证了她之前的猜测。

"那你到底是不是他的女朋友?你知道他在学校外租房子的事吗?"张朝国认真地问。

"我觉得不是……他只是把我当小师妹一样看待,平时对我很照顾而已!房子的事,他没告诉过我。"

"那就好。曼妮,那你的意思是别人可以追求你吗?"

"你什么意思?"

"我的意思是我喜欢你,从见到你的第一天开始!但是从前我以为你和魏延峰是男女朋友关系,选择把自己的情感埋藏在心里,今天既然我还有追求你的权利,那我就勇敢地向你表白!你愿意接受我,正式做我的女朋友吗?"张朝国目光灼灼地看着面前的宝女。

"你,你这也太突然了吧?再说,你和魏延峰平时关系那么好!"宝女有些生气,转身就要离去。

"你等等!我刚才已经说得很清楚了!既然你自己说和他不是恋

爱关系,那为什么我就不能对你表白?"张朝国一把拉住宝女的胳膊,情绪激动地说道。

"你放开!你……你给我时间,让我考虑考虑。"

"好,我会耐心等着你的回答!"

宝女转身就进了校园,她能感觉到张朝国的目光还是像刚才那样热烈,一刻没停地追逐着她的背影。

"唉……"宝女走着走着就叹了口气,为什么会是这样呢?张朝国这次来,让她既惊又怒,同时再次跌入矛盾的旋涡当中。

看来魏延峰从来都没想过正式追求她,她曾沉浸在迷雾般的幻想里,刻意逃避了魏延峰"还有很多女朋友"的事实。

的确,宝女回想起他和她在一起时,经常有女孩给他发传呼,他也总是每个去回,而且,他从来没有告诉过她还租着房,有另外一个小天地——那么,在那个租的房子里,他是不是和别的女孩在约会,在拥抱?宝女不敢往下想了,她痛苦地想哭,却又哭不出来,原来一切只是自己欺骗自己而已!

从对宝女表白的那一天起,张朝国早晚两个传呼,一周过来找她一次,不停地赞美着宝女,或给她买各种各样的礼物,有零食,有毛绒玩具,有音乐盒……

宝女把这件事告诉了冉芸。

冉芸帮她分析张朝国的条件。

"其实正如张朝国所言,他现在拼命学习和表现,无一不是在为今后留校做准备。能在市里的大学里留校不是件简单事,这得付出多少努力。所以,张朝国在事业方面的上进心比魏延峰强多了。

"另外,他敢冒着'兄弟情'破裂的前提来找你,告诉你魏延峰的真实情况,也证明他确实在乎你、喜欢你。

"再回头想想魏延峰,和张朝国一比较,你有没有觉得他就像个大众情人?如果他根本没有固定的女朋友,那他对所有交往的女生抱的什么态度？人家脚踩两只船,我看魏延峰怕是像章鱼一样脚踩十只船呢！"

"冉芸,你别这么说……"宝女心里一阵尖锐的痛苦划过,疼得能渗出血珠子。自己好不容易喜欢上的男生被一层层剥了皮,显露出"花心"的本质,这让她万念俱灰。

"事实就是这样嘛！你看徐尔东吧,虽然他长得不太帅,也不是大学生,但对我可是一心一意,他的弟兄们对我都一口一个嫂子地叫,明明朗朗的,可尊敬着呢！他还说一定要好好找一份工作,给我挣钱！按我说,要找就找对你一心一意又肯上进的男人！"冉芸一边教育着宝女,一边伸手给宝女看她腕上的表。

"看,徐尔东给我买的,超薄,牌子的,好看吧？今年流行这个！"

"好看……"宝女敷衍道,其时她的心乱得像风中的荒草地。

宝女决定最后去找魏延峰一次。

周六时,她按张朝国说的地方找到了魏延峰在校外租的房子。

宝女悄悄地从玻璃窗户往里看。

房里很简单,一桌一床,地上摆着几幅还没画完的油画和一个画架。她送魏延峰的玻璃鱼缸和那两条金鱼赫然摆在桌上。只是,魏延峰不在,有个长发女生斜躺在他床上看书,姿势放松舒适。

宝女的心又是一阵抽痛,眼前的女孩她并不认识,但只一瞥间,她就看到那女孩和她是不同的类型,长发及腰,皮肤又白又细,看着就很温柔。

宝女突然自卑起来,她双脚发麻地走到街上,第一次主动给张朝国发了一条传呼信息"你在哪儿,我来找你"。

张朝国也在学校附近租了一个小房子。

这天,在张朝国的房子里,宝女第一次被异性紧紧拥抱,也第一次被异性亲吻。

当这一切发生时,她在心里责问着自己,难道你是因为得不到魏延峰而报复性地选择和他的朋友在一起吗？但同时，内心又有个声音在劝她，似乎是冉芸的声音，又似乎是一个苍老的声音：你一个中专生，能找到这样条件的已经很不错啦，你不要再三心二意、好高骛远……将来能和他结婚不也很好吗？人家将来可是要留校，要当大学老师！能和一个大学老师结婚，无事湾的人怕是连想都不敢想……就算在县城、在市里，这也算是一个很好的归宿了……

宝女和张朝国正式确定了恋爱关系。她决定彻底断绝和魏延峰的交往。

"当他觉得我已离开，会不会心生不安和懊悔呢？会不会再来找我呢？唉，宗曼妮，你不要自作多情了，他身边的女孩多得是，你不要再自欺欺人了！"宝女一边想，一边骂自己。

鬼使神差地，宝女又买了两条金鱼送给张朝国。张朝国似乎知道之前她曾送过同样的东西给魏延峰，非但没有生气，反倒安慰宝女说："曼妮，你放心，这就是你和我，我会精心照料它们的，爱情就是它们的氧气！"宝女看着张朝国，吃惊地瞪大了眼睛，她不知道曾在心里想过的话张朝国是怎么知道的，宝女只是套用了某本书上看来的句子，难道张朝国也恰好读过那本书，知道她送鱼的含义？

这一年，宝女的生日是在张朝国的小房间过的，张朝国给她买了蛋糕，给她唱了生日歌，向她下跪再次表白……终于，在他的央求中，宝女没有回校。在那张出租房窄小的床上，宝女留下了她的处子之血。张朝国看到血迹，感动得直流泪，又单膝跪地，一个劲儿地发誓等宝女一毕业就娶她为妻，他会带着她生活在大学校园里，给宝女设计一个明亮的画室，天天在一起画画……

但对于献出贞操这件事，宝女竟然很麻木，无论是精神还是身体上，她都没感觉到愉悦，只是像遇到一个可以信赖的人，小女孩就把珍藏了许久的一颗糖拿出来……反正一毕业自己就会同张朝国结婚，早给迟给也没什么区别，而且，现在给了他，他应该会更珍惜自己,此后两人之间就多了一份责任……宝女这样一想,立即觉得自己俗不可耐,恨不得扇自己两个耳光。

自从她正式成为张朝国的女友后魏延峰再也没来找过她,偶尔碰见,也只是礼貌性地问候几句,再也没有叫过宝女"小师妹"。宝女能看出来他有些尴尬,却从未觉得她的远离让他有什么痛苦,他还是像从前那样,身边围绕着好几个女孩,他对她们都好。

素描、国画、油画、写生……谈不上深入,最多只能算是入门,学校的教学内容就如蜻蜓点水般过去了。随之流逝的,还有整整两年迷茫狂乱的青春时光。

这一年放寒假时,兰芬似乎觉察到了女儿频繁地外出打电话,也觉察到了其他的一些什么事情,但她没有直说,只是提醒道:"你现在大了,在外一定要保护好自己,其他的妈就不说了,你自己都懂。"

宝女心中苦笑了一声,甚至是冷笑了一声,自从知道了父亲的那个秘密之后,除了对父亲的蔑视,她对母亲也有了一种轻视。是的,有母亲做参照,做失败的参照,她一定要把握住一切机会,去争取到好的生活。

一个寒假没见,一开学,宝女和张朝国就再次在他租的房子里约会。宝女从无事湾带了一串杜梨饼给张朝国,告诉他这是奶奶和爷爷攒着的,过年回去时她只吃了两个,其他的没舍得吃,就为了让他尝一尝。

小房子里打了火炉,暖融融的,张朝国表达了一番思念之情后,出去买宝女爱吃的零食。宝女帮他整理布衣柜,整理到最下层时,她看到衣服下压着一本《毕加索绘画集》,随手翻看。

几张照片突然从画册里掉在地上,其中一张面向上露出一角来,此刻,阳光从玻璃窗射进来,舞台追光般打到这张照片上——那是张朝国和一个女子。

宝女蹲下身,小心地把照片从地上捡起来。

照片共有四张，两张是张朝国和同一个女子的合影。照片上，张朝国搂着这个女孩，两人在山上各拿着一束狗尾巴草，一副甜蜜的样子，而女孩身上穿的牛仔上衣正是宝女买的，她喜欢宽大的衣服，故意买得大了两个号。这衣服自己和张朝国经常共穿。

另外两张是这个女子的艺术照，看得出来是从前照的。女子短发，丹凤眼，脸上有些小雀斑，瘦瘦的，一看就不是陕北姑娘，有种大城市女孩独特而天然的"洋气"。

宝女出奇平静，她把四张照片重新夹回画册里，又把画册放在桌子上。她坐在桌旁，盯着鱼缸里那两条金鱼出神。

张朝国手里拎着零食回来了，一进门就看到了桌上的那本画册，眼睛飞快地向宝女脸上一瞥，继而淡淡地问道："准备看书呢？这书你现在看还早，毕加索这家伙，抽象得太厉害了！以后再慢慢看吧。"说着，他把手里的东西往桌上一放，顺手就拿起画册准备放回原来的位置。

"呵，张朝国，你不是说这鱼一条是你，一条是我吗？你看着。"宝女看都没看张朝国，冷笑着把手伸进鱼缸，狠狠抓住一条鱼走到燃得正旺的火炉边，揭开炉盖，把鱼投进了血一样红的炉火之中。

"啊！曼妮！你疯了！"张朝国一声惊叫。

"刚才这条是我。"这时，宝女冲张朝国笑了笑。

"既然我都死了，你还活着干什么？！"宝女又是一声冷笑，再次把剩下的那条鱼一把攥住，投进了火炉。

"怎么样，你觉得过瘾吗？"宝女轻轻盖上炉盖，淡淡地问道。

"宗曼妮，你……你太狠了！我没看出你能这么狠！"张朝国脸色煞白，他有些语无伦次，结结巴巴地说。

"很奇怪吗？你做的事我不也看不出吗？那个女的是谁？你不要撒谎，不然今天咱们都别想出这个门！"宝女顺手就拿起桌上放的一把美工刀。她的心像在烈火上烤，身体却又像在冰窖里般打着哆嗦，但同时,拿着美工刀的那只手却稳稳地对着张朝国。

愤怒和绝望像是要把她撕裂。

"曼妮,你别冲动,好,好,我什么都告诉你,你可别做傻事!"

张朝国一阵惊慌,他的手也有些颤抖,他慢慢走近宝女,试图上来拥抱她。

"你闪开!我看见你脏!说,她是谁?和你什么关系?!"

"她……她和我是乡党,我们很久之前就认识。曼妮,请你相信我,我追求她并不是为了爱情,而是为了以后的工作,我错了,我真正爱的是你。"

"你不是说要留校吗?她又不是大学校长的女儿,留校和她有什么关系?!"

"曼妮,你听我解释,我这不是担心万一毕业后留不了校,还得回我们那里去嘛。"

"呵,我这下明白了,你这是在做两手准备。"

"曼妮,请你相信我,我对她只是利用,我真正爱的是你呀!"

"再别对我说这个字,你不配。告诉我,她现在在哪儿?"

"也在这个学校……"

"哪个系?哪个班?叫什么?"

"她是学经济管理的,我,我不能告诉你她的名字……"

宝女听到这儿,扔下手中的美工刀,摔门而去。

早春的风吹起宝女的头发,她把棉衣帽子往头上一戴,希望这样可以遮挡一下自己的脸。

她红着眼圈硬忍着眼里的泪。

宝女机械地在走路,却不知道要去哪里。她走得很快,差点儿与迎面来的一个卖豆腐的三轮车撞上。

她心里只反反复复念叨着一句话:天啊,我什么都没了,什么都没了。

七十二

照片上的女子叫路小璐,与张朝国同级,同乡。她的教室在奋进楼三楼,从左往右数第五个门。

几乎没费什么气力,徐尔东就为她搞来了所有的"情报",他还征询宝女的意见,看要不要兄弟们去找张朝国,好好为她出口气。

"你们可别乱来,我的事我自己处理。不能全怪他,主要怪我自己太单纯,没头脑!"宝女自责道。

狂乱的心一歇下来,她立即变得清醒而冷静。

她已经想好了,她要自己去找路小璐,当面问清楚。

奇怪的是,当她真把路小璐叫到跟前时,宝女竟然一点儿都不生气了,倒也不是路小璐身上有什么让她害怕或自卑,也不是她有什么特殊的魅力折服了她,相反,宝女对她生出一种同情和怜悯,因为她应该和自己一样,也被张朝国蒙在鼓里。

"路小璐,你好,你认识我吗?"

"你是?"路小璐迟疑了一下,很有礼貌地微笑道。

"我是张朝国的女朋友宗曼妮——不,确切说,现在已经不是了！"

"你……你是什么意思？"路小璐显然吃了一惊，她身子晃了晃，脸上泛起一片怒气，但很快就被压制了下去。

"如果我没猜错，你和我一样，都不知道彼此的存在吧？"宝女苦笑道。

"这是怎么回事？张朝国一直是我男朋友啊。"

"你不要着急，事到如今，我们都是受害人，我相信他对我做的事对你也做过。两边都要撒谎，而且要做得天衣无缝，真是难为他了！"

天灰沉沉的，北方早春特有的一种冷峭和潮湿感夹杂在一起，让人觉得一切都那么不确定，充满了由冬到春的挣扎。

宝女和路小璐绕着校园走了两圈后，彼此已明了了事情的缘由。

"他说的追求我是为了工作，这个我信，我也不怕告诉你——我爸是我们那里的副县长。"

"追求我是做了两手准备，万一能留校，你和你爸就用不上了，相对而言，单纯的我才是最好的选择？"

两个女子你一言我一语地分析着，总算知道了一个事实，那就是张朝国远比她们了解和知道的更为精明。

"走，咱找他去！"路小璐把齐耳短发飒爽地往耳后一掠，一把拉起宝女的手。

当她们手拉手出现在张朝国面前时，张朝国的脸一阵红一阵白，谁也不敢看。

"张朝国，你这个伪君子！"路小璐松开宝女的手，直接走到张朝国面前就是两个耳光。

这里正是校门口，旁边来来往往着许多学生和老师，一见有好戏，有人立即驻足观看。张朝国一边用手捂着脸，一边冲旁边的学生道："私事，私事，不要围观……"

张朝国挨了耳光，又看到宝女一副若无其事的样子，不由嗫嚅道:"宗曼妮,你……算你狠!"

说完,他脚底一个趔趄,急匆匆挤出人群,逃离了校门口。

宝女和路小璐告了别,一人顺着常走的那条路准备回自己的学校去。刚走了几步,路小璐追了上来。

"宗曼妮,我送你回去吧。"

宝女没有推辞,她感觉自己不能再为这件事而伤心,因为她已解开了困惑,也达到了目的。

她唯一心痛和无比懊悔的是自己不明就里就被他骗走了女孩最宝贵的东西。但如果自己当时没有攀附,没有对未来的向往和"计划",能那么随便就顺从和付出吗?她懊悔自己的无知和愚蠢。

"路小璐,你也被他骗上床了吧?"宝女突然问道。

"唉,我们做女孩的有时真是太傻了。"路小璐叹了口气。

"那你准备怎么办?我肯定和他再不来往了!吃亏就吃亏了吧,怨我自己太没主见!你呢?你还准备和他继续交往吗?"宝女郑重地问道。

"这么精明的男人我可没胆量再交往,我担心他哪天把我卖了我还帮他数钱。"路小璐伤感地答道。

"唉,你不怨我来找你揭露他吧?我不想让你和我一样,继续被骗下去了。"宝女叹了口气,诚恳地问道。

"怎么会呢,我感激你都来不及!我们都不要伤心了,我知道你是好女孩,为他那样的人不值得!"

回到自己的宿舍,宝女在床上整整躺了一天,第二天是周一,她请了病假没去上课。

在她成长的过程中,她已经总结了自我疗愈的经验,那就是要伤心就偷偷地、尽情地伤心,要流泪就背转人只管往尽流,然后,安安静静地睡一觉,第二天起来便是新的一天。至于心里的伤口,说是掩藏了也罢,说是还继续流着血也罢,那只能忍着……会过去的,就像初中时遭遇的那些辱骂和伤害,如今回头想,不也就那样如云烟般抓不住了吗?

又过了两周,周六这天,宗建立来学校找宝女,说是为跑生意方便,刚在市里买了一辆二手桑塔纳,顺道开着来看看女儿。

与父亲出了学校,一辆黑色的车停在校门口,车窗半开着,宝女一眼就看到后座上坐着个女人,那女人还抱着个小孩。只一眼,记忆中那个舞厅里扭动的身影就和她重叠在一起。

"上车吧,你坐前边。哦,后面的你叫阿姨!"宗建立没有丝毫慌张。

看父亲竟能如此坦然,宝女也立即由惊讶和不适切换为一种"看戏"般的心理。她坐上车,主动和那女人打了招呼。女人怀里的小男孩怯怯地,大眼睛望向宝女又很快躲开。

"阿姨,这是你儿子?"宝女笑着问道。

"啊……是!是我儿子。"女人的声音倒是蛮好听。

"叫什么名字啊?"

"他叫……叫宝贝。"

"哦,真好听!"宝女笑着道。

她注意到正在开车的父亲嘴角浮现出一丝满足、自得的笑意来。

"爸,你带我去吃饭吧,学校的饭过来过去就那几样,我都吃腻了。"宝女故意给宗建立撒娇道。

"好,好!爸带你去吃好吃的!对了,宝女,我给你说,我这几年生意做得越来越好,多亏你这个阿姨照顾!她呀,口才好,人又漂亮,每次我出去请人吃饭什么的,酒局上可离不了她。"

"哦,知道了,爸,你有个秘书挺好的!"宝女依旧笑道,她惊讶地发现,似乎再没什么事能让她动怒,她的心似乎进入了一种冷冻状态,在这种状态里,除了画画时五颜六色的颜料,一切都是冰冷的、灰白色的。

宗建立再没有说话,径直把车开到市里的繁华地段,挑了家装修最豪华的酒楼。

　　酒楼里有旋转餐厅,宗建立是第三次来,之前他请几个领导吃饭也是在这儿。来这里,不仅为了吃饭,更主要的是享受一种高高在上的尊贵的感觉。

　　"宝女,来,点菜,不要怕花钱!"宗建立坐在椅子上,把菜谱递给宝女。他旁边坐着的女人一句话也不说,只是抱着那个男孩沉默着。

　　蒜蓉开背虾、金毛狮子鱼、红焖东坡肉……宝女点了菜谱上最贵的几样菜,有种报复的快感。

　　"不愧是学美术的,点的菜光听菜名都好听!"女人突然笑道,包间里淡黄色的灯光照着女人的脸——她确实面容姣好,自己的母亲与她根本不能比。而她怀中的男孩,虽然还不会说话,可是每次他看向父亲都"阿——爸、阿——爸"地叫……

　　宝女明白,自初中窥见父亲和这个女人起,他就再没能脱开这个关系,以至于现在孩子都有了。唉,我可怜的妈妈……这一切她还是毫无察觉……这件事不知哥哥知不知道,从来没听他提起过……而这个孩子,将来长大又会有怎样的经历?

　　"阿姨,呵,你过奖啦。是我爸肯花钱培养我,一般家庭是不会让女娃学画画的,你也知道,颜料纸张什么的太费钱!对了,还要出去写生,吃住什么的花钱不还得靠我爸?不过,爸,你挣再多的钱也是为了儿女,为了我妈,为了咱们家嘛,对不对?"宝女惊讶于自己说这些话时那么自然流畅。

　　"哈哈,这女子……"宗建立讪讪地笑了,表情有些不自然。

　　"唉,人活一世为儿女,哪个不是心头肉?来,宝女,快吃!宝贝,妈妈给你喂肉肉哦。"女人也笑着道,一边说,一边夹起一块肉,吹了吹喂到那孩子嘴里去。

　　"宝女,你是爸的大女儿,只要你好好学,我肯定跟从前一样支持你！该花的钱就花，不要太节省！"

"爸！这可是你说的哦，阿姨今天算是见证人！我最近准备报几个补习班，明年跟着应届高考生考大学。"

"啥？"宝女的话显然让宗建立吃了一惊。

"快打消你这个念头！死……女子家，中专毕业就很不错啦！你毕业了就有一份正式工作，还折腾啥？工作一两年后找个条件差不多的一结婚，也就算圆满了！"

"爸！你再别死女子死女子地叫了，你将来和我妈老了，我保证和哥哥一样孝顺你们！再说了，我是女的咋了？谁不是女人生的？要是没女人，世界就垮了！别再拿咱老家那一套来要求我了！我现在定的目标是考上大学，真能考上的话，也算是为你和咱家、咱村争了光，有什么不好的？"

"算我说错了，你这女子嘴巴子现在咋这么利索！唉，我说了你也不听，我能有什么办法……你既然有这个目标就好好学！对了，大学上出来的话国家肯定也是包分配的吧？"

"哎呀，爸，你想想，中专出去都能分配工作，大学自然更不用说了！"

"那你就好好学吧，只要你能考上，我肯定还供！"宗建立笑道。

"我就知道爸的眼界不一般！"宝女连忙起身给父亲添茶水，在茶水注满父亲面前的杯子时，宝女心里确实涌出许多感激……父亲在她小时候总给她一沓一沓往回买画纸的情景也再次出现在脑海里。

吃了饭，宗建立开车把宝女送回学校，又给她留了三百块钱，这才开着车载着那个女人和孩子走了。

看着父亲的车越来越远，宝女的泪水突然模糊了双眼，她心里呼喊道："爸，你不知道女儿这些年受了多少委屈，所有在你面前的笑脸都是装出来的啊……而你，今天把这样一个女人不清不楚地带到女儿面前，是为了炫耀吗？"

正在这时,宝女的传呼机响了,是张朝国发来的信息,让她回电话。

宝女想了想,擦干眼泪,找了公用电话拨了过去。

"曼妮,你还在生气吗?我已经和路小璐分手了,你回到我身边来吧!这些天你知道我有多想你吗?我一定会履行娶你为妻的诺言!"张朝国在电话那端急切地说着。

"张朝国,你听清楚,这是我最后一次和你联系。我不可能和一个骗子继续下去!我们早就完了,你爱干吗干吗去,别再来纠缠我!"宝女冷冷地缓缓地说道。

"……看来你的确是个狠心的人……"张朝国还在那边嘀咕着什么,宝女挂断了电话。

委屈的情绪接着扑上来,但很快,宝女擦掉了溢出的泪水,大踏步向校园里走去。

宝女已经彻底想清楚了,她不想再被任何男人捆绑和定义,也不会再去高攀谁,这辈子她一定要自己为自己做主!

她知道,再次拼搏的时候到了。为了不再因"中专生"的身份自卑,为了自己从小的梦想,为了自己这些年来受过的屈辱,她一定要考上大学!只要考上大学,就意味着有机会从县里或市里走出去,不用再像哥哥那样回到乡镇上班。而大城市的人,素质和修养肯定更高,即便自己再交往男朋友,他肯定也不会在乎从前的一切——如果在乎和计较,就算将来自己一个人过,那也没什么,她还有钟爱的艺术和自由!

宝女觉得自己终于觉醒了,这觉醒的感觉很奇特,像是原本跟着人群熙熙攘攘向前走着,突然,自己一下子停了下来,挤出人群,重新规划了线路。这种走出人群的感觉又干净又安静,让狂躁的心安稳下来。

想想自己从小以来的人生轨迹和设定,宝女觉得一定有很多宝藏埋藏在新的路线上等着她去开采!这宝藏并不是指异性或任何一个谁,而是自己的心,宝藏原来就在自己心里!

接下来的半年时间,宝女挤出一切时间参加补课班,暑假时也没回县上,为了提高绘画水平,她又报了课外班,与高三的学生们一起学画,她觉得自己英语差,就跟高三学生一起去找老师补英语,就连吃饭时心里都在默默背英语单词。

她曾告诉冉芸想参加高考的计划,她希望冉芸也能考虑一下提升自己,但冉芸对眼前的一切很满意,没有继续上进的念头。

与此同时,宝女这一级多数同学都在被动地等着毕业,有的人甚至根本不知道还能参加高考这件事,知道的也没和自己联系起来,父母能把自己供出来已经非常难得非常幸运了。考上大学又能怎样?社会变化得飞快,将来会不会有一份正式工作都不一定呢!赶紧参加工作挣钱才是最主要的,家里还有妹妹或弟弟们没有"成就"呢。

毕业了就当老师,回到自己来的地方去,宝女班里大多数学生没什么遗憾。要说遗憾,那只有一个,学画三年从没画过人体写生,这几乎等同于没有进入"最高殿堂",甚至连殿堂的台阶都没上去过。

于是,一个私下里雇人体模特来画室的"秘密"计划很快就在班里传开了。参加这次写生,条件只有两个,一是不许告诉老师,二是每人交六十块钱。

几乎所有女生都拒绝参加,尤其是当她们听说准备雇的模特是个女人。几个胆小的男生也装作不知道,他们害怕被学校查出承担后果。

最后,班里想参加人体写生的学生统计下来只有十三个。男生十人,女生三人。宝女就在其列,其他两个女生和宝女一个宿舍,她们本身也很爱画画,好不容易有这样一个机会,也就豁出去了。

计划在七月份时顺利进行,按男生们的话讲,这是学画人最终极的"狂欢"。

在市里要找人体模特并不容易,参与计划的男生来回交涉了几次才和大学里的油画系取得了联络,要到了模特们的信息和联系方式。

十三个人,七百八十元,对于学生们而言的确不少了,可这些钱也只能雇三个模特,每人来画室两次,一次三小时。男生们谈好了价格,最终定了一个老年妇女、一个中年男人、一个中年女人——年轻的女模特太难雇了,毕竟是小地方。

周六周日,参与写生计划的学生们按时到画室集合,为了不让别人看见,画室所有的窗帘拉上,画室门也紧紧反锁。为了防止有人破门而入,男生们还专门买了根链锁紧紧把门把手绕住。

第一个来的是中年男人,男生们提醒着三个女生,说据大学油画系的师哥们反馈,这个模特常会在全裸时与他旁边作画的女学生们搭讪,要么就死盯着某个女学生看,让宝女她们提前提高警惕,离模特远一些。再者,为了避免尴尬,经男生们集体表决,决定让模特穿着内裤。

模特却很沉默,也许是天气太热,他坐在静物台上不时犯瞌睡,还需要提醒。

画完的那天,中年男人临走时笑着对学生们说:"下次就该画我老婆了,你们把她的脸画漂亮些,她喜欢看美术家们把她画成美女。"学生们这才知道下次画的中年女人和他是夫妻。

"你们两个都是做模特的?"一个男生好奇地问。

"是哩嘛!待在城里要有个好营生可不容易,我们没什么文化,又不想受重苦,只能做这个。别人觉得丢人,但我和她都觉得没啥,不就让学生娃们照着画一画,能有啥?再说了,大学里有时候要画双模特,像我们这样夫妻的不更好?画吧,过几十年这些肉还不都烂在土里了?那时还有什么计较的?"

"大哥,你说得对,我们画人体主要是为了看骨骼和肌肉的关系,这个练好了,以后画人的动作什么的就错不了!"

"我知道,大学那些老师早给我说过了。你们放心,我婆姨也能坐住哩,毕竟拿了你们几百块的工钱。学生娃都没钱,不能对不住你们！"

听他这么一说,画室里扭捏和神秘的气氛立即消失了,学生们继而对这个模特生起一种敬意。

中年夫妇画完,最后来的是个老年女人,她说坐在这里比捡垃圾轻松多了,虽然这活儿不常有,但也算个"稳定"的收入。

"我谁也不靠,不偷不抢,靠我自己挣养老钱,谁能说啥？"

老妇人在画室很快脱了衣服,稳稳地坐在台上。

她坐在那里静悄悄的,松弛的肉从下巴开始一层层向下垂挂蔓延。

"这也太难画了吧……"

"天呀,女人老了真可怕……"

有了中年女人的对比,这个老妇人的身体视觉冲击力便更加强烈,画室里除了小声的几句感慨,只有铅笔落在素描纸上沙沙的声响。

宝女画着面前裸露的老妇人,竟偷偷地流下泪来。

她对照自己的身体,第一次直观地看到年华流逝之后,最终会有什么剩下。

她知道男人女人都逃脱不了时间从身体里的抽离,她想到自己的爷爷奶奶,想到父母,想到自己,她觉得从前朦胧着的想象完全被毁灭了,自己身体的"残缺",爱情的破碎,父亲对母亲的背叛,包括眼前这个衰老的正在等待死亡的身体……一切都在告诉她,看清自己,珍惜时间！

这一年,全市从中专考入大学的学生寥寥可数,宝女幸列其中,她接到了广州服装设计学院的录取通知书。

七十三

宝女考上大学的这年冬天,沙氏殁了。

据宗谦润讲,他去脑畔上背了一回柴,没等下到院里就见沙氏在猪圈旁躺着,猪食桶倒在一边,听到喊叫声,沙氏两只胳膊还鸟般扑腾了两下,接着就再没了动静。

宝女没有请假回来,路途遥远固然是一个原因,但最主要的,她并不愿看到奶奶躺在棺材里的样子——只要不看见,她脑海中的奶奶的形象就还定格在最后一次和她见面时。

从小到大,宝女对奶奶的印象几乎没有改变过——瘦小的个子,淡淡的眉眼,眼周一圈皱纹,灰白的头发在脑后梳成髻,这个髻上从前别一支银发簪,后来又用自编的黑网套起来,她几乎没穿过什么鲜亮的颜色,不是灰就是土蓝,手里永远搂着一抱柴火或提着一个筐子,筐子里不是洋芋就是萝卜,要么是刚捡回的杏或摘回的杜梨……

宝女最后一次见奶奶是她收到大学录取通知书之后,她和父亲、哥哥一起回无事湾,奶奶摩挲着她的手说:"宝女啊,在咱们这些山沟沟里,像你这样的女子可不多,一千个人里可能才有一个,你就好好活,活出一条自己的路来,和我们这些女人不一样的路！"

宝女也还和从前一样爱摸奶奶的手,淘气地拽她松垮的肉皮。奶奶手上和胳膊上的皮肤那么绵软和松弛,似乎她这辈子受过的所有苦、享过的所有福全都在这身体里消融了,只剩下温热的记忆和对子孙们的爱。

宝女想,如果自己不见奶奶躺在寿材里的样子,那奶奶就没走,只是去很远的地方旅游去了。

宝女坐在大学宿舍的窗前,呆呆地想了一下午奶奶,她想哭,却又没有泪。

宗建立让宝童请了一周假,父子俩一起置办了丧事用的酒肉菜食,宝童雇了一辆带兜的农用车先把物资送回无事湾,宗建立则开着那辆桑塔纳,在镇上雇吹手班子,请阴阳先生,凡能想到的都如数做到。

老人丧事的操办在无事湾已不仅仅是"扶老人上山"这么简单,还有一些大家嘴上不说心里都清楚的门道,例如用的什么烟,上的什么酒,杀了几头猪、几只羊,席面子的碗碟满不满,是不是诚心招待人吃……这些都是会被议论很久的话题,所以宗建立在这方面肯定要仔细安排。

"唉,老婆跟了我,这辈子没享过什么福。说走就这么走了,事先也没留下什么话,不过,她溘逝这事上算是没受罪……想起来,人活着一辈子可没意思,要走时谁也挡不住。"宗谦润对亲戚们一遍遍叹息着。

沙氏的突然离去让他的个头一下子矮了半截,白天他拄着拐杖缓缓穿梭在院子中,一会儿在吹手们的火堆边坐坐,一会儿在白衣白帽的孝子孝孙们中间照照这个,看看那个,一会儿又指挥着宗建立和宗建设招呼宾客。

院里不时响起兰芬和宗建设婆姨哀哀的哭号声。兰芬的父母走得早,宗建设婆姨娘家离得远。沙氏没有女儿,她们两个自嫁到宗家,

661

沙氏都把她们当女儿看,如今沙氏走了,她们甚觉伤心,尤其宗建设婆姨,哭哭啼啼间不停自责,说自己没照顾好婆婆,今年就不该听她的话,让她再捉回这头猪喂。

这天快晌午时,院子外开来一辆三轮拖拉机,开拖拉机的是个面生的年轻人,身材挺拔,面容清秀。停好拖拉机,他默默从后厢捧下两个花圈来,恭恭敬敬靠在院墙上。宗建立、宗建设、宗宝童连忙对着来人磕头告揖,正准备问他是谁时,对方主动开口了。

"我是绣球男人,绣球听说沙奶奶殁了,一定让我去买两个花圈送来,说奶奶从前对她很好。还说她心意到了,人就不来了。"年轻人站在花圈边道。

这几句一说出来,面对着他的几个人都沉默了。宝童手足无措地站在院中,像做错了事等着挨训的孩子。最先反应过来的是宗建立,接着反应过来的是宗谦润,他们连忙邀请绣球男人在院中板凳上坐下,又给他端茶递烟。年轻人再没多说什么,只坐了坐,喝了两口水,把烟别在耳朵上就起身告辞了,说什么都不肯留下吃饭。

又一阵拖拉机的突突声渐渐远去,宝童心中想起那张白白的脸,那张脸和刚才男子的脸交织在一起,让他心上有些发堵,但很快,他心里骤然一松,唇边甚至浮现出一丝微笑,不知怎的念了一句:"好绣球哦,谢谢老天爷保佑。"

夜里,宗建立、宗建设、宝童三个一起守灵。宗建立和宗建设各自找了一件黄大衣穿上,宝童则穿了爷爷的羊皮袄,小时他总觉得皮袄难闻,如今再穿却是另一种况味。

天寒地冻,灵棚前打起了一堆火,火焰不高,火堆中燃烧的柴不时噼啪作响,红色火星轻盈地升腾起老高,瞬间又消失在冷风和黑暗里。

月亮非常高。马上十五了,亮堂堂的月光底下,结了冰的洛河和周边的山、树都显得特别安静,像是谁也不愿发出什么声响。

除了沙氏的突然离去让醒着的人平添怀念和伤痛,这个夜似乎和往常的夜没有任何区别。

宝童裹着皮袄坐在火堆边怅然若失,他心绪翻滚,想到了奶奶从前对自己的疼爱,想到绣球,想到周小睿,想到圆生……甚至想到了学校拉手风琴的老叶。但这些人的脸又都是模糊的,且相互交缠在一起,清晰的只有名字。

宗建立从兜里摸出烟来,给宗建设一根,又第一次主动递给宝童一根。"抽吧!我知道,平时你奶奶看你最亲,如今她走了,你心里也不好受。"

宗建立给自己点了火,又给宗建设和宝童点上,这才深深吸了一口,缓缓吐出。

"宝童,我和你二妈也常不问你,你和那个外地的女娃散了?"宗建设突然问宝童道。

"二伯,散了!人家条件好,我配不上人家,再说,她原本也没准备来咱这边。"

"散就散了,缘分不到。不过,有了这个经验,再谈就谈个本地的,一来风俗习惯都一样,谁也不挑谁,二来将来双方老人也好照应,咱这边人就遗留个'养儿防老'嘛。"宗建设扒拉了下火堆道。

"你二伯说得对,再有合适的本地女女就赶紧谈,人品各方面对事的话赶紧结,你奶奶没赶上看孙媳妇,你爷爷年龄也大了,他疼了你一回,前前后后,你自己要想清楚。"宗建立道。

"大、二伯,你们说得对,有合适的我肯定谈。"

"哎,老二,你不是说年后也想到县城里去,你和二嫂商量好了没?真不想在村里住了?"

"嗯,这些年村里年轻些的都走光了,就剩些老人,你们说住在无事湾能干啥?如今地也不用种,养羊、养牛、务弄果树我又没那个技术,觉见都快待憨了,人这么一直待下去也不行,邻村几个像我这个年龄的不是偷油就是打麻将,成了小偷和赌博汉。"

"好,上县城住也好,把大带上,你们上来了我也好照应!只要愿意,你就直接来给我工地上照照场子,有个自己人我还能少操些心,你婆姨正好可以当大师傅,把宝童他妈换下来,这几年她可受了累。"

"不拖累你和大嫂就行,我们进了城,也要把遂宁镇上学的两个娃转到城里去,我常给他们说呢,要向宝童哥哥和宝女姐姐看齐。"

"是啊,你家娃也都聪明,供书念字这事最要紧,娃一辈子就看我们如今咋扶持哩!"

"哥你说得对,这几年你虽然回来得少,可村里人都佩服你,都说你这个大老板可把事业做大了。"

"是不?村里人还说啥?"

"再也没啥,即使有啥,村里人又不懂。再说,本来也没啥。"

宗建设笑了笑,他用树枝又扒拉了下火堆,接着又和宝童聊了几句宝女的事,说宝女虽是个女子,心性却是个男娃,上中专,上大学,只要她心里谋的还都成了。

"宝女妹妹比我强!"宝童叹道。

接着,宗建设又说起宝玲,她虽然不爱说话,但心里对什么事也都清楚明白,还说想考个医学专业,将来想当医生给人治病。

"唉,不管咋样,咱宗家娃们一人一个性格,但总体来说还都算争气!一山更比一山高,能把自己爱做的事做到最好那就是成就。"宗建立又深深吐出一口烟,便陷入了沉默。

这时,河道上突然刮起了一阵风,把坡上的树梢子来回甩得呜呜响。三人各自裹紧了身上的大衣,都眼盯着那堆火出神。

沙氏的葬礼一过,无事湾里立即恢复了往常的情形,除了对面山沙氏坟堆上插的引魂杆和几个花圈,周遭似乎再没了什么亮色。

宗谦润站在自家硷畔上眺望着沙氏的坟堆,太阳底下,几个塑料花的光点时大时小不停闪耀。

"大儿,二儿,我给你们说,你妈暂时就埋在这儿,将来等我也上了山,你们直接把我和她入了泥塔沟老坟院。"

"大,我和大哥商量过了,明年咱进县城去住!"

"要去你们都去,我不去。你们要是真孝顺我,就让我待在村里,进城干啥?连个拉话的人都没有,在这里我还有村里的老头子老婆子们做伴。"宗谦润并不看两个儿子,只是望着沙氏的坟,缓缓说道。

"大……"宗建设还准备说什么,旁边的宗建立使了个眼色,他便住了嘴。他知道,这件事得慢慢和老人商量。

又一个壬午年的六月,陕北正值夏季,宁安县山山洼洼绿意翻涌,绿色里点缀着开了白花的木瓜、黄灿灿的柠条和紫色的丁香,前些年光秃秃的荒山已大部分被植被覆盖,山清水秀间,就连刮来的风也不再像过去那么躁烈,反倒多了几分清新和湿润。

这个六月里,宗宝童结婚了。新房就是他宿办合一的窑洞。

宝童的新娘叫刘洁,家就在娑婆镇街上,她在市卫校毕业后分到镇医院当医生。

一个教师,一个医生,都说这样的组合很好。

刘洁身材苗条,鹅蛋脸,眼睛还算清秀,嘴巴薄薄的,但鼻子生得有些粗笨,是个"蒜头"鼻,这让她看上去不知哪里总显出些不足。好在她懂得怎么穿戴打扮来弥补,也算得上娑婆镇穿戴时尚的女子之一。除了打扮自己,刘洁并没什么额外的爱好和特长,在找对象方面心气一直不低,毕竟在娑婆镇这样的地方,女子只要长得不赖,有份正式工作,就已经算是"人尖尖"了。

因为有这些资本,刘洁的傲气在旁人看来也正常。

而宗宝童之所以和刘洁结婚,主要一个原因就是他已经对"理想伴侣"不抱任何遇见的希望。他只是觉得刘洁家境与自家相当,又有正式工作,在如今娑婆镇这个大染缸里,刘洁还算保持着一份纯真,她不会打麻将,也不喜欢进出歌厅这些场合,算得上乖乖女。还有一点,和刘洁结婚后,孩子或家里人有个头疼脑热可以直接问她,能省去不少麻烦。

刘洁则觉得宗宝童长得帅、人品好,虽然他性格看起来有些放浪不羁,但艺术人才不都这样吗?也正是因为他会唱会跳,工作又认真,这才在婆婆镇的一帮小伙子里显得出众不凡。

虽然除了家长里短和街上的是非八卦,她和宝童并没有额外的话题可聊,但她并不觉得有什么不适,身边的夫妻都是这样,日子过久了,谁家不是那几件事。

宝童宿办合一的窑洞摆上了新的皮沙发和洗衣机,挂上了超薄大电视。刘洁娘家的陪嫁是一部诺基亚最新款手机和一台小冰箱。这一套设备在婆婆镇中学年轻教师中算是最高配置。

两人婚后很快就有了女儿。兰芬来伺候月子期间,主动要求睡沙发床,一天三顿,按时按点给儿子和儿媳妇做饭,此外,小孙女的尿布也都由她来洗涮。刘洁妈只来送过几次肉,看亲家对女儿照顾周到,加之宝童的窑洞又小,就不再多来。

但兰芬数次因为刘洁过分的"爱美"而着气,她觉得这儿媳妇似乎和结婚前不太一样,对她不怎么叫"妈"倒罢了,嫌弃她做饭难吃也罢了,可还没出月子就去澡堂洗澡,去理发馆烫头,甚至还嫌弃她给孙女准备的被褥和衣服质量不好……

兰芬只能私下给宝童抱怨,她觉得她没有当婆婆的尊严,这儿媳妇也没把自己当一家人。就拿孩子的被褥和衣服来说,她明明买的都是最好的纯棉,为了让棉布更柔软,她特地用温水洗过,刘洁却说她给孩子的是旧东西。每次做饭她都想方设法按传统炖鸡、炖鱼、熬菜,刘洁却说她做的都是"猪食"。

这些倒也罢了,让兰芬和宝童难堪的还有一件事,刘洁见到宗家亲戚从不主动打招呼,月子里,泥塔沟里的几个姑舅姐妹和嫂子来看她,她几乎连眼皮都没抬,更别说叫姐叫嫂了。

兰芬和宝童都想不明白刘洁是怎么回事。结婚前她看着那么乖,那么通情达理,婚后怎么就突然像变了个人?再者,她是学医的,该怎么爱护自己不是不知道,如今为了美竟不顾月子里的忌讳,这也让兰芬和宝童百思不得其解。

宝童左右为难着,劝刘洁,刘洁说婆婆只会熬不会炒,调料又放得重,伺候工人吃还行,至于亲戚们,平时离得都那么远,自己冷淡也正常;劝母亲,母亲又觉得里外受气,抛下县城一堆事来伺候儿媳妇,儿媳妇却挑肥拣瘦,自己的儿子也不向着自己。

不时的争争吵吵已经让邻居们议论纷纷了,就连老叶也数次主动表示了同情。

好容易月子一起来,宝童就在婆婆镇给兰芬租了间平房,他想尽量减少婆媳共处的机会。

刘洁三个月产假一结束就上了班,孩子大部分时间由兰芬帮忙照看,而刘洁丝毫不念婆婆的辛苦,反倒越发挑三拣四,一副与婆婆格格不入、势不两立的劲头。

宝童灰心了,他懊恼着自己在和她交往时怎么就没发现这些问题,不过话说回来,她从开始就不是自己理想中的那个人,两人的结合也不过是俗世意义上的"正常结婚"。

宝童像是陷入了一个死局,他消瘦了不少,渐渐地,就连给学生们上课时也懒惰麻木了。只有偶尔独坐在脚踏琴前,手指习惯地在琴键上来回滑动时,他的心才得以短暂的畅快。

但渐渐地,就连这样独处的机会也越来越难得,每当他准备坐在学校的音乐教室里好好弹一通琴时,不是兰芬带着孩子来了,就是刘洁气冲冲地找来,责骂他不管家、不管孩子、挣不到钱……

数次想爆发之时,宝童心里都有一个声音道:过日子都是这样,打是亲,骂是爱,家家有本难念的经,忍忍让让一辈子很快就下来了……他好奇这个声音的出处,可能来自兰芬,也可能来自同事,或者,来自刘洁父母或无事湾的老年人们。不同的声音,相同的话语,一张密密的铁丝网罩在宝童的身上和灵魂上,容不得他思量和挣脱。

这样的两年下来,宝童觉得自己已和娑婆镇的普通男人没什么两样。他变得爱抽烟,爱喝酒,爱和朋友弟兄们出去应酬,似乎只有在外面才能"躲一阵安稳"。

最爱叫宝童出去喝酒的还是圆生。圆生这两年用攒下的钱在镇上开了家歌厅,由原来流动的经营模式转向稳定。他也结了婚,在县城开了理发店。此外,他另外还做些生意,一会儿在天南,一会儿在海北,去年说南边有个大开发项目,做投资可以赚大钱,今年又说卖什么保健品准赔不了。但不管怎么跑,圆生的根据地还在娑婆镇,他每次回来都要叫宝童一起坐坐。

宝童听信他的话,也跟着参与了几次生意,有挣了一两万的,也有挣了三四万的,但最近一次的投资赔了近十万。这十万是他在娑婆镇信用社压工资本贷的款。但他知道不能怪圆生,圆生对他总是一片好心,更何况,这单生意圆生赔得更多,足有二三十万。

这天周末,宝童和刘洁因为这十万块钱又吵了一架,刘洁气鼓鼓地抱着女儿去了娘家,宝童索性也给母亲放了假,让她回县城去住。他把母亲送上班车,自己漫无目的地顺着马路往南走。

南方是洛河延伸向远方的方向。他曾见过远方的洛河,也曾向往着更远的洛河,但没等再向那个更远去追索,他已经被困在娑婆镇了。

宝童路过采油厂,路过镇政府,路过变电站,路过镇医院,路过甜蜜蜜蛋糕房,路过伊莲娜理发店,路过八珍骨里十三香,路过相依婚纱摄影,路过蓝星歌厅,路过潮流时尚鞋服城,路过计生站,路过天骄广告部,路过红红烟酒门市,路过爱丽丝美容院,路过邮电局,路过凯祥宾馆,路过新世纪招待所,路过派出所,路过聚力复合肥,路过亮亮汽修补胎,又路过几个没有牌子的小卖部。

宝童跟着洛河一起向南流去。

他想和谁好好聊一聊,却发现没有一个可以对话的人。他想扯开嗓子吼一气歌,不管流行通俗还是经典老歌,可是他又担心被别人说神经病,他甚至想买长长一串鞭炮,最好是一万响的那种点着,听它们噼里啪啦地炸开……但是,他只能这样默默地走。

渐渐地,宝童离镇子越来越远,天近黄昏,太阳温暾暾地照在河水和两岸的土地上,放眼望去,洛河两岸农户们的田地里只剩下庄稼被收割后的断茬。已近初冬,山上的植物们都努力呈现着最后的绿意,但已难掩阵阵萧索。

开阔的河道,农户院子里的几声鸡啼和狗叫突然让宝童躁乱的心安静下来。一只火镰伴鸟突然出现在宝童的视线里,它在路边的灌木丛中跳上跳下,不时歪着小脑袋瞅这瞅那,啾啾地鸣叫几声。宝童放慢脚步,轻轻地、定定地站住看着它,直到这只火镰伴翅膀一振,几个起伏从洛河掠到对面,他才继续迈开了腿。

此时,洛河两岸所有的一切又呈现出那种神圣的金色来,宝童奇怪地发现,只要离开热闹的地方,这种黄昏时的金色就越发明显。这是宝童极其喜爱的一种颜色,这种金色还和他从前感受到过的一样,散发着一种远超日常生活的圣洁。

"叮——叮——"

突然,宝童听到一阵似铃似钟的声响,还伴随着隐约的人声,他站住张望,只见上方山腰处正隐隐露出一方红砂岩壁,声音就从掩映着石壁的树木中传出。

宝童的好奇心被勾起,他看准了路,气喘吁吁爬了上来,迎面就是四尊残破的直接雕刻在砂岩柱上的石像。由于长时间风化水蒭,神像们膝盖以下已没有了图案和花纹,但隐约还可看出,一尊怀抱琵琶,一尊手握宝剑,一尊手缠龙蛇,一尊持伞。

这四尊石像是一个石窟的立柱,石窟正中间有座雕花的巨大香炉,此刻,香炉下正跪着一个穿青色衣衫的男子,他一边敲击着手中的乐器，一边口中缓缓唱诵道："南无释迦牟尼佛……南无药师琉璃光如来……南无阿弥陀佛……"

"叮——叮——"宝童被他手中乐器的声响深深吸引了，那东西只轻轻地敲击一下，音线便连绵不绝地相续，如紧密缠起的金丝线圈，又如飞速回旋着的某种精灵，这空灵干净的声响配合着那一声声雄浑的唱诵飞绕在宝童的耳边和身边，回荡在后面的石窟中，听得宝童汗毛直竖，四肢百骸如电流般通过。

夕阳此刻正照在这一处，射进石窟之内，宝童觉得眼前一切都笼罩在一种迷蒙的、安详的金光里。

"我昔所造诸恶业，皆由无始贪嗔痴，从身语意之所生，一切我今皆忏悔……愿以此功德，庄严佛净土，上报四重恩，下济三途苦，若有见闻者，悉发菩提心，尽此一报身，同生极乐国。"

跪在地上的男子诵完这几句，渐渐住了声，他把一个长把儿的黄铜乐器放在身边，对着石窟中残破的几尊佛像恭恭敬敬磕了三个头，这才捡起乐器缓缓站起，转过身来。

这是个留着平头的中年汉子，眉毛旺盛，眼神安定，胡须剃得很干净，他站在那金光中，让宝童觉得有些不太真实。

"阿弥陀佛，您好。"中年汉子单掌行礼，操着普通话向宝童道。

"您好，您好，我在下面走，听到上面有声音特别好听，就上来看看。"宝童不好意思地摸摸后脖子道。

"您说的是这引磬吧，这是我随身带的助念乐器。"他拿起手中的乐器，轻轻一压，又是"叮——"的一声。

"引磬，我从来没见过这样的乐器，声音真干净！"宝童依旧按自己对音色的感觉来评判着。

"世间一切，不生不灭，不垢不净，不增不减。能听到这声音也算有缘。"

"我刚听到您念阿弥陀佛，您从哪里来？"

"南边。今天路过,见这里有佛窟就来拜一拜。"说着,男子便把引磬收入地上放的一个背包中,进了石窟深处。

宝童不由自主也跟着他进去,心想娑婆镇一处古迹,自己这两年竟闻所未闻。

那男子见宝童跟来,也不说什么,只挨个对着石壁上的佛像合掌行礼:"南无文殊菩萨摩诃萨,南无普贤菩萨摩诃萨,南无观世音菩萨摩诃萨……"

哦,这人能认得每一尊石像。

宝童顺着他行礼的方向看去,只见一尊中等大小的佛像,正坐在一头狮子上,又见旁边一尊骑在大象上,还有一尊手中持瓶,瓶中有枝条。可惜这些佛像只剩身体,脖子处都是石头的断茬。

"南无地藏王菩萨,南无日光菩萨,月光菩萨……"男子绕壁一圈,不停恭敬合掌,弯腰礼拜。

宝童跟在他身后,一边好奇着原来这些佛像都有不同的名字和身份,另一面又倍觉惋惜,几乎所有佛像都没有头,一看就是被人故意打掉的,如果每个佛像的头都在,这该是多么珍贵的艺术品啊!都说陕北穷,没文化,这不就是文化吗?可是,为什么这些佛像全部被"砍了头"呢?

绕了一圈出来,男子背起背包就要走,见他要离开,宝童好奇地追问道:"您是出家人吗?"

"我非僧非道,只是一个想去哪儿就去哪儿的自由人罢了。"

"自由人?当自由人可真好。"

"是,了无牵挂。"

"您这就要走吗?"

"您还想问什么吗?"男子笑道。

"我看您这样洒脱,真的好羡慕,不像我,债务缠身,家庭不和,种种不如意。"

"很正常,因为您在尘世中,把戏当真了而已!这个佛窟的门上有两句话,您要能看懂,也够您用一辈子了!您去细看。"

宝童顺着他指的方向看去,果然,那雕着四尊佛像的柱子左右有一副对联刻在石头上,他奇怪自己那会儿为什么没注意到。

"从侧知侧宽也侧,从宽知宽侧也宽。"宝童轻轻读诵道。

"对,您自己慢慢品吧,我走了!"男子再次对宝童合掌道。

宝童也连忙学着他的样子,合掌向他鞠躬:"您下一站到哪里?"

"琉璃寺,送师祖舍利!"

"琉璃寺?舍利?"

"是,琉璃寺,往北一直走,洛河源头处就是。舍利嘛,以后有机缘您会懂的。"男子答完便转身而去。

宝童不由紧跟几步,却又在畔上站住,看那人缓缓下了小路,向北而去。

夕阳逐渐收起了最后一点余晖,石窟中的金光也消散了,风把石窟前的荒草檠子吹得起伏不定。

"从侧知侧宽也侧,从宽知宽侧也宽……从侧知侧,从宽知宽……"宝童一边念叨,一边慢慢向下面的大路走去,他品味着、思索着这两句话究竟是什么意思,渐渐若有所悟、若有所得。

七十四

  这一年,广州举办秋季国际艺术节,宝女和同学们一起去观展。展览上,她遇到一个来自瑞典的小伙子,他叫阿力洛夫,头发淡金,眼仁像灰绿色的玻璃。因为宝女的英语口语不错,她与他很快就成了朋友。交谈间,宝女得知阿力洛夫比自己大六岁,是一本国际旅游杂志的撰稿人,他有着非常清晰的人生规划。

  阿力洛夫告诉宝女,自己此生将会四海为家,不会被任何一个姑娘或家庭牵绊,包括广州也不过是他全球游历计划的一个点而已,在这之前,他已经去过了东欧、中欧、西欧、南欧和东南亚的很多国家,也正是东南亚的见闻让他对"东方"的神秘和文化心生向往。

  阿力洛夫说,自己待三个月后就会奔喜马拉雅山而去,在那些雪山下的国度里,他将继续深入感受"东方"的魅力,顺便寻求一些人生终极问题的答案。

  宝女对阿力洛夫除了好奇,更多的是对他生活方式的向往,他所展示出人生的可能性不仅让她大开眼界,同时也彻底把她从既定的"陕北女子"的身份中解放了出来。她认识阿力洛夫之后,才知道人还可以这样极致地去活,去行走,去追逐。

也是因为阿力洛夫,宝女的艺术感觉前所未有地被激发了出来,服装系第一年课程主要是绘画和造型功力的训练,她尝试着把时空糅合在一起呈现于画布之上。她给这些画取了个名字,叫"《嫫》系列"。这些画中,一位如精灵般的女子始终在幻化,她是河畔白色的曼陀罗,是张望远方的树,是红衣的陕北新娘,是端坐庙宇中的送子娘娘,是躺着的大山,是夜晚的天幕,星月为她眼,云朵为她衣;她是城市街道中游动的鱼,是沙漠中的波纹,是飞鸟的羽毛……

当宝女把"《嫫》系列"画到第十幅时,阿力洛夫已按原计划离开了中国,他从尼泊尔的费瓦湖边给宝女寄来了一张明信片,正面是一块明净的湖面和彩色的梭形小船,背面写上了一行英文:

Enrich your life today, yesterday is history. Tomorrow is mystery.

充实今朝,昨日已成过去。明天充满神奇。

又是给宝女勇气和想象的句子,有了这几句话的启发,"《嫫》系列"绘画中又加入了新的元素,色彩也由之前的纯净和饱和变得神秘、空灵和悠远。

宝女的生活开始在广州和陕北之间切换,一到寒暑假,宝女就坐好久的火车回北方,尽管宗建立给她打来了足够买机票的钱,但她知道父亲挣钱也不容易,舍不得买机票。听学姐们说,上了大二和大三,服装设计专业就更费钱了,本来中专毕业后就该像哥哥那样参加工作,生活方面不再给父母添负担,可她又上了大学。虽说每当父亲给她钱时,她心里还持续着那种微妙的"报复感",但毕竟他是自己的父亲,她也心疼他奔波于工地和家庭之间的辛劳。

比起宝童,比起绣球,比起很多出生于无事湾的同龄人,宝女已经算是最幸运的一个,也算是同龄人中飞得最高、最远的一个,她考上大学这件事超越了无事湾人对女子的偏见和看法。

大二一开学,宝女突然收到了一封陕北邮来的信。

宗曼妮：

你好，也许你已经记不起来我是谁，但我想，只要我提起初中那个阶段，你就立即会回忆起一段伤心难过的经历。这些年来，我数次想提笔给你写信，但每次都失去勇气。今天我终于再也忍受不了良心的谴责，无论如何也要把心里的话说出来，不然这辈子我都好过不了。

我要真心实意向你说声对不起，那年在向你表白失败后，尤其是遭到班主任的批评之后，我对你产生了恨意，班里同学不时起哄，更增加了我的痛苦，于是，我决定"报复"你，毁掉你……初中时那些骂你的纸条有的是我写的，有的是我找人写的，厕所墙上那些骂你的话，也是我找人写的。平时你受到的很多刁难和欺负也都是我一手制造的，当然有的也不是。不管你信不信，事情发展到最后，很多情况我都不能预料和控制了，似乎同学们欺负你已成了一种习惯。

初中毕业后，随着我自己越来越成熟，我这才意识到自己当初多么残忍，给你带去过多屈辱和伤害……

我现在在县里的一个乡镇上班，去年年前遇到咱们的同班同学，这才打听到你已经考上了大学，你真是个了不起的人，比我们这些男的强多了！越这样想，我就越感觉自己曾经有多卑鄙和不应该……如果你能原谅我，再次见面时哪怕让我跪在你面前我也愿意。只希望你以后能给我一个当面道歉的机会，让我洗刷心里的惭愧和悔恨。

祝愿你身体健康，学业有成，再创辉煌！

你的同学刘保军

看完信，宝女轻轻笑了一下，她试图再次回味自己曾经的那种痛不欲生,却发现早已无迹可寻。如果今天遇到这种事,她会很好地去处理……但是懵懂的少男少女谁有那么多的智慧和经验呢?又有多少一辈子遗憾的事都是在那个时期发生的?

宝女一这样想,就知道自己在时间中逐渐完成着蜕变,她已经不再是从前那个宗曼妮了。自己的心只有自己才能真正检验和评判。

宝女按地址给刘保军回了一封信,信上只有一行字:

> 青春是洁白的,也是血红的,一切都由年少无知而起,还给年少无知而去。

没有称呼,也没有落款,她把它投进邮箱时,像是寄给当时的自己,心里一片平静和释然。

大二那年的冬日,宝女再次收到了阿力洛夫寄来的明信片,画面中,层层晨雾掩映着几个曼妙的女子身影,她们头顶黄铜水罐,红色和姜黄色的轻纱裹在身体上,显得既妖娆又神圣。

明信片背面,阿力洛夫又写道:

The world is the ever-changing foam that floats on the surface of a sea of silence.

These paper boats of mine are meant to dance on the ripples of hours ,and not to reach any destination.

尘世是变幻不定的泡沫,漂浮在一片静海的水面上。

我的这些纸船只想在时光的涟漪上起舞,并未打算抵达任何港湾。

宝女把这两句话翻译出来后,反复读着,想着其中的含义。

这两句话给她宁静也让她怅惘,因为这两句话,她上网查找泰戈尔的所有诗歌,一句句体味着其中蕴含的人生哲理和如梦如幻的异国情调。

来广州上大学后,她体验到远离大山遮挡和束缚的同时,也逐渐有了如泡沫般的漂浮感。大学校园里还算宁静、闲适,可只要踏出校门,一切都在飞速运转,听不懂的粤语、吃不惯的饭菜、铺天盖地的商业广告和潮闷的天气,这些都让她不安、矛盾和浮躁。但她依然在心里坚定着好好学习的信念,因为她明白,一旦离开大学进入社会,再想有这样的学习环境和氛围就难了,更何况,学院里的老师都是掌握服装行业顶尖信息的人,人能得遇良师也非常不易。

也许是阿力洛夫的人生观直接影响了宝女,大学毕业后,宝女并未遵循自己给父亲的承诺,没有回陕北接受工作分配,进入"正常"的社会和工作状态中去。相反,宝女身上的"缰绳"彻底从父母手中脱落了,她像一匹年壮的美丽骒马,长发飞扬,四蹄矫健地奔向了更广阔的草场和天地。

宝女和同学去了广东中山找工作,那里有很多服装厂家。

她想成为一名职业服装设计师。

在一家名叫"奥斯丽"的服装厂,宝女找了份以画服装款式为主的工作,她偶尔也去给纸样师当助理,趁机积累了一些打版方面的实际操作经验。

因为同行竞争激烈,又要抢占市场,宝女的设计图至关重要,她和另一个女设计师被分到一组,住一个宿舍。

大学里学的知识和实际操作还是有所区别,尤其是要考虑到服装设计出来后普通大众的接受能力,这在一定程度上制约了宝女的想象,她只能不停"做减法"改动着图纸。

渐渐地,宝女明白了,成为一名真正的服装设计师并不像她毕业时想的那么简单,合格的服装设计师不仅要会画设计图,更要有好的创意,此外,还要懂结构设计和工艺设计。可以说,一个系列的服装作品,设计师虽然不是每个步骤都亲自去做,但必须每个步骤都要会做,只有这样,出了问题后才能在第一时间找出是哪个环节出了纰漏。

每当宝女想要偷懒或逃避困难时,都有一个声音在提示她,你不是想过彻底自由的生活吗?这个理想凭什么去实现?凭着你的漂亮吗?外面的世界漂亮女子太多了!凭着你的本事吗——像阿力洛夫那样,"一支笔"闯天下?你现在的本事能走到哪一步?

有了这些自问,宝女越来越自律,她明白,如今在服装厂的历练正在为今后的成长和梦想打基础。

宝女感觉自己正在经历的一切都充满了戏剧色彩。

许多年轻人尤其是北方的女孩子,她们来南方很容易迷失在种种光怪陆离的生活和灯红酒绿之中,想要靠青春吃饭很容易。但也有一心扑在事业上的年轻人,这小部分人心中很清醒,明确地知道自己是为什么而来,将来要做什么。

宝女庆幸自己在初中和中专时就接触到了人性中的种种,虽然当时难挨,但是当她走出来后,身心就带了免疫力,这种免疫力在很多时候让她避免了创伤。

在外的这几年,宝女曾遇到过传说中的"露阴癖",在上厕所时被偷窥……更让她无法理解的是,有次她在银行排队等着办理业务时,一个老干部模样的人凑在宝女跟前问:"小姑娘,有没有男朋友啊?你和你男朋友的第一次疼不疼?"

许多事超出宝女的想象和认知,这些事一次次刷新着她对"人"的认识,同时,宝女也意识到一个问题,在每个人成长的过程中,身体健全是一种幸运,心灵健康则是另一种更大的幸运。

在这些困惑下,她读尼采,读弗洛伊德,读《圣经》,希望能有答案让她释然,获得"原罪"或"心理学"层面的解释,但这让宝女有了一种更沉重的痛苦和无从抒发的孤独。

在"奥斯丽"上班的日子里,宝女尝试各种设计风格,她创作了很多作品,但风格和色彩方面大多以简洁的黑白灰为主,在画这些设计稿时,她心里充满了星空、飓风、钢铁机器、暗夜里的花朵、雨滴、霓虹这些元素,她把它们巧妙地与人的身形结合起来,展现出一种都市里的美和迷茫,一种柔软和刚强之间的和谐关系。

宝女觉得自己已同过去完全没有了关系,同无事湾,同洛河,同那些灰头土脸而苦难深重的陕北人完全没有了关系,她漂浮在前卫的艺术环境之中,像一只绚丽的热气球,也像一朵时刻变化着形状的彩云。

在"奥斯丽"干了半年后,为了不断提高自己,她去了另一家名为"言表"的服装厂,这个厂家以生产个性化服装为主,尤其是牛仔服装,这几年来,牛仔服在行业内的销售额一直领先,而"言表"靠着独特的传统刺绣工艺和时尚的设计理念站稳了脚跟。

在"言表",宝女第一次感受到了刺绣的魅力。

说起刺绣,她并不陌生,从小到大,几乎每个陕北女子都会做刺绣,虽然宝女自己没咋上过手,但她成长的过程中见的刺绣太多了,从孩子穿的猪嘴鞋、狗头鞋到戴的虎头帽、狮头帽,从日用的枕头顶、针扎扎到各种花样的鞋垫,陕北人的生活离不了刺绣。因为画画得好,她还给无事湾的婆姨女子们画过很多枕头顶和鞋垫的花样……但她从未想过这些"土里土气"的东西能和最时尚的艺术结合起来,且正因为有了或色彩斑斓或清雅的刺绣,一件服装立即充满了格调,充满了张力和手工价值。

宝女开始大量搜索刺绣知识和图案,苏绣、湘绣、陇绣、蜀绣、粤绣、苗绣,她一一领会它们不同的风格和样貌。和这些有名的种类相比,宝女觉得陕北刺绣并不逊色,甚至,在配色和表现手法上更加大胆和夸张。

如果能把家乡的刺绣文化应用在时尚前沿,那该多好啊……想到这些,宝女像是突然明白了自己为什么要出生在无事湾,她想一定是某种责任和使命,而这种责任和使命,一下子就让她体味出陕北大山中蕴含着的宝贵东西来,也让她明白了命运为什么会推动着她学了美术。她庆幸自己能来"言表",能得到这个珍贵的启发。

有了心里的新目标,宝女在"言表"工作的半年里格外用心,怎样把前卫和传统巧妙融为一体而不尴尬,怎样让刺绣的丰富层次和面料更好地相辅相成,怎样选择恰当的图案和花样来凸显传达服装的气质……在"言表",或许是宝女的勤奋好学或某些品质打动了一位老设计师,他告诉宝女,要想成为一名真正的设计师,表面上的技能必不可少,但服装设计师真正的灵魂在"文化",在"底蕴",要想获得这种底蕴,必须从很深远的地方学起。

"很深远的地方?"宝女觉得这句话高深莫测。

"对,很深远的地方,从五千年前开始,从'天上人间'开始,从你的根系开始。"

"天上人间?"

"天上是指神仙们穿的衣服,人间上至王公贵族、下至普通百姓。"

"人间的衣服不用说,可神仙们的衣服我们怎么能知道?"

"你去敦煌就知道了。"

"那我的根系是不是指家乡的文化?"

"对,一个人的身上携带着很多讯息,但'你'的身体和心灵都是出生地所塑造的,只有了解了出生地的相关知识,和'家'真正发生链接,你才会获得更充足的能量和灵感,也必将创作出不同于他人风格的作品。"

"老师,那我该从哪些方面去链接呢?"

"地理方位,精神方位,文化方位,家族方位。也就是说,搞清楚你最初来到世间所匹配的标签。"

老设计师给宝女说完这番话,宝女怔住了,她心中一片和煦的光升腾而起,把一切照得那样分明,那样神圣和庄严。

宝女跪在了老设计师面前,深深地叩了三个头,她知道,这些话千金不换,而她何其幸运。

七十五

沙氏殁后,宗谦润一人在无事湾生活了半年,之后挨不过两个儿子的祈求也到了县城。

宗建立和兰芬此时已和宝玲住上了单元楼,这座单元楼在县城里比较高档,宝玲上班的医院也刚好在小区旁边。

"住在单元楼里,不仅吃住条件好,就连上厕所也不用蹲坑,需要看病隔壁就是医院,要多方便有多方便。"宗建立这样给父亲说道,希望他能来单元楼里住。

宗建设一家则在县城的东山上买了个院子,院里两孔石窑,还有三畦菜园。他也想让父亲和他一起住,理由是院子里能晒太阳,能务弄花草,种菜园子,不至于无事可干。

两个儿子把自己的想法都对父亲说明了,只等着他做出选择。

沙氏以前活着时,宗谦润记得黑夜没现在这么长,他和她絮叨一阵子,拌拌嘴天就亮了,可她一走,除了养的那几只鸡,家里就只有电视机算是个会说话的东西。可无事湾要么隔三岔五停电,要么自己明明眼睛瞅着电视呢,心却早不知盘算什么去了。

宗谦润不知想了多少遍,自己留过辫子,穿过长袍,做过少爷也当过庄稼汉,享过富贵荣华也受过穷苦饥寒,见过不少死人,也认识了很多活人,生了儿,育了孙,现在还有了重孙,算是四世同堂,真的已经够本了,剩下的时日都算是老天爷给的额外奖励。

这几年,无事湾村的老人也有陆续去了县城随孩子们住的,但老年人的心一旦没了着落,就会觉得自己跟着子女只剩吃饭的本事,活着就成了一种"罪责",很快,这几个老人要么瘫痪,要么神经出了问题……本来长在村里的大树被生生锯走,这些老树根还都在无事湾的土里呢,只是身子去了城里,那能好活?

宗谦润觉得自己和这几个老人比能好些,第一自己不是文盲,拄着拐棍儿能四处转悠不怕找不着路;第二,二儿院里有菜地,自己能帮着照看打理;第三,也是最重要的,古人讲,人过六十,夜夜防老,外不留宿,更何况如今自己这么老了,可不能再独住下去给儿孙惹担忧添麻烦。

宗谦润愿意到城里住还有一个原因,他谁也没给说。沙氏殁了后的第三个月头上,有一天他从炕上下地时没踩稳,一个马趴就到了脚地上,半天才爬起来,好在除了膝盖和胳膊肘擦烂出了血,骨头没受伤——人老不由己,再这样独住下去,万一哪天老溘了身边连个人都没有,那传出去不让十里八崅的人笑话儿孙们不孝?

真正进了城后,宗谦润才知道和无事湾的地相比,二儿的菜地也不过巴掌大,根本用不着他太操心,用他的话讲,"夹一泡尿"的工夫就照看抚养了。不得已,他只能在这巴掌大的地里拾翻,春季还给地边安了几颗软玉米籽儿,说这是给宝童和刘洁的小女子种的。

每当在山上住烦了,宗谦润就到单元楼里去"享受"几天,过过城里人的生活。他常常慨叹道:"唉,都说城里人干净,讲卫生,可人老几辈子都没见过做饭的厨房和茅房在一个房里的,就隔着一堵墙!"

宗谦润一走,从前五六十户的无事湾村只剩了六七户,而那些没人住的窑洞和院子很快就坍塌荒废了,黄蒿长得老高,杏树、桃树、苹果树上的果子就算结得再好,也没孩子去"侵害"了,有很多果子烂到了地里都没人去采摘……原先肯养羊、栽果树、种菜的年轻人们也耐不住寂寞,受不了等待,他们觉得只要能进城,哪怕去提泥抱砖也比待在村里强。

其实不止无事湾,洛河畔上的所有村庄都正在经历同样的衰落。这些古村再次变得人烟稀少,寂寥落寞。

宝童这几年已逐渐戒掉了抽烟喝酒的毛病,也减少了借着出去应酬而逃避家庭的习惯,他始终记着佛窟外刻着的那两句话,他把两句话写在笔记本上,并在生活的细微之处开始体会,体会什么叫"侧",什么叫"宽",什么叫"从侧知侧",什么叫"从宽知宽",渐渐地,他开始发觉自己之前潜意识中的傲慢和自大,发觉了是自己没有给过刘洁足够的安全感,发觉了很多事情都在"一念之间",也懂得了作为儿子、丈夫和父亲应尽的责任。

这期间,还有一件事也彻底让他对人生和家庭有了新的认识。

因为来往的都是些"大生意人",圆生不知怎么就沾上了毒品,宝童知道时,圆生已经把所有挣下的产业和钱都抖光了,就连老婆和儿子住的房子也卖了,这才还清了债务。

债务还清了,可毒瘾还在。圆生来找宝童,说自己要离开几年,万一自己的老婆儿子实在活不下去,希望宝童能在最关键的时候接济一把。说这话的时候,圆生黄蜡的脸上没有表情,眼睛却闪着泪光。

宝童问圆生要到哪里去,圆生说是最落后的地方,那种偏远得没有车路,可能连电都没通的地方,他去了给人家揽工放羊,只要给口吃的就行,只有这样,自己的毒瘾才能彻底戒掉。

他问宝童要了五百块,宝童想再给他多拿点儿,圆生怎么都不要。

从此,圆生就从宝童的生活中消失了。没人知道他究竟去了哪里,是死还是活。圆生的老婆带着儿子租了房,继续靠理发养家糊口,让宝童诧异的是,她始终没有向宝童开口借过钱,也没有改嫁,只是默默带着孩子。

凭着自己和圆生之间的缘分，宝童肯定圆生没有死，他只是在某个偏远的地方"戒毒"。他能想象到毒瘾发作时圆生将有多么痛苦，他也能想象到，靠着顽强的生命力，圆生会一次次挺过来，终有一天，他会再次出现在他面前，出现在娑婆镇。

但那一天在什么时候呢，可能是两三年，也可能是五年、十年、二三十年。

宝童不停想起和圆生一起经历过的一切。

他也想起绣球，想起周小睿。

不知道这些年来她们还怨他恨他吗？尤其是周小睿，如果她也能明白人生中的云谲波诡，是否就能在回忆起他的时候淡然一笑？是否就能像他一样学着审视自己，学着从内向外地找寻平静和安定？

圆生走后，宝童重新审视了自己的过去和现在，对心态进一步进行了调整，加上女儿宗新雨这个开心果，他发觉和刘洁之间的关系相对融洽平稳起来，刘洁和母亲兰芬的关系也逐渐在改善。

正当他觉得自己此生将在娑婆镇中学平稳度过时，父亲告诉他县文化局需要一个音乐专业的干部，参与民歌和民俗的整理，父亲说他已去见过了文化局局长，局长竟然对宝童有印象，说多次见过宝童带学生来县里参加歌唱比赛。有了这些基础，相信真正要办调动和转行也不会太难，毕竟专业的事要有专业的人来干。

宝童为此兴奋不已，他想起了自己当年曾有过的那个念头，顺着洛河走一遍——如今，这个念头更明晰了，也有了足够的动力，他想去寻找洛河的源头，如同寻找人生最初的意义，他要完完整整地顺着洛河去追寻河边的故事，在考量一条河流的命运时，对照自己的生命步履……如果能顺利调到文化局，他不仅要把县城内的所有民歌都收集起来，还会到洛河两岸的村庄中去，到更深的靠着这条河滋养的村庄中去，把采编到的曲子结集成册，改编成音乐剧，创作成舞蹈……

想到这些，宗宝童心中看似朦胧实则埋藏已久的梦想终于明晰了,他知道,豁然开朗的这种明晰,建立在爷爷给自己讲过的家族故事之上,建立在自己身体内外流淌着的洛河河水之上,建立在曾令自己无比痛苦的爱和被爱之上,也建立在和妹妹宝女一样莫可名状的心灵向往之上。

同一年,当宝女准备离开广东时,好几年没有联系过的冉芸在网上给她发了一条消息。

冉芸如今和徐尔东在他的老家县城开了网吧,她的工作也终于想办法调到了这个县城,现在,她已是两个孩子的母亲了……因为离父母远,在这里也没有什么亲戚朋友,冉芸说自己过得很郁闷,和徐尔东的关系也越来越不好,这天想起了宝女,就问候一下。

"与其说这是问候,不如说是诉苦吧。想想当初,班里几乎人人都有梦想,可真正坚持一直往前走的现在只有你一人,我已经淹没在生活和平庸里了。"冉芸自嘲道。

冉芸的生活情况宝女早有所料,她鼓励冉芸重新拾起自己的音乐专业,去音乐中寻找真正的自我。

"另外,多教几个有音乐天赋的孩子,至少能让你的生活变得更加丰富,在付出的同时,相信你一定会收获很多意想不到的东西。希望再见面时,你已经从现在的焦虑、无聊状态中走出来,重新展现出当初明亮而美丽的样子来。"宝女认真想了想,回复冉芸道。

半个月后,在洛河边的遂宁镇,一个女子背着背包独自游荡着。她攀上萧瑟的石楼台古寨,看野花凄迷,听山风猎猎如鼓振响石壁,想着爷爷讲过宗大毡曾在这里为乡民出头请愿,也想起故事中那些朦胧如灯晕般的女人,蝉女、莲花、满盈、佩琴、红叶、改鹿、香果儿……再往近,朴素如黄土疙瘩般的奶奶沙红梅、母亲兰芬,坚强如石的姑姑九丸,纯洁柔软的绣球……这些女人深深浅浅地与自己的命运有着关系,如同灯灯互照,衔接着彼此的生命脉搏和能量,这些女人没有见过的风景,宝女替她们见了,宝女没有经见过的旧时光,家族传下来的故事给她讲了。宝女突然觉得所有的女人都合而为一。她们是她,她也是她们。

她坐在那些高高的红砂岩上,看山下的洛河绕山而远,看岩上一道道水波般漾出去的红砂石纹路,更觉到岁月的大与每个人的小。

石寨顶上,几个工匠正在修葺新的庙宇,她便在水池边孩童般用塑佛像的胶泥玩捏出许多形状。其时,有硕大如燕的黑色蝴蝶从她身旁掠向远处。

她在镇子简陋的招待所里住下,觉得自己的内心在这几天里很快变得简单纯真。从前心中积郁的来自城市的灰暗被高原的太阳、蓝天和风一一稀释。她仰着自己被晒得发红的脸,穿梭游荡在曾经熟悉的角角落落。

遂宁镇小学的老师们已换了好几茬,没有人认识她,就连从前她最欢的贺丽娜老师也早调进县城转了行,成了某单位的后勤干部。

唯一让宝女感到还没有变的就是那些蹦跳在校园中的孩子,在那些好奇而干净的目光中,她依稀看到了当年的自己站在学校的花畦边,一副野气十足却又好奇的模样。

完成了对遂宁镇的"回归",宝女找寻到了之前从未有过的感觉,就像老设计师对她说过的,她的某些根系重新和"家",和大山,和洛河链接了起来,她曾义无反顾地自认为斩断了一切,现在却又虔诚地重新回来以求接纳。

遂宁镇之行后,宝女去了婆婆镇,她给嫂子送了在广东买的最时尚的项链,给侄女新雨买了了芭比娃娃。她和哥哥宝童敞开心扉谈了好久,当她提到父亲在外可能还有个家时,宝童出乎意料的平静,说这件事他早就有所察觉……不管怎样,父亲已经做了这样的事情,最辛苦和痛苦的人应该是他自己。关于这件事,宝童和宝女一致认为还是继续对母亲保密比较好,也许这样才是对这个家最好的保护,对母亲最好的保护。

说到爱情这个话题时,宝童说,他觉得一个人一生之中不可能只经历一次情感。总是这样,第一个人教会你认识自己,第二个人教会你认识别人,第三个才可能是和自己一起往前走的人。他让宝女在感情方面看开一点,不管经历过什么,都只当学习和提升。

当宝女得知宝童已经在办理调动手续,秋季就将开始参与文化局的普查工作时,宝女又给自己的计划中加上了一条,那就是一定要跟着哥哥参与这次活动,对宁安县内的民间美术和服饰文化进行完完整整地调查和整理。

但最让宝女心动的还是哥哥行走洛河的计划。

兄妹俩激动地拿出地图,查找着北洛河的位置和流经的区域,两人惊奇地发现,北洛河流出县域后,再往南,出甘泉,穿鄜州,绕洛川,照黄陵,望宜君,过白水,眺澄城,环大荔,真如谦谦君子,从《山海经》的神秘中而来,一路另有各清水支流青睐有加。更神奇的是,很多赫赫有名的人物和地方都在流域范围,可以说,北洛河不仅见证过远古文明的兴衰,吟唱过炎黄二帝和仓颉的传说,翻动着"河图""洛书",清洗出沿岸佛道石窟的庄严,又兴起龙首渠、洛惠渠及多个灌溉工程,这才在三河口款款流入渭河,一起在潼关被收入黄河襟怀。

宝童和宝女懊恼着从未如此详细地审视过这条河,思考过这条河,尽管在洛河边出生、长大,但人们对它知之甚少,缺乏本该有的了解和敬意。

宝女把老设计师说的那番话讲给哥哥,她觉得这些话同样适用于音乐艺术,而宝童也带宝女去了婆婆镇那个佛窟,说起那个云游的人对他的点拨和影响,宝女在佛窟里真的看到了"神仙的衣裳",也似乎听到了来自大漠深处更悠远的呼唤。

与哥哥嫂子告别后,宝女回到县城陪父母住了两天。夜间,宝女与宝玲睡在一张床上,宝女问起宝玲还能不能看到人身上的光,宝玲说她学医后请教过许多老师,也翻阅了不少书籍,书上说人的身体本来就会发光,不同的光代表着人不同的健康和心理状况,只是一般人难以用肉眼察觉罢了。知道了这些,宝玲对自己天生的"特异功能"只有感激,她也庆幸自己学了医,作为一个医生,这个秘密的本事对她诊治病人大有帮助。

当宝女问宝玲如今自己身上的光是什么色时,宝玲笑着说:"姐姐,你身上的光现在是淡黄色的,这代表着平静、祥和、积极。"

"那宝童哥呢?"

"他呀,最近两年是绿色的,这代表活力和转变!"

"爷爷呢?"

"他是灰色的,你不要伤心,一般上了年纪的老人都是这个颜色。"

"爸和妈呢?"

"他们都是红色的,心里应该积攒了不少委屈和愤怒。"

听了宝玲的回答,对照身边亲人们各自的生活状态,宝女不由感慨着生命的奇妙,也更好奇妹妹的特异功能。

短暂的停留后,宝女再次踏上了列车,她要去西部寻找那些飘飞了几千年的衣袂,寻找那些等待着她去体会的细节和色彩,寻找似乎只为自己而准备着的"神秘礼物"。

等她再次归来,她将与宝童一起按照约定登上宗家从前的寨子,寻找自己的根系,寻找神秘的"琉璃寺"和洛河的源头。找到后,他们将一起从洛河的源头出发,从大山里出发,顺流而下,就像两条娃娃鱼一直游到洛河入海口。

而完成了这些计划之后,她将把所有学到的东西再次用在服装设计上去,或者,不一定是服装设计,也有可能是其他文化领域;再或者,自己也可能像阿力洛夫那样,也做个背包客,一边行走一边养活自己,在路上过完此生。

在西去的列车上,宝女再一次望向天空。

此时,一定有双苍穹之眼在空中俯瞰。

这苍穹之眼见证着如蚁般的人类在这片土地上劳作、搬运、筑巢、厮打、征战、迁徙、更替,同时,它也见证着生灵们的生灭、灭生,见证着北洛河千万年来的不羁之舞。

又是一年之夏。

一个大人带着一个孩子走到了洛河边。

大人先是带着孩子在河里踩水,继而又对着岸边的红砂岩壁哦——哦——地叫喊,听那空旷的回声。孩子显然也被吸引了,他学着大人的样子重复地做着这件事,稚嫩的声音回响在山谷里。

哦——

哦——

哎——

哎——

你在哪儿——

在哪儿——

我是毛蛋——

是毛蛋——

你是谁——

是谁,谁——

…………

孩子看起来有些生气,他没有得到答案。

大人没有说什么,他只是看着孩子。

这孩子正在做和他小时候一样的事。

他和他脚下的洛河水轻柔地涌动着,像有一双看不见的手在水里不停拨搅。

这时,天空中的苍穹之眼看到,这孩子突然想明白什么了似的咧着嘴笑了,阳光下,露出几颗白玉米粒一样的牙齿。